KB232869

백제속국일본사百濟屬國日本史

백제 초고대왕 이래 일본은 백제 식민지였다.
백제 무령대왕 이래 규슈는 백제 영토였다.

일본 천황 묘비와 일본 신사 기록으로
밝혀내는 한일 공동 역사

백제속국일본사百濟屬國日本史

구자일 저

지문사

자유인에게는 역사가 있고
역사는 자유인의 거울이다.

자기 조부 이름도 모르고, 평생 지배만 당하는 게 노비의 삶이다.
뿌리를 존중하는 역사를 가진 일본은
뿌리를 망각한 조선을 노예로 삼았다.

편집자주
1) 본문 중의 일본 지명, 인명에 나오는 글자인 섬 '도(嶋)' 자는 '도(島)'와 함께 고대와
현대의 일본에서 동시에 혼용되어 사용됩니다.
2) 본문 중 일본의 고대 인명에서 경칭 부분은 대부분 생략하였습니다.
3) 본문 중의 《記》는 《고사기古事記》, 《紀》는 《日本書紀》의 약자입니다.

힘을 보태주시고 격려해 주신 여러 선생님들께 감사드립니다.
삽화를 보내주신 연하늘 화백님께 감사드립니다.
출판을 도와주신 지문사에 감사드립니다.
그동안 힘들게 인내했던 식구 모두에게 이 책을 바칩니다.

역사는 실증 과학이고 특히 시간의 과학이다.

백제사와 일본사는 그래서 고대 기록과 실증에 의해서 다시 쓰여져야만 한다. 현대에 왜곡된 백제의 잘못된 지리를 당대의 기록인 일본 책들과 당대 일본의 각 곳 <신사 기록>들과 천황들의 <고분 묘비 연대>의 실증, 그리고 일본의 고대 비서秘書인 《수진전秀眞傳》 등의 보완으로 바로잡는다.

《수진전》은 신대문자神代文字 10여 만 자로 적힌 책이다. 경행천황 때에 기록되어 대물주신의 가문에 전해져 왔다고 한다.

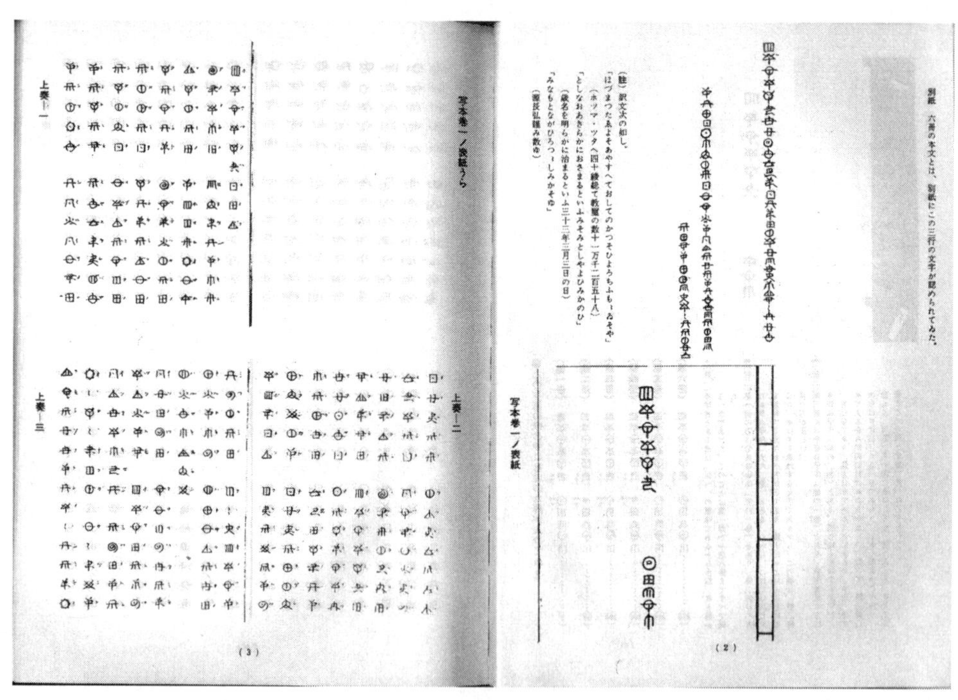

수진전 겉장

천황 고분 묘비 연대 해석문은 일본학자 이케다池田仁三씨의 《대화고분릉주大和古墳陵主たち》과 《컴퓨터화상해석畫像解析》에 의존하였다.

1990년대에 이루어진 천황 등의 고분 능비에 대한 연대 발견은 《고사기古

事記》와 《일본서기日本書紀》의 엄청난 역사 조작들을 극명하게 밝혀준다.

현재 일본 천황 역사는 거의 공식적으로 기원전 660년의 신무천황神武天皇으로부터 비롯된다. 그런데 그 신무천황의 고조할머니로서 일본에서 가장 존경받는 신神인 아마테라스의 기록에 신라와 고구려가 등장하고 고주몽의 주몽검이 등장한다. 따라서 신라, 고구려 역사가 무려 1000년이나 상향 조정될 수 없다면, 기원전의 일본 공식 역사는 세계적인 허구 역사다.

서기 157년, 신라에서 연오랑延烏郎 세오녀細烏女 부부가 일본에 건너가서 연오랑은 태양신을 모시는 아마테라스로, 즉 천조대신天照大神이 되고, 세오녀는 열두 신녀神女의 우두머리인 천조대어(미)신天照大御(=美)神이 되었다. 《삼국유사三國遺事》에서 연오랑이 일본의 왕이 되었다고 기록하면서 일본의 어느 왕인지를 몰랐으니, 이는 조작된 일본사에서 찾으려 했기 때문이다. 연오랑의 연오延烏는 천황과 신관들의 관인 오모자烏帽子를 의미하고, 세오녀가 천조대어신의 일본 이름인 세오리츠히메瀬織津比賣인 것을 몰랐던 것이다.

또한 서기 160년에 백제 6대 초고대왕肖古大王(재위 166~214)이 일본을 정벌하니 아마테라스오미를 비롯한 12신녀 중에서 8신녀가 초고대왕의 포로가 되어 8명의 자식을 낳아준다. 초고대왕을 일본에서는 건국신 스사노오須佐之男라고 했는데, 일본 최초 천황인 신무천황神武天皇의 증조부다.

세오녀細烏女는 큐슈九州로 탈출하여 여인왕국을 세워서 왜여왕 히미코卑彌呼(~247)가 되었고, 초고대왕은 시조검인 주몽검都牟劍(=쿠사나기쯔루기草那藝之劍)을 내려주어서 세오녀에게 제사지내도록 하였고 지금까지 주몽검이 전해온다.
247년 왜여왕 히미코卑彌呼가 100여세로 죽자 그녀의 증손자인 칠삭동이 난승미難升美가 대화大和에서 일본 팔도의 왕권을 놓고 구수대왕仇須大王(~234)의 아들들과 쟁패하였다.
초고대왕은 일본에서 스사노오須佐之男 신인데, 《일본서기》에서 신라에서 왔다고 하였으며, 그의 아들인 구수대왕은 대국주신이라고 하는데 대국주신사大國主神社 기록에는 그가 고구려로 돌아갔다고 하였다.

기원전 660년이라고 조작된 칠뜨기 난승미難升美가 247년에 신무천황神武天皇(194~256)이 되었으나, 군웅들의 도전이 지속되고 257년에는 13살의 왜여왕 일여壹與(244~283)를 세워서 다시 평화를 찾는다. 이때 할거한 군웅들은 신무천황의 아들 수정천황綏靖天皇(243~292)과 초고대왕의 손자 안녕천황安寧天皇(222~270), 구수대왕의 아들 의덕천황懿德天皇(180~244)과 사반대왕沙伴大王, 즉 효소천황孝昭天皇(202~268), 그리고 사반대왕의 아들 효안천황孝安天皇(222~298)과 효원천황孝元天皇(228~273) 등이었다.

285년 만주 요서遼西 대릉하大凌河(고대 이름 백랑수白浪水)에서 부여국왕 의려依慮가 선비족 모용외에게 패퇴하여 일본으로 가서 효령천황孝靈天皇(261~316)이 되었다. 300년에는 의려의 뒤를 이어서, 요동遼東에서 새로이 부여국왕이 되었던 의려의 아들 의라왕依羅王마저도 부여 유민들을 이끌고 일본으로 건너가 숭신천황崇神天皇(277~318)이 되었다.

그러자 백제 걸대왕契大王(273~359)과 근초고왕자近肖古王子(295~375)가 도일하여 일본을 재평정하고 각각 경행천황景行天皇과 일본무존日本武尊이 되었다.

백제 근구수대왕近仇首大王(320~394)을 모시는 구도신사久度神社가 남아있고, 일본무존 등 백제 4왕을 모시는 평야신사平野神社에서는 일본무존이 근구수대왕의 부왕이라 전하니, 바로 근초고대왕인 것이다. 근구수대왕은 일본의 저 유명한 응신천황應神天皇이 되었다.

광개토호태왕이 대마도에 임나연방을 세워 대마도와 큐슈九州 등 10국을 통치하니 그의 아들 고진高珍이 큐슈고구려九州高句麗의 왕이 되어, 구루메시久留未市 고우라신사高良神社에 기록을 남겼고, 그는 결국 인덕천황仁德天皇(337~419)을 죽이고 대화大和에 들어가서 윤공천황允恭天皇(393~453)이 되었다.

그후 개로대왕蓋鹵大王(429~475)이 도래하여 458년에 고구려계 웅략천황雄略天皇(417~479)을 몰아내고 일본을 다시 백제에 복속시켰다. 무령대왕武寧大王(462~523)은 일본 큐슈九州를 떼어다가 백제 영토로 병합하였다. 이후 6세기부터 7세기말까지 큐슈는 백제 땅이었다.

일본의 《신찬성씨록新撰姓氏錄》에 백제왕 선광百濟王善光이 일본의 30대 민달천황敏達天皇(538~585)의 후손이라고 하고, 동시에 같은 책에서 백제왕선광을 백제 의자대왕義慈大王(593~660)의 아들이라 하였다. 결국 민달천황을 비롯한 일본 천황은 모두가 백제 왕손인 것이다. 기실로 민달천황은 백제 성명대왕聖明大王(~554)의 아들이었다.

백제 의자대왕은 해동증자海東曾子라고 일컬었다. 8세 때인 서기 600년에 구주백제의 왕에 올라 스스로 왜왕이라고 국서를 수나라에 보내서 "해뜨는 나라의 천자가 해지는 나라의 천자에게"라는 유명한 글을 남겼고, 큐슈에서 처음 12관위제를 만들어 시행하였다.

이때 오사카 대화大和의 성덕태자聖德太子가 큐슈를 빼앗으려하니 의자대왕은 거꾸로 대화를 점령하여 603년에 일본에도 12관위제官位制를 시행했다. 그리고 629년에는 의자왕 스스로 대화의 34대 서명천황舒明天皇이 되고, 641년에는 백제대왕에 오르니, 이때 대화조정에는 그의 왕비인 황극천황皇極天皇(594~661)과 제명천황齊明天皇(603~663)이 차례로 즉위하여 의자대왕 부부가 함께 백제와 일본을 통치하였다.

백제가 망한 뒤에 백제 부흥을 시도하던 부여풍장扶餘豊璋(622~686)은 백촌강에서 패전하고 일본에 돌아가서 40대 천무천황天武天皇이 된 것이 그의 황극천황 추도시追悼詩에 나타난다.

그런데 천무천황의 아들인 사인친왕舍人親王(676~735)은 《일본서기》를 지어서 역사를 왜곡 조작하니, 부모국인 백제의 통치를 역사에서 삭제하고 호적을 파내며 환부역조換父易祖하였고 오늘까지 1300년간 일본 국민을 속여오고 있다. 그 결과, 일본의 후세들을 대대로 자폐적, 망상적 민족으로 길러내고 있으니, 오늘날 세계 속에 화합할 길이 없어 안타깝다.

진실이 때로는 아프지만 무엇보다 소중하고 때로는 더 재미있기도 한 것이다.

이 책에서 새로 발굴되는 일본 역사는 그래서 일본인들을 충분히 만족시킬 수 있을 것이다.

일본 민족의 진정한 자존심은 진실의 토대에서 자라나서 서로 존중받게 되는 것이다. 거짓된 역사 위에서, 세계와 고립되는 헛된 자만심을 키워서는 스스로의 미래를 망칠 수밖에 없을 것이니 오늘 겸허하게 배우고 깨우침의 길을 따라서 동아시아 제국의 번영에 함께 이바지해야 할 것이다.

차례 백제속국일본사百濟屬國日本史

일본 황실의 삼보, 거울과 곡옥과 주몽검

일본 역사는 동이족 역사며,
백제, 고구려, 신라와 마찬가지로 우리 역사다.
삼국이 상쟁하였으나 모두 한민족 역사이고
백제 후손인 일본도 우리와 한뿌리다

일본이 호적을 파내가서
현재 근본을 모르고 남처럼 되었더라도
대동이의 큰사랑으로 깨우치고 함께 아울러 가자.

1장.
청도 이서국 이진아시 일본건국신 이자나기
清道 伊西國 伊珍阿豉 日本建國神 伊耶那岐

기원전 57년 신라가 건국되고 서기 42년 신라 유리왕은 경상북도 청도에 있던 이서국을 멸망시켰다.

이서국 왕손은 낙동강을 서남쪽으로 건너 가야국을 만들고, 동시에 일본으로 건너가서 일본의 건국신 이자나기 부부가 되었다.

태양신을 모시는 이자나기 부부가 바다에서 건져올린 것이 일본 열도라고 전하며, 나라 이름은 대팔주국이라 하였다.

신라 건국 이후, 일본에는 고령高靈의 대가야大伽倻로부터 이자나기伊耶那岐(=이진아시伊珍阿豉)와 이자나미伊耶那美신이 도래하여 일본을 건국하였다.

이자伊耶는 일一과 같다. 뜻은 하나, 첫번째 신이라는 의미다.

또한 한반도의 이서국伊西國 출신(나기)이라는 의미도 담고 있다.

본래 이스伊西, 혹은 우스內는 구슬珍을 나타낸다. 구슬 진珍은 우쓰宇圖로 발음하라고 《일본서기》 저자가 주석하였다.

이스伊西는 동시에 여자 무당巫堂, 신녀神女를 의미한다.

부여의 영역이었던 내몽고 서요하西遼河의 천산天山 지역에서는 지금도 남자 무당을 박博이라고 하며, 여자무당을 이도칸伊都干이라 부르는데 굿驅邪(=굿)을 하여 구사치병驅邪治病 한다. 일본발음으로는 이쯔칸이 된다.

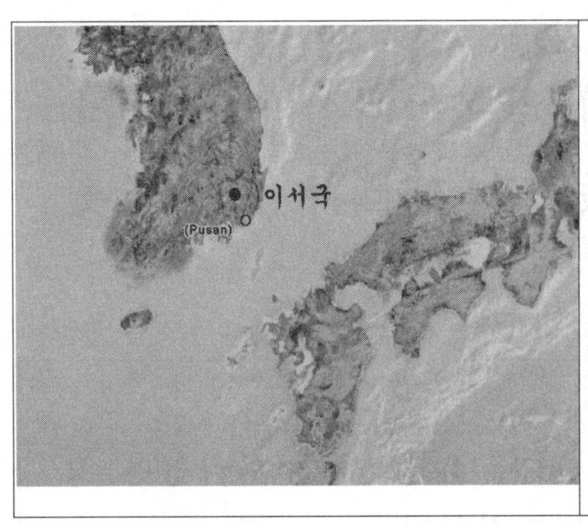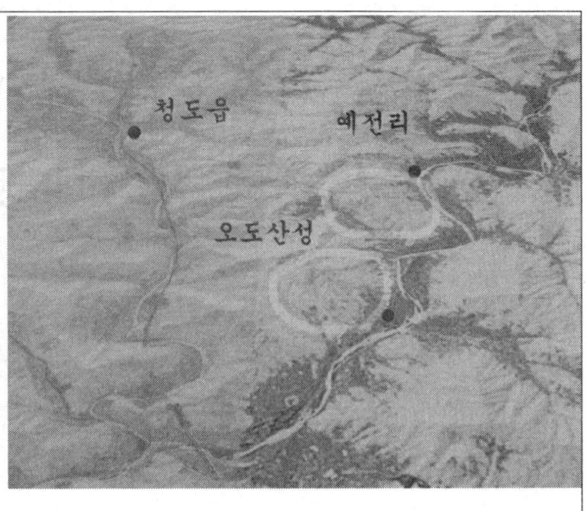

이서국 위치와 이서국성 위치도

《삼국유사》에서 가야의 본래 관직명 이름은 아도간阿刀干, 여도간汝刀干 등 9干이 있었는데 이도칸伊都干과도 관련된다. 이도간이 가야에서 이스칸伊都干으로 변하여 이서국伊西國이나, 일본의 이도伊都, 이세伊勢 등의 지명과 이스케요리伊須氣余理(신무천황비) 등의 인명을 남긴 것이다.

남자무당 박博에서 신라왕 박혁거세의 성씨 박朴씨도 유래되는 것이고, 방언으로 신라왕을 차차웅次次雄이라고도 했는데 차차웅은 무당이란 뜻이었다.

이자, 이진아의 어원은 이슬이다. 이는 "이어진 구슬 목걸이 영瓔"를 의미한다. 신라왕 박혁거세의 최초 호칭이 거서간居西干 혹은 거슬한居瑟邯이었다.

거슬한居瑟邯의 거居도 훈訓인 이슬로 읽으면 이슬한이 된다. 고대 일본의 이름 중의 쿠시다마櫛玉姬나 타마쿠시玉櫛媛도 우리말 줄-다마에서 비롯되니 줄에 꿴 옥, 영瓔이라는 뜻이다.

신라 3대 유리이사금儒理尼師今 때에, 신라의 확장으로 경상북도 청도淸道에 있던 이서국伊西國을 쳐서, 이서국이 서기 42년에 멸망하자, 이때 일본으로 건너간 이서국의 후손이 일본의 건국신建國神 이자나기와 이자나미 부부이다.

이서국성伊西國城이 있던 청도군 오도산성烏刀山城 부근의 예전리禮田里에서 발굴된 청동검을 보면 초기 비파형 청동검이다.

만주의 요양시遼陽市와 무순시撫順市에서 이와 비슷한 초기 비파형 청동검이 발굴 되었는데 이는 후단군시대 최초 기자奇子였던 서우여徐于余의 번한조선番韓朝鮮에서 만든 형식이다. (졸저 《한국고대역사지리》참조)

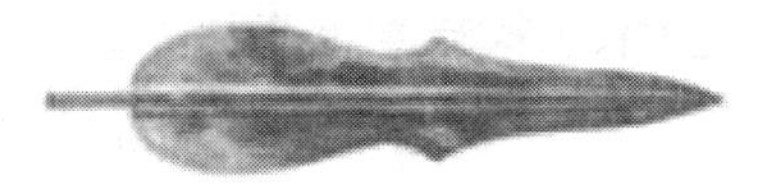

청도군 이서국지 예전리 출토 초기 비파형 청동검

즉 이서국은 그 유물로 보아서 bc1100년경의 후단군조선시대에, 서우여 기자 영역(전단군조선의 마한과 번한 영역)에서 만들어서 전파된 것이다. 즉 서기 42년에 망했어도 이미 천년의 역사를 간직했던 나라다.

경상북도 고령군의 대가야大加耶에는 이진아시伊珍阿豉라는 왕이 있었다.

《신증동국여지승람新增東國輿地勝覽 / 고령군高靈郡》에는 신라 석학 최치원이 남긴 대가야의 기록이 있다.

"대가야의 시조는 이진아시伊珍阿豉王(혹은 내진주지內珍朱智)이고 도설지왕까지 520년이었다. 가야산 정견모주가 천신 이비가에 감응하여 대가야왕 뇌질주일과 금관국왕 뇌질청예를 낳았으니 뇌질주일은 이진아시의 별칭이고 뇌질청예는 수로왕의 별칭이다."

本大伽倻國《詳見金海府山川下》 自始祖伊珍阿豉王《一云內珍朱智》 至道設智王 凡十六世五百二十年《按崔致遠釋利貞傳云 伽倻山神正見母主 乃爲天神夷毗訶之所感 生大伽倻王惱窒朱日 金官國王惱窒靑裔二人 則惱窒朱日爲伊珍阿豉王之別稱 靑裔爲首露王之別稱

뇌질주일, 뇌질청예는 가야산 정견모주의 후손이다. 그녀의 남편 이비가夷毗訶는 일본식으로 이히고伊日子로 보면 큰 제사장이라는 뜻이니 이서국伊西國의 왕 또는 남자 무당을 의미한다.

그런데 42년에 신라 유리왕이 이서국을 멸망시켰다고 《삼국유사》에 기록되어 있다.

그해 42년은 바로 대가야와 금관가야 등의 건국년도이기도 하다.

즉 42년에 망한 이서국의 왕실로부터 정견모주와 두 아들이 청도靑道로부터 낙동강을 건너서 경상북도 고령高靈으로 피난와서 42년에 대가야를 세운 것이다. 김해金海의 금관가야金官伽倻도 역시 42년에 건국되었다.

두 아들의 성을 뇌질惱窒이라 하였는데, 고대 일본말로 보아서 뇌질의 어원은 뇌직瀨織(일본발음 세오루)으로 고려된다. 지금 일본말로는 금직錦織이다. 즉 비단을 짜는 일이다. 따라서 "비단 짜는 신녀, 뇌직瀨織"의 아기다.

일본의 히미코여왕이 된 뇌직진비매瀨織津比賣가 일본 발음으로 세오리츠히메인데 바로 연오랑延烏郎-세오녀細烏女의 세오녀細烏女인 것이며, 세오녀는 하늘에 제사지내는 비단을 일본에서 짰고, 신라에도 나누어 주었다.

뇌惱, 瀨는 우리말 동사로서 바늘을 누비다, 자수를 놓다의 어간 "놓"이다.

서기 42년 육가야六伽倻 건국 직후에 대가야왕 뇌질주일, 즉 이진아시伊珍阿豉는 일본 열도로 건너가서 일본의 건국신 이자나기伊邪那岐와 이자나미伊邪那美 부부신夫婦神이되었다.

일본의 여러 지방의 토착신들은 이 대가야의 왕 이자나기와 그의 부인 이자나미의 후예라고 하는데, 대가야에서 함께 건너간 가야인들의 세력이 된다.

이자나기 부부 중에서 이자나미는 가야로 돌아와서 죽었고, 《고사기》는 이를 황천국荒天國으로 떠났다고 기록하였다. 이자나기는 가야에 돌아왔다가 다시 일본으로 갔다.

(주) 아메리카인디언 풍속에서 보듯이 신석기시대에는 사나운 동물을 죽여서 그 짐승들의 이빨을 줄줄이 꿰어 매달은 목걸이가 힘 센 추장의 상징이었다.

그런데 점차로 사회가 발달되면서 이빨이 아니라 구슬을 꿰어 달게 되었다. 굽은옥曲玉의 생김새도 본래 동물의 이빨 모양에서 유래된 것이다.

"쿠사나기쯔루기"와 함께 대대로 전승되어 온 일본 천황의 신보神寶 중에도 구멍이 뚫린 곡옥曲玉이 있다.

따라서 이빨(보물)의 고어가 이슬(잇살)이었거나, 이빨을 꿴 것, 혹은 구슬을 꿴 것이 이슬이 된다. "구슬이 서 말이라도 꿰어야 보배"라는 속언이 있는데 구슬을 꿴 것이 바로 또 "이슬"인 것이다.

그리하여 삼한시대 마한馬韓 등에서는 금은金銀보다 옥玉이 더 가치있는 보물이었다. 《후한서》와 《위지동이전》의 마한 설명을 보면 마한馬韓은 오로지 구슬-목걸이瓔珠를 중시했다. 마한은 구슬목걸이를 재보로 삼았다. 唯重瓔珠以瓔珠爲財寶。

혹은 구슬을 옷에 달기도 하고, 혹은 목에 매달아서 늘여뜨렸다.
或以綴衣爲飾或以縣頸垂耳, 금은비단이 이슬珍을 대신하지 못하고, 구슬을 꿰어서 목에 걸었다. 不以金銀錦繡爲珍以珠玉綴成的頸飾.

따라서 주옥珠玉을 달아맨 구슬-목걸이瓔珠에 대한 우리말이 바로 이슬珍이었던 것이다. 구슬은 단지 옥玉이고, 구슬을 꿴 이슬을 진珍, 영주瓔珠, 영락瓔珞이라

했던 것이다.

결론적으로 신라왕칭 거서간, 거슬한, 이사금은 모두 "이슬한"을 가리키고 이는 이 빨, 즉 곡옥을 매단 목걸이의 왕이라는 뜻이다.

진한인 신라왕이 이슬한이었으니 변한弁韓(고령군의 북쪽 성주군星州郡은 고대 성 산가야星山伽倻, 벽진군碧珍郡 등으로 불렸는데 별한, 변한에서 유래한 이름이다.) 의 왕도 역시 그래서 이진아시伊珍阿豉라고 적은 것이고, 이진아시는 "이슬아시"로 읽고 이슬아시는 본래 이름이 아니라 가야왕의 호칭이 된다. 그런데 일본에 건너가 서 이자나기라고 부르게 된 것이다.

(주) 가야산 정견모주가 낳은 대가야왕은 뇌질주일朱日이라 하였는데 붉은구슬赤玉 을 의미하고, 금관가야왕은 뇌질청예青裔라고 하였는데 푸른옷青衣를 의미한다.

(주) 북부여北夫餘가 bc107년에 한무제에게 패전한 후에 새로 일어난 졸본부여卒本 夫餘에 밀려나서 bc86년에 새로 세운 곳이 가섭원迦葉原부여다.

"가야"는 바로 북부여의 새로운 땅이름 가섭원부여迦葉原夫餘에서 유래되었다. 가 섭원은 본래 후단군조선이 일어난 우현왕 고등高登의 고향 개사원蓋斯原, 개사수蓋 斯水가 어원이다.

개사원, 가섭원이 가시원, 가이원 즉 가야가 되고 일본에 건너가서는 가시하라橿原 로 되었다. 부여 육부족에 구가狗加가 있었는데 동물 '개'의 옛 발음 '가이'와 관련 된다.

따라서 가시하라를 가야 혹은 가라라고 한 것이다. 구사한국狗邪韓國에 개狗가 들 어간 것도 그 때문이다.

(주) 고대 중국에서는 구사狗邪라는 신령한 동물 신상이 있어서 사악함을 쫓아냈다. 후에는 벽사辟邪라는 말로 바뀌었는데 결국 조선의 해태獬豸 태상과 비슷하다.

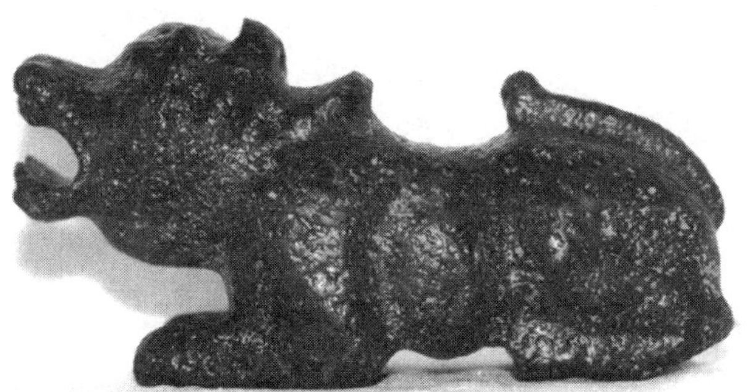

벽사 혹은 구사

(주) 김수로왕이 자리잡은 바닷가 금관가야에는 서기 48년 7월, 중국 사천泗川 안

악安岳으로부터 피난해온 아유타국 공주 허황옥이 건너와서 김수로왕과 결혼하고 불교 세력을 펼치고 있었다.

普州太后許黃玉: 許黃玉, 32年9月3日出生　在東漢建爲郡普州, 即今瑞云許家坡。47年, 四川境內發生了以雷遷爲首的聲勢浩大的暴動。48年, 東漢政府爲防止再次發生叛亂, 强行將"亂民"7000余人遷往江夏(今武漢一帶)。年方16歲, 許黃玉家族等20余人殺死隨船官兵, 奪船東下, 經楊子江, 在5月中旬漂流入黃海。48年7月27日淸晨, 一座形似鎪頭狀的島嶼展現在眼前。他們絶地縫生、歡呼雀躍。

김수로왕비의 무덤에 보주태후普州太后라고 적힌 것은 그 출신지 사천 보주普州에서의 내력에 의한 것이다.

(주) 한편 김수로왕 때에 인도로부터 석탈해昔脫解가 바다를 건너왔는데 《삼국유사》에서 석탈해의 부왕은 완하국왕玩夏國王 이라고 했다.

그의 이름 석탈해는 석가모니 시다르타Sidhartha의 차자借字일 가능성이 높으므로, 대승불교의 교리에 따라서 가야에 불교를 전파하러 온 것이다. 그러나, 이미 가야에는 허황후의 오빠인 허보옥이 장유화상長遊和尙이라는 법명으로 파사석탑을 가지고 와서 불교를 전파하고 있으므로, 석탈해는 일본으로 떠났다가 신라로 들어가서 신라의 4대왕 탈해왕이 되었다.

2장

가야 연오랑 세오녀 천조대신 왜여왕 히미코
伽倻 延烏郎 細烏女 天照大神 倭女王 卑彌呼

세오녀 아마테라스 왜여왕 히미코의 위용

서기 157년, 이서국의 후예인 연오랑과 세오녀가 신라에서
일본으로 건너가 일본의 태양신 아마테라스와 아마테라스오
미 부부가 되었다.
연오랑은 까마귀 모자를 쓰고 하늘에 제사지내는 제사장이
었고 세오녀는 제례복을 짜는 신녀였다.
신라에서는 해가 사라져서 이들을 다시 찾으니 아마테라스
연오랑은 세오녀가 짠 비단옷을 보내어 신라도 계속 태양신
에게 제사지내도록 하였다.
연오랑이 먼저 죽고 세오녀가 왜여왕 히미코가 되어서 247
년까지 통치하였다.

이자나기의 일본 건국 뒤에 다시 주요한 세 건국신이 일본에 왔는데, 가야계
연오랑延烏郎 아마테라쓰天照大神 부부와 마한馬韓 월지국月支國의 후예 쯔쿠
요미月讀神, 그리고 백제계 스사노오須佐之男命 초고대왕肖古大王이다.

아마테라쓰天照大神는 히미코卑彌呼 왜여왕으로 《위지동이전》에 기록되었는
데 247년까지 살았다.
《삼국유사》 기록에서 157년 아달라왕阿達羅王 4년에 신라 영일만迎日灣에
서 연오랑延烏郎과 세오녀細烏女가 일본에 건너가서 일본의 왕이 되었다고
전한다.
연오랑과 세오녀가 떠난 뒤에 신라 아달라왕은 해와 달이 없어졌다고 사신
을 일본에 보내어 그들이 되돌아오기를 청하니, 연오랑은 세오녀가 짠 비단
織細絹(=제례복祭禮服)을 대신 주어서 신라 영일현에서 그 비단을 놓고 제사
지내게 하여 신라의 해와 달이 다시 정기를 찾았고, 신라왕은 그 비단을 귀
비고貴妃庫에 관장하였다. 이때, 아달라왕 5년 158년에 왜인倭人이 신라에
내빙한 기록이 《삼국사기》에 남아있다. 또한 173년, 아달라왕 20년에 왜
여왕 히미코가 사신을 보내 내빙하였다.

따라서 연오랑 세오녀 이들이 바로 일본 최고의 신인 아마테라스오호카미天

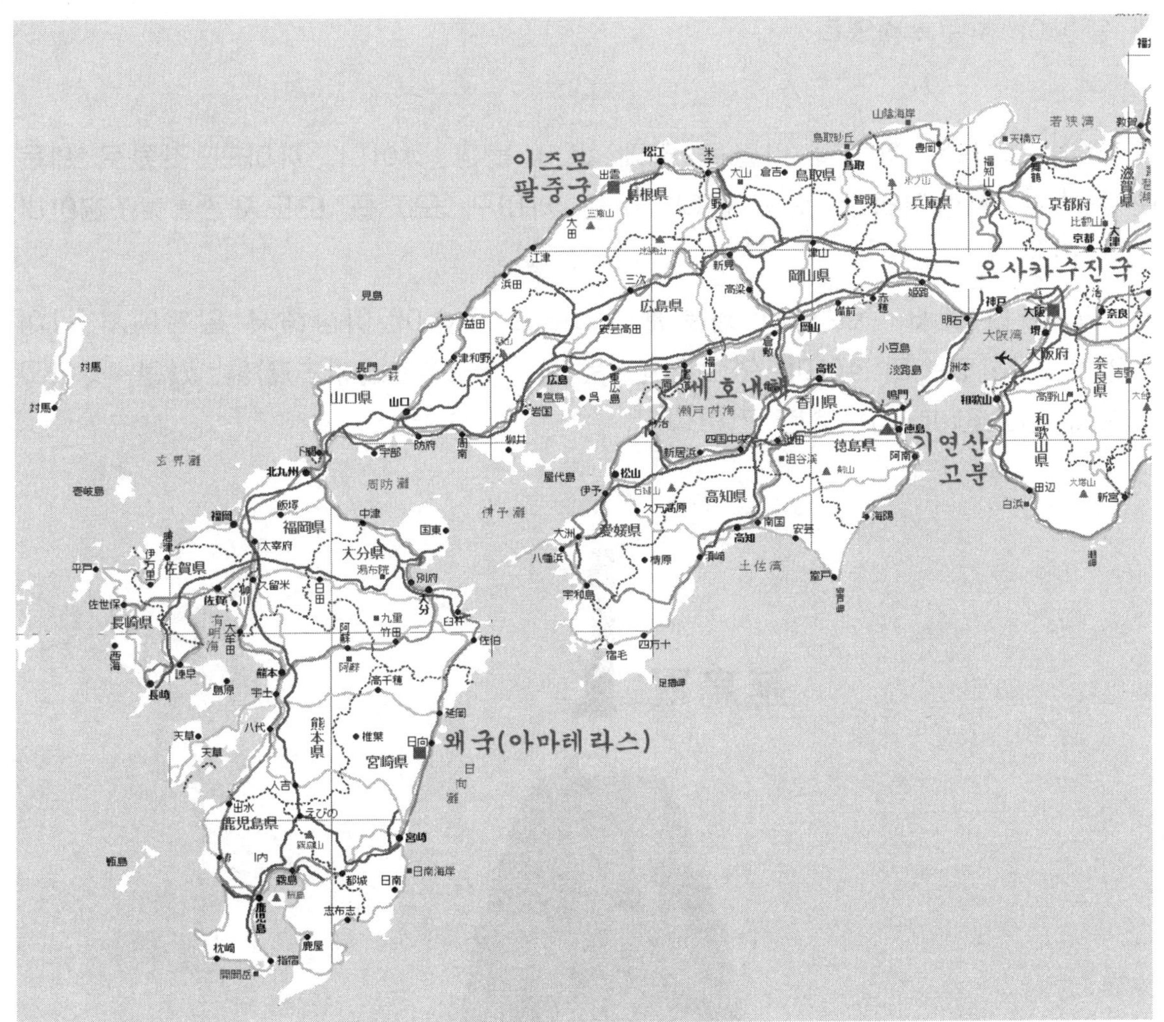

연오랑세오녀 수진국과 세호내해, 초고대왕팔중궁, 아마테라스 왜국 및 기연산고분

照大神와 그 부인인 아마테라스오미오호카미天照大御神이다. 뒤의 어御는 미로 발음하며 이는 여자美를 뜻한다.

아마테라스오호카미天照大神의 일본 이름은 와카히토若仁였고, 스무살 전후로 일찍 죽었다는 요절夭折의 의미가 이름자 약若 글자에 들어있다.

그의 처가 된 세오리츠히메瀬織津姫는, 즉 세오녀細烏女인데 그녀는 아마테라스오미오호카미天照大御神로서 일본 이름은 호노코穗乃子라고도 하였다. 호노코穗乃子도 우리 발음으로는 "수繡"놓는 여자가 된다.

연오延烏에서 연延은 고대 일본어에서 "일자日子(일본왕의 고대 존칭)"로 표기되는 "히쿠卑狗"로 발음되었는데, 《위서동이전》에서 일본 대마도 등의 고대 왕칭이 히쿠卑狗였다.

또한 연오延烏는 까마귀 깃털을 길게 펴서 늘인 것이니, 까마귀 깃털로 세운 모자를 쓴 사람이라는 뜻도 된다. 이런 까마귀 모자를 오모자관烏帽子冠이라고 한다.

《삼국유사》에서 연오랑이 일본에 가니 그 모습이 이상해서 일본에서 왕이 되었다고 하였는데, 이미 연오관延烏冠(즉, 오모자관烏帽子冠)을 썼던 것이고 그래서 연오랑이라고 불린 것이다.

이때 연오랑延烏郎 아마테라스는 팔지오八咫烏라는 약 80cm 길이의 까마귀 깃털을 세워서 꽂은 것 같은 검은 모자를 썼을 것으로 고려된다.

즉 연오는 본래 하늘에 제사지내는 제사장으로서 오모자관을 쓴 모습이었고, 그 혈통은 신라에 망하여 가야로 떠났던 이서국伊西國의 후예로 고려된다.

연오延烏에서 오烏는 카라스라고 읽는다. 히코카라스가 된다.

현재 천조대신天照大神은 아마테라스라고 읽는데, 히코카라스延烏가 변한 것이다. 카라스烏가 테라스照로 변한 것이다.

가야의 별칭인 가락국은 이서국에서 유래한 이름일 수도 있는데, 이서국 도성 이름이 오도산성烏刀山城이었다. 즉 까마귀의 일본 발음인 카라스쯔산인 것이다. 이서국의 카라스쯔산에서 가락국이 유래되는 것이 자연스럽다.

일본의 고서인 《수진전秀眞傳》에 실린 와카和歌에 의하면 천조대신에게는 12후后라고 하는 열두 신녀神女가 있었다.

12후라는 명칭 때문에 본래 천조대신은 남자다. 즉 연오랑이다.

그러나 그는 초고대왕이 쳐들어온 160년 이전에 죽었을 것이다. 아마테라스오호가미天照大御神가 여자 몸으로서 남장을 하고 전투를 지휘하기 때문인데 이는 연오랑이 이미 사라진 것을 의미한다.

바로 이 《수진전》의 존재로 인하여 연오랑이 세운 나라 이름이 수진국秀眞國 이었다는 것을 알 수 있는데, 수진국은 《일본서기》에서 신무천황이 동정을 끝내고 돌아볼 때에 수진국秀眞國을 단한번 언급하며 "하쓰마"국으로 읽으라고 했다.

12신녀 중에서 천조대신의 아들인 아메노오시호미天忍穗耳命의 어모御母가 제3신녀인 세오리츠히메瀨織津姬穗せおりつひめのかみ라고 전한다. 즉 천조대어신이 세오리츠히메다.

세오리츠히메는 그 이름이 비단을 짜는 여신이란 뜻이다. 동시에 세오녀로 추정되고, 신라가 아니라 가야에서 건너간 여인이다. 초고대왕 스사노오는 백제에서 갔어도 신라에서 갔다고 기록한 것과 마찬가지다.

제4신녀인 와카히稚日女命(113~160년)는 수진국 궁전에서 비단을 짜던 중에 살해당했다.

수진국 열두 명의 여신 중에 8명이 160년에 초고대왕에게 굴복을 당했고, 그후 6명의 신녀를 통해서 초고대왕은 8명의 자식을 얻었다.

따라서 히미코 왜여왕(145년경 출생)은 수진국에서 통치 도중에 신궁을 초고대왕에게 정복당해서 신궁의 여신들과 함께 8명의 자식을 낳아 받쳤는데 그중에서 세오리츠히메가 직접 낳은 아들은 아메노오시호미天忍穗耳命가 유일하다.

히미코 왜여왕은 157년부터 247년까지 최소 90년간 왜국 여왕으로 지냈다.

(주) 《수진전秀眞傳》의 와카和歌에 기록된 천조대신 12후는 다음과 같다.

天照大神の十二后

1) 모치코持子 마수희麻須姬(盆姬); 첫번째다. 마수는 우리말 첫째를 의미하는 마수다. 아메노호히天穗日尊를 낳았다. 구두대사九頭大蛇가 전성轉成한 몸이라고 한

다. 연오랑이 먼저 일본에 가서 왕이 되었을 때에 처음 거둔 신녀로 고려된다.

삼족오가 새겨진 제례복

2) 야스코루子 · 子盆姬(코마스句升姬); 타기리沖津島姬, 타키쯔히메辺津島姬, 이찌키시마히메市杵島姬등 3자매신를 낳았다. 팔기대사八岐大蛇가 전성轉成한 몸이라고도 한다. 초고대왕이 머리가 여덟 개 달린 팔기대사를 죽였다는 기록이 있다. 팔기대사는 야스코루子 한사람만이 아니라 8명의 신녀로 고려되는데, 초고대왕은 신궁에 쳐들어가서 히미코를 굴복시키고 8명을 후비로 삼은 것이다. 하나코는 살해당했고 3명은 도망하였다? 그리고 8명의 후비를 가둔 곳이 이즈모出雲의 팔중성 야에가기八重垣다.

3) 호노코穗乃子 · 세오리츠히메瀬織津姬. ; 왜여왕 히미코이며 157년 일본에 간 연오랑延烏郞-세오녀細烏女 설화의 세오녀다. 신무천황의 조부인 오시호미忍穗耳命를 낳았다. 12신녀를 위한 오궁五宮 안에서 사궁四宮에 각각 3여신을 모시고, 특별히 중궁中宮에 혼자 세오리츠히메를 따로 모신다. 왜여왕 천조대어신天照大御神 히미코였기 때문이다. 그녀는 제례용으로서 태양신의 사자 세 발 까마귀가 그려진 비단 자수를 놓았을 것이다.

4) 하나코花子 · 와카사쿠라若櫻姬: 160년, 초고대왕에게 살해당하였다.

5) 아키코秋子 · 하야아키쯔速開津姬: 아마쯔히코네天津彦根尊을 낳았다.

6) 미치코道子 · 오오미야大宮姬; 이쿠쯔히코네活津彦根尊를 낳았다.

7) 고다에小妙(句当) · 타나바타棚機姬　당

28

8) 오사코筬子 · 오리하타織機姬

9) 아야코紋子 · 토요히메豊姬;　쿠마노쿠스히熊野楠日尊를 낳았다.

10) 아치코味子姬

11) 아사코淺子 · 이로노우에히메色上姬

12) 소가히메蘇賀姬

(주) 히코, 즉 비구卑狗, 즉 일자日子, 즉 태양신을 모시는 남왕에 대비되는
태양신을 모시는 여왕을 의미하는 보통명사로서 일녀日女, 비미卑美 등 여왕女王을
비미호, 히미코라고 했을 가능성이 있다.

대왕의 비를 대비大卑라고 적은 기록이 고분 벽화에 있으므로 비卑는 낮춤말이 아
니다.

천조대신은 아마테"라쓰"라고 읽는데 "라쓰"는 랑郎를 의미하여 연오랑延烏郎의 랑
郎을 의미할 수 있다.

(주) 히미코 여왕의 거대한 산능은 시코쿠四國地方의 도꾸시마현德島縣 기연산氣延
山에 있다. 전방후원 고분이며 후원부 정상에는 특이한 오각형의 제단이 있다.

기연산氣延山은 히미코의 가야 남편이자 본래 천조대신이었던 연오랑延烏郎을 기린
산이름으로서 기연산紀延山이었을 것이다.

기연산에 야쿠라히메八倉比賣 신사가 있고 그 뒤에 히미코의 능이 모셔져있다. 야
쿠라는 큰 카라스烏, 대오大烏에서 유래된 것이다.

야쿠라히메 신사에는 247년 당시의 히미코를 위한 장례식 장의葬儀 행렬에 대한
기록이 남아 있다.

기연산의 다른 이름은 기연산 이외에 스기오杉尾산, 시야矢野산이라고도 하는데, 모
두 세오녀細烏女, 세오리츠히메瀨織津姬穗의 세오細烏에서 비롯되는 것이고 그 앞
바다는 세호瀨戶 내해內海라고 부른다.

(주) 쯔쿠요미月讀神는 일기도壹岐嶋의 신인데, 백제에 망한 마한馬韓의 월지국성月
支國城에서 건너온 것으로 고려된다.

3장.

백제 초고대왕 일본 천황 시조 스사노오
百濟 肖古大王 日本 天皇 始祖 速佐之男

백제 초고대왕 후손 일본천황표

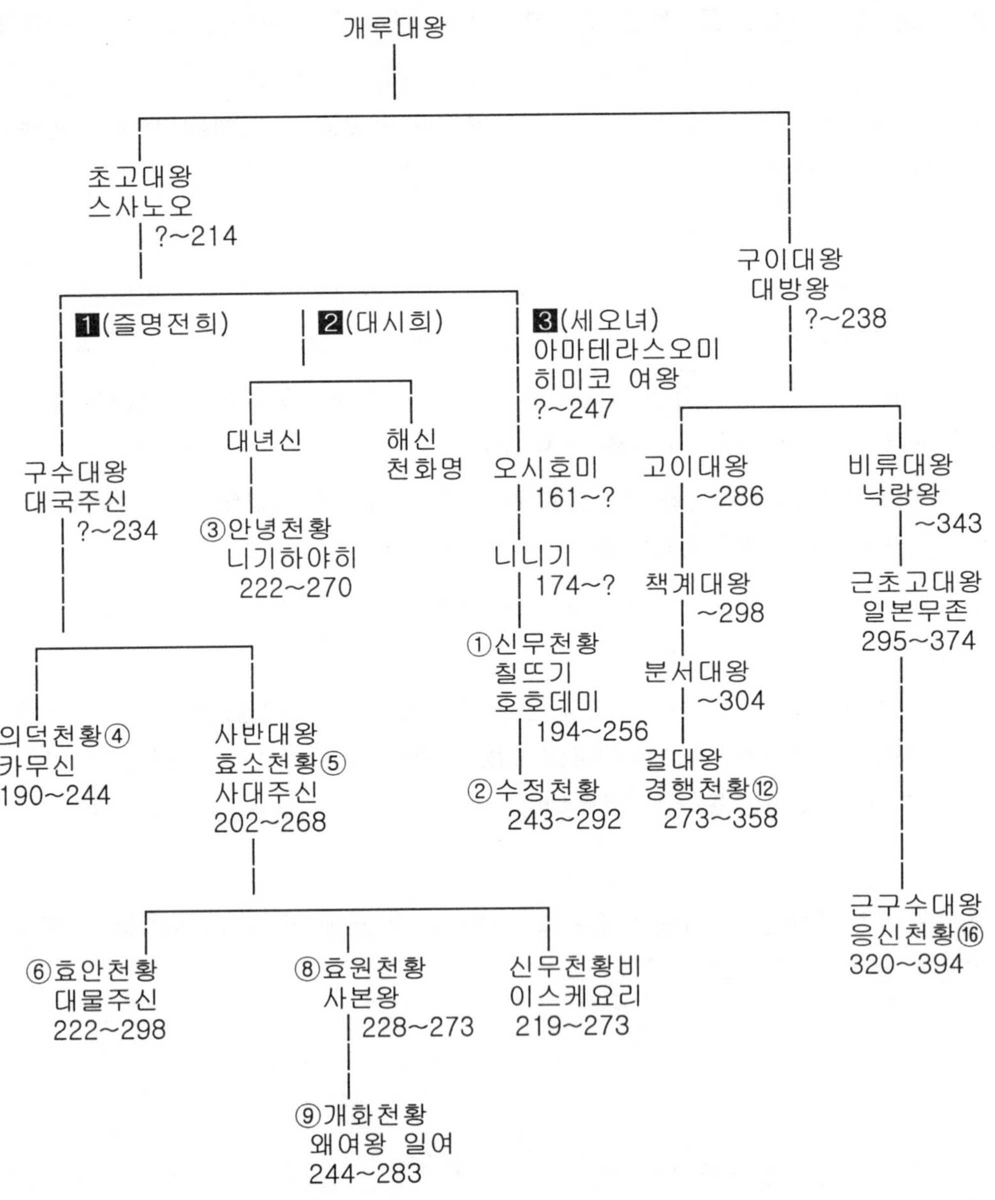

①②③④⑤⑥⑧⑨는 조작된 일본 천황 즉위 순서이나 모두 초고대왕 후손이다
한자 이름은 부록에 있음.

1. 백제의 건국지 대동강 평양
百濟 建國地 大同江 平壤

> 백제 온조대왕이 배를 타고 만주를 떠나와 한반도로 들어와서 처음 건국한 곳은 평안남도 대동강의 서쪽 가지 보통강 평성시 청룡산성이며 대산한성, 하북 위례성이라 불렀고, 이후에 대동강 동쪽 가지 비류강 성천군에 하남위례성을 세웠다. 동서 2성인 것이다.
>
> 대동강 하류 평양에 있던 기준의 마한을 병탄하여, 백제가 북으로는 압록강, 동으로로는 태백산맥, 남쪽으로로는 금강에 이르렀다.

고구려 국모였던 소서노召西努가 비류沸流왕자와 온조溫祚왕자를 데리고 바닷가로 와서 소금장사를 하여 마침내 어하라於瑕羅를 세운 곳은 고대 어니하於泥河가 흐르던 만주 대석교시大石橋市 진미산성鎭迷山城으로 고려된다. 진미산은 발해 진주辰州가 있었고 그 이름의 유래는 진한辰韓이다. 이를 소서노의 장자인 비류대왕이 물려받았다.

소서노의 차자인 온조왕자가 비류대왕으로부터 독립하여 배를 타고 한반도로 건너와서 처음 상륙한 곳이 미추홀彌鄒忽이라 전하는데, 이는 평안남도 서해안의 영유현永柔縣 미두산米豆山이다. 미추의 변음變音이 미두인 것이다. 미추는 용龍의 우리말이다. 강룡산降龍山, 견룡지見龍池 등이 미추홀에 남아있다.

온조대왕이 오른 한산漢山 부아악負兒岳은, 평안남도 평성시 자모산慈母山이다. 자모산성이 남아있다. 성 둘레는 5000m이고, 위례성을 호위하는 5방성 중의 북방성이 된다.

온조봉에서 그 이름이 유래된 은좌봉殷坐峰이 그 서남에 있다. 평성시 동남쪽 백족산百足山도 온(溫=百)조산에서 유래한 것이다.

자모산성 남쪽에는 청룡산성靑龍山城이 있는데 첫번째 한산 수도 하북 위례성이다. 성 둘레는 약 5000m이다. 그곳을 상차리上次里, 또는 오리동이라고도 하는데, 위례성慰禮城의 지명이 아직 남은 것이다.

다음으로 온조대왕이 한수漢水(=平壤 大同江)로 보호된 도읍지 하남 위례성河南慰禮城을 세워 한성漢城이라고도 했는데, 이는 평안남도 성천군成川郡 홀골산성忽骨山城이다. 성천은 위례성천이 어원으로 추정되며, 현재는 비류강沸流江이라고도 부른다. 동쪽의 소조산小祖山도 온조산에서 유래된 것이다.

백제 세력도

온조대왕이 처음 쌓은 마수성馬首城은 압록강鴨綠江 남쪽의 의주義州 서남쪽의 백마산성白馬山城이다. 《광개토대왕 비문》에서 모수성牟水城이다. 낙랑이 마수성 축성을 반대하니 독산禿山, 구천狗川의 두 성을 쌓아 낙랑의 통로를 막았는데 이는 청천강淸川江의 북안 독산면獨山面과 개천군价川郡의 두 성이다.

온조대왕이 다시 한강漢江(=渾江) 서북쪽에 성을 세우니, 이는 압록강의 동북방인 중국 환인현의 혼강渾江에 위치한 오녀산성烏女山城이다.

백제는 환성丸城이라 했고, 지금은 환인桓仁이라 하는데, 청나라 때는 오이고성烏爾古城이라 했었다. 백제계 일본성씨인 화니和邇=丸氏, 우리말로 아이阿爾씨의 고향이다. 신공황후의 성씨가 환씨이니 그 조상들의 원향이다.

온조대왕은 평양 위치에 있던 기씨마한箕氏馬韓을 병탄하였다. 그리하여 마한을 합친 백제의 남계는 황해도와 경기도를 지나 충청남도 금강錦江에 이르러서 공주公州 대두산성大豆山城, 다른 말로 콩산성公山城을 쌓게 된다.

당시 백제의 북계는 패하浿河에 이르렀다고 했는데, 이 패하는 고대에 파사수婆娑水, 파저강婆猪江이라고도 했던 지금의 압록강일 것이다.

초기 백제 동계는 주양走壤이라고 했는데, 대동강 동계인 곡산천谷山川의 달해산達海山 달보산성達寶山城으로 고려된다.

개루대왕이 북한산성北漢山城을 쌓았는데, 평양 북쪽 평성시 청룡산성으로 고려된다. 자모산성 남쪽이다.

백제 전성기 근초고대왕의 한산성은 대성산 남쪽 안학궁지로 고려된다.

고구려가 훗날 한성을 쌓았는데 지금의 평양성이다.

(주) 백제의 초기 수도가 대동강 지역인 것은 여러 가지 증거가 있다.

1) 일본 나라현奈良縣의 아스카明日香 기토라 고분에서 나타난 벽화의 별자리가 평양 하늘을 관측한 것으로 증거된다. 백제인의 하늘은 평양 하늘이었다.

2) 신라의 수만 개에 달하는 고분과 고구려의 수만 개 고분에 견줄 수 있는 백제 고분은 서울에 거의 없다. 일제강점기에 약 80개 정도 남아 있었다고 전하지만 대부분 고구려식이다. 대신 평안남도와 황해도에 수만 개 고분이 있는데 이 모두가 백제 귀족 고분이며 이를 이제까지 유령국가 낙랑군의 고분으로 잘못 알고 있다.

3) 6세기 공주 무령왕릉 같은 형식의 벽돌塼室 고분의 선구가 만주로부터 대동강에 산재해 있다. 현재 서울 한강에는 벽돌 고분이 없다. 고구려 장수대왕이 백제 개로대왕을 죽인 뒤에 백제는 공주로 천도하였고, 황해도 전실고분도 공주로 직접 이어진 것이다.

4) 일본의 벽화 고분은 백제가 전수한 것이다. 그 벽화 고분의 선구가 역시 평양

지방이다. 서울에는 벽화 고분이 하나도 없다. 벽화 고분은 만주의 요양시를 거쳐 평양시에 전해졌고, 그 뒤에 고구려 집안과 신라로 전해졌다.

5) 또한 고구려 고분으로 선전된 황해도 안악3호 고분의 복식과 관은 《삼국사기》에 기록된 백제왕의 복식과 관이다. 고구려왕의 복식과 관은 색이 전혀 다르다.

6) 황해도 사리원의 대방태수 장무이張撫夷 묘는 낙랑의 대방태수묘가 아니라 백제의 대방태수묘이다. 471년 송나라에 개로대왕의 사자로 간 백제 대방태수의 이름도 장무張茂였다. 즉 장무의 부형이 장무이인 것이다.

7) 고구려 광개토대왕이 396년 백제를 정벌할 때 뺏은 첫번째 성이 만주의 단동시丹東市 봉황산성鳳凰山城으로 《만주지리풍속지》에 기록되어 있다. 즉 396년 이전에 백제 땅은 만주에도 퍼져 있었다.

8) 광개토대왕에게 패퇴한 5세기, 백제가 후퇴한 수도 한성은 예성강禮成江에 있었다. 황해도 신계군新溪郡 부여면夫餘面 위라천位羅川에서부터 흘러내려오는 예성강은 본래 위례성강慰禮城江이었던 것이다.

그곳의 피난 수도였던 태백산성은 백제 말기 수도인 충청남도 부여의 부소산성과 똑같은 형식이다.

9) 대동강 평양에서는 506년 경에 고구려인에 의해서 현재의 평양성이 세워질 당시에 만들어진 《평양성벽 각서刻書》가 발견되었는데, 그 성벽에 평양이라는 말은 전혀 없고, 대신에 오로지 《한성漢城》이라는 글자가 적혀 있다. 漢城 下 後部小兄...

고구려가 당나라에 항복했던 대동강 평양은 본래 고구려 한성이었다. 연개소문의 둘째아들 천남산묘지泉男山墓誌에도 고구려가 당나라에 항복한 곳은 한성漢城으로 나와있다. 즉 지금 평양은 본래 백제 한산성, 고구려의 한성이었다.
《泉男山墓誌》 漢城不守 貊弓入獻 楛矢來王
396년 백제 한산성을 고구려 광개토대왕이 빼앗았다.
한편 《평양성벽각서》에서 《한성 하, 漢城 下》는 고구려 한성이 고구려인에 의해 건설 도중에 다시 백제에게 함락되었던 사실을 의미한다. 506년 무령왕 때이다.
10) 《삼국사기》에서 한성(평양)의 백제 개로왕을 참살한 고구려가 안장왕 대에 국경을 넘어 백제로 쳐내려와서 전투한 곳은 황해도 한복판 오곡군五谷郡이었다. (앞 지도 참조) 북한의 역사책은 이를 백제군의 북침을 유인해서 섬멸한 것이라고 억지로 해석한다.

11) 《일본서기》 550년조에서 백제가 평양平壤을 쳐서 6군을 수복했는데, 본래 백제 고지라고 했다.

12) 《삼국사기 거칠부전居柒夫傳》에서 나제동맹군의 백제가 앞서나가서 평양성을 쳤다고 했는데 대동강 평양, 즉 하평양이다.

13) 《일본서기》에서 550년 백제는 고구려 도살성道薩城을 빼앗고, 고구려는 백제 금현성錦峴城을 빼앗았는데 서로 싸우다가 지친 틈에 신라 진흥왕의 이사부異斯夫

가 습격하여 빼앗았다. 《일본서기日本書記》에서는 두 성을 우두방牛頭方과 니미 방尼彌方이라고 기록했는데 신라 우두방이 있던 곳은 금천군金川郡으로서 지금 예성강의 동편이다. 5세기 아신대왕의 위례성이 예성강 서편 평산군平山郡 태백산성에 있었다.

14) 번한왕 기준箕準이 요서에서 위만衛滿에게 밀려나서 피난나온 마한이 대동강 평양이다. 《마한세계馬韓世系》에서 기준의 9세 후예인 기정箕貞이 기원전 17년에 백제 온조대왕에게 망했는데, 이때 기씨마한의 세력이었던 선우鮮于씨는 평양 서쪽의 오석산 황룡산성黃龍山城(앞 지도 참조)의 주인이 되었고, 기奇씨는 경기도 행주산성의 주인이 되었고, 한韓씨는 충청북도 청주의 주인이 되었다.

전라도 익산 구석에서 기씨마한이 망했다는 주장은 그 후손들의 분산 배치 결과로서 말이 되지 않는다.

15) 평양의 백제대왕을 낙랑태수라고 한 것은 동진에서 보낸 근초고대왕의 책명에서 나타나고, 그후 《양나라 직공도梁職貢圖》에도 백제 사신을 낙랑 사신이라고 기록해놓았다. 아울러 이 백제가, 이 낙랑이 양자강 동쪽을 동진東晉 말부터 백년간 거느렸다.

16) 백제 초고대왕肖古大王의 이름이 함흥에 남아있다. 이는 뒤에 자세하다.

17) 《정의괄지지正義括地志》에서는 도이島夷에 대해 이렇게 말했다. 백제국 서남의 발해 중에 큰 섬 15개소가 있는데 백제에 속했다. 백제가 발해 동북에 위치해 있었으니 백제의 만주 소유가 기록된 것이다. 《正義括地志》 : 「百濟國西南渤海中有大島十五所, 皆邑落有人居, 屬百濟. 」

이렇게 많은 대동강 백제 평양의 증거가 무시되는 국사는 결코 진실된 역사가 아니다. 제 조상 무덤을 호로새끼 무덤이라 하면서, 스스로 근본을 부인하고 노예처럼 살기로 작정한 것은 사실 우리 국민들의 뜻이 아니다.

고려 말기 이후로부터 왜곡된 지식을 대대로 후손에게 그릇 가르쳐 온 양반 학자들의 만행이다.

2. 초고대왕의 함흥 거점 일본 진출
肖古大王 咸興 據點 日本 進出

주몽검을 남긴 백제 초고대왕 출운대신

백제 개루대왕 때에 백제는 함흥에 진출하였고 함흥에 쇠를 다스리는 수시리성을 두어 초고왕자가 지켰다.

160년, 초고왕자는 함흥에서 일본 이즈모로 건너가 일본 전역을 굴복시켰다. 일본 천조대신 히미코, 즉 세오녀를 포함한 8명의 신녀를 후비로 삼아 팔중성에 가두고 8명의 자손을 낳았다.

그후 히미코가 탈출하여 큐슈에 야마대국을 세우고, 그 아들이 가야로 건너가서 가야왕의 사위가 되어 얻은 후손이 알알이이며, 알알이가 큐슈로 돌아와 아들을 낳으니 신무천황이 되었다.

백제 6대 초고대왕肖古大王(재위 166~214)이 일본의 건국신인 스사노오須佐之男이니, 일본이 최초 천황으로 모신 신무천황神武天皇(194~256)의 증조부이다.

《삼국사기》에 나타난 당시 동해안의 정세를 보면 108년에 강원도 삼척三陟이 신라 파사왕婆娑王의 신라 땅으로 통합되었다.

125년에 신라가 동해안의 말갈로부터 침략을 받으니, 백제 기루대왕己婁大王(재위 77~128년)은 백제의 다섯 장군을 보내어 신라를 구원하였다.

이때 백제가 동해안에 영토가 없었으므로 말갈은 백제를 거치지 않고 신라를 친 것이다. 그러나 말갈과 백제가 전투를 한 곳은 동해안이었다.

이후 155년, 백제 개루대왕(재위 128~166년) 때에 신라의 아찬 길선吉宣이 백제로 망명하였다. 이때 신라는 백제를 쳤으나 백제는 여러 성을 굳게 지켰다.

이때에 신라인 길선이 동해안 함흥, 원산 등의 여러 성을 가지고 귀순하여 백제에 받침으로 백제가 동해안에 진출하고, 신라의 탈환 공격을 방어한 것이다.

백제는 수도가 하북 위례성, 즉 평성시 청룡산성인 때에, 백제 동부 주양走壤에서 문천시 서쪽 마식령馬息領(고대 마수령馬樹嶺이다.)을 통해 태백산맥을 넘어 동해안에 진출한 것이다.

초고대왕의 속고성과 일본 진출도

이 무렵에 원산시元山市 북쪽 문천시文川市에 속고봉速高峰, 속고산速高山 (722m, = 신증동국여지승람 ; 所依達山, 즉 쇠달산) 같은 백제 초고대왕의 별명 인 속고왕速古王의 이름을 딴 지명이 생겨난 것이다.

함흥시 동쪽에는 초고대령草高臺嶺도 생겨났다. 즉 개루대왕 생전에 초고대 왕인 속고왕은 원산-함흥 지역에 봉토를 받아서 있었던 것이다.

그후 214년 신라가 사현성沙峴城을 수복했는데, 이는 원산元山 남쪽 고산군 高山郡 사현봉수沙峴烽燧가 있던 사현沙峴이다.

문천군에 속고산速高山(722m)이 있다. 문천군 천불산에도 속고봉이 있다.

문천군에 매홀석성妹屹石城이 있었고, 이는 문주文州라고도 했는데 백제 개로 대왕을 이은 문주대왕汶洲大王이 고구려로부터 이 지역을 탈환하여 지키고 있었던 곳으로 고려된다.

개로대왕의 참살 때에 문주대왕은 함흥으로부터 신라로 내려가서 구원병 1 만을 얻어올 수 있었다.

함흥 동쪽 퇴조만의 퇴조고성退朝古城(석축 4917척)이 백제 고성으로 고려된다. 서쪽에 초고대령草高臺嶺 동북에 초막산草幕山, 제봉산鵜峰山이 있다. 초고대령은 초고대왕령이었을 것이다.

초막산 북쪽에 가장 높은 우두산牛頭山(814m, 현재 봉화산)이 있었고 그 북쪽에 함관령이 있다. 백제 초기에 공격하던 함흥 낙랑의 우두산성이다. 그 서북쪽에 덕산동 초원고성草原古城이 있는데 토성으로 1147척의 호위성이다.

함흥 서쪽 6511척의 한당고성閑堂古城이 토성인데, 동해안까지 확장된 백제 동부의 부도성으로 유력하다. 그 위치는 함흥시와 백운산석성의 중간인 상조양면의 중평리다. 북쪽에는 자고성慈姑城이 있는데 이는 평양의 자모산성처럼 북쪽 호위성이다. 한당고성은 백제 초기 등장하는 낙랑 지역이었으며 고구려, 백제의 우수주牛首州였다.

백제 개루대왕蓋婁大王 때에 개루대왕의 왕자 초고왕자는 함경남도 원산에서 바다를 건너서 일본 시마네현嶋根縣의 이즈모出雲에 진출하였고, 160년에 일본의 여왕 히미코(~247)를 정복하였다.

이는 히미코 여왕의 여사제女師弟인 와카히稚日女命(113~160년)가 초고대왕에게 죽임을 당한 해가 그녀의 고분에서 160년으로 확인되기 때문이다. 이는 효고현兵庫縣 서궁시西宮市 증암정甑岩町에 있는 월목암신사越木岩神社에 남아 있는 기록이다.

일본에 간 최초의 백제인 초고대왕肖古大王은 일본에서 속고왕速古王, 또는 속고대왕速古大王으로 표기한다. 백제에서는 별칭이 소고왕素古王이었다.

그후 초고대왕의 여러 아들들이 일본에 진출하였고, 그리하여 일본에는 백제 속고대왕速古大王의 후손으로서 여러 씨족 가문인 금부련錦部連, 삼선숙녜三善宿禰등 직계 후예를 남겼는데 이는 일본의 고대 기록인 《신찬성씨록新撰姓氏錄》에 남아있다.

특히 여느 백제왕들과 달리 '속고대왕速古大王'이라고 《신찬성씨록》에 표기하여, 고구려, 백제, 신라의 모든 왕 중에 유일하게 백제 속고왕만 대왕大王이라는 칭호를 받았다. 한반도에서보다 일본에서 초고대왕이 더 추앙받는 현실이다.

그외 속고대왕의 후손이 일본 고대 역사에 많이 기록된 것은 속고대왕 때에 일본 진출을 했기 때문인 것이다.

일본의 최초 천황이 된 신무천황神武天皇의 증조부였던 스사노오須佐之男는 일본에서 建速須佐男, 速佐男, 素佐能雄, 素盞嗚, 素佐能雄 등으로 표기되어 왔다.

건속建速은 속速을 건국했다는 뜻이니, 한반도 동해안 원산 지방인 속국速古國을 처음으로 차지한 분이라는 뜻이다.

그래서 속고왕이라는 일본 이름도 생겨난 것이다. 일본에도 역시 속고를 건설했는데, 시마네현嶋根縣에 처음 팔중궁을 세웠던 수가須賀가 바로 일본의 속고 땅이다.

여기서 스사노오須佐之男의 뜻은 스사須佐, 速佐, 素佐의 지배자之男, 지방왕이라는 뜻이 된다.

당시 발음은 지남之男, 능웅能雄(n-ung)이니 우리말 '놈'의 발음에 해당한다. 고대의 "男"에 대한 발음 놈에서 유래되는데, 고대에는 '남'이 작위에 해당하는 높임말이었고, 대개 아들을 의미하는데 지금은 거의 비칭卑稱으로 전락하였다.

현재 함경남도 문천시 속고산速高山이 《신증동국여지승람》에 의하면 고대 쇠달산所依達山이므로 속速을 소의所依로 풀어쓴 것이니 '쇠鐵'와 같은 말이고 따라서 스사須佐, 速佐, 素佐 등은 모두 '쇠鐵'를 의미한다. 쇠달산에 신사神祠가 있었다고 전한다.

스사노오의 딸을 수세리공주須勢理毗賣라고 했는데, 함흥 남쪽 정평군定平郡에 수시리 고성隨時里古城(400m 토성)이 남아있다.

수세須勢도 중국어 발음기호표기식인 반절半切로 보면 '쉐(shu-e)'발음인데 '쇠'의 우리말 고어다.

정평의 수시리 고성은 금이강金伊江이 감싸고 있는데, 금이金伊도 "쇠+I"의 이두吏讀 기록이고 금이강이 쇳물이다. 이 지역에 광산이 많이 있으니 수시리 고성은 쇠를 다스리던 곳이다.

금이강 서북쪽 사수산泗水山(1747m)도 사수泗水가 곧 쇳물이다.

한편 《일본서기》에서 스사노오, 즉 초고대왕은 신라국新羅國 소시모리曾尸茂梨에서 (아들 구수대왕과) 배를 타고 일본 이즈모出雲로 왔다고 하였다.

신라국 소시모리曾尸茂梨(蘇尸茂梨)라는 곳도 역시 우리말 고어 발음으로 소시가 쇠를 의미하고 무리가 물을 의미하니 역시 쇳물을 뜻하며, 함흥 남쪽 정평군定平郡 수시리 고성隨時理古城(400m 토성)이 신라의 소시모리 성이다. 본래 신라 땅이던 것이 백제 초고대왕의 개척 영지가 되었던 것이다.

한편, 금이강 남쪽에 이웃한 금야강金野江은 고대에 비류수沸流水라고도 이름 했다.

따라서 스사須佐,速佐,素佐,速古,素古,肖古 등은 '쇠'에 이두의 소유격 조사를 붙인 표현으로 되니 스사노오建速須佐之男(shue-nam)는 우리말 '쇠왕, 쉐왕' 이 된다. 쇠왕을 당시에는 '쇳남', '쇠사남'이라 기록한 것이다.

백제 초고대왕肖古大王은 백제의 속국速國, 내지 별국別國을 일본 본토 시마 네현嶋根縣에 세운 일본신 스사노오建速須佐男, 즉 쇳남, 쇠대왕이다. 초고대 왕이 건너가 세운 일본 지명인 시마네현嶋根縣은 그 이름에서 일본 팔도八島 의 뿌리가 되었고 일본의 뿌리인 것이다.

《고사기》에서 왜여왕 히미코卑彌呼(~247)는 일본에 도래한 초고대왕, 스사 노오를 아나세阿那勢라고 불렀는데, 일본은 이를 동생이라고 풀이했으나 일 본말 "아나"는 한자로 귀貴가 되므로, 귀세貴勢가 올바른 기록이며, 이는 존 귀한 분을 가리키는 중국 고어이다.

초고대왕은 이즈모出雲 히가와斐伊川의 수가須賀에 야에가기八重垣 궁을 세웠 다. 히가와斐伊川는 함경남도 문천시文川市 서쪽 배지이천配歧伊川에서 유래 한 것이다. 문천시에 매성妹城이라는 고성이 있었는데 왕비를 기린 것이라고 생각되고, 히가와의 히斐도 여신을 의미한다. 문천시에 절문루節文樓가 전해 오는데 스시노오의 부인 이름도 쿠시나다櫛名田姬다. 즉, 쿠시나다가 문천시 배지천에서 초고대왕, 스사노오를 따라서 도일한 백제 본토 여인으로 고려된 다. 한편 비이신사斐伊神社는 효소천황孝昭天皇 5년에 세웠다고 한다.

《일본서기》에서 스사노오는 신라에서 왔고 근국根國으로 돌아갔다. 실상은 백제가 점령한 함흥에서 일본으로 갔고 다시 백제로 돌아가 초고대왕으로 즉위한 것이다.

(주) 《삼국사기/지리4》의 고구려백제 지명 중 '우수주牛首州'를 함흥에 비정하여 잃어버린 고구려, 백제 지명을 밝힌다.

우수주牛首州는 다른말로 오근내烏根乃라고도 했다는데 함흥 성천강城川江의 이름에 흑말천이 있다. 우수주 벌력천현伐力川縣은 함흥의 성천강城川江 유역이다. 횡천현橫川縣은 함흥 동쪽 호련천瑚漣川 부근으로 고려되고 자현磁縣은 함흥 서북쪽 자고성慈古城에 해당한다.

우수주 호원군乎原郡은 北原이라고도 했는데, 함흥 북쪽 홍원군洪原郡이다.

나토군奈土郡은 대제大提라고도 했는데 함흥 남쪽 정평군定平郡이다. 서호西湖 광호廣湖, 동호東湖 등 큰 호수가 많다. 적산현赤山縣은 주이천朱伊川이 흐르는 지금의 함주군청咸州郡廳 자리다. 사열이현沙熱伊縣은 사수산泗水山을 지나 흐르는 금진강金津江으로 추정되니 함흥 남쪽 정평군 定平郡 위치다. 광산이 많고 고대로부터 쇠를 다스리던 곳이다. 초고대왕의 딸이 살던 수시리 고성이 있다.

근평군斤平郡은 심천현深川縣만 있었는데, 함흥 북쪽 신흥군新興郡으로 생각된다.

양구군陽口郡은 북청군이다. 양구근 저족현猪足縣은 오사회烏斯廻라고 했는데, 이는 일본말로 풀어서 한자로 옮기면 압하천鴨坡河이 된다. 북청군의 북쪽 물 이름이며 그곳의 성대리星垈里 고성은 고대의 철 산지다.

왕기현王岐縣은 진흥왕순수비가 있는 이원군利原郡으로 고려되고, 삼현현三峴縣은 삼봉三峰 남쪽 숙신고도肅愼古都로 추정된다.

성천군狌川郡은 창덕성倉德城이 있던 단천군端川郡으로 고려된다.

대양관군大楊管郡은 마근압馬斤押이라고도 했다. 매곡현買谷縣과 고사마현 古斯麻縣이 있었는데, 고사마현은 무령대왕 이름이고, 청진 북쪽 수성천輸城川의 근원이 되는 부령군富寧郡이 본래 무령군에서 비롯되므로 고사마현이 된다.

매곡현은 청진시淸津市가 되는데 고말산高抹山이 있다.

급벌산군及伐山郡은 이벌지현 伊伐支縣과 수성천현藪狌川縣이 있었는데, 함경북도 도청이 있는 경성鏡城시 북쪽 수성천輸城川을 의미하므로 지금의 경성鏡城이다.

이벌지현은 경성시가 되고, 수성천현藪狌川縣은 청진시 수성천 남쪽이 되고, 문현현文峴縣은 주을朱乙이 된다.

모성현母城郡은 경성 남쪽 어랑천漁郎川, 어랑군漁郎郡이다.

객련군客連郡은 학성鶴城, 길주吉州 명천明川이다.

천성군淺城郡 비열홀比烈忽은 영흥永興이다. 박평博平이라고도 했으니 그 뜻이 천성과 같고, 영흥을 지나는 용흥강龍興江이 고대 비류수 沸流水였으니 당연히 비열홀 이름이 유래되는 것이다. 살한현薩寒縣은 전탄강箭灘江이 된다.

이제까지 비열홀은 안변군安邊郡이라고 알려졌는데 잘못이다. 안변은 천성군의 남쪽 천정군의 남쪽에 위치해 있기 때문이다. 이는 신라의 국경군인 안변군이 발해의 공격으로 후퇴한 것으로 고려할 수 있다.

천정군泉井郡은 원산시元山市에 있던 덕원군德源郡이다.

김부식의 《삼국사기지리지》 지리 2의 해설은 당시 신라 지명만 맞고, 그 내력이
되는 고구려 이름은 거의 틀렸다. 김부식은 통일신라 때에 고구려 유민들이 옮겨온
고구려 지명을 본래 고구려의 지명으로 잘못 해석한 것으로 보인다.

(주) 《고사기》나 《일본서기》에서 스사노오가 이즈모에서 팔지대사八枝大蛇를
잡아 죽인 것은, 초고대왕이 일본 천조대신의 12신녀 중에서 8신녀를 잡아 팔중원
八重垣에 가두고 후비로 삼은 것을 의미한다.

출운대사의 스사노오 벽화

4장.

백제 구수대왕 대국주신과 사반대왕 사대주신
百濟 仇首大王 大國主神과 沙伴大王 事代主神

광창으로 일본 팔도를 정복한 구수대왕 대국주신

초고대왕의 아들 구수대왕은 초고대왕의 딸인 수시리공주와
결혼해서 일본의 야마토大和에 진출하여 일본의 대국주신이
되었고 다시 백제로 돌아왔다.

구수대왕의 아들 사반대왕은 일본의 효소천황이자 사대주신
이 되었고 사반대왕의 딸은 신무천황의 비가 되었다.

따라서 신무천황도 초고대왕의 증손자이고, 신무천황비도
초고대왕의 증손녀가 된다.

《고사기》에서 초고대왕은 처음에 이즈모出雲에 정도하고 그 곳에 수가須賀
(=속고速古)에 야에가기八重垣궁을 짓고 살면서 백제의 여인 쿠시나다히메櫛
名田比賣와 결혼하여 일본 팔도왕인 야시마지누미노가미八嶋士奴美神를 낳았
다. 이를 《일본서기》에서는 오호아나무지(대기귀신大己貴神) 또는 대국주신
大國主神이라 하였는데 바로 초고대왕의 장자 구수대왕仇首大王인 것이다.

그러나 실제는 쿠시나다히메가 함경남도 문천 출신이고, 백제에서 구수대왕
을 낳고 일본으로 데려간 것이다.

구수대왕은 일본에서 귀수왕貴首王이라고 표기하는데, 일본의 대국주신大國主
神이다.

대국주신의 일본 발음인 오호아나모지大穴牟遲(=大己貴神)는 아나穴, 己가 그
발음에서 본래 귀貴를 뜻하고 모지牟遲가 우리말 머리首를 의미하므로 귀수
왕貴首王을 일본말 아나모지大穴牟遲로 풀어쓴 것이다.

스사노오의 후손으로 기록된 장남 야시마지노미신八嶋士奴美은 일본 팔도왕
八嶋牟遲을 의미하는 관직명이다. 《위서왜인전》에서 일본 지방왕을 히노모
리卑奴母離라고 했는데 이는 백수白首라는 우리말이다. 우리나라 남자 무당을
의미하는 박수무당의 박수와 어원이 같다. 고구려 《동천왕묘지문》에도 백
수百殊라는 왕칭王稱이 등장한다.

백제의 첫번째 팔도왕 야시마지노미八嶋士奴美는 구수왕자였다. 대국주신의
또다른 별명인 야찌호꼬八千矛神와 같은 발음의 이름이다. 구수대왕의 무기

가 광창廣槍이었으므로 야찌보코八千矛神라고 했다. 이즈모의 박물관에 남아 있는 수많은 비파형 동검 중에서 가장 넓은 것이 그의 무기였다. 비파형동검의 아래 부분에 나무를 끼워서 장창으로 사용한 것이다.

초고대왕은 칸오호찌히메神大市比賣와 결혼해서 오호토시노가미大年神, 우카노미타마노가미宇迦之御魂神(=海神)을 낳았다. 함흥 지방에는 만년산萬年山이 있다. 만년과 대년이 서로 통한다.

《일본서기》에서 초고대왕은 일본에서 다시 신라 땅 소시모리, 즉 함흥으로 돌아갔다. 구수대왕, 즉 대국주신은 일본에서 고려高麗로 돌아간 것이 일본의 야찌보코오호쿠니누시신사八千矛山大國主神社의 연기緣記에서 확인된다.

함흥이 당시는 백제 땅이었고, 후에는 고구려 땅, 또 신라 땅이었으므로 기록의 시점에 따라 신라, 고구려로 다르게 적혔지만 같은 곳이다.

구수대왕은 초고대왕이 먼저 함흥으로 돌아간 뒤에도 일본에 남아있다가 함흥 남쪽 정평군定平郡 수시리성에 다시 와서 초고대왕을 만나고, 초고대왕의 딸이자, 구수대왕의 배다른 동생인 수세리히메須勢理毗賣와 결혼하여 정비로 삼고 일본에 다시 건너가서 일본을 다스리는 대국주신大國主神이 되었다.

《고사기》에서 스사노오의 딸이자 대국주신의 부인이 된 수세리히메는 정평군 수시리성의 공주였던 것이다.

초고대왕은 장자인 구수왕자를 《고사기》에서 초고대왕은 아시하라葦原의 시골놈(是奴, 葦原色許男, 葦原醜男)이라고 불렀다.

구수왕자는 초고대왕의 딸 수세리히메를 정비로 해서, 일본으로 건너가서 아나모지穴牟遲(穴=貴, 즉 귀수貴首)라는 이름으로 일본을 다스리는 오호쿠니누시大國主神가 되었다. 대국주신의 대국성大國城은 오사카 대국정大國町에 있었다.

구수왕자 대국주신은 일본에서 도또리현의 야카미八上 공주, 니이가타의 누나가와沼河 공주, 후쿠오카의 타기리多紀理 공주 등등과 결혼하였다.

타기리공주는 초고대왕이 히미코 왜여왕의 여사제에게서 낳은 공주였고, 누나가와 공주는 야시마무지신八嶋牟遲(관직명=白首의 고어로 추정)의 딸이었는데 구수대왕이 이즈모出雲에서 대화大和로 진출할 때 이즈모에 임명한 지방왕이 된다. 누나가와 공주의 신사는 니이가타新潟현 경성頸城군에 있다.

구수대왕은 또 백제본국의 칸야타데神屋楯 공주를 통해서 백제 사반대왕沙伴大王 즉, 일본의 사대주신事代主神인 효소천황孝昭天皇을 낳았다.

214년에 구수왕자는 본국에 돌아와 백제대왕에 즉위하였고, 이즈모出雲의 야에가기八重宮에는 사대주신事代主神을 보냈다.

사대주신은 일본에서 효소천황孝昭天皇이 되었고, 미시마三嶋의 세야다타라勢夜陀多良와 통하여 이스케요리伊須氣余理毗賣(219~273)를 낳았는데, 이스케요리는 신무천황(194~256)의 황후가 되었다.

이스케요리히메의 비문이 효소천황릉에서 발견되었는데 바로 효소천황의 딸이기 때문이다. 그래서 다시 이스케요리히메의 부친이라는 코토시로누시事代主神가 효소천황이었던 것을 확정할 수 있다.

초고대왕(재위166~214년)이 귀국한 뒤에, 166년부터 구수대왕이 오사카大阪 대국성大國城에서 일본을 다스리다가, 백제대왕으로 즉위한 214년 뒤에는 구수대왕(재위 214~234년)의 아들인 의덕천황懿德天皇(180~244) 오호야마토히코스키토모大倭日子鉏友命가 대화를 다스리다가 신무천황神武天皇(194~256)에게 전사하였다.

그 뒤에 초고대왕의 막내아들인 대년신大年神의 아들 안녕천황安寧天皇(222~270)이 신무천황에게 항복하였다.

이후 신무천황은 왜여왕 히미코를 통일 왜국왕으로 내세워 2인자로서 보좌하다가, 247년에 히미코 여왕이 죽으니, 백제 고이대왕古爾大王(재위 239~286)의 허가 없이 스스로 독립된 일본 최초 천황으로 등장한다. 그러나 신무천황이 257년에 백제 구수대왕계의 반격으로 죽고, 백제에서 돌아온 사반대왕인 효소천황孝昭天皇(202~268)과 신무천황의 아들인 수정천황綏靖天皇(243~292)이 타협하여 효소천황의 손녀 공주인 13살의 여사제 일여壹與, 즉 개화천황開化天皇(244~283)을 여왕으로 세워서 휴전한다.

사반대왕의 아들이자 개화천황의 부왕인 효원천황孝元天皇(228~273)은 개화천황의 부왕으로서 역시 천황의 반열에 올려졌을 것으로 본다.

234년 구수대왕의 사후에 만주에 있던 백제 대방왕 구이대왕仇台大王이 만주 요양시遼陽市 태자하太子河 대방성帶方城에서 백제대왕으로 즉위하였고, 238년 구이대왕이 죽자 사반대왕沙伴大王(=효소천황)이 즉위하였다. 평양에서 낙초(樂初 238년; 삼국유사기록三國遺事記錄)라는 연호를 세웠다.

그뒤 1년 만에 구이대왕의 아들 고이대왕이 백제대왕으로 즉위하고 사반대왕은 다시 일본으로 건너가서 효소천황이 되었다.

(주) 백제가 남긴 백제대왕의 대위는 동명성왕 고주몽을 1세로 한다.

《신찬성씨록》에서 백제 혜대왕을 주몽대왕 30세손이라고 出自百濟國都慕王卅世孫
惠王也 했는데, 《삼국유사》의 28대와 비교하면 혜왕 위에 사라진 두 왕이 더 있
고 그중 하나는 추증된 시조 주몽대왕이 되니, 다른 한 분은 구이대왕이 사라진 것
을 알 수 있다.

한편 백제 6대 구수대왕은 10세라고 했는데, 出自百濟國都慕王十世孫貴首王也

고대에 칠七과 십十을 구별하기 어렵게 썼으므로 이를 7세라고 교정해서 보면 그의
앞에 주몽대왕 한 분만 있다. 따라서 구수대왕 뒤에 사라진 한 분이 있는 것이다.

《삼국유사》에서 고이대왕의 즉위년을 기왕에 알려진 234년이 아니라 낙초樂初 2
년 기미년 239년이라 하였으므로, 사반대왕의 즉위년을 238년으로 보아야 하고, 구
수대왕(재위 214~234) 서거 뒤에 234년에서 238년까지 다스린 백제대왕이 비게
되므로 그 자리가 구이대왕 위치가 된다.

만주 대방 고지의 구이대왕은 공손탁의 딸을 후비로 들였고 국인들의 추대로 왕이
되었다고 하였다.

《수서隋書》《북사北史/ 백제전》 東明之後, 有仇台者, 篤於仁信, 始立其國 於帶
方故地。漢遼東太守公孫度以女妻之

5장.
초고대왕과 왜여왕 히미코의 증손자 신무천황
肖古大王 倭女王 卑彌呼 曾孫子 神武天皇

《記》神倭伊波禮毗古命 / 《紀》神日本磐余彦天皇

초고대왕의 증손자 칠삭동이 신무천황

1. 히미코의 손자 니니기의 강림
卑彌呼 孫子 邇邇藝 降臨

이즈모의 팔중궁에서 탈출한 세오녀는 큐슈로 피난하여 여인왕국 야마타이국을 세우고 히미코 여왕이 된다.

왜여왕 히미코는 신라와 교류하고 가야에 자신과 초고대왕의 아들을 아메노오시호미를 보내 결혼시키고 손자 알알이를 얻어서 큐슈의 왕으로 데려오니, 오늘날 천손天孫이라 추앙되는 알알이의 큐슈 강림신화가 전해진다.

초고대왕은 시마네현嶋根縣의 이즈모出雲를 정복하고, 160년에는 대화大和 수진국秀眞國의 왜여왕인 세오녀細烏女 히미코卑彌呼 여왕을 사로잡아 일본 열도를 차지했다.

초고대왕이 히미코의 여동생 와카히稚日女命(113~160년)를 160년에 죽였는데, 바로 그 160년이 초고대왕이 일본 큐슈를 정복한 해이다. 초고대왕은 히미코 여왕 등 8신녀들을 정복하여 다섯 왕자와 세 공주를 얻었다.

히미코 여왕 자신의 왕자는 아메노오시호미天之忍穗耳命 왕자로서 니니기邇邇藝(174~220?) 왕자를 낳았고, 그는 최초로 일본 천황이 된 신무천황神武天皇(194~256)을 낳았다. 오시호미의 아들 니니기邇邇藝는 우리말로 알알이다.

천손 니니기를 가야로부터 큐슈로 인도했던 이시호리도히메伊斯許理度賣命(141~174)의 고분에서 밝혀진 연대로 보아서, 니니기의 출생은 174년경이며, 오시호미가 태어난 것은 히미코가 정복당한 1년후인 161년경이 된다.

초고대왕의 일본생 둘째 왕자는 첫째 신녀인 모치코持子 마수희麻須姬가 낳은 아메노호히天之菩卑命 왕자로서 출운신出雲臣 등, 시마네현 귀족의 선조가 되었다.

셋째 왕자는 아키코秋子 · 하야아키쯔速開津姬 신녀가 낳은 아마쯔히꼬네天之

津根命로서 후꾸오카의 자성국조茨城國造 등의 선조가 되었다.

넷째 왕자는 미치코道子·오오미야大宮姬가 낳은 이꾸쯔히꼬네活津日子根命이고, 다섯째 왕자는 아야코紋子·토요히메豊姬가 낳은 쿠마노쿠스비熊野久須毘命이었다. 이 때 5왕자의 순서는 신녀의 순서이다.

히미코 여왕은 출운 팔중궁의 포로 신세에서 탈출하여 큐슈九州에 새로운 왜국倭國인 여왕국을 세웠다. 이를 야마대국邪馬壹國이라고 한다.

《고사기》에서 초고대왕은 보검인 쯔무가이대도都牟제大刀를 규수의 왜여왕 히미코에게 보내주었다.

주몽검 / 쿠사나기쯔루기

대구大邱 평리동坪里洞과 비산동飛山洞에서 출토된 청동검과 비교된다.

대구 평리동 청동검과 대구 비산동 청동검

고구려 백제 공동시조인 고주몽을 일본에서 쯔모왕都牟王(=都慕王)이라고 했으므로, 초고대왕은 일본에 고주몽신사를 세워 고주몽을 제사 지내도록 주몽왕검朱蒙王劍을 보내준 것이며, 이는 히미코에게 왜국 왕권을 수여한 것이기도 하다.

이후 주몽왕검은 일본 황실의 삼보三寶 중의 첫째가 되었다. 이 주몽왕검의 형식은 한국형韓國形 세형동검細形銅劍이다.

히미코여왕은 초고대왕과 자신의 아들 오시호미天之忍穗耳命가 일본의 대화大和를 통치하기를 원하였다. 그래서 첫째 신녀의 아들 아메노호히天菩比神를 야마대국의 사자로서 백제 본토의 구수대왕에게 보냈다. 그러나 그는 이복형인 구수대왕으로부터 영지를 받고 이즈모出雲에 정착하였다.

히미코여왕은 그후 다시 아메쓰쿠니다마天津國玉命(122~178)의 아들 아메노와카히코天若日子를 구수대왕에게 보냈는데, 역시 구수대왕의 사위가 되어서 돌아와 큐슈에 영토를 받았다.

히미코여왕은 다시 세번째로 다케미카쓰찌建御雷神(160~210년)을 아메노토리후메天鳥船命(149~206)와 함께 파견하였다.

이 다케미카즈끼는 206년경에, 오사카에 있던 4살박이 사대주신事代主神(202~268)을 힘으로 밀어냈다고 하는데 과연 사실인지 믿기 어렵다.

사대주신事代主神은 효소천황孝昭天皇인데, 효소천황을 《고사기》에서 미마쯔히코카에시네御眞津日子詞惠志泥命라고 하였고, 그 이름의 앞머리가 미마쯔히코御眞津日子이니, 《고사기》에서 큐슈의 다케미카쓰찌建御雷神가 굴복시킨 타케미나카타建御名方인 것을 알 수 있다.

그러나 이즈모出雲에 있던 효소천황孝昭天皇은 후퇴시켰지만 대마도對馬島, 그리고 오사카大阪인 대화大和의 백제 왕자들이 모두 굴복한 것은 아니다. 특히 대화大和에는 역시 구수대왕의 아들인 의덕천황懿德天皇(180~244)이 강력하게 지키고 있었다.

히미코여왕은 큰 아들 오시호미忍穗耳를 불러 일본의 중심 오사카大阪인 대화大和에 보내려고 하였다. 그런데 오시호미는 가야에 가서 김수로왕의 딸과 결혼하더니 돌아오지 않고, 그 아들 니니기邇邇藝(174~220?)가 대신 강보에 싸여서 큐슈로 돌아왔다.

니니기는 우리말로 알알이다. 《일본서기》에서는 경경저瓊瓊杵라고도 쓴다. 즉 원래 발음은 알알이邇邇藝, 뜻은 경경저瓊瓊杵인 것이다.

오시호미의 귀국을 안내한 이시호리도히메伊斯許理度賣命(141~174)의 고분으로 추정하면 강림한 때가 174년이다.

이때 니니기의 형이라고 기록된 아마노호아카리天火明命(165~210)는 오시호미의 출생연도가 161년경이므로 니니기의 형이 될 수 없다.

아마노호데天火明命(165~210)는 니니기의 형이 아니라 초고대왕의 막내아들인 우가미신宇迦美神이었고, 백제계 1대 대마도주對馬島主 불합존不合尊였으며, 동시에 단군시대 대마도주 언파불합彦波弗合 이후로 51세 대마도주(궁하문서宮下文書에 의함)였으며, 그의 다른 이름은 야마토오弥眞都男王命, 즉 왜남왕倭男王이다.

니니기는 히미코여왕의 손자이고, 히미코여왕의 가야계 동생벌인 대마도주 대산진신大山津神의 딸이 낳은 우가미신인 아마노호데天火明命(165~210)는 니니기와 서로 육촌간이라서 형이라고 기록했다.

불합不슴은 대마도對馬島를 의미한다. 대마도는 한 개의 섬 이름이면서 실상은 두 개의 섬이다. 파도? 때문에 섬의 중간에서 아주 조금 합치지 못한 두 개의 섬이지만 실상은 하나라는 뜻이 불합不슴이다. 궁하문서宮下文書에서는 불이합不二슴으로도 썼다.

35세 단군 사벌 때인 bc723년에, 언파불합彦波弗哈을 보내 웅습熊襲(=큐슈九州)을 평정했다고 하는데, 언파불합이 대마도 출신 장수였던 것이고, 그의 후예들이 대대로 대마도의 불합존不슴尊이다.

《궁하문서宮下文書》에 기록된 51대 우가야불이합왕조宇家澗不二슴須世 기록도 언파불합 이후의 대마도왕조 기록이다.

초고대왕의 막내아들 아마노호아카리天火明命, 구수대왕의 아들 호데火照命, 니니기의 아들 회오리火遠理命(=火火出見) 등은 모두 우가야-대마도주-불합왕不슴尊을 의미하거나 불합왕을 지냈다.

대산진신大山津神과 그 딸, 토요타마히메豊玉姬와 타마요리히메玉依姬, 타마요리히메의 아들 이쯔세五瀬命도 모두 대마도의 인물이며 대마도에 토요타마히메豊玉姬(신무천황의 첫번째 왕비)의 묘가 남아있다.

일본의 《상기上記》에서 1대 대마도주불합왕(사실은 51세 불합왕, 즉 아메노호아카리天火明)은 구수대왕인 대국주신의 권유로 대마도의 대산진신의 딸 타마요리히메玉依姬를 이즈모出雲으로 초청하여 결혼하였고 이쯔세五瀬命(184~238)를 낳았다.

2. 초고대왕의 증손자 신무천황의 즉위

肖古大王 曾孫子 神武天皇 卽位

《記》神倭伊波禮毗古命 / 《紀》神日本磐余彦天皇

천손 알알이는 큐슈에 와서 구수대왕의 후비였던 사쿠야히메와 결혼하였고 칠삭동이 신무천황을 낳았다. 사쿠야히메와 구수대왕의 큰 아들인 호데가 신무천황을 대마도로 쫓아냈다.

신무천황은 가야 군대를 얻어서 큐슈에 복귀하고 왜여왕 히미코의 사절로 중국에 다녀온 후에 대화를 정벌하여 일본을 통일하고 구수대왕의 손녀인 이스케요리와 결혼하여 히미코의 사후에 일본 최초의 천황에 오른다.

히미코 여왕의 손자 니니기邇邇藝(174~220?)는 대마도의 해신海神, 즉 오카미宇迦美신의 딸, 고노하나사쿠야히메木花之佐久夜姬와 처음 결혼하였는데, 사쿠야히메는 이미 구수대왕과 결혼하여 세 아들을 낳았었다.

사쿠야히메의 큰아들은 호데火照命(187~241)인데, 《고사기》에서는 스사노오의 손자인 후하노모지구노수노布波能母遲久奴須奴神다.

《고사기》에서 초고대왕의 장자인 구수대왕, 즉 대국주신大國主神(八島士奴美神者=八千矛神)은 대산진견신大山津見神의 딸 고노하나노루木花之流姬를 통해서 후하노모지구노수노布波能母遲久奴須奴神를 낳은 기록이 있다. 후하布波=후하不슴으로 보면 후하의 지방왕이라는 것인데, 不슴이라는 지명과 합치되는 것으로서 대마도의 지방왕이다.

후하노모지-구노수노신久奴須奴神은 구수남久須男 즉, 귀수남貴首男의 의미이니 당시 문법 상식으로 구수대왕의 아들이라는 뜻이다.

또한 《위지왜인전》에서 왜여왕 히미코와 불화했던 구노국남왕 비미궁호소弓呼素에 해당한다.

《위지왜인전魏志倭人傳》 倭女王卑彌呼與狗奴國男王卑彌弓呼素不和

니니기邇邇藝(174~220?)는 사쿠야히메木花之佐久夜姬의 여러 아들들을 국진신國津神의 아들이라고 말했다. 《고사기》에 "그 아이는 내 아이가 아니라 국진신의 아이다. 此胎必非我子 而爲國津神之子"고 말했다. 국진신은 대국주신이라고 했던 백제 구수대왕이다.

사쿠야히메의 네 아들 중에 마지막 넷째인 호오리명火遠理命, 즉 신무천황神武天皇(194~256)만이 그의 유일한 친아들로 추정된다. 그나마 7개월만에 낳아서 칠뜨기라고 했으니 과연 니니기의 아들인지 구수대왕의 아들인지 알 수 없지만 역사에는 니니기의 아들로 기록되었다.

신무천황의 시호諡號에 사용된 이와례伊波禮는 "이파리"라는 순우리말이다. 니니기邇邇藝(=경경지瓊瓊枝, 알알이)와 그 아들 신무천황이 이파리伊波禮, 옥엽玉葉으로서 합치면 천손天孫 부자父子가 합쳐져서 《경지옥엽瓊枝玉葉》이라는 왕손 혈통을 의미하는 고사성어가 된다.

초고대왕의 아들 우가미신, 불합왕-아메노호아카리天火明(165~210)이 죽자, 구수대왕은 자신과 사쿠야히메의 아들 호데火照命(187~241)에게 그 뒤를 잇도록 하여, 새로운 대마도주 불합왕 우미사치海佐知로 임명하였다.

이때, 아메노호아카리天火明와 타마요리히메가 낳은 이트세五瀨命(184~238)는 대마도주로 즉위하지 못하고, 새로운 불합왕 구수대왕의 아들 호데火照命의 신하가 되었다.

그후 214년에 대국주왕이었던 구수대왕이 평양의 백제대왕으로 즉위하니, 호데火照命는 대마도로부터 큐슈九州로 출정나와서 니니기의 아들인 호오리火遠理命(=신무천황)가 이어받아야 할 큐슈 영토를 차지하였다. 니니기는 이미 죽은 것이다.

대신에 호데火照命는 신무천황을 대마도로 보내어 신무천황이 불합왕이 되었고, 타마요리히메의 동생인 토요타마히메豊玉姬와 결혼하여 살았다. 이것이 낚시바늘 시비로 인한 야마사치山幸와 우미사치海幸 간의 영토 바꾸기 신화이다.

이때 왜여왕 히미코는 말로만 왜왕이고 실제는 큐슈의 구노국狗奴國을 차지한 호데火照命에 의하여 연금된다.

히미코가 있던 곳은 큐슈의 동남부인 야마대국邪馬臺國인데 그 바로 아래에 구노국狗奴國이 있어서 궁호소弓呼素와 불화하였다. 이 궁호소가 후하노모지구노수노布波能母遲久奴須奴神, 즉 호데火照命(187~241)이며 구수대왕과 사쿠야히메의 첫 아들이다.

《위지왜인전》　倭女王卑彌呼與狗奴國男王卑彌弓呼素不和

이부형인 호데火照命에게 큐슈를 뺏기고 쫓겨나 대마도로 물러난 3년 뒤에, 신무천황은 가야(久米 = 金海김해) 군대와 대마도의 힘을 빌어서 불합왕으로서 큐슈로 돌아와 호데火照命을 타도하고, 큐슈를 되찾은 후에, 대마도와 큐슈, 그리고 가야(久米)의 힘을 합쳐서, 일본 본토를 정복한다.

《위지왜인전》에서 야마대국 북부에 사치국佐治國이 있어서 남제男弟가 스스로 왕이 되어서 외할머니인 야마대국 히미코 여왕을 보호하였다. 신무천황은 형제중에서 막내동생이고 관직이 본래 히미코 여왕을 수호하는 야마사치山幸(左知)였는데, 호데왕에게 밀려나서 대마도에서 우미사치를 하다가 큐슈로 돌아와서 사치국이라고 한 것이다.

《위지왜인전》　有男弟佐治國。自爲王以來，少有見者。以婢千人自侍，唯有男子一人給飮食，傳辭出入

《위지왜인전》에는 또 왜여왕 히미코가 238년부터 중국과 교류한 기록이 있다. 왜여왕이 대부 난승미를 대방군에 보냈다.

《위지왜인전》　景初二年六月　倭女王遣大夫難升米等詣郡

대부 난승미難升米는 우리말 되 승升의 훈訓 "되"를 취하면 "난-되미"의 借字가 되는데 신무천황의 이름인 호호-데미火火出見의 데미를 옮겨적은 것이다. 화화火火는 재난災難을 의미하고 그래서 난難이 재災로 바뀌고 또 화화火火로 고상하게 바뀐 것이다.

그런데 난難은 본래 우리 고대말에서, 또 현재 일본말에서 숫자 7이다. 《삼국사기/지리지》에서 난은별難隱別이 칠중현七重縣이다.

즉, 난승미難升米는 칠데미, 우리말로 '칠뜨기', 즉 칠삭七朔동이였다. 칠개월만에 태어난 아이 칠뜨기이다 보니 과연 니니기의 아들인지 구수대왕의 아들인지 니니기로부터 의심받은 것이다.

신무천황이 칠삭동이인 것을 숨기기 위해서 난데미難升米를 호호데미火火出見로 바꾸어놓은 것이다.

신무천황이 중국에 왜여왕의 사자로 다녀온 238년에, 신무천황은 대화大和의 쿠시타마아알이하야히櫛玉饒速日命(=초고대왕의 아들인 대년신의 아들로서 쿠니타마신大國御魂神이자 안녕천황安寧天皇이다.)와 전쟁을 벌이는데, 신무천황과 함께 대화大和 정벌에 나선 이트세五瀬命(184~238)가 전사한다.

결국 신무천황이 244년에 대화大和의 강력한 저항 세력인 에시키兄師木와 오토시키弟師木 형제와 싸워서 에시키를 전사시키고 승리한다.

전사한 에시키兄師木는 구수대왕, 즉 대국주신의 아들로서 의덕천황懿德天皇(180~244)으로 기록된 오호야마토히코스키토모大倭日子鉏友命이다. 그의 동생 오토시키弟師木는 시키즈히코師木津日子命(198~248)으로 기록되었다.

이 대화 정벌 전쟁에서 244년에 마침내 승리하니, 안녕천황安寧天皇, 쿠시타마알이하야히櫛玉饒速日命이 항복하였고, 그 후예는 물부련物部連이 되었다. 같은 초고대왕의 후손으로서 구수대왕계를 배반하고 협력한 것일 수도 있다.

신무천황은 이때 백제 사반대왕沙伴大王이었던 효소천황의 딸인 이스케요리히메伊須氣余理比賣(219~273)를 황후로 취한다. 그러나 이때까지도 대외적인 왜여왕은 큐슈에 있던 히미코였고, 실제 통치는 증손자인 칠뜨기 신무천황이 대화에서 통치하고 있었다.

그후 247년에 히미코가 죽으니 신무천황이 왜왕으로 즉위하면서 히미코의 능을 거대하게 꾸미고, 무려 백명의 노비를 순장하였다.

《위지왜인전》　卑彌呼以死 大作塚 逕百餘步 徇葬者奴婢百餘人 更立男王

(주) 249년 신라를 공격하여 각간 우로를 죽인 왜왕은 신무천황이다.

(주) 아직 일본 학계에서 공식적으로 인정한 사실은 아니지만, -아마도 기원전 700년으로 왜곡한 천조대신의 능으로 전방후원분이 부적합했기 때문일 것이다- 히미코 여왕의 거대한 산능은 시코쿠四國地方의 덕도현德島縣 기연산氣延山에 있다. 전방후원고분이며 후원부 정상에는 특이한 오각형의 제단이 있다.

기연산氣延山은 히미코의 가야 남편이자 본래 천조대신이었던 연오랑延烏郎을 기린 산이름으로서 기연산紀延山이었을 것이다. 기연산에 야쿠라히메八倉比賣 신사가 있고 그 뒤에 히미코의 능이 모셔져있다. 야쿠라는 큰 카라스烏, 대오大烏에서 유래된 것이다. 야쿠라히메 신사에는 247년 당시의 아마테라스(히미코)를 위한 장례식 장의葬儀 행렬에 대한 신사 기록이 남아 있다.

当八倉比賣大神御本記の古文書は、天照大神の葬儀執行の詳細な記録で、道案内の先導伊魔離神、葬儀委員長大地主神、木股神、松熊二神、神衣を縫った廣浜神が記され、八百萬神のカグラは、「嘘樂」と表記、葬儀であることを示している。

기연산의 다른 이름은 기연산 이외에 스기오杉尾山, 시야矢野山이라고도 하는데, 모두 세오녀細烏女, 세오리츠히메瀬織津姫穂의 세오細烏에서 비롯되는 것이고 그 앞 바다는 세토瀬戸 내해內海라고 부른다.

6장.

군웅 할거 시대 왜여왕 일여 개화천황
群雄 割據 時代 倭女王 壹與 開化天皇

1. 사반대왕의 외손자 수정천황
沙伴大王 外孫子 綏靖天皇

《記》神沼河耳命 /《紀》神渟名川耳天皇

247년 왜여왕 히미코 사후에 칠삭동이 신무천황이 즉위했지만, 구수대왕 아들들인 의덕천황과 효소천황과 효안천황 등이 군웅할거 식으로 서로 쟁패하여 혼란하니 효소천황의 손녀 일여를 왜여왕으로 세워서 평화를 되찾았다.

247년 히미코 여왕 사후의 혼란은 《위지왜인전》에 간략히 기록되어있다. 다시 남왕을 세우니 나라 사람들이 불복하여 다시 서로 죽였다. 신무천황은 257년에 죽었는데 반란으로 전사하였을 가능성도 높다.

다시 여왕을 세우니 비미호의 일가인 일여로서 13세에 왕이 되었고 나라가 평온해졌다.

《위지왜인전》 更立男王 國中不服, 更相誅殺, 當時殺千餘人 復立卑彌呼宗女壹與, 年十三爲王, 國中遂定

제 2세 천황으로 기록된 수정천황綏靖天皇(243~292)은 이스케요리의 아들이다. 누나가와미神沼河耳命라는 이름은 이즈모出雲 동북의 누나가와沼河에서 유래되었다. 그의 이름으로 보아서 그는 대화大和로부터 이즈모出雲 동북의 누나가와沼河로 쫓겨가서 죽은 것이 된다.

신무천황의 서장자庶長子인 타기시미미當藝志美美命가 신무천황 생전에 국정을 맡아하였는데, 신무천황이 죽자 스스로 천황이 되어, 이스케요리를 후비로 삼으려다가 이스케요리의 아들 수정천황에게 죽임을 당하였고, 수정천황이 다음 대의 천황이 되었는데 그는 50세로 292년에 죽었다.

(주) 고대에 흉노, 몽고, 선비, 부여, 고구려, 백제, 신라, 일본은 모두 북방족의 순수 혈통 보전을 위하여 근친결혼이 장려되었고 더불어서 후왕이 즉위하면 전왕의 후비들까지도 후왕이 다시 후비로 취하는 관습이 있었다. 민가의 형사취수兄死取嫂와 비슷한 것이다. 중국에서 수양제는 문제의 후비 때문에 문제를 죽였고, 고구려 호동왕자는 부왕 생전에 부왕의 후비를 넘보다가 죽임을 당했고, 산상왕은 형수를 자신의 왕후로 세웠다. 당고종은 부왕의 후비를 황후로 세웠는데, 바로 측천무후測天武后로서 그녀가 허수아비 황제인 고종을 대신하여 고구려, 백제와 심지어 당나라까지 3국을 멸망시켰다.

2. 초고대왕의 손자 안녕천황
肖古大王 孫子 安寧天皇

《記》師木津日子玉手見命 /《紀》磯城津彦玉手看天皇

> 구수대왕의 귀국후에 대화에는 초고대왕의 막내아들인 대년신이 왕으로 있다가, 그의 아들이 물려받아 안녕천황이 되었는데, 신무천황에게 항복하였다.

제3대 천황으로 기록된 안녕천황安寧天皇(222~270)은 시키즈히코타마데미師木津日子玉手見命이라고도 하는데 270년에 죽었다.

신무천황에게 항복한 니기하야히邇藝速日命를 안녕천황으로 올린 것으로 추정된다. 니기하야히는 현재 天照國照彦天火明櫛甕玉饒速日尊으로서 여러 신사에서 모셔진다.

안녕천황의 치소治所였던 카타시호片監의 우키아나궁浮穴宮은 신무천황이 도읍한 가다이片居로서, 신무천황이 이 가다이를 이와레伊波禮라고 고쳤다.

니기하야히는 쿠시다마니기하야히櫛玉饒速日命이라고도 했는데 이는 오호토신大年神의 아들 오호쿠니미타마신大國御魂神과 같은 인물이다.

오호쿠니미타마大國御魂神의 쿠니國를 쿠시로 읽으면 쿠시타마櫛玉가 된다.

오호토신大年神은 초고대왕과, 오호야마쯔미大山津綿神(=대마도의 왕)의 딸인 오호찌히메大市比賣의 아들이다.

쿠니미타마大國御魂神는 오호토신大年神과, 이쿠스비神活須毗의 딸인 이노히메伊怒比賣의 아들이다. 니기하야히櫛玉饒速日命는 초고대왕, 즉 스사노오의 아들 대년신이라고도 일부에서 주장되어 왔지만, 우가미宇迦美神(海神)의 형이므로 연대가 맞지 않는다.

(주) 한편 안녕천황의 아들로 기록된 의덕천황懿德天皇은 본래 구수대왕의 아들이므로 역시 사실이 아니다. 따라서 쿠시다마니기하야히櫛玉饒速日命를 신무천황의 아들인 수정천황 뒤에 왜곡하여 끼워넣은 것이다. 결론은 신무천황에게 항복한 쿠시다마니기하야히櫛玉饒速日命가 안녕천황安寧天皇(222~270)이다.

쿠시다마의 우리 발음인 즐옥櫛玉으로 유추하면 우리말로 줄다마다. 즉, 줄로 이은 구슬이다. 실제는 구슬이라 불렀을 것이다.

3. 구수대왕의 아들 의덕천황
仇首大王 王子 懿德天皇

《記》大倭日子鉏友命 / 《紀》大日本彦耜友天皇

244년 구수대왕의 아들 의덕천황은 부왕인 구수대왕의 뒤를 이어서 대화의 대국성의 왕이었으나, 신무천황에게 패배하여 전사하였고 현재 카무신으로 모셔지고 있다.

제4대 천황으로 기록된 의덕천황懿德天皇(180~244), 오호야마토히코스키토모大倭日子鉏友命은 구수대왕의 아들이다.

부여 의려왕이 연대가 명확한 7대 효령천황이므로 그로부터 역산하여 의덕천황을 밝힌다.

의덕천황의 동생인 시키쯔히고師木津日子命(198~248)의 아들 와찌즈미和知都美命(235~288)가 부여계 효령천황(262~316)의 후비가 된 야마토아레히메倭國阿禮比賣命 자매를 낳았다.

아레히倭國阿禮比賣命(266~314)와 하에이로네蠅伊呂杼命(271~318) 자매의 출생 연대를 효령천황에 맞추면, 각각 266년과 271년에 태어난 것이 되고, 그들의 조부인 시키쯔히고師木津日子命는 198년생이 된다.

따라서 시키쯔히고의 형인 의덕천황, 오호야마토히코스키토모大倭日子鉏友命(180~244)는 180년생이 된다.

의덕천황은 구수대왕과, 초고대왕의 딸인 타키리히메多紀理毗賣命의 아들인 아지스키타카히코네阿遲鉏高日子根와 동일인이다.

아지스타카히코네는 아메노와카히고天若日子의 죽음에 문상갔던 아지시타카히코네阿遲志貴高日子根과 같고 죽은 아메노와카시키의 아내였던 타카히메高比貴命의 친오빠이다.

아지스키타카히코네阿遲鉏高日子根는 카모대신迦毛大神이라고도 한다.

그의 신사는 고압신사高鴨神社라고 하는데, 정식 이름은 다카카무아찌스키야히코네高鴨阿治須岐詫彦根命神社이다. 이 신사는 아지스키타카히코네阿遲鉏高日子根와 그의 여동생 시타데루히메下照姬와 그 남편 아메노와카히고天若彦 삼신을 주신으로 모신다.

(주) 《고사기》에서 신무천황의 대화大和 정벌 때에 대화의 강력한 저항 세력인 시키師木의 형제兄弟가 저항하였는데, 244년에 그중 형인 에시키兄師木를 전사시키고 동생인 오코시키弟師木의 항복을 받아 승리한다.

따라서 이때 시키형제師木兄弟가 바로 의덕천황 형제다.

형 에시키가 죽고 뒤이어서 안녕천황이 된 니기하야히邇藝速日命의 항복으로 전쟁이 멈추었다. 의덕천황은 그렇게 전사한 것이다.

(주) 의덕천황의 이름은 스키토모(耡友, 鉏友)라고 하였다.

사耡는 쟁기의 날이고 조鉏는 호미, 또는 괭이날인데 우리말 "칼"의 고어인 "갈"을 의미한다. 즉 "갈다"라는 우리말의 동사와 관련하여 쟁기耡나 괭이, 호미鉏가 어간語幹인 갈을 위하여 선택되고, 칼의 어미語尾를 살리기 위해 우友를 추가하여 당시 카루왕(耡友, 鉏友)이라고 한 것이다. 따라서 카루는 우리말 칼의 연음이었으며 이를 이두吏讀식으로 기록한 것이다.

그가 도읍한 지명 이름도 역시 카루, 가루輕라고 하였다. 칼왕, 즉 카루왕은 이름 자체로 위력적이므로 한자어로 의덕왕懿德王이라고 고쳐진 것이다.

4. 구수대왕의 아들 사반대왕, 효소천황, 사대주신
仇首大王 王子 沙伴大王, 孝昭天皇, 事代主神
《記》御眞津日子詞惠志泥 /《紀》觀松彦香殖稻天皇

구수대왕의 아들 사반대왕은 귀국하여 백제대왕이 되었다가 다시 일본으로 가서 효소천황이 되었다.

그의 두 아들은 효안천황과 효원천황이며 그중 효원천황의 딸이 왜여왕으로 등극한 일여다.

제5세 천황으로 기록된 효소천황孝昭天皇(202~268)은 미마쯔히코카에시네御眞津日子詞惠志泥命이라고 하는데 효소천황의 능은 하압신사下鴨神社에 붙어있다.

하압신사下鴨神社는 야쯔미와야에코토시로누시신사鴨都味波八重事代主命神社라고도 한다. 즉 코토시로누시事代主神를 모시는 곳이다.

코토시로누시를 모시는 여러 압신사鴨神社를 고려하면 코토시로누시도 역시 압신鴨神이다. 이를 카모대신鴨神이라고도 읽는다.

코토시로누시事代主神는 구수대왕, 즉 대국주신大國主神과, 칸야타데히메神屋盾比賣命의 아들이며 효소천황孝昭天皇(202~268)이다.

사대주신事代主神이 이즈모出雲에 살다가 대화大和를 거쳐 백제로 돌아가서 238년(삼국유사)에 사반대왕沙伴大王이 되었다가 백제 고이대왕古爾大王에게 밀려나서 다시 일본으로 왔다.

대화大和 동쪽 미시마즈嶋의 세야타타라勢夜陀多羅比賣를 통하여 이스케요리伊須須岐比賣命(219~273)를 낳았는데, 훗날 신무천황의 황후가 되었다.

이스케요리히메의 비문이 효소천황릉에서 발견되었는데, 이는 효소천황의 딸이기 때문이다. 그래서 다시 이스케요리히메의 부친이라는 코토시로누시事代主神가 효소천황이었던 것을 확정할 수 있다.

효소천황은 신무천황 황후인 딸 이스케요리히메를 믿고 다시 돌아와서 갈성葛城의 와키카미궁掖上宮에 살았다.

(주) 효소천황의 이름은 카에-시네(詞惠志泥, 香殖稻)라고 한다.

"카에"는 우리말 "껴"에 해당하는데 그의 궁성 이름은 와키가미掖上宮이고

와키掖의 동사動詞가 "끼다.(옆에)"이다.

그러면 우리식으로 "껴시네"가 되는데 사실은 "끼다"와는 아무 상관이 없고,

"켜시네", 즉 "혀시네"가 원어原語로서, 불을 "밝히다照昭"의 우리말 고어에서 유래된 것이다.

즉 우리말로는 "혀시네"왕이고 한자로는 조소왕照昭王이 된다.

조소왕이 한자어로 개작되어 효소왕孝昭王이 된 것이다.

그가 묻힌 곳은 "밝다산博多山"이다.

따라서 그의 우리말 이름은 "밝혀시네"왕이이다.

이는 신라왕 박혁거세와 비슷한데 부여어로 고려된다. 박혁거세가 부여에서 왔다는 주장이 《한단고기》에 실려있다.

부여의 영역이었던 내몽고 서요하의 천산 지역에서는 지금도 남자 무당은 박博이라고 하며, 여자무당을 이도칸伊都干이라 부르는데 굿을 하여 구사치병駒邪治病한다.

(주) 《위지왜인전》에서 일본 소국의 관직에 히노모리卑奴母離가 있다.

히노모리卑奴母離는 한자어漢字語로 백두白頭다.

백두白頭라는 것은 제사를 지내는 백우白牛의 쇠머리牛首之名라고 《규원사화揆園史話/단군기檀君紀/구례舊禮》 중에 나와있다. 이 백두白頭를 천산天山의 신단수神檀樹에 걸어놓고 요나라 황제가 직접 천제天際를 지냈는데 이는 《요사遼史/예기禮記》에도 기록되어 있다.

(주) 《위지왜인전》에서 여러 소국 왕의 칭호는 히꾸卑狗인데 이는 천황의 경칭인 일자日子의 발음 히꼬彦와 같은 발음이다.

소국의 부왕은 히노모리卑奴母離라고 했다. 《단군세기/가륵기》에서 소시모리 素尸毛犁는 소머리 즉 우수牛首이다. 즉 모리毛犁는 우리말 머리首다. 모리母離, 모지牟遲도 마찬가지다. 따라서 히노모리는 우리말로 흰머리이니 백수白首이다.

4세기까지 고구려왕을 우리말로 백수百殊라고 불렀었고, 이후로 현재까지 남자 무당을 박수博首라고 불러왔다.

일본에서 박博을 "히로"라고도 읽으니 박수博首가 히노모리卑奴母離로 된 것이다. 후에 일본에서는 히노모리卑奴母離의 모리로 표현되던 머리 수首를 지킬 수守로 바꾸어서 지방왕을 국수國守라고도 하였다.

(주) 사대주신(202~268)의 아들 효원천황을 사본왕沙本王(228~273)이라 했고, 그 여동생을 사하지히메沙波遲比賣(249~272)라고 했는데, 사하지히메가 가야계 수인천황과 결혼하여 가야에 갔다가 파혼하고 돌아와서, 사대주신의 도성稻城으로 돌아왔다. 그후 수인천황의 부하에 의해서 272년에 도성稻城이 불타고 사하지히메가 죽는다.

효소천황孝昭天皇의 이름이 도천황(觀松彦香殖-稻天皇)이니 그의 성이 도성稻城이었다.

5. 사반대왕의 왕자 대물주신 효안천황과 저묘
沙伴大王 王子 大物主神 孝安天皇, 箸墓
《記》大倭帶日子國押人命 / 《紀》日本足彦國押人天皇

왜여왕 일여의 사후에 일여의 숙부인 효안천황이 일본을 다스렸다. 그러나 그는 숭신천황이 된 부여왕 의려의 침략을 당하여, 288년에 일본 왕권을 빼앗기고 삼륜산에 들어가 대물주신이 되어 숨어 살았다.

효안천황의 후비가 된 야마토모모소는 백성들이 추앙하여 그녀가 죽자 저묘를 백성들이 만들어 주었다.

제6세 천황으로 기록된 효안천황孝安天皇(222~298)은 오오야마토타라시히코쿠니오시히도大倭帶日子國押人命라고 했는데 무로室의 아기쯔시마궁秋津嶋宮에 있었다.

효안천황은 사반대왕인 효소천황의 아들이며 아메노오시타라시히코天押帶日子命(220~258)의 동생이다.

《고사기》의 저자 야스마로安萬侶는 대帶를 타라시多羅斯로 읽으라고 했다. 《일본서기》는 대帶를 족足으로 바꾸었는데 역시 같은 뜻이고 다리시는 우리말 다리에 명사형 어미 이를 붙인 것에 해당한다. 실제로 경행천황은 오호타라시大足라고 했는데 그의 키는 1장2촌, 정강이는 4척1촌이라고 했다.

한편 《고사기/숭신천황기》에서 숭신천황에게 일본이 굴복 당한 후, 숭신천황이 허가하여, 오호모노누시大物主神(미와산신三輪山神-222~298)를 제사 모시게 된 오호타타네코意富多多泥古가 등장한다. 《일본서기》에서 오호모노누시大物主神의 아들 오다다네코大田田根子이라고 하였다. 따라서 타타니多多泥, 田田根가 바로 타라시帶 즉, 多羅斯와 관련된다.

신무천황비(219~273)의 이름이 후토타타라-이스케요리富登多多良伊須須枝比賣라고 했고, 신무천황비의 어머니도 세야다타라勢夜陀多良라고 했는데 타타라는 크다는 뜻이다. 타타라가 타라시의 어원으로 보인다.

효안천황이 바로 오호모노누시大物主神이다. 그의 궁宮이 있던 곳의 지명이 무로室인 것이 물物의 연음에서 비롯된 것이다. 오호타타네코意富多多泥古는 오오모노누시大物主神인 효안천황 오오야마토타라시히코쿠니오시히도大倭帶日子國押人命의 아들인 것이다.

283년 개화천황(244~283)의 사후에 효소천황의 아들이자 개화천황의 숙부인 효안천황(222~298)이 즉위하였는데, 중국 요녕성遼寧省 요서遼西에 있던 부여夫餘에서 285년 이후에 일본으로 새로 도래한 의려왕依慮王, 즉 효령천황孝靈天皇(261~316)의 침략을 받았다.

효안천황은 미와산三輪山의 전설에 의하면 오호모노누시大物主神이라고 하였고, 이때 미와산의 이쿠타마요리히메活玉依媛(235~318)와 대물주신이 만나서 오호타타네코意富多多泥古가 태어났다.

이쿠타마요리히메活玉依媛의 아버지는 스에쯔미미陶津耳로서 세야다타라勢夜陀多良의 아버지와 같다.

즉 이쿠타마요리히메活玉依媛는 신무천황비 이스케요리(219~273)에게 나이어린 이모가 되며 세야다타라의 동생이다. 세야다타라는 언니로서 사대주신 효소천황과 결혼하였고 기십년 뒤에 그 동생 이쿠타마요리히메는 효소천황의 아들인 대물주신 효안천황과 결혼하게 된 것이다.

오사카大阪의 대형고분인 저묘箸墓의 주인이 되었던 야마토모모소히메夜麻登母母曾毗賣命(235~318)는 기록 연대로 보아서 숭신천황이 서거한 318년에 서거한 것이 타당한데, 84세를 누렸으니 235년생이 된다.

그녀가 대물주신의 처였다고 하니, 효안천황(222~298)의 부인이었고, 결국 삼륜산 이쿠타마요리히메活玉依姬(235~318)가 야마토모모소히메인 것이다.

이스케요리히메伊須氣余理比賣(219~273)를 신무천황이 취할 때에 7명의 소녀를 세워놓고 선을 보았다. 이때 이스케요리히메가 당시 신궁의 7신녀 중에서 대표 여제사장이었을 것이다.

이스케요리히메가 황비가 된 후에 그 신궁에는 나이어린 야마토모모소히메(235~318)가 여제사장을 이어받았을 것으로 고려된다.

그러나 부여인 의려왕, 즉 효령천황孝靈天皇(261~316)의 침공으로 효안천황은 야마토모모소와 함께 미와산三輪山으로 피신하였고,

구수대왕의 아들인 의덕천황 동생 시키즈히코의 손녀인 야마토아례히倭國阿禮比賣命(266~314)가 새로 여제사장이 되어서 침략자인 효령천황의 비가 되었다. 그러나 그 이전에 효령천황은 전왕 효안천황의 황후인 오시카히메(235~288)를 죽였을 것이고, 후비인 야마토모모소(235~318)도 동시에 죽이려고 하였으나 야마토모모소는 살아남았다.

야마토모모소의 전방후원고분 저묘

효령천황의 아들 의라왕依羅王 숭신천황崇神天皇(277~318)은 민심을 수습하려고 효안천황의 아들을 찾아서 대물주신을 제사지내도록 하고, 효안천황의

부인인 야마토모모소히메도 신궁에 살도록 하였는데 318년에 84세로 죽었다. 숭신천황 때에 그녀가 죽자 백성들이 몰래몰래 돌을 쌓아 만들었고, 그래서 귀신이 만들었다고 했으며, 젓가락으로 찔렸었기 때문에 저묘箸墓라고 불러왔는데 대형 전방후원 고분이다.

효령천황의 비가 된 여제사장 야마토아레히倭國阿禮比賣命(266~314)는 구수대왕의 아들인 시키쯔히고師木津日子命(198~248)의 아들 와찌즈미和知都美命(235~288)의 딸이라고 했다.

그런데 야마토모모소夜麻登登母母曾毗賣命(235~318)는 오호모노누시大物主神라던 효안천황의 처妻였고, 《고사기》 등의 왜곡된 기록처럼 자기보다 어린 야마토아레히(266~314)의 딸이 될 수는 없다.

여제사장女祭祀長을 재왕齋王이라고도 하는데, 왜여왕의 통치권을 빼앗고 단지 제사권만을 남긴 것이 재왕齋王으로 고려된다.

256년부터 통치한 왜여왕 일여(244~283), 즉 개화천황의 사후에, 283년부터 재왕은 야마토모모소夜麻登登母母曾毗賣命(235~318)가 되었다가 효령천황에게 제거되고 대신 288년부터 야마토아레히倭國阿禮比賣命(266~314)가 재왕이 되었고 314년 뒤에는 야마토히메倭比賣命(277~366)로 재왕이 이어진 것으로 고려된다.

야마토아레히倭國阿禮比賣命의 부친은, 의덕천황의 동생인 시키즈히코師木津日子命(198~248)의 아들 와치츠미和知都美(235~288)인데, 와치츠미의 부인이자 야마토아레히 모친은 기록이 따로 없는 형편이지만 왜여왕 일여, 즉 개화천황일 것으로 고려된다.

개화천황 일여의 남편으로 추정된 히코쿠니오케즈日子國意祁都가 와니신丸邇臣(=和爾)의 선조인데 와찌쯔미和知都美(235~288)와 동일인물이 된다.

야마토히메倭比賣命(277~366)은 가야의 선견先見 왕자인 수인천황垂仁天皇(240~310)과 히바스히메氷羽州比賣命(252~293)의 딸이었다.

(주) 효안천황의 이름은 오시히도押人였는데, "오시"는 도래인을 의미하는 것으로 보인다. 우리말 오시다와 관련된다.

히도人는 히飛와 도鳥로 각각 나누어 발음하면 우리말로 비조飛鳥로 추정된다. 백제 왕가로서 일본에 뿌리내린 비조鼻祖라고도 할 수 있다. 백제계인 오시히토, 즉 왜비조倭鼻祖왕으로부터 뒷날 꽃피운 아스까문화飛鳥文化라는 이름이 유래된 것을 알 수가 있다.

(주) 한편 그의 궁성은 가쓰라기葛城의 무로室의 아기쓰시마秋津島궁이었다.
아기쓰시마秋津都는 일본 열도의 형상을 의미하는 "꼬리를 문 잠자리의 섬"라는 것
으로서 아기쓰蜻蛉(잠자리)라고도 한다. 비조飛鳥는 비충(飛蟲; 나르는 것)과 의미가
상통하여, 비충으로부터 아기쓰蜻蛉, 잠자리 섬이 유래된다.

6. 사반대왕의 아들 사본왕 효원천황
沙伴大王 王子 沙本王 孝元天皇
《記》大倭根子日子國玖流命 / 《紀》大日本根子彦國牽天皇

> 사반대왕의 아들 효원천황은 신무천황을 피하여 가야에 갔
> 다가 거등왕의 딸과 결혼하고 돌아온다.
> 효원천황의 여동생은 거등왕의 아들 천일창과 결혼하였는데
> 가야로부터 일본에 도망쳐 왔고 이를 쫓아 일본에 온 천일
> 창에 의해서 효원천황 남매가 죽는다.

제8세 천황으로 기록된 효원천황孝元天皇(228~273)의 이름은 쿠루玖琉이며
그의 궁성 이름은 사까이하라堺原 궁이다.

한자漢字식 이름 견牽을 썼고, 견牽(끌 견)의 우리말 훈인 "끌"을 연음하여
읽은 것이다. 즉 끌로부터 꾸루가 도출되어 꾸루왕이 된 것이다.

계堺는 사까이라고 읽으니 사천沙川, 사가와에 해당한다.

따라서 그는 사반대왕, 사대주신, 효소천황의 아들 사본왕沙本王이며 그 여동
생은 사하지히메沙波遲比賣(249~272)로서 가야 땅에 아메노히호코天日槍인 수
인천황垂仁天皇(240~310)에게 시집갔다가, 다시 친정으로 돌아와서 효소천황

궁에서 자살하였다.

《고사기》나 《일본서기》에 실린 천일창天日槍(아메노히호코)의 신화에는 신라에서 소를 끌고《牽》 가는 사람을 협박하여, 천일창이 아리따운 여자 아카루히메阿加流比賣(=赤玉女)를 얻게 된다. 그러나 그 여자가 일본으로 돌아가니 일본에 따라와서 찾게 된다.

즉, 수인천황-천일창은 국견천황에게서 아카루히메赤玉女를 얻은 것이다.

이 아카루히메가 곧 효원천황의 동생 사하지히메沙波遲比賣(249~272)다.

효원천황은 화가 난 수인천황에 의해 이즈모出雲로 쫓겨갔다가 사하지히메가 죽은 다음해에 죽은 것이다.

사본왕 효원천황(228~273)은 우쯔시코內色許命의 여동생(실제는 윗누이다.) 우쯔시코메內色許賣命(223~266)와 결혼하고, 개화천황開化天皇을 낳았는데 개화천황은 왜여왕 일여壹與(244~283)다.

《일본서기/수인천황기》에서 아메노히호코天日槍는 스스로 우시끼아리시끼간기于斯岐阿利叱干岐라고 하였는데 이를 《효원천황기》에서는 우쯔시코內色許命라고 적은 것이다.

한편 천일창과 우쯔시코메內色許賣命(223~266)는 가야 거등왕巨嶝王의 왕자와 공주이고 이 가야공주 우쯔시코메와 효원천황 사본왕의 딸이 일여壹與다.

김해의 김수로왕 신전인 숭선전崇善殿에서 나온 《김씨왕세계》에 의하면 "선견先見이라는 이름의 왕자가 신녀神女와 더불어 구름을 타고 떠났기 때문에 거등왕居嶝王(재위 199~259)이 강에 있는 돌섬의 바위에 올라가 선견왕자를 부르는 그림을 새겼다. 이 때문에 속전俗傳하기를 초선대招仙臺라고 한다"라고 기록하고 있다.

따라서 효원천황은 가야에 사절로 가서, 혹은 신무천황을 피하여 가야에 망명가서, 거등왕의 딸인 우쯔시코메內色許賣命와 결혼하여 일본으로 데려오고, 훗날에는 가야의 선견왕자(240~310)에게 여동생 사하지히메沙波遲比賣를 주어서 이중의 국혼을 한 것으로 보인다.

이 시기는 250년대 초반일 것이다.

그런데 이 여동생이 가야의 선견왕자와 결별하여 일본으로 돌아오니, 선견왕자가 일본으로 이 여동생, 즉 신녀를 쫓아왔는데 바로 아메노히호코天日槍인

수인천황垂仁天皇이 그 가야국 선견왕자다.

효원천황은 또 수인천황인 우쯔시코內色許命의 딸인 이카가시코메伊迦賀色許
賣命(251~306)와도 결혼하였다.

효원천황과 이카가시코메의 아들인 히코후쯔오시노마코토比古布都押之信命
(268~314)의 아들이 우마시우찌노숙녜 미사내숙녜味師內宿禰(295~318)고 그
의 아들이 장수한 것으로 알려진 경행천황, 성무천황, 인덕천황의 신하 타케
우찌노숙녜建內宿禰(316~431)다.

효원천황이 아오타마靑玉의 딸인 하니야스히메波邇夜須毘賣命(226~279)과 결
혼하여 타케하니야스建波邇夜須毘古(248~287)를 낳았다. 그는 부여에서 온 의
려왕인 효령천황과 맞서다가 287년에 죽었다. 《고사기》에서는 숭신천황에
게 반역한 것으로 되어 있지만 연대가 효령천황이다.

효원천황은 실제로 천황의 위치에 오르지 못하고 죽었을 것이나, 그의 딸 일
여가 일찌감치 왜여왕이 되었으므로 천황으로 추증된 것이다. 그의 능은 왜
여왕 일여에 의해 세워진 전방후원 고분이다.

7. 사반대왕의 손녀 개화천황, 왜여왕 일여
沙伴大王 孫女 開化天皇, 倭女王 壹與
《記》若倭根子日子大毘毘命 / 《紀》稚日本根子彦大日日

사반대왕, 효소천황의 아들 사본왕 효원천황의 딸 일여가
왜국 여왕으로 즉위하여 왕권 다툼을 종식하였다. 일여의
후손이 훗날 신공황후가 된다.

제9세 천황으로 기록된 개화천황開化天皇(244~283) 와카야토네코히코오호히
히若倭根子日子大毘毘命 천황은 256년 신무천황이 죽은 뒤에, 13살에 왜여왕
으로 즉위한 히미코의 친척 일여다.

《위지왜인전》 卑彌呼宗女 壹與

이름은 오히히大毘毘 또는 오히히大日日라고 했는데, 바로 일여壹與를 풀어쓴
것이다. 개화開化의 화化를 꽃 화花로 보면 현대 일본 발음이 하나壹, 즉 우
리말로는 일壹의 훈訓이다.

따라서 본래는 개화開花가 맞는데, 왜곡하여 남자 이름으로 바꾼 것이다.

일여의 궁성은 가스가春日(=箇須鵝)의 이사가하궁(伊耶河, 率川宮, 伊社箇波)이
었다. 이사하伊耶河도 하나壹를 의미하는 이쓰가하壹河가 본래말이다.

오히히大毘毘命 천황은 히미코의 종녀宗女라고 하였는데 가야국 거등왕의 공
주인 우쯔시코메內色許賣命의 딸이다. 히미코 여왕, 즉 세오녀가 신라 땅인
포항에서 건너갔지만 본래 출신은 가야였던 것이다.

개화천황은 오케쯔히메意祁津比賣命(250~296)과 결혼하여 히코이마스日子坐王
命(274~338)를 낳았다고 한다.

그런데 왜여왕 일여가 여자와 결혼할 수는 없을 것이니, 오케쯔히메의 오빠
라는 히코쿠니오케즈日子國意祁都와 결혼하여 히코이마스日子坐王命를 낳았을
것이다.

히코이마스는 이모인 오케쯔히메袁祁津比賣命(284~326)와 결혼하여 야마시로
노오호쯔쯔키노마와카大筒木眞若王命(311~350)를 낳았다고 전한다.

그가 오키나가노숙녜息長宿彌命(321~384)를 낳았고, 오키나카노숙녜는 신공
황후가 된 오키나가타리시히메息長帶比賣命(336~390)을 낳았다. 신공황후의
출생 연대는 뒤에서 336년으로 밝혀진다.

(주) 개화천황은 효원천황의 부인이었던 이카가시코메伊迦賀色許賣命(251~306)와
도 결혼하였다는데, 이 역시도 사실이 아니고 대신에 부여에서 도래한 효령천황이
이카가시코메와 결혼하였을 것이다.

그녀는 우쯔시코오內色許男의 딸이면서 효원천황의 후비였는데, 273년 효원천황이
죽은 후 과부가 된 그녀를 효령천황이 도일하여 후비로 삼은 것이 된다.

8. 가야국 선견왕자 수인천황
伽倻國 先見王子 垂仁天皇

《記》伊久米伊理毘古伊佐知命 / 《紀》活目入彦五十狹茅

가야 거등왕의 아들 선견왕자는 사반대왕의 딸인 아카루히메와 가야에서 결혼하였는데 아카루히메가 도망하자 일본에 쫓아와서 천일창, 아메히노호코天日槍이라고 하였으며 일본에서 큐슈 이도국에 영지를 받아 이도국왕이 되었다가

효고현의 타지마국으로 옮겨서 타지마국왕이 되었고 백제계 효안천황이 부여계 효령천황에게 밀려 물러나자 그 스스로 경도에서 수인천황이 되었다. 그러나 결국 부여계 숭신천황에게 밀려나서 대마도의 임나왕으로 물러났다.

수인천황의 딸 왜히메倭比賣命(277~366)와 후타지노이리히메명布多遲能伊理毘賣命(297~363)의 나이를 보면, 11세 천황인 수인천황(240~310)은 7세 천황인 부여계 효령천황 등의 도래 훨씬 전인 250년대말에 이미 일본에 진출하였다. 따라서 수인천황이 10세 천황인 숭신천황의 아들이라고 한 것은 조작이다.

천일창, 수인천황은 본래 대가야意富加羅(=大伽倻)에서 온 왕자로서, 가야국 2대왕 거등왕居登王(재위 199~259)의 아들 선견왕자先見王子다.

김해의 김수로왕 신전인 숭선전崇善殿에서 나온 《김씨왕세계》에 의하면 "선견先見이라는 이름의 왕자가 신녀神女와 더불어 구름을 타고 떠났기 때문에 거등왕이 강에 있는 돌섬의 바위에 올라가 선견왕자를 부르는 그림을 새겼다. 이 때문에 속전俗傳하기를 초선대招仙臺라고 한다"라고 기록하고 있다.

수인천황垂仁天皇의 이름은 이쿠메(伊久米, 活目)-이리入히코-이사찌伊佐知, 또는 이사-가모五十狹-茅(日矛= 일창一槍)이다.

수인垂仁은 선先의 연음으로 고려되며, 이사치의 사치는 선先의 현재 일본발음 "사기"와 관련된다. 신무천황 때에 대마도에는 가야식 관직으로 해사치海佐知가 있었는데 불합존不合尊이라고도 했으며 대마도주對馬島主였다.

그는 본래 대가야의 왕자 쯔누가아라사도都怒我阿羅斯等, 다른말로 우사기아리질지간지于斯岐阿利叱智干岐라고 말했고, 또는 신라왕자 천일창, 아메노히호코天日槍이라고도 불렀다.

우사기아리질지간지于斯岐阿利叱智干岐는 그가 큐슈九州의 이도국伊都國을 통치할 때 가야의 관직명이고, 쯔누가아라사도都怒我阿羅斯等는 그가 후쿠이현福井縣 쯔누가시敦賀市에 상륙했을 때의 가야 관직명이다. 그리고 마지막으로 대마도를 다스릴 때 가야 관직명이 간지干岐보다 아래급인 이사치伊佐知일 것이다.

그의 시호인 이쿠미伊久米, 이사치伊佐知에서 이伊는 크다는 뜻의 접두어이고 구미久米가 금金씨 성姓을 의미한다. 잇금, 이사금도 관련될 수 있다.

선견왕자가 신무천황에게 밀려서 가야로 피난 온 효원천황의 동생과 결혼했다. 그러나, 그녀가 파혼하고 돌아가니 그녀를 쫓아서 일본까지 찾아왔던 것인데 그 신녀 아카루히메阿加流比賣가 바로 효안천황의 딸이며 효원천황의 동생인 사하지히메沙波遲比賣(249~272)인 것이다. 사하지히메가 불타죽은 성은 도성稻城이다. 효소천황孝昭天皇의 이름이 《일본서기》에는 도천황(觀松彦香殖-稻天皇)이라고 했다. 수인천황에 의해 불타버린 도성稻城이 사하지히메의 부왕인 효소천황의 성이었던 것이다.

그녀의 신사가 난파와 큐슈 등등 여러 곳에 남아있으니 제사장이었다.

왜여왕 일여壹與(=개화천황開化天皇)는 고모부이자 외삼촌인 선견왕자 천일창이 가야에서 건너오니 큐슈에 살도록 허가하였다. 그가 일본에 와서 처음 살던 곳은 큐슈의 서북부 이쯔국伊都國이었고 그리하여 천일창을 이쯔국伊都國의 시조라고 한다.

그런데 도망간 사하치히메는 백제계의 중심인 오사카에 살고 있었고, 천일창이 오사카로 들어가는 길은 개화천황이 허락하지 않았다.

천일창은 북쪽 해안으로 돌아서 쯔누가시敦賀市에 상륙했다가 오사카大阪에 장수를 보내어 사하치히메가 살던 도성稻城을 불태우고 돌아왔다.

그후 효고현兵庫縣의 타지마국但馬國을 점령하여 천일창은 타지마국의 시조가 되었는데, 이때 그의 궁은 타지마국但馬國의 출석신사出石神社였다.

수인천황은 이웃한 단파국丹波國의 다섯 여인을 들여 비로 삼았고 그중 히바스히메氷羽州比賣(252~293)를 황후로 세워서 왜히메명倭比賣命(277~366)을 낳았는데 왜히메명은 훗날 신녀가 되어 근초고대왕, 즉 일본무존日本武尊을 도왔다. 또 수인천황은 오토카리하타토베弟苅羽田刀辨命(272~314)와도 결혼하여, 근초고대왕의 부인이 된 후타지노이리히메명布多遲能伊理毗賣命(297~363)을 낳았다.

287년 부여의 효령천황이 도일하여, 오사카의 효안천황이 패배하고 미와산에 들어가 대물주신이 되었을 때에, 그가 오사카의 북쪽인 경도京都에 들어가서 스스로 천황天皇이라고 칭하였을 것으로 고려된다.

이사伊佐, 우스于斯는 구슬珍珠을 의미하고, 그의 궁성은 주성궁珠城宮이었는데 그의 주성궁은 경도부京都府 구세군久世郡 구미산정久御山町에 주성신사珠城神社로 남아있다. 구세군이 구슬군이고, 구미산정은 그가 김해에서 온 것을 의미한다.

거등왕이 선견왕자, 천일창을 기다렸다는 김해 초선대

그러나 300년에 숭신천황이 들어와서 그를 경도 주성궁에서 대마도로 쫓아내고 대마도왕으로 살게 하면서, 대마도를 임나任那라고 부르도록 하였다.

그래서 그의 시호가 이사치伊佐知로 격이 낮아진 것이다.

7장.

부여국 의려왕 효령천황과 의라왕 숭신천황
夫餘國 依慮王 孝靈天皇 依羅王 崇神天皇

1. 부여국 의려왕 효령천황
夫餘國 依慮王 孝靈天皇

《記》大倭根子日子賊斗邇命 / 《紀》大日本根子彦太瓊天皇

라오허강 서쪽 대릉하 북동쪽에 살던 부여국인들이 선비족의 전연국 모용외에게 망하여 부여국 의려왕이 부여국을 아들 의라왕에게 물려주고, 의려왕 자신은 대릉하에서 배를 타고 일본으로 와서 효령천황이 되었다.

제7세 천황으로 기록된 효령천황孝靈天皇(261~316)은 부여에서 온 의려왕依慮王이다. 285년에 일본에 도래하여 316년에 55세로 죽었다.

《한단고기/대진국본기桓檀古記大震國本紀》에서, 다음과 같이 말했다.

정주定州(발해 정주定州 = 심양시瀋陽市 북쪽 신대자新臺子 의로懿路)는 (부여왕) 의려국 도읍이었다. 선비족 모용외에게 패하여 도읍이 위태하니 의려왕 생각에 백성들이 있으니 어디간들 성공하지 못하랴?

아들 부라扶羅를 불러 도읍을 맡기고 백랑산白浪山(백랑수였던 대릉하의 산)을 넘어 바다를 건너가서 왜인들을 정벌하고 왕이 되었다.

혹은, 의려왕이 선비에게 패하여 바다로 도망가서 돌아오지 않았고, 아들들은 북옥저北沃沮(북옥저가 요하의 발해국 정주 위치다. 의라왕의 천도 전에는 대릉하에 있었다.)로 도망했는데 이듬해 아들 의라가 부여왕이 되었다.

다시 모용외에게 침략당해 백성들이 끌려가니(북경의 노예시장에서 포로가 된 부여인들이 팔렸다.) 의라왕이 수천명을 데리고 바다 건너 왜인들을 정벌하고 왕이 되었다.

定州依慮國所都...依羅 率衆數千 越海 遂定倭人 爲王

이 의려왕과 의라왕의 이야기는 《진서/부여전晉書夫餘傳》에 기록이 있다.

285년, 모용외가 습격하여 쳐부수니 의려왕이 자살하였다. 단, 《한단고기》에 의하면 일본으로 갔다. 의려왕의 아들들이 도망한 옥저는 심양시瀋陽市 북쪽이며 의라가 있던 곳은 읍루고지挹婁故地라고 와전된 의로懿路다.

진무제가 "부여왕이 대대로 충성했는데 오랑캐에게 망했으나 그 후예들이 나라를 되살리도록 조치하라"고 말했다. 이는 선비족을 경계하기 위하여 선비의 배후인 부여를 살리려고 한 것이다.

앞서 부여를 구하는데 실패했던 호동이교위護東夷校尉 선우영鮮于嬰을 파직하고, 새로 하잠何龕을 호동이교위로 임명했고, 의라왕이 하잠을 만나러 오니 하잠이 부하 고침賈沈을 보내어 선비족을 물리쳐서 의라가 부여국을 다시 세웠다. 그후 매년 선비 모용외가 부여인을 약탈하여 중국에서 팔아대니 무제가 불쌍히 여겨서 관의 재물로서 (부여인을 노예에서) 속환贖還시켜주고 사주司州와 기주冀州에서 부여인을 팔고사지 못하게 하였다.

윗글을 종합하면 285년경에 대릉하에 살던 부여국이 선비족의 침략으로 망하여 의려依慮왕이 일본에 가서 왜왕(=효령천황이다.)이 되었다.

의려왕이 왜왕 효령천황이 된 시기는 효원천황의 아들 타케하니야스建波邇夜須毘古(248~287)가 패전하여 전사한 287년부터, 효안천황의 황비인 오시카히메押媛(235~288)가 죽은 288년으로 고려된다.

그후 의려왕의 아들 의라왕依羅王이 부여국을 정주定州 땅에 임시로 세웠으나 다시 선비족에게 약탈을 당하여 견디다 못해 역시 일본으로 가서 왜왕이 되었다. 여기서 나중에 도일한 의라왕은 아래에서 10대 숭신천황으로 확증이 되고, 의려왕은 7대 효령천황으로 고증된다.

부여국은 《위지/동이전》에서 예(穢hui)라고도 하였으며 예왕지인穢王之印이라는 국새國璽를 가졌었다. 요녕성 부신阜新市 서북 지방에 있었는데, 고구려 태조대왕(53~146) 때에 고구려의 중국 공격을 저지하고, 요동왕 공손탁公孫

度(194年 추)의 질녀를 왕비로 맞이했고 의려왕(285年)에 이르러 선비족 모용외에게 쫓겨 일본으로 갔다. 부여는 고구려 태조대왕의 중국 한나라 침공을 저지한 부여왕 위구대尉仇台의 후손이며, 위구대 이후에 간위거簡位居, 마여麻余. 의려依慮, 의라依羅로 부여왕위가 이어져 왔다.

효령천황의 이름은 후토니(賊斗邇, 太瓊)이며 그의 수도는 구로다노이호토黑田盧戶궁이다. 이 분이 요서遼西의 부여夫餘(=阜新市)에서 선비족에게 패배하고 대릉하로부터 일본에 도래한 부여왕 의려왕依慮王이다.

그의 도성 려호궁盧戶宮은 의려依慮의 이름에서 비롯된다.

효령천황은 나라현 북갈성군北葛城郡 마판릉馬坂陵에 묻혔다.

(주) 효령천황의 이름 후토니(賊斗邇 = 후로알 = 홀알 = 太瓊)에서 후루賊斗는 홀忽, 즉 크다는 뜻이 있으니 홀한강 홀한성, 홀승골이 그 예다. 그래서 후토니賊斗邇를 거쳐 큰-옥알의 태-경太-瓊으로 바뀌는 것이다.

2. 부여국 의라왕 숭신천황
夫餘國 依羅王 崇神天皇

《記》御眞木入日子印惠命 /《紀》御間城入彦五十瓊殖

의려왕으로부터 부여국을 이어받은 의라왕은 중국 동진의 도움으로 재건하여 다시 요하 부근에 나라를 세웠으나, 거듭되는 모용외의 침략으로 인하여 결국 수많은 백성들을 이끌고 일본으로 건너와 숭신천황이 되었다.

의라왕의 이동 행로 중에 298년 백제 책계대왕이 전사하였고, 300년에 신라와 교류를 하였다.

숭신천황은 선진화 된 왕권 제도를 수립하고, 대마도에 처음으로 임나라는 이름을 붙였다.

318년 백제의 반격으로 숭신천황은 죽고, 의라신사가 세워졌다.

제10세 천황으로 기록된 숭신천황崇神天皇은 미마기 이리히고 이니에御間城入彦 五十瓊殖, 御眞木入日子 印惠(277~318) 천황이라고 하였다.

중국 동진東晉에서는 선비족 모용외를 견제하려고, 중국의 장군들을 파견하여 의려의 아들인 의라依羅를 다시 세워 옥저沃沮 부근에 부여국을 재건하였지만, 누차 모용외慕容嵬가 부여국을 쳐서 자몽지야紫蒙之野(=대릉하 조양시에 두었던 영주營州 12술戍 중에 자몽술紫蒙戍이라는 초소가 있었다.)를 빼앗고, 또 부여인을 약탈하여 중국에 노예로 팔아대고, 다시금 모용외가 북경 이북을 차지하고 끝내 중국 동진으로부터 모용외가 제후로 인정을 받아버리고,
의라왕은 요하 동쪽으로 옮겨 심양시 북계 의로懿路에 다시 의라국을 세웠다. 의라왕이 옮겨가서 살던 곳을 신당서는 읍루挹婁고지라고 하였는데 사실은 의라依羅국 고지였다.
현재의 지명도 의로懿路(심양시瀋陽市 신성자구新城子區)인데 읍루, 의라, 의로 세 지명이 모두 현지 발음으로 yilou에 수렴한다.
의로懿路는 《대원일통지》에 의하면 그 아래에 모미현慕美縣이 있었으며, 모미현은 당나라 마미주磨米州였다. 고구려 미마나를 뒤집은 말이다.
마미주는 임나任那, 즉 미마나任那에서 비롯된 말이다. 임나는 서우여 번한의 4세손 번한 임나任那의 이름이었다. 그런데 당나라 때 고구려를 멸망시키고 미마나任那의 이름을 뒤집어서 마미주磨米州로도 불리운 것이다.

의라왕은 도망하듯 일본으로 떠난 부여왕 의려와는 달리, 꽤많은 신민과 군사들을 데리고 도일하였을 것으로 추정된다. 《숭신기》에서 숭신천황은 왜국을 통일하기 위하여 사도장군四道將軍을 파견하는데, 그 사도장군들 모두가 중국식 인수印綬를 가졌으므로, 이전까지 왜국의 형편과 비교되지 않는 선진 문명의 증거이다.

의라依羅에게는 국새國璽가 있었다. 《진서晉書》에 소개된 부여의 예왕지인穢王之印이다. 이 예왕지인, 줄여서 예인穢印이라고 불러서,《일본서기》에서 숭신천황의 이름자로서 이니에印惠가 기록되었던 것이다.
숭신천황 이름의 발음은 "이ㄴ예"로서 우리말에서 뒤집힌 것을 고려하면 예인과 일치한다. 또한 중국 발음으로 예(穢huì)와 혜(惠huì)가 일치한다.

게다가 의라(숭신)왕이 왜국 땅에 쌓은 첫 번째 제방을 의망지依網池라고 한다. 의라依羅의 라羅는 새그물이라는 뜻이 있는데 바로 그물 망網과 호환互換되는 한자이다. 천라지망天羅之網, 혹은 망라網羅라는 단어가 그 예다.

일본 발음은 망網과 라羅를 똑같이 "아마"라고도 읽는데 훈과 발음이 같은 것이다. 따라서 본래 이름은 의라지依羅池인데 후에 의망지依網池로 고친 것이다.

그러나 지금 의망지 유적지依網池跡에는 대의라신사大依羅神社가 남아있으니, 대의라신사 의망지적大依羅神社 依網池跡이라고 한다.

의라신사의 의망지적비

숭신천황이 만든 의망지 위에 훗날 의라신사를 세운 것이므로, 숭신천황이 부여 의라왕인 것이 다시 확인된다.

숭신천황은 나라의 기근으로 인하여, 흉흉한 민심을 가라앉히기 위해 가야계 아마테라스天照大神와 백제계 구수대왕倭大國魂神과 대물주신大物主神을 동시에 제사 지냈다. 즉 토착 백제세력을 선무한 것이다.

숭신천황은 국가적으로 호구 조사를 처음 실시하고 그에 따른 과역을 부과한 최초의 왕이다. 또한 그의 도읍을 처음으로 제도帝都라고 하였다.

숭신천황 말년에 임나국任那國에서 소나가시치蘇那曷叱智를 보내어 조공하였다. 《숭신기》에서 임나는 축자국筑茨國과 2000리 떨어져 있고, 임나의 북쪽에 바다가 있으며 신라의 서남에 있었다고 하였다. 즉 대마도다.

대마도에 인위가라仁位加羅가 있었고 최초의 임나가라였다. 인위仁位의 우리말 발음 이뉘가 숭신천황의 우리말식 이름 이니예와 같기 때문이다.

《수인천황기》에서는 이 임나인 소나가시치가 조공하러 와서 왜왕을 자칭하는 이쓰쓰히고伊都都比古(이도국의 왕)에게 억류되었다가 수인천황을 찾아오게 되었다. 대마도는 이미 숭신천황의 영토였고, 수인천황 천일창은 시마네현 동쪽 단마국但馬國에 있었다. 이쓰쓰히고伊都都比古는 축자筑紫의 숭신천황이었을 것이며 숭신천황의 사자로서 천일창을 회유하러 찾아간 것이 된다.

훗날 고구려가 대마도를 치고 임나연정을 설치하였다.

위를 종합하면 의라왕이 왜국 땅에 오면서 도중에 대마도를 중심으로 임나를 건설하였고 얼마 후에 사도장군을 파견하여 일본 열도를 정복하고 천황이 되었던 것을 알 수 있다.

한반도의 가야국이 어느날 갑자기 임나가라任那加羅라고 주장되는 것이 우리역사의 수수께끼인데, 그 근원을 숭신천황에게서 찾을 수 있다.

임나대마도와 가라국은 원래 별개였고, 임나를 인위가라, 혹은 임나가라라고도 하였을 뿐이며, 이는 부여의 의라왕이 일본 땅에 도래하면서 중간 기착지에 명명한 지명이다.

이 이름이 확산되어 한반도 남부까지 임나가라로 발전한 것이다.

《고사기》에서 의라(숭신)왕에 이르러 왕의 서거연도를 처음으로 기록하였는데 무인년 12월로 기록되었으며 이는 318년 12월에 해당하며 숭신천황 고분의 묘지 기록 무인년 12월 7일과도 일치한다.

의라의 요하 서쪽 부여국왕 즉위는 모용외에게 부왕이 침탈을 당한 285년경이었고, 동천東遷하여 요하 동북쪽의 의려국 고지 의로에서 개국하여 있다가 수년간 준비하여 298년부터 도일하게 되었다.

일본의 숭신(의라)왕기는 서기 300년에서 318년까지다.

숭신천황의 서거년인 318년에 대혼란이 있다.

318년 3월에 비류대왕의 아들이자 근구수대왕의 쌍둥이 형인 오호우스大碓命가 24세로 전사했다. 백제의 일본 탈환 전쟁이 비로소 시작된 것이다.

318년 6월에 백제 정벌군의 대장이자 비류대왕의 태자인 이호키노이리히코五百木入日子命가 전사했다. 이는 뒷장에 자세하다.

318년 10월에는 대물주신 효안천황의 부인이었던 야마토모모소가 죽었는데 그녀를 위해 거대한 전방후원 고분이 세워졌다. 백제계가 다시금 득세한 것이다.

마침내 318년 12월에 숭신천황이 죽음으로서 부여계의 일본천황 시대는 종막을 고한다.

조작된 일본 역사에서는 수인천황이 숭신천황의 아들로서 이어가지만 실제 수인천황은 가야계 천일창이었으므로 숭신천황의 아들도 아니고 숭신천황보다도 선대이다.

(주) 《대원일통지》에 기록된 발해 모미현慕美縣은 중국 심양시 서북쪽 삼도강자진三道崗子鎭으로 추정한다. 현지 지명 랑미포狼尾浦가 마미(馬尾, 磨米)의 후신으로 추정된다. 숭신천황의 고향 이름이 바로 이 만주의 임나, 미마나彌摩那였던 것이다.

(주) 한편 의라왕의 옥저 이주로 인한 동천東遷은 고구려나 백제가 달가와하지 않았을 것이므로, 의라국은 철령시 의로에도 오래 있지 못하고, 역시 일본으로 떠나서 일본을 평정하고 왕이 되었다.

(주) 실제로 서기 298년경 백제 책계대왕의 전사는 맥인貊人과 한인漢人의 침입 때문이었으므로 바로 의라왕과의 전쟁 결과로 추정된다.

의라왕은 일본으로 건너가서 신라와도 교류하였던 것으로 추정되는데, 서기 300년경 《삼국사기》 신라 기림왕基臨王 때 기사에서 낙랑,대방 양국樂浪帶方兩國이 귀복하였다는 것이다. 본래 낙랑 지방은 의라국이 세워져 있던 만주이다.

그런데 의라의 남천으로 한반도 남해안 일대에 새로운 낙랑(=낙안읍樂安邑, 순천시順天市), 대방(남원시南原市)이 생겨났던 것이고, 즉 서기 300년에 의라왕이 일본으로 건너가다가 한반도 남부 가야에 일부 영토를 잡고 뿌리내린 것이다. 따라서 그의 도일 시기도 300년이 된다.

8장.
왜국을 재건한 근초고대왕 일본무존
倭國 再建 近肖古大王 日本武尊

16세에 일본을 정벌한 근초고대왕 일본무존 야마토타게루

백제 근초고대왕 후손 일본천황표

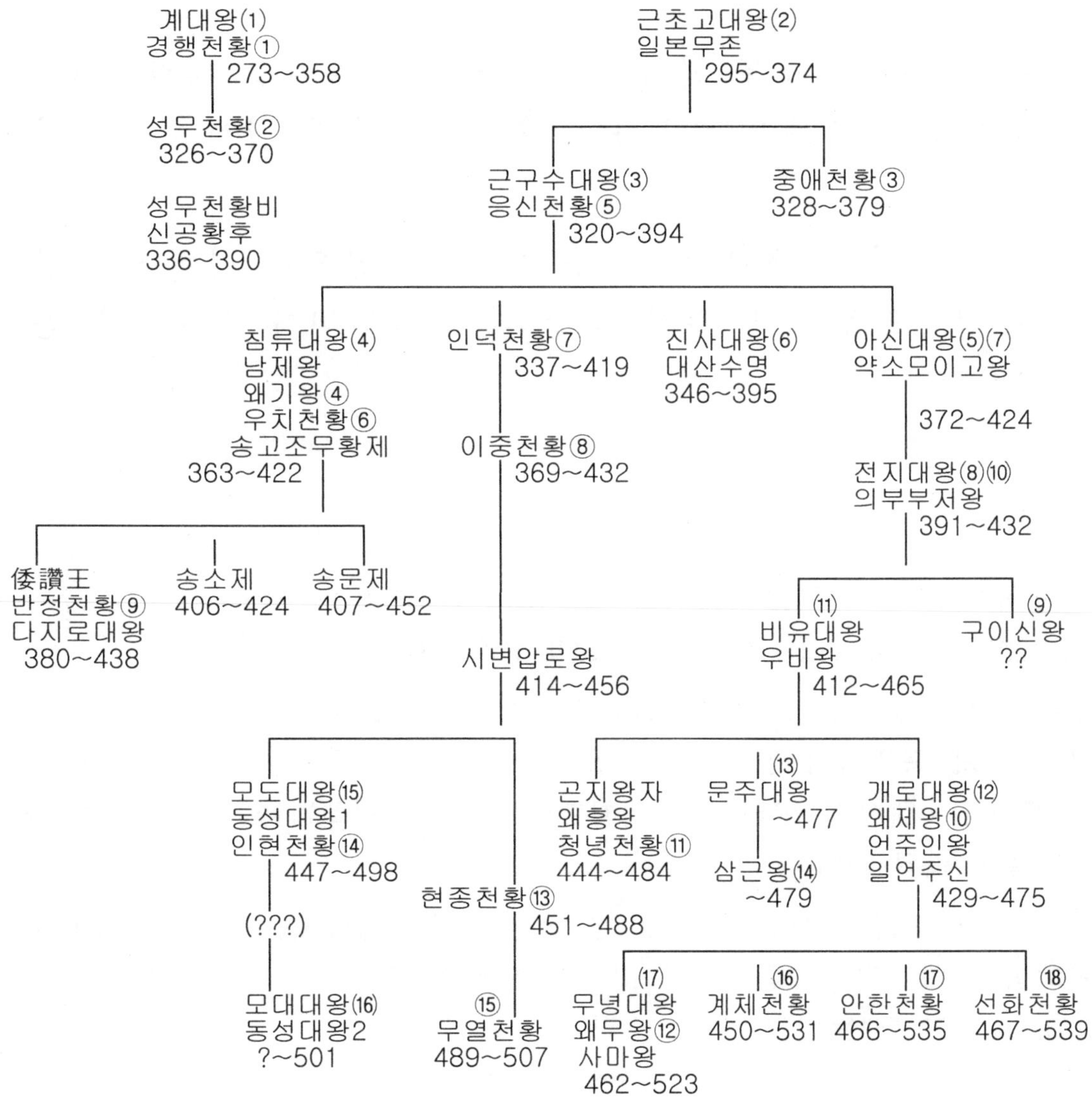

(1)(2)(3)(4)(5)(6)(7)(8)(9)(10)(11)(12)(13)(14)(15)(16)(17)(18)(19)(20)은 백제대왕 즉위 순서

①②③④⑤⑥⑦⑧⑨⑩⑪⑫⑬⑭⑮⑯⑰⑱은 일본천황 즉위 순서

⑨ 다음의 윤공(왜진왕), 안강, 웅략은 고구려 광개토호태왕 왕자 고진과 후예

1. 백제 걸대왕 경행천황
百濟 契大王 景行天皇
《記》大帶日子於斯呂和氣 / 《紀》大足彦忍代別

> 백제 걸대왕은 조부 책계대왕의 원수인 부여왕 의라왕에게 빼앗긴 일본 본토를 수복하기 위하여 거울을 앞세운 전쟁을 하였다.
>
> 일본 수복 후에 백제 걸대왕으로 즉위하였으나 선비족 모용황의 침입으로 백제 부여 땅을 잃고 퇴위하여 일본에서 은거하였다.

제12세 천황으로 기록된 경행천황景行天皇(273~358)은 백제 분서대왕汾西大王(재위298~304)의 아들 걸대왕契大王(재위343~346년)이다.

걸대왕은 분서대왕의 암살 당시에 32세나 되었으니, 《삼국사기》 기록과 같이 어려서 즉위하지 못한 것이 아니라 일본에 있어서 백제대왕으로 즉위하지 못했고, 대신에 요양시에 위치했던 백제 분서대왕을 암살한 낙랑태수 비류대왕이 즉위하였다.

평양의 백제대왕을 낙랑태수라고 한 것은 동진東晋에서 보낸 근초고대왕의 책명에서 나타나고, 그후 《양나라 직공도梁職貢圖》에도 백제 사신을 낙랑 사신이라고 기록해놓았다.

부여 의라왕의 침략에 의해 책계대왕責稽大王이 298년에 전사하고, 뒤이어 백제의 일본 땅을 부여가 침탈하였으므로 책계대왕의 손자인 걸대왕, 즉 경행천황은 대규모 병력으로 도일하였을 것이다.

따라서 경행천황의 자손이 80이나 된다고 하였다.

그 80명중에서 태자太子라고 불린 사람은 셋이었는데, 성무천황成務天皇이 된 와카타라시히코若帶日子命(326~370)와 야마토타케루 즉 일본무존日本武尊으로 일컬어지는 야마토오구나倭男具那(295~333) 그리고 이호키노이리히코五

百木入日子命(273~318) 등이다. 이 중에서 성무천황이 된 와카타라시히코若帶日子命(326~370)만이 경행천황의 아들이다.

두번째인 일본무존日本武尊(295~333)은 백제 비류대왕의 쌍둥이 아들중 동생인 근초고대왕近肖古大王이다.

세번째인 이호키노이리히코五百木入日子命(273~318)는 비류대왕의 태자였다. 그는 호무다노미와카品陀眞若(305~361)을 낳았고 그의 세 딸이 응신천황(320~394)과 결혼하였다.

그의 세 딸은 타카기노이리히메高木入日賣命(318~366)와 나카쯔히메中日賣命, 오토히메弟日賣命(324~368)인데, 응신천황(320~394)과 결혼한 오토히메가 384년생일 가능성은 없으므로 324년출생이 확실하고, 그의 조부인 이호키노이리히코五百木入日子命(273~318)는 273년생이 되며 경행천황과 동갑이니 경행천황의 아들이 될 수 없다.

따라서 이호키노이리히코五百木入日子命(273~318)는 비류대왕의 장왕자로서 백제 태자이며, 백제에서 숭신천황을 치기 위해 건너온 정벌군의 대장이었고, 그는 318년 6월에 숭신천황과 전투하다가 전사한 것으로 고려된다.

오호야마토타라시히코日本足彦國押人天皇인 효안천황(222~298)의 사후에 그의 뒤를 이어서 백제 걸대왕이 일본에 가서 오호타라시히코大帶日子가 되었으므로 25세인 298년에 경행천황이 조왕인 책계대왕의 복수를 위해서 도일하였을 것으로 고려된다. 대물주신의 아들로 주장된 오호타타네코意富多多泥古가 경행천황일 가능성은 적다.

경행천황이 이나비노오호이라쯔메伊那毘能若郞女命(278~318)을 통하여 얻은 야마토네코倭根子命(302~348)와 카무쿠시神櫛王命(308~350)가 도일하여 초기에 얻은 아들들이다.

그보다 큰 아들로 기록된 쌍둥이 두 아들인 오호우스大碓命(295~318)와 일본무존日本武尊(295~333)은 비류대왕比流大王(재위 306~343)의 아들들이다.

구이대왕仇台大王(재위 234~238)의 아들 비류대왕이 343년에 죽고, 분서대왕의 아들 걸대왕契王이 343년에 백제로 돌아와 백제대왕이 되었다.

그러나 346년 초에 선비족 전연국의 모용황이 백제 부여부를 쳐서 부여왕 여현餘玄과 5만명의 포로를 끌어갔다. 343년 고구려 고국원왕의 환도성을 함락하고 5만명을 끌어간 모용황에 의해서 백제도 심각한 타격을 입었다.

《자치통감資治通鑑》 346년初, 夫餘居於鹿山, 爲百濟所侵, 部落衰散, 西徙近燕, 而不設備. 燕王皝遣世子俊帥慕容軍、慕容恪、慕輿根三將軍、萬七千騎襲夫餘..逐拔夫餘, 虜其王玄及部落五萬餘口而還. 皝以玄爲鎭軍將軍, 妻以女.

당시 부여는 이미 모용외 때에 멸망하여 대릉하 백랑산과 철령시 북옥저로 부터 의려왕과 의라왕이 순차적으로 일본에 건너가서 천황이 되었으므로, 이 부여왕 여현의 영토는 남옥저 지방으로 고려된다.

구이대왕묘仇台大王墓로 추정되는 위영지령魏令支領 고분이 백제 초기 벽화고분이므로, 그 고분이 있는 태자하太子河 요양시遼陽市가 당시 백제 대방왕의 수도로 고려된다.

위영지령 고분의 벽화도에는 제2부인으로 공손부인 초상이 있는데 구이대왕은 공손탁의 딸을 비로 맞이했었다. 또한 전체적인 고분 벽화 형식이 황해도 안악 3호분과 똑같다. 또한 대릉하 조양시의 고분 벽화와도 주제와 형식, 화법이 일치한다.

이 당시 모용황에게 약탈당한 부여성은 대방 지역으로 보아서 옛 대수帶水인 태자하太子河가 흐르는 요양시로 고려된다.

요양시 동쪽 본계현本溪縣에는 고대에 발해 삼로군杉盧郡 한양현漢陽縣이라는 지역 이름도 있었다. 삼로군 터에는 삼송산성이 남아 있고 한양현 위치는 환인현 오녀산성이다.

백제 걸대왕은 선비족에 대한 패전의 책임을 져서, 재위 3년만에 강제 퇴위 당하고 일본으로 다시 떠나가서 경행천황景行天皇이 되었는데, 전쟁에서 패전하면 왕이 죽거나 물러나는 것이 본래 부여인의 국법이다.

경행천황은 일본 정벌에서 거울을 앞세운 것으로 고려되는데, 경행천황의 지시를 받고 정벌에 나선 일본무존은 배를 타고 갈 때에 배 위에 큰 거울을 걸었던 사실이 있고, 계契, 걸契과 경景의 일본 발음이 "게이"로서 같고 "걸"은 우리말 거울 옛 발음일 수도 있다.

《일본서기》에서 경행천황의 이름은 오시로(於-斯呂, 忍-代)이며 그의 궁성 이름은 히시로日代 궁이었다. 시로는 흰색白의 발음과도 같다.

시로斯呂는 대代로도 썼지만, 백제 걸왕의 걸, 계契를 일본에서는 《게이》로도 읽지만 《시루시》라고도 발음했다. 《일본서기/인덕천황기》의 원년 기록에서 후엽지계後葉之契의 契는 "시루시(=증표證票)"로 읽었다.

따라서 위덕왕이 된 백제 창왕昌王과 같이 걸대왕의 본래 이름은 여설餘契,

혹은 여걸餘契이 되고 일본에서는 시로왕, 후에는 게이고우천황景行天皇으로 부르게 되었다.

경행천황은 효안천황처럼 이름 앞에 타라시帯를 경칭으로 썼는데, 경행천황은 키가 크고 특히 다리가 길었다고 《고사기》에 기록되었다.

(주) 비류대왕이 구수대왕(재위214~234)의 둘째 아들이라는 《삼국사기》 기록은 구이대왕(재위234~238)의 둘째 아들의 오기誤記로 본다. 구수대왕 사망년도에 태어난 비류대왕이라고 해도 서거 나이가 최소 109세가 되는 무리가 있는데, 하물며 둘째 아들이라면 더욱 무리다. 특히 구수대왕은 160년 초고대왕의 일본 정벌에 동행하여 대국주신이 되었으니, 그의 둘째 아들이라면 343년에는 180세가 넘는다. 286년에 서거한 고이대왕이 개루대왕의 아들이라고 했는데 이 역시도 구이대왕의 아들이라야 상식적으로 되니, 개루대왕은 164년에 서거했기 때문에 그 아들이 286년까지 살기 어려운 것이다.

(주) 당시 백제에는 만주의 대방 지역과 부여 지역을 가지고 있었는데 《신찬성씨록》에서는 이를 뒷받침하는 기록이 있다.

《신찬성씨록》 御池造; 出自百濟國扶餘地卓斤國主施比王也

《신찬성씨록》에서 백제 혜대왕惠大王을 주몽대왕 30세손이라고

《신찬성씨록》 出自百濟國都慕王卅世孫惠王也

했는데 《삼국유사》의 28대와 비교하면 혜왕 위에 사라진 두 왕이 더 있고 그중 하나는 추증된 시조 주몽대왕이 되니 다른 한 분은 구이대왕이 사라진 것을 알 수 있다.

한편 백제 6대 구수대왕은 10세라고 했는데

《신찬성씨록》 出自百濟國都慕王十世孫貴首王也

고대에 칠七과 십十을 구별하기 어렵게 썼으므로 이를 7세라고 교정해서 보면 그의 앞에 주몽대왕 한 분만 있다.

따라서 구수대왕 뒤에 사라진 한분이 있는데

《삼국유사》에서 고이대왕의 즉위년을 기왕에 알려진 234년이 아니라 낙초樂初 2년 기미년 239년이라 하였으므로,

사반대왕의 즉위년을 238년으로 보아야 하고, 구수대왕(재위 214~234) 서거 뒤에 234년에서 238년까지 다스린 백제대왕이 비게 되므로 그 자리 8대 백제대왕 위치가 구이대왕 자리가 된다.

(주) 만주 대방 고지의 구이대왕은 공손탁의 딸을 후비로 들였고 인격이 훌륭하여 대방고지에 나라를 세웠다고 하였다.

《수서隋書》《북사北史/백제전》 / 東明之後, 有仇台者, 篤於仁信, 始立其國於帶
方故地。漢遼東太守公孫度以女妻之

(주) 이전까지 백제대왕은 고이대왕계의 책계대왕, 분서대왕, 걸대왕과 비류대왕계
의 근초고대왕까지 교대로 즉위하였는데 걸대왕 이후 고이대왕계가 끊어졌다.

경행천황이 죽은 일본내 궁성 이름이 근기近畿의 시가국滋賀國 성이다. 칠지도에
기록된 백자국百慈國의 위치로 고려된다.

경행천황의 높은 이름은 그의 일본 정벌에 의한 것인데, 사실은 경행천황이 백제대
왕으로 있을 때에, 그의 명령을 받은 비류대왕의 쌍둥이 둘째 아들, 일본무존日本武
尊, 즉 근구수대왕近仇首大王(295~384)이 대신 출정하여 정벌하였다.

또한 걸대왕의 마지막 영지는 오사카大阪의 대화大和가 아니라 시가국滋賀國 다카
치호궁高穴穗宮이므로, 343년 백제 걸대왕이 되었다가 346년 근초고대왕에게 양위
하고 백제에서 되돌아왔을 때에는 왜국의 대표자에서도 밀려난 것이다.

2. 근초고대왕 야마토타케루 일본무존
近肖古大王 日本武尊

《記》倭建命 倭男具那 小碓命 /《紀》日本武尊 烏具奈 童男

비류대왕의 태자와 쌍둥이 아들들이 걸대왕을 따라 일본 탈
환 전쟁에 참전하여 태자와 쌍둥이 형은 318년에 전사하고
쌍둥이 아우인 근초고왕자가 일본 전역에 혁혁한 공을 세워
서 야마토타케루, 즉 일본무존日本武尊, 왜건명倭建命이라는
최고의 칭호를 얻었다.

근초고대왕이 백제 태자로 다시 돌아가니, 그를 기리는 백
조릉이 일본 곳곳에 세워지고, 근초고대왕의 아들들이 당연
하게 일본 천황으로 즉위하였다.

근초고대왕이었던 일본무존의 빈 고분 기록에 의하면, 295년에 태어나서

《삼국사기》에 붕어한 374년까지 80세를 살았다. 일본무존의 고분은 일본
무존이 백제로 떠난 뒤에 만들어진 빈 고분으로서 인덕천황기에도 확인된다.

일본 교토京都의 히라노신사平野神社에는 제신祭神에 관하여 다음과 같은 기
록이 남아있다.

祭神四座　八姓の祖神である。

　　第一　今木神　〔いまき・景行天皇の子〕　　　日本武尊　源氏の神

　　第二　久度神　〔くど・日本武尊の子〕　　　　仲哀天皇　平氏の神

　　第三　古開神　〔ふるあき・応神天皇の子〕　　仁德天皇　高階氏の神

　　第四　比賣大神〔卽ち〕　　　　　　　　　　　天照大神　大江氏の神

　　第五　縣（あがた）社　天穗日命　中原・淸原・菅原・秋篠の四姓の祖神

즉, 히라노신사에서 제사를 지내는 제1신은 금목신이자 일본무존이고,

제2신은 구도신久度神인데 일본무존의 아들이라는 것이다.

가장 중요한 것은 구도신은 일본무존의 아들인데다가, 또한 구도신久度神은
백제 상고왕尙古王(=近尙古王) 즉, 근초고대왕의 아들이라는 것이다.

久度神は百濟の祖　尙古王の子仇首王（日本音くど）

여기서　상고왕尙古王은 조고왕照古王, 즉　근초고대왕近肖古大王이다.

따라서 구도신, 근구수대왕을 낳은 일본무존은 당연히 백제 근초고대왕인 것
이다. 일본에서도 현재 이들 히라노平野신사의 4신을 모두 백제왕으로 인정
하고 있다.

日本京都にある　"平野神社"は倭王が先祖たちのために祭祀をあげた所だ.. 927年完成
された日本古代王室文獻"神名帳"を見れば李Hiranoジェントルマンに對して　"平野祭
神は四座であり　四時祭式には　今木神, 仇度神, 古開神, 相展の　比賣神であり　4神が
皆百濟王だ" やっぱり倭國は百濟王に祭祀を執り行なうので屬國イヨッネです〜

한편 일본무존의 일본 정벌에 사용했던 주몽검都牟劍(=쿠사나기쯔루기)를 신신
으로 모신 아쯔다신사熱田神宮 기록에 의하면,

열전신궁의　말사인　소시모리사末社曾志茂利社에서는　거무리대신居茂利大神을
제사하는데, 이는 스사노오의 별명이라고 전한다.

단, 스사노오신, 즉 초고대왕은 그 바로 옆의 남궁신사南宮神社에서 따로 모신다. 따라서 거무리대신은 스사노오, 즉 초고대왕의 별명이 아닐 것이다.

히라노신사의 금목신今木神과 아쓰다신사의 거무리居茂利대신은 그 표기가 유사한 것인데, 뒷부분 목木과 무리茂利는 우리말 물, 강을 나타낸다.

앞부분 今(이제 금)과 居(있을 거)의 훈訓을 취하면 일본말 "이사"가 되고, 이는 우리말의 숫자 "하나""一"를 의미한다. 따라서 합쳐서 "하나-물"을 우리말로 바꾸면 백제의 한수가 된다.

그래서 거무리대신과 금목신은 한산漢山으로 천도한 한성백제의 왕 근초고대왕을 의미하는 것이 된다. 목木의 일본 발음 기キ는 성城의 일본 발음 기이기도 하다.

즉 히라노신사의 제1신, 금목신은 백제 한성신漢城神, 근초고대왕近肖古大王이다. 그가 바로 야마토타케루日本武尊이고 근구수대왕의 부왕이다.

히라노 신사의 제2신 구도신은 근초고대왕의 아들로서 근구수대왕近仇首大王이자, 일본의 응신천황應神天皇이고, 오사카에는 구도신사久度神社가 따로 있기도 하다.

제3신 고개신古開神은 후루아기ふるあき라고 하는데, 근구수대왕의 아들로서 침류대왕枕流大王의 "류流"의 훈訓 "흐르"에서 유래된 것으로 고려된다. 후루는 강강降의 발음이기도 한데 흘러내려왔다는 말이다. 즉 신공황후인 야가하에히메矢河枝比賣를 통해 강신降神하였으므로 후루왕이라고 했던 것이다.

제4신 히메比賣신은 환무천황桓武天皇(737~806)의 어머니의 조상이다. 그런데 백제계 도래인 화씨和氏의 후예라고 한다.

桓武天皇とその生母の高野新笠が祀っていた神様であった。高野新笠は和氏（やまとし）出身で、この和氏が百濟系渡來氏族であった。したがってこれら神様は桓武天皇の母系に繋がっている。

이 히메比賣신은 응신천황의 부인이 되고 침류왕을 낳았던 신공황후 야가하에히메矢河枝比賣를 의미한다.

근초고대왕(재위 346~374)은 일본무존으로서 333년에 39세로 죽었다고 금탄원琴彈原의 백조릉에 기록되었는데, 이 333년은 근초고대왕이 39세로 일본 정벌 후에 백제로 돌아간 해이다.

《고사기》나 《일본서기》에서 일본무존은 갑자기 병이 들어 백조가 되어 날아갔다고 하였고 그래서 백조릉이란 곳이 일본의 여러 곳에 생겨났다. 물론 한반도를 바라보는 큐슈 서북 해안에도 있는데 그가 떠나간 마지막 장소에 세워진 고분이다.

근초고대왕의 일본 후비들 중에 가야계 수인천황의 딸인 후타지노이리히메布多遲能伊理毘賣(297~363)가 있어 중애천황仲哀天皇(328~379)을 낳았다.

근초고대왕은 비류대왕比流大王(재위 304~343)의 차자이고, 걸대왕의 부왕은 백제 분서대왕(298~304)이었다.

근초고대왕, 일본무존은 태자도 아닌 세째 왕자로서 298년 숭신천황에게 죽임을 당한 책계대왕의 손자인 걸왕자가 일본 탈환 공격에 나서니 함께 참여하여 큐슈를 먼저 공략한다.

큐슈는 이미 경행천황이 일부 점거하고 있었지만 큐슈를 통일하지 못하고 있었다.

근초고대왕의 형이라는 오호우스大碓命은 295년에 쌍동이로 태어나 318년에 24세로 죽었는데 숭신천황과의 전쟁에서 전사한 것이다.

근초고대왕은 직접 큐슈 정벌을 완성하고, 당시 재왕齋王이자 가야계 수인천황의 딸인 야마토히메倭比賣(277~366)를 만나서 히미코 이래로 여제사장이 보관하던 주몽검을 건네받고 큐슈 정벌에 도움을 받는다.

부여계인 숭신천황에 대항하여 가야계와 백제계가 연합했던 것이다.

근초고대왕이 일본 본토 이즈모를 공략하고 다시 나라현을 공략하고 도꾜東京를 공략할 때에 야마토히메가 준 쿠사나기쯔루기草雉儉를 사용하였다. 이후에 동경은 근초고대왕의 장자인 호무야와케品夜和氣命(311~374)가 물려받았다.

일본의 히라노신사平野神社는 백제 근초고대왕과 근구수대왕, 침류대왕, 그리고 근구수대왕비 신공황후를 모시는 백제인들의 신사였던 것이다.

한편 일본의 구도신사久度神社는 구도久度대신과 팔번八幡대신을 모시는데 지금 구도대신의 신분을 감추었지만 역시 근구수대왕이고, 팔번대신은 그 아들 침류왕이 가장 유력하다.

(주) 일본에 백제데왕을 모시는 신사는 참으로 많다. 한반도에는 전무하여 안타깝지만, 일본에 백제대왕들의 고분이 남았으니 신사도 많을 수밖에 없다.

비조부신사飛鳥部神社는 백제 개로대왕의 동생으로서 일본 청령천황이 된 곤지대왕을 모시는 곳이다.

백제왕신사百濟王神社는 의자왕의 아들인 백제왕 선광禪廣과 스사노오, 즉 초고대왕을 모시는 곳이다.

또한 출운신사出雲神社는 스사노오였던 초고대왕,

대국주신사大國主神社는 대국주신이었던 구수대왕,

하압신사下鴨神社 등은 사대주신이었던 사반대왕을 모시는 곳이다.

고압신사高鴨神社는 구수대왕의 아들인 의덕천황을 모시는 곳이다.

(주) 근초고대왕의 일본 이름인 소대小碓, 동남童男, 오구나男具那는 남군男君, 남근男根, 즉 우리말 좆으로 고려된다.

소대명의 대碓가 "절구공이"라는 뜻이 있는데 남자의 성기가 많이 커서 작은 절구공이 만하다는 것이다.

이 오구나, 즉 남근, 큰 좆은 男具那 ← 男根 ← <좆> → 照古, 素古, 肖古 의 발음과 관련되는 이름이다.

좆이 유교 암흑기를 거치면서 "좆같이"라는 표현처럼 오늘날 욕설의 뿌리가 되었지만, 우리 고대에는 "좋다", "좋아"의 어간 "좋"의 뿌리인 좆으로서 좋은 뜻이었을 것이다.

(주) 비류대왕의 태자와 쌍동이 왕자 중의 형이 일본에서 전사하였다. 걸대왕과 함께 일본에 온 비류대왕의 아들들이 많았던 것이다.

따라서 《신찬성씨록》에는 비류대왕의 후손이 특히 많다.

춘야련春野連 면씨面氏 문사씨汶斯氏 강옥공岡屋公 등이 그 후손이다.

(주) 한편 근초고대왕의 손녀인 카구로히메訶具漏比賣命(356~400)가 경행천황(273~358)의 후비가 되었는데, 이는 경행천황이 근초고대왕의 아비가 아니라는 절대적인 반증이다. 조카와 결혼하는 일은 있어도 자기 친손녀와 결혼하는 일은 없다.

3. 걸대왕 아들 성무천황
契大王 王子 成務天皇
《記》若帶日子天皇 / 《紀》稚足彦天皇

걸대왕의 아들 성무천황 때에 일본 땅을 나누어서 수많은 백제 왕자들이 분봉을 받았다.

제13세 천황으로 기록된 성무천황成務天皇(326~370)은 와카타라시히코若帶日子라고 한다.

경행천황이 야스카이리히메八坂入日賣命(275~328)를 얻어 황후로 삼아서 낳았다. 성무천황의 이름 와카타리시히코는 경행천황의 소왕자로 추정케 한다.

성무천황 때에 분봉分封이 많았는데 그 역시 분봉을 받은 일본의 지방왕이었을 것이다. 그의 영역은 경행천황에게 물려받은 시가국滋賀國 다카치호궁高穴穗宮이 있던 오호쯔시大津市다.

근초고대왕의 장남인 호무야화기品夜和氣命(311~374)은 도쿄東京 부분에 분봉받고, 근초고대왕의 아들인 중애천황仲哀天皇(328~379)은 왜국 중심인 오사카에 분봉받은 것이 된다.

그리고 왜국 중심인 오사카大阪는 경행천황 때에 근초고대왕이 둔가屯家를 두어서 백제군대를 주둔시키기도 하였다. 이 곳은 주길대신住吉大神 3명이 함께 관리하였던 것으로 고려된다.

백제가 왜국을 나누어 국군國郡에 군장君長을 두고, 현읍縣邑에 수거首渠를 두었는데, 이때 여러 백제 왕자들에게 일본 땅을 분봉하였던 것이다.

수거首渠는 마한馬韓의 제도인 읍장 거수渠帥를 뒤집은 말이다.

앞서 경행천황의 아들들이 80명이라 했는데 이는 당시 일본 전역에 분봉받은 백제 왕가 출신의 제후였다. 80명이 다 실제 경행천황의 아들이 아니라 그때 백제에서 일본으로 간 왕실의 숫자라고 추정된다.

《고사기》에서 성무천황(326~370)은 355년 3월 15일에 세상을 떴다.

현재 발굴된 고분 기록인 370년과 맞지 않고, 또 고분 능비의 서거일자는 6월11일 45세로서 《고사기》에 기록된 중애천황의 서거일자다.

반대로 중애천황(328~379)은 《고사기》에서 362년 6월 11일에 서거하였다고 하는데 고분에서는 기묘년己卯年 3월15일 52세로 되어 있다.

기묘년을 《고사기》에 기록된 을묘乙卯로 보면 355년 3월15일이 되기는 하는데, 이는 《고사기》에 기록된 성무천황의 서거일이다.

즉 중애천황과 성무천황의 서거 기록이 《고사기》에서 서로 뒤바뀌어 있다.

게다가 중애천황의 후비였다는 신공황후는 성무천황 능 옆에 가까이 모셔져 있다. 《고사기》와 《일본서기》에 기록된 중애천황과 성무천황의 서거 순서가 뒤바뀐 것이고, 신공황후 능의 배치는 신공황후가 성무천황의 후비였다는 증거가 된다. 붓끝을 놀리는 역사 조작은 가능해도 산능을 바꿀 수는 없었다.

신공황후의 또다른 이름인 오키나가타라시히메息長帶比賣와 관련하여, 식장천息長川은 시가현滋賀縣에 있었으니, 지금의 천야천天野川이다.

즉, 신공황후와 성무천황이 같은 고향인 시가현滋賀縣에서 자란 것이다.

그뿐 아니라 그녀의 아들인 침류대왕은 칠지도 명문에서 백자?세자百慈?世子라고 하였다. 백자국은 경행천황에서 성무천황으로 이어졌고 신공황후는 바로 이 백자국의 비였던 것이니 근초고대왕의 아들인 중애천황의 비가 될 수 없는 것이다.

따라서 조작된 역사 속에서 중애천황과 성무천황의 순서와 역할이 서로 바뀌었다.

4. 근초고대왕 아들 중애천황
近肖古大王 王子 仲哀天皇
《記》帶中日子天皇 /《紀》足仲彦天皇

355년 근초고대왕의 아들 중애천황은 오사카를 지키다가 걸대왕의 아들인 성무천황에게 밀려나 큐슈로 피난갔고 362년 근구수대왕이 일본으로 건너와서 성무천황을 물리치고 스스로 응신천황이 되었다.

제14세 천황으로 기록된 중애천황仲哀天皇(328~379)은 근초고대왕인 일본무존의 아들이다. 근초고대왕과 가야계 수인천황의 딸인 후타지노이리히메布多遲能伊理毘賣(297~363)가 중애천황을 낳았는데, 그의 이름은 타라시나가히코 足仲彦였다.

중애천황은 왜국 중심인 오사카大阪에서, 걸대왕의 아들 성무천황의 반란을 당하여 355년에 큐슈九州로 쫓겨갔다.

성무천황은 중애천황의 큐슈九州를 마저 공략하려고 하였다.

백제의 근구수왕자는 성무천황에게 차라리 신라를 치라고 권유하였으나, 성무천황은 굳이 큐슈로 향하여 여육瞥宍의 공국空國을 치러 왔다. 여육의 공국은, 혈육의 나라라는 뜻이니 중애천황의 땅 큐슈다.

이 성무천황의 큐슈 공격에 성무천황 후비인 신공황후도 참여하였다.

그러나 근구수대왕을 대신하는 주길대신住吉大神 등이 남아있어서, 중애천황의 큐슈를 지켜주었고 백제군은 신공황후를 포로로 잡았다.

뒤이어 근구수대왕의 공격으로 355년에 시작된 성무천황의 반란은 362년에 평정되었으며 근구수대왕이 응신천황으로 등극하였다.

성무천황이 다시 물러나 목숨을 부지한 곳도 역시 걸대왕이 물러나 있던 시가국滋賀國 다카치호궁高宍穗宮이다.

《고사기》에서 중애천황은 362년에 죽었는데, 이 기록은 성무천황이 362년 6월에 강제로 퇴위된 것을 의미하고, 이후로 성무천황은 시가국 다카치호궁으로 물러나 370년에 죽었다.

중애천황은 355년에 큐슈로 물러나 379년경에 여생을 마쳤다.

중애천황의 후비였던 신공황후의 뱃속에 생겨난 응신천황에게 중애천황의 후사를 잇도록 하였는데 역시 조작이다. 응신천황은 신공황후의 새 남편으로서 근구수대왕이고, 태중에서 삼한왕이 된 신공황후의 아기는 우지노화기, 즉 백제 침류대왕이었으며, 침류대왕은 중애천황의 후사가 아니라 성무천황의 후사를 이엇다. 이 침류대왕이 경행천황과 성무천황의 시가국국 다카치호궁을 잇도록 하여 어린 침류대왕을 백자국 세자라고 근초고대왕이 하사한 칠지도에 기록하였다.

조작된 일본 역사에서 중애천황비라고 했지만, 실제는 성무천황비였던 신공황후는 《일본서기》에서 389년에 101세로 죽었다고 하니 289년생이 된다. 그러나 326년생 성무천황이나 328년생 중애천황보다 무려 30여세가 더 많으니 크게 잘못되었다.

신공황후의 연대가 조작된 것이며 실제는 336년생이었다.

9장.
응신천황이 된 근구수대왕과 신공황후
應神天皇 近仇首大王 神功皇后

근구수대왕은 일본에서 가장 존경받는 응신천황이 되었다

1. 근구수대왕 응신천황
近仇首大王 應神天皇
《記》品陀和氣命 /《紀》譽田別尊

백제 근구수대왕은 왕자 시절에, 일본에 건너가서 성무천황의 반란을 평정하고 362년에 응신천황이 되고, 성무천황의 후비인 야가하에히메를 취하여 아이부인으로 삼고, 야가하에히메가 침류대왕을

임신하니 태중에서 삼한왕, 즉 대마도왕으로 임명하고 5세에는 왜왕으로 임명한다. 근구수대왕은 백제로 돌아가서 태자가 되고 고구려의 침략에 맞서 고구려 평양성(압록강)에 달려가 고국원왕을 전사시켰고 마침내 백제대왕이 되었다가 383년에 다시 일본으로 가서 예전천황이 되었다.

제15세 천황이 된 응신천황應神天皇(320~394)은 백제 근구수대왕近仇首大王이다.

근초고대왕이 백제 본토에서 처음 낳은 아들이 호무야화기品夜和氣命(311~374)이고 두 번째 낳은 아들이 백제 근구수대왕으로서 호무다와케品陀和氣命(320~394)다.

근초고대왕이 도일한 것은 318년 그의 쌍둥이형인 오호우스大碓命의 죽음과 관련되어 그 뒤로 고려된다.

동경東京 신내천神奈川의 한천寒川에 위치한 《대신총大神塚》에는 응신천황의 형이라는 호무야화기品夜和氣命(311~374)가 묻혀있다.

그는 311년에 태어나 64세로 374년에 죽었는데 근초고대왕의 장자다.

호무야는 호무가와漢川에서 유래된 말로 고려되며, 백제의 한수漢水, 즉 평양 대동강을 의미한다. 현재 대신총이 있는 곳의 지명이 한천寒川이다. 한漢이나 한寒은 크다는 뜻의 우리말이고 또 같다는 뜻의 한은 대동강과 뜻이 같다.

근초고대왕이 333년 일본정벌을 마치고 백제로 돌아갈 때에, 장자인 호무야 화기品夜和氣命가 도꾜東京의 왕이 되었던 것으로 고려된다.

본래 응신천황은 호무다천황譽田天皇이라고도 하는데, 호무타화기品陀和氣命 (320~394)이고 백제 근구수대왕이다.

응신천황應神天皇(재위 362~367)과 호무다천황譽田天皇(재위 383~394) 두 개 의 이름이 존재하는 까닭은 그가 두 번이나 천황을 지낸 것을 의미하고

응신천황으로서는 362년부터 367년이고, 예전천황으로서는 383년부터 394 년까지다.

호무다品陀는 한전漢田, 즉 근초고대왕 이래 백제 수도 한산漢山을 의미한다.

호무다천황릉에 해당하는 오사까大阪 예전어묘산譽田御墓山에는 근구수대왕이 묻혀있다. 320년에 태어나 394년에 75세로 죽었다.

호무야화기(311~384)와 호무타화기(320~394) 근구수대왕의 모후는 밝히기 어렵다. 더욱이 그 이름으로 보아서 평양 대동강의 한수, 한산에서 태어났으 니, 백제 본토의 근초고대왕 황후 태생일 것이다.

근구수왕자는 362년 성무천황을 물리치고 나서, 성무천황의 황비였던 신공 황후神功皇后를 만나 백제 본토로 데려갔다.

근구수왕자는 신공황후를 후비로 삼아서 아이부인阿爾夫人이라 부르고 성무 천황의 군대를 빼앗아 신라 정벌에 동원하였다.

근구수왕자는 369년 고구려 고국원왕의 침략을 막고, 371년 고구려 북쪽의 평양성을 쳐서 고국원왕을 전사시켰다.

371년 백제 근초고대왕은 지금의 평양 한산성 안학궁으로 천도하였고 374 년에 붕어했다.

이후 근구수대왕이 백제대왕으로 즉위하였는데, 383년에는 왜국에 건너가서 응신천황이 되었고, 대신에 원자인 침류대왕을 백제로 보내어서 백제대왕으 로 즉위하게 하였다.

응신천황 근구수대왕은 394년에 74세로 왜국에서 서거하였다.

근구수대왕을 모셨던 신사로 추정되는 구도신사久度神社가 남아있어서 구도신九度神과 팔번신八幡神, 주길대신住吉大神 등을 모시는데, 팔번신은 곧 침류대왕이다.

근초고대왕을 모시는 히라노平野神社에서 근구수대왕은 구도신九度神이라 하였다.

(주) 오오사까에는 백제 구수대왕의 후손이라는 3가의 신사가 있다. 오진大津신사와 가라쿠니辛國신사, 국분國分신사다. 여기서 오진大津신사는 오진應神천황과 관련되니 바로 구수대왕이었다. 응신應神을 오진이라고 읽는다.

오진大津신사의 기록; 特に百濟の貴須王の子孫と言われる葛井氏、船氏、津氏の三氏族が勢力を扶植していった。葛井氏は藤井寺市藤井寺の辛國神社、船氏は柏原市國分市場の國分神社、津氏は当社(＝大津神社)とそれぞれ祖靈を祭っているようだが、明治以後であろうか素盞嗚尊や牛頭天王を祭る形になっている。

(주) 일본의 수많은 팔번신사八幡神社는 응신천황으로 잘못 알려진 침류대왕을 기리는 곳이다.

(주) 스미요시대사신대기住吉大社神代記에서 스미요시 대신과와 신공황후의 사통私通의 기록이 있다. 《일본서기》에서는 근구수대왕을 구수貴須라고 기록하였는데, 스미요시住吉 중의 뒷글자 길吉 한 글자 발음인 기사가 "貴地"와 같은 발음도 되거니와 吉을 기츠라고 읽을 수도 있다. 또 그 앞에 근(近; 큰-)을 구운炭의 의미로 적었다가 스미炭로 읽게 된 것이다.

따라서 근구수대왕을 위한 신사는 스미炭궁이어야 하는데, 같은 발음으로서 스미궁隅宮이라고 기록되었다. 응신천황, 즉 근구수대왕이 서거한 곳으로 기록되어 있는 오스미궁大隅宮은 본래 스미(炭, 隅) 요시(吉, 貴須), 즉 근구수대왕을 기린 궁이다.

2. 근구수대왕비 아이부인 신공황후
近仇首大王妃 阿爾夫人 神功皇后

《記》息長帶比賣命, 宮主矢河枝比賣 /《紀》氣長足姬尊, 宮主宅媛

성무천황비가 근구수대왕비 아이부인이 되고 신공황후가 되었다

왜여왕 일여의 후손으로서 성무천황의 후비가 되었던 미야누시야가하에히메는 미모가 뛰어나서 성무천황이 천황에서 쫓겨나자 백제 근구수태자인 응신천황을 모시고 아이부인이 되고, 근구수태자를 따라 백제로 가는 길에 신라 정벌을 구경하고 백제에서 침류대왕을 임신하여 일본으로 다시 돌아오다가 큐슈에서 출산을 한다.

응신천황에게 몸바쳤다는 뜻의 신공(神功) 황후의 격상은 이해되지만 신데렐라 신공황후의 독자적인 신라 정벌은 거짓이다.

신공황후神功皇后의 부친인 오키나가노숙녜息長宿彌命(321~384)는 개화천황開化天皇, 즉 왜여왕 일여壹與의 후손이다.

오키나가노숙녜의 딸인 오키나가타라시히메息長帶比賣命, 신공황후神功皇后는 혈통적으로 여제사장이 될 자격을 타고났다. 그녀의 기도에 답하고 그녀를 수호한 것이 결국 응신천황應神天皇, 즉 근구수대왕近仇首大王이다.

신공여황 고분 내의 명문 기록이 알려지지 않았고, 다만 조작된 《일본서기》

에 의한 능전陵前 기록만 있는데 289년부터 389년까지 101세나 살았다는 신화적 기록이다. 그러나 이는 아비인 오키나가노숙녜(321~384)보다 먼저 태어난 기록이라 타당하지 않고 중애천황仲哀天皇(328~379)이나 성무천황成務天皇(326~370)보다도 30여세나 많아서 그들의 황후가 될 수 없다. 신공황후의 조작된 연대를 바로 잡아야 한다.

그런데 신공황후의 숨겨진 본신本身으로 가장 적합한 인물이 응신천황應神天皇(320~394)의 부인이 된 미야누시야가하에히메宮主矢河枝比賣(336~390)다. 《일본서기》에서는 궁주택원宮主宅媛이라고 하였다.

미야누시야가하에히메宮主矢河枝比賣도 그 근원이 와니씨和邇氏이고 오키나가씨息長氏도 그 근원이 와니씨和邇氏의 히코마쓰日子坐王으로서 똑같다.

궁주宮主는 본래 후비后妃를 의미하는 고어다. 이미 왕에게 시집간 여자다. 즉, 성무천황의 후비 신공황후에 해당한다.

야가하에矢河枝라는 이름은 《삼국사기》에 기록된 근구수대왕비 아이부인阿爾夫人과 매우 비슷하다.

또한 신공황후는 남장을 하고 활팔찌를 차고 다녔는데 당시 활팔찌를 아예阿叡라고 불렀으니 미야누시야가하에히메宮主矢河枝比賣가 신공황후다.

응신천황이 일본에 와서 그녀를 만나고 미모를 치하하는 노래를 남겼다.

그 노래 중에 그녀의 뒷모습은 방패楯와 같다고 하였다. 後姿は 小楯ろかも

신공황후 고분의 이름이 방패楯이 들어간 "순열릉楯列陵"이다.

또한 아이부인阿爾夫人은 야가하에의 족성인 와니씨和邇氏를 의미한다. 와니씨는 우리 발음으로 와이가 된다.

362년경에, 성무천황의 황후로 간택된 26살의 오키나가타라시히메는 결혼후에 시가국으로 물러난 성무천황과 떨어져서 오사카의 본가에 돌아와 있었고, 그후 미야누시야가하에히메宮主矢河枝比賣로 불린 것이다.

그녀는 성무천황의 대신이었던 타케우찌노숙녜建內宿禰(266~371)를 만나서 속죄의 방법을 물었는데, 362년에 근구수왕자近仇首王子가 일본으로 와서 응신천황應神天皇이 되었다.

근구수왕자-응신천황은 신공황후를 보자마자 미모에 반하여 부인으로 삼았고, 《삼국사기》에 근구수대왕비이자 침류대왕 모후로서 아이부인阿爾夫人으로 기록되었다.

《삼국사기/백제기》에 모후가 기록된 것은 이례적인 것으로서 온조대왕의 모후 소서노召西努와 구이신왕의 모후 팔수부인八須夫人, 그리고 아이부인 단 셋이다. 아이부인과 팔수부인은 일본 출신이라서 기록된 것으로 보인다.

《고사기》는 신공황후가 응신천황인 근구수왕자를 만나서 따르게 된 것을 강신降神으로 기록해 놓았다.

신공황후는 성무천황이 가졌던 일본의 중심인 오사카大阪 대화大和의 영토를 다시 찾으려 하였으므로, 근구수왕자를 따라 백제로 가서 침류대왕枕流大王(363~422)을 임신하였다.

신공황후는 백제에서 일본으로 귀환하던 길에 후쿠오까福岡에서 침류대왕을 낳았다.

그녀가 임신한 상태에서 혼자 신라를 정벌하였다는 것은 조작이다. 《삼국사기》에서 363년경 "음력 여름 4월"에 신라에 왜병이 쳐들어왔지만 《신공황후기》는 겨울 10월에 공격하여 12월에 돌아와 출산했다.

여름夏과 겨울冬, 4월과 10월은 전혀 맞지 않는 기록이다. 또 신라가 겨우 복병 1000명으로 물리치는 정도의 작은 침입이었다.

실제 가능한 사실은 응신천황인 근구수왕자가 4월에 동해안 항로를 이용하여 함흥의 백제 땅으로 귀환하는 길에 신라를 들리고 백제로 돌아간 것이다. 그리고 신공황후는 근구수왕자와 함께 백제로 갔다가 임신하여 혼자 12월에 규슈로 돌아온 것이다.

그녀가 출산한 곳은 규슈九州 후쿠오카福岡의 우미팔번궁신사宇美八幡宮神社 자리로서 일본의 팔번신八幡神이자 우치천황宇治天皇이 되었던 침류왕자를 출산하였다.

《일본서기》 저자 사인친왕은 363년에 있었던 응신천황의 신라 침입을 신공황후의 정벌로 조작하기 위해서 무려 백년전에 있었던 249년 신라 각간 우로 살해 고사와, 신공황후 죽은 후에 있었던 401년 미사흔 왕자 인질 제공 이야기를 모두 신공황후의 공적으로 편입시키고 후세에 믿으라고 했는데 치졸한 편찬이었다.

이때 신공황후는 침류대왕을 오데이왕男弟王이라고 이름을 지었다. 앞서 위대한 근초고대왕의 일본 이름이 오구나男具茶였다.

한편 오사카에는 중애천황의 아들들이 있었다. 중애천황과 오호나가쯔히메大中津比賣命(338~364)의 아들인 카고사카香坂王(357~386)과 오시쿠마忍熊王(360~387)가 가신들과 함께 신공황후의 오사카 입성을 방해하였다. 이들은 성무천황비인 신공황후에 반대하고 중애천황의 복위를 시도한 것이다. 신공황후는 이 반란을 제압하여 두 왕자를 중애천황 곁으로 유폐보냈다.

363년 응신천황(320~394)의 탄생신화는 응신천황이 아니라 우치천황이 된 침류대왕(363~422)의 탄생신화다. 침류대왕은 신공황후의 뱃속에서부터 신라군과 전투를 치러서, 태어날 때에 천황의 팔뚝에 활팔찌革丙처럼 굳은 살인 륙宍이 돋아있었다고 했다. 이를 륙생완상宍生腕上이라 기록했다. 즉 굳은 살 륙宍이 팔에 박혀서 침륙枕宍왕이라 했다가 뒤에 침류대왕枕流大王으로 비숫하게 고쳐진 것이다.

침류대왕이 날 때부터 팔에 굳은 살이 박힌 원인은, 신공황후 오기나가息長帶比賣가 전투복 차림으로 활팔찌를 차고 다닌 때문이라고 상상했다. 활팔찌는 활을 쏠 때에 왼팔에 차는 가죽 보호대다.

당시 활팔찌를 아예阿叡라고 불렀으니, 아예를 차고다닌 신공황후를 백제에서 아이부인阿爾婦人이라고 부르게 된 것일 수도 있다.

그리하여 활팔찌와 같은 굳은살을 차고 나온 천황을 활팔찌를 토모革丙라고도 불러, 침류대왕을 오오토모大革丙 천황이라고 불렀다고 한다.

이 오오토모大革丙는 그의 본 이름인 오오토男弟에서 유래되었을 수도 있다.

신공황후가 태자를 위해 술을 빚었다고 하는 《주락가酒樂歌》가 있다. 《주락가》에서 수구나미가미須久那美迦微, 상세의 소어신常世小御神이 술을 내렸다고 표현했는데, 이는 백제의 근구수황태자를 가리킨다.

수구나미가미須久那美迦微는 수구나須久那의 어신御神으로 분석되며 수구나須久那는 초고대왕 이래의 함경도 함흥 주변 속고速古(=須久) 땅이 된다.

신공황후는 임신한 채로 일본에 돌아오는데 천황이 태내에 있을 때에, 천신天神이 삼한三韓의 통치권을 주었다.

일본에서는 한韓을 "가라"라고 읽어왔다. 그러므로 여기서 삼한三韓이란 삼가라三加羅로서 대마도다. 인위가라仁位加羅, 좌호가라佐護加羅, 계지가라鷄知加羅 삼국이다. 대마도 북도의 서북에 좌호천佐護川이 있고 대마도 북도의 남쪽에 인위천仁位川이 있고 대마도 남도의 동북에 계지천鷄知川이 있다.

즉, 근초고대왕과 근구수태자는 태중의 침류대왕에게 대마도를 분봉한 것이다.

근초고대왕은 침류대왕의 소식을 듣고 칠지도七枝刀를 만들어 보내며 왜왕 기奇라고 이름을 지어주었다. 왜왕의 수호신, 혹은 임명장으로서, 백제 근초고대왕이 367년에 하사한 칠지도七枝刀가 일본에 남아있다.

칠지도의 명문은 아래와 같다.

태화 4년 《6》월 16일 병오일 한낮에 강철을 백번 담금질하여 칠지도를 만들다. 능히 백병을 물리친다. 마땅히 후왕 《기?》께 받치기 위해 《》《》

《》이 만들었다. 선세이래 이런 칼은 없었다.

백자?의 세자 기츄가 태어나 (총명하게) 성음을 말하므로 (기 왕자를)
왜왕으로 봉하고, 성지를 내려 칠지도를 만들어 주셨으니 후세에게 전하라.

泰和 四年 《六》月十六日 丙午 正陽 造 百練(鋼)七支刀

(下)僻百兵　宜供供 侯王奇 《》《》《》作

先世以來 未有此刀 百慈《?》世《》 奇生聖音 故爲倭王 旨造 傳示後世

몇월인지가 정확히 판독되지 않았는데 고대 문귀 상식으로는 가장 화기火氣
가 극성한 5월 병오일이 맞다. 그러면 362년이 된다.

그러나, 태화 원년이 되는 359년은 백제가 태화로 개원할 명분이 적다. 그러
나, 364년은 60년에 한번인 갑자년甲子年이라서 개원 원년의 명분이 된다.
이렇게 추정하면 367년 6월 15일이 백제 태화 4년 6월 병오일이 된다.

또한 갑자년 364년에 백제 사신이 탁순국卓淳國을 통해 왜국으로 오다가 억
류되어 신라로 압송된 기록이 《일본서기》에 있다. 그래서 수년 후에 백제
와 왜국이 연합하여 탁순국을 비롯한 가야를 쳐서 복속시키고 새로운 교통
길로 삼는다.

칠지도의 주인인 왜왕 기츄는 칠지도의 상감 문자에 드러난 백자국百慈國의
세자世子다. 백자국은 시가현滋賀縣이다. 백자신사白髭神社가 일본 전국에 많
이 남아있는데 그 본원은 시가현에 있다.

신공황후의 또다른 이름인 오키나가타라시히메息長帶比賣와 관련하여, 식장천
息長川은 시가현滋賀縣에 있었으니 지금의 천야천天野川이다.

　滋賀縣坂田郡天野川(息長川)流域

즉 백자국 위치는 시가현滋賀縣이 된다.

363년 침류대왕 탄생과 신라 정벌, 364년 백제의 태화 개원, 그후 태화 4년
367년에 침류대왕을 왜왕으로 임명하기 위한 칠지도 제작이 맞아 떨어진다.
이는 다음의 증거로 다시 확인된다.

383년 일본의 사마숙녜斯馬宿禰가 백동 거울인 인물화상경을 만들어서 침류
대왕자인 남제왕男弟王에게 바쳤다. 일본 기이국紀伊國의 유물인 우전팔번인
물화상경隅田八幡人物畵像鏡의 내용은 다음과 같다.

계미년 8월일, 16왕년

남제男弟왕께서 의자사가궁(오오사까)에 계시는데,

사마斯麻가 남제왕께 길이 충성하는 마음으로 개중비치와 예인금주리 2인 등을
보내어 백상동 200근을 모아 이 거울을 만들어 바칩니다.

癸未年 八月日 十六王年, 男弟王 在 意紫沙加宮時

斯麻 念 長奉 遣 開中費直 穢人今州利 二人等

取 白上同 二百旱 作 此竟

사마斯麻는 《일본서기》에서 신공황후 46년(366년)에 나오는 왜국의 신하,
사마숙녜斯摩宿禰다. 따라서 계미년은 383년이다.

16왕년은 거울 속의 남제왕의 왕 16년, 즉 즉위 16년이며 계미년이다.

한편 이 기록은 왜국인 사마斯麻에 의해서 왜국 땅에서 만들어진 것이므로,

남제왕男弟王은 일본식으로 읽어서 "우데"로 읽어야 하는데,

응신천황과 미야누시야가하에히메宮主矢河枝比賣의 태자는 우지노와케宇遲能
和氣郎子(367~396, 교정 363~422)라고 기록하였다.

우지宇遲의 본래 글자가 남제男弟였던 것이고 남제男弟의 차자다.

《고사기》 등에서 우지노와케宇遲能和氣는 바로 야가하에矢河枝比賣의 아들
로 기록되어 있다.

그러니 응신천황의 부인이 신공황후인 야가하에矢河枝比賣이고 그 아들이 우
지노와케인 것이다.

한편 《풍토기風土記》에서는 우지노와케를 우치천황宇治天皇이라고 하였다.

여기서 우지노와케 석관에 기록된 367년에서 396년까지의 나이는 왜왕으로
서의 재위 연대로 보면 맞는다.

성무천황이 천황위에서 쫓겨난 것이 362년이고, 그후 1년 뒤에 신공황후 몸
에서 태어났으면 363년이 적정하다. 363년에 태어나서 367년에 칠지도를
받아서 왜왕으로 즉위하고 383년에 근구수대왕과 왜왕위를 바꾼 것이다.

또한 383년 계미년에는 즉위 16년을 맞아서 우전팔번인물화상경에서 왕16
년이라고 기록했다. 즉 367년에 즉위한 것이 되는데, 칠지도에서 기습를 왜왕
으로 임명한 해가 태화 4년으로서 367년이었다.

383년 이때가 침류대왕의 나이로는 20세였으니 약관弱冠의 나이를 맞아서 사마숙녜가 선물을 올린 것이다. 혹은 일본에서 태어나 백제대왕으로 부임하게 되는 장도壯途에 오를 때에 선물일 수도 있다.

그리하여 383년에 근구수대왕은 일본의 응신천황이 되고 그 아들 왜왕기는 백제의 침류대왕이 되었다.

(주) 화상경을 만들어 받친 사마가 응신천황의 신하였던 사마숙녜斯摩宿禰인데 백제의 사마왕인 무령왕武寧王(재위 501~523)으로 착각하고, 남제왕을 506년 즉위한 계체천황男大迹天皇으로 곡해하고 보면, 계미년은 계체천황 즉위 3년전인 503년이라서 맞지 않다. 계체천황은 오로지 응신천황이었던 근구수대왕의 5대손일 뿐이다.

한편 신공황후였던 미야누시야가하에는 이로도야타노와키이라쯔메妹八田若郎女(373~426)와 메토이女鳥王(376~411)을 낳았다. 370년에 성무천황이 죽었으므로, 이는 신공황후가 일본에 돌아간 이후로도 다시 백제를 왕래하였던 것이 된다.

응신천황은 미녀 카미나가히메髮長比賣命(378~424)를 취하려다가 아들인 인덕천황에게 주었다. 카미나가히메를 취할 때의 여자 나이가 15세는 되어야 하니 393년경이 되고 이때 근구수대왕은 73세 무렵이니 거의 죽을 때였다.

근구수대왕과 신공황후의 불상

10장.
왜기왕에서 송나라 황제가 된 침류대왕

枕流大王 倭奇王 男Z弟王 宇治天皇 宋高祖

《記》宇遲能和氣郎子 / 《紀》菟道稚郎子

일당백을 넘어서 일당천의 무용을 자랑하던 침류대왕 유유

근구수대왕과 신공황후의 아들 침류대왕은 태중에서 삼한왕
이 되었고 5세에 왜왕 기가 되고 20세에 백제 침류대왕이
되고, 383년에 중국에 백제군을 이끌고 상륙하여 산동반도
를 차지하였다.

그러나 백제본토에서 384년 진사대왕의 반란을 당하고 391
년부터 만주로부터 대동강까지 백제 본토 절반을 광개토호
태왕에게 빼앗긴다.

또한 399년 선비족 남연국의 침략에 산동반도까지 다 빼앗
겼다.

그러나 침류대왕은 다시 중국에서 맨손으로 재기하여, 399
년 12월 양자강의 동진국 유뢰지의 부하 장수로 새출발하여
43세인, 405년 1월 동진 최고의 권력자가 되고 410년 남연
을 멸망시켜 선비족에 대한 원한을 갚고 북조의 중원인 장
안성마저 차지하고서 마침내 420년에 동진을 뒤집고 송나라
를 세워 58세에 송나라 고조 무황제 유유가 되었다.

《일본서기》에서 신공황후 46년에 인용된 탁순왕卓淳王(=진해鎮海)의 발언이
중요하다.

"갑자년 364년에 백제대왕이 탁순국왕에게 백제 사신, 구저久氐, 미주류彌州
流, 막고莫古 등 3인을 보내어 왜국으로 가는 길을 물었다."

구저한求氐韓, 막고성莫古城, 미추성彌鄒城 등의 백제 지명이 《광개토호태왕
비문》에 소개되어 있으므로 이 기록의 구저, 미주, 막고 등 3인은 그 백제
삼성三城의 성주城主였을 것이며 그 위치는 현재 평양 이북이 되고, 각기 독
자적인 가신家臣 군대를 이끌고 일본으로 간 것이다.

한편 《삼국사기/백제본기》 근구수대왕의 즉위전(369年) 기록 중에 고구려

군을 격퇴시킨 근구수왕자의 측근 신하로서 막고해莫古解가 기록되어 있다.

탁순왕은 백제 사신 구저들을 억류하고, 신라로 압송하기까지 하였다.

신공황후의 신하 시마숙녜斯麻宿禰가 왜국으로부터 탁순국에 다다르니, 일이 그르쳐진 것을 알고, 시마숙녜는 그의 가신 니하야爾波移를 백제로 보내었고, 시마숙녜는 왜국으로 귀국하였다.

사마숙녜의 가신 니하야爾波移는 백제 근초고대왕의 선물로서 왜기왕 침류대왕자의 복식을 위한 오색 비단과 무기의 재료인 철재鐵才 40괴를 받아 돌아 갔다.

한편 신라에 억류되었던 백제 사신 구저들은 다음해에 왜국에 도달하였다.

《삼국사기/신라기》에서는 364년경에 왜국의 침략을 받는다.

이후 백제와 왜국은 366년경에 탁순국卓淳國(진해鎭海) 등 7국을 쳤다.

왜국장수와 백제장수 목라근자木羅斤子, 사사노궤沙沙奴跪 등은 비자호比自烽(창녕昌寧), 남가라南加羅(김해金海), 록국喙國(거제도巨濟島), 안라安羅(함안咸安), 다라多羅(합천陜川), 탁순卓淳(진해鎭海), 가라加羅(고령高靈 대가야大伽倻) 등 7국을 쳐서 백제 속국으로 하였다.

이후 백제군이 전라도의 비리比利(완산完山=比斯伐), 벽중辟中(김제金堤), 포미지布彌支(보성寶城), 반고半古(반남潘南), 침미다례忱彌多禮(해남海南=침명浸溟)를 쳐서 백제 영토로 하였다.

한편 이 시대의 또다른 상황 기록으로, 《일본서기》에서 《백제기百濟記》를 인용한 중요한 기록이 있는데 그 내용은 다음과 같다.

임오년, 382년에 신라가 왜국에 조공하지 않으니, 왜국왕이 왜국 장수 사지비궤沙至比跪를 보내어 신라를 치라고 했는데, 왜국 장수가 신라의 향응을 받고 가락국을 쳤다. 그러자 가락국왕이 왕자 등 가솔을 거느리고 백제로 망명하였고, 가락국의 공주는 백제로부터 왜국에 가서 왜왕에게 사정하여, 왜왕은 백제 장수 목라근자木羅斤資를 다시 가락국에 파견하여 쫓겨났던 가락국왕을 복위시켰다.

백제에 속한 탁순국이 바로 금관가야 김해의 남쪽 진해이다. 금관가야는 항상 위태하였을 것이다. 진해에서 동쪽을 치면 신라 땅이 된다.

여기서 백제 장수인 목라근자를 왜국 땅에서 신하처럼 데리고 있다가 가락국에 보내기로 결정한 왜왕은 바로 백제의 382년 당시 왜왕인 침류대왕인 것이다.

임오년은 백제 근구수대왕의 치세인데 당시 수도가 대동강 평양이라서 군대를 동원하기가 멀고, 이미 367년부터 왜국왕이던 아들 침류대왕에게 가락공주를 선물하면서 해결을 맡긴 것이고, 침류대왕은 즉시로 사지비궤를 파직하고 가야를 다시 세웠다.

383년 평양 한성에서 백제대왕으로 즉위한 침류대왕은 중국의 북조, 전진前秦으로부터 참전을 요청받는다.

침류대왕(363~383)은 동생인 아신대왕阿莘大王(372~424)에게 백제를 맡기고 중국으로 떠나는데 당시 아신대왕은 12살, 침류대왕은 21살이었다.

백제 아신대왕阿莘大王(372~424)은 근구수대왕인 응신천황과 오키나가마와카나카즈히메息長眞若中比賣(340~406)의 아들이며, 두 번이나 백제왕위에서 물러났기에 와카누케후타마왕若沼毛二股王이라고 일본에서 호칭했고 그의 황릉은 나라현奈良縣의 가즈라기성葛城 야시기야마屋敷山공원에 있는 전장 135m의 전방후원고분이다.

현지에서는 갈성씨 고분으로 알려졌지만 아신대왕릉이다. 일본의 오카누케후타마왕이 아신대왕인 것은 계체천황이 무령대왕의 서형庶兄으로 증명되면서, 즉 개로대왕의 아들이기 때문에, 개로대왕의 고조할아버지이자 근구수대왕의 아들로서 아신대왕이 와카누케후타마왕이 된다. 《일본서기》에서 아신왕을 아가왕阿花王이라고도 기록했다.

383년 11월에 중국의 남북조가 충돌한 역사적인 비수대전淝水大戰이 있었다. 남북통일을 노린 전진前秦의 부견황제符堅皇帝가 100만 대군으로 출병하였으나 비수에서 대패하였다. 이때 산동반도 쪽으로 상륙했던 백제군은 건절장군建節將軍 여암餘巖 형제가 인솔하였다.

비수대전 이후에 흩어지는 전진前秦의 부견황제로부터 슬며시 독립하여 후연後燕을 건국하려는 모용수慕容垂가 군대를 모으니, 건절장군 여암 등이 백제 군대를 이끌고 자원하였다.

모용수는 고구려, 백제를 친 전연황제 모용황의 막내아들이며, 전연 말기에 전연을 배신하고 전진의 부견황제에게 귀의했고, 370년 전연국 수도 업성 함락으로 전연은 전진에게 몰락했다.

한편 모용수의 사위로 부여왕자 여울餘蔚이 있었는데 그는 346년 전연前燕의 모용황이 백제를 쳐서 끌어간 부여왕 여현餘玄의 아들이다.

부여왕자 여울은 370년에 전진황제 부견에게 투항한 모용수를 도와서, 전진군에게 포위되어 있던 전연국 모용위의 수도 업성 성문을 몰래 열어서 전진국 군대를 업성 안으로 들여보내어 전연국을 멸망시켰다.

부여왕 여현은 전연황제 모용황의 사위가 되었었고, 그의 아들 부여왕자 여울은 후연황제 모용수의 사위가 되어서 후연의 재상이 되었다. 백제군 여암 형제는 이 부여왕자 여울을 통하여 후연의 사정을 잘 알 수 있었을 것이다.

이때 384년에 고구려 고국양대왕故國壤大王이 전연前燕이 차지했던 대릉하大凌河 하구의 요동遼東을 공략하였다.

그러자 백제 건절장군 여암餘巖의 군대는 385년에 후연後燕이 차지했던 유주幽州(북경시北京市, 전연은 평주平州라고 불렀고 전연 시기에 3번째 수도였음)를 공략하여 탈취하고, 이어서 난하에 있던 영지성令支城(하북성河北省 노룡현盧龍縣)과 전연의 2번째 수도였던 대릉하의 황룡성黃龍城(요녕성遼寧省 조양시朝陽市)를 차지한다. 중국 사서에서 동진 말기에 고구려가 요동遼東을 점령하고, 백제가 요서遼西를 점거해 자치군을 두었다는 기록은 바로 이 385년 상황이다.

晉世 句麗旣略有遼東, 百濟亦據有遼西、晉平二郡地矣, 自置百濟郡

385년 후연황제 모용수는 아들 모용농農을 파견하여 백제가 빼앗은 영지성과 황룡성, 그리고 고구려가 점거했던 요동성을 수복한다.

그러나 북경은 389년에야 수복하는데, 이 4년동안 백제는 북경을 점거하여 유주자사幽州刺史와 그 아래에 13군郡 태수太守를 두었었다. 그때 유주자사를 지냈던 백제인이 바로 평양 덕흥리고분 주인공 진鎭이다.

그의 고분 벽서에 감춰진 성은 백제 왕성인 부여씨가 된다. 그는 말년에 평양에서 지내던 중 고구려가 백제의 평양을 함락하여 광개토호태왕의 신하가 되어 생을 마쳤다.

한편, 백제 본토에서는 384년에 반란이 일어나 아신대왕을 폐위하고, 침류대왕의 서형庶兄인 진사대왕辰斯大王(346~395)이 즉위하였다.

침류대왕은 이 당시에 지금의 산동반도 래주萊州의 백지래왕사百支萊王祠를 거쳐서, 청도시青島市인 성양군城陽郡, 즉 당시의 동청주東淸州(훗날 백제 위덕대왕을 동청주자사로 책봉한 바가 있다.)에 진출했을 것으로 고려된다.

한편 이 384년에, 중국 청주青州에는 근본을 알기 어려운 장수 벽려혼辟閭渾이 점거하여 16년간 산동반도를 전부 지배했는데, 벽려혼 역시 백제 장수로 고려된다. 왜냐하면 다른 여타의 오호십육국五胡十六國처럼 크고 부유한 자리를 오래도록 차지하고도 스스로 칭제건원하지 않았기 때문이다. 또한 벽려는 "비류"와 똑같은 발음이다.

《신찬성씨록》에 백제국 벽류왕이 기록되어 있고, 出自百濟國避流王也 그 후예는 광정련廣井連인데 벽려혼의 도읍이 바로 청주 광고성廣固城이었다.

399년에 후연에서 갈라진 남연南燕이 청주 광고성의 벽려혼을 물리치고 청주를 점령하여 411년까지 고작 12년간 산동반도를 지배했는데, 남연은 오호십육국五胡十六國에 들어간다. 남연에 비하여 벽려혼이 동진으로부터도 유주자사라는 책봉까지 받고, 산동반도를 완벽하게 16년간 다스렸는데도 불구하고, 독자적으로 칭제건원하지 않은 것은 오로지 백제 침류대왕의 신하였기 때문으로 해석될 수밖에 없다.

이때 침류대왕이 당시 동청주東靑州인 산동반도 청도靑島에 백제대왕百濟大王으로서 출정나와 있었기에, 백제 본토 내부에서 진사대왕의 반란이 일어난 것이고, 또 391년 광개토왕자가 백제 본토를 침탈하는 빌미를 주었다.

본토 진사대왕의 반란은 백제군의 분열을 가져와 침류대왕에게 엄청난 타격이 된다.

바로 이 기회를 이용하여 고구려 광개토왕자는 만주의 백제 영토를 다 빼앗고 압록강 하구까지 육박해 내려온다.

391년 진사대왕辰斯大王(346~395)은 광개토대왕에게 패전하고, 급히 왜국에 구원병을 요청했는데 응신천황, 즉 근구수대왕은 백제에 구원병을 보낸 대신에, 진사대왕을 잡아 일본으로 보내고, 근구수대왕의 아들 아신대왕을 다시 백제대왕으로 세운다.

《일본서기》에서는 진사대왕이 살해되었지만 실제는 일본에 압송되었다.

《일본서기》　是歲,百濟辰斯王立之,失禮於貴國天皇.　故遣紀角宿禰.　羽田矢代宿彌. 石川宿彌.　木菟宿彌,噴讓其無禮狀.　由是,百濟國殺辰斯王以謝之.　紀角宿彌等便立阿花 爲王而歸

《고사기》에서 백제 진사왕은 오호야마모리大山守命(346~395)로 나온다.

대산수명이 곧 진사왕이라는 사실은 《고사기》에서 침류왕의 대산수명 살해장면 기록에서 나온다. 그는 응신천황(=근구수대왕)이 그를 태자로 하지 않은 것에 항상 원망을 가졌고, 394년 응신천황 서거 이듬해에 우치천황이 된 침류대왕을 죽이려고 준비했다가 미리 대비를 갖춘 침류대왕에게 죽는다.

침류대왕은 그와 물놀이하다가 배를 뒤집고 빠져나가서 진사대왕을 강에 오르지 못하게 막아서 익사시킨다. 침류대왕은 일부러 대마로 된 가벼운 옷을 입었고 진사대왕은 무거운 갑옷을 숨기고 있었다.

대산수명이 죽어갈때 강에서 떠내려가며 이르른 곳이 가와라詞和羅였다. 강가에 올라갈 수 있게 제발 가라고 가라 가라 소리를 질렀기 때문에 가와라는 지명이 만들어졌다고도 한다.

그러니 가와라로 인하여 그를 위한 가라신사辛國神社가 세워진 것으로 추정되고, 그 가라신사에 진사대왕 후손의 족보가 기록된 것이다. 그러나 그의 능은 보잘것없이 초라하여 10m 내외의 봉분을 했으며 나라현에 있다.

《일본서기》에서는 침류대왕이 그를 죽인 곳이 고라考羅의 나루터였다. 여기서는 진사왕을 참수하지 못하고 익사시킨 것에 대해 한탄하는 침류대왕의 노래가 적혀있고 이때 부왕을 생각하여 같은 부왕의 자식인 진사왕을 베지 못하여 이를 재궁단梓弓檀이라는 나무에 비유했다. 그 나무가 가래나무이니 역시 가라로 읽었을 것이고 가라신사辛國神社의 유래가 된다.

그런데, 394년 근구수대왕, 응신천황이 일본에서 서거하고 396년에는 고구려가 대대적으로 백제 본토를 쳐서 백제 한산 수도가 있던 대동강 이북을 점령한다.

백제로서는 엄청난 손실을 보게 되었다. 《만주지리풍속지》 기록에서 고구려 영락대왕이 이 396년 전쟁에서 처음 탈취한 일팔성이 압록강 북쪽 단동시 봉황산성鳳凰山城으로 기록되었다. 뒷날 설인귀가 고구려 장수 온사문을 사로잡은 석성石城이라고 불리었다.

광개토호태왕이 백제로부터 뺏은 58성은 이 책 말미에 부록으로 실었다.

이때 근구수대왕, 응신천황이 서거한 394년부터 396년까지 일본은 3년간 천황 자리가 비어있었다. 명목상 우치천황, 즉 중국에 출정나간 침류대왕의 통치 시기다. 그는 장례식에 돌아와 우치천황으로서 3년상을 치르고 그동안에 진사대왕을 죽이고 다시 떠난 것이다.

396년 침류대왕은 응신천황의 장자이자, 침류대왕의 형왕인 인덕천황仁德天

皇(337~419)에게 천황자리를 승계토록 조치한다.

인덕천황은 백제와 중국에서 벌어지는 전쟁 지원으로 피폐해진 일본 국민들에게 3년간 과역을 면제하여 주었다.

한편 침류대왕枕流大王은 396년 고구려의 백제 침략에 보복하기 위하여, 왜군을 총동원하여 399년에 신라를 쳤다. 《광개토호태왕비문 9년》

이들 왜군 병사들은 이듬해 400년에야 고구려 군대에 쫓기게 되니 399년 내내 신라 도성 주변에 머물러 있었던 것이다.

그러나 바로 그 때, 399년 7월에, 중국 산동반도에서는 선비족 남연南燕 황제 모용덕의 침략을 받아서 산동반도를 선비족에게 다 빼앗기고, 산동반도 청주를 지키던 벽려혼은 외롭게 전사하였다.

애석하게도 침류대왕은 북경에 보냈던 건절장군 여암 형제의 백제 군대와 유주자사 부여진의 요서 백제 병력, 그리고 벽려혼의 산동 백제 병사를 거의 다 잃었다.

침류대왕은 산동의 벽려혼과 백제군을 구하기 위해 부랴부랴 중국으로 건너갔으며 399년 가을이었다.

그리고 그가 떠난 이듬해 400년, 신라 땅에서는 인덕천황의 지휘로 신라에 나가 있던 왜군 병사들도 고구려군에게 궤멸된다. 그리하여 광개토호태왕의 고구려군이 왜군을 추격하여 대마도를 점령하기에 이른다.

399년 가을 침류대왕은 중국 땅에 다시 들어가서 침류소석枕流漱石(=枕石漱流 개울물에 씻기는 돌을 베고 자는 은거 생활)할 수밖에 없었다.

대륙 진출의 원대한 꿈이 허망하게 수포로 돌아간 것은, 물론 조국 백제가 만주와 대동강 이북을 잃고서 백제 본토가 반 토막이 나버린 것을 운명으로 받아들이고 떠돌았을 것이다.

그러나 오래 떠돌지 않았으니 100일도 지나지 않아 재기의 발판을 마련하고 5년만에 성공한다.

그해 399년 11월에 마침 오두미교주五斗米敎主 손은孫恩의 해적海賊들이 동진東晉 동해안을 왜구질하므로 동진은 황명으로 해적 토벌을 명령하였고,

12월에 동진東晉의 장수 유뢰지劉牢之가 손은을 토벌하기 위해 지원병을 모

았다.

침류대왕은 그 유뢰지의 휘하에 응모應募하여, 참군사參軍事가 되는데, 유우 劉裕라는 이름으로 개명을 하였다. 당시 참군사는 의병대장 같은 격이라서 정규 병력을 내주지 않았고, 그 휘하에 그를 따르던 수십명 가신, 친위대가 있었을 뿐이다.

그런데 단 수십인을 가진 유유劉裕는 해적들의 동태를 살피기 위한 정찰 명령을 받고서 수행하다가 수천명의 손은孫恩 군대를 맞닥뜨렸는데 그대로 돌진하여 부수어버렸다.

동진을 멸망시키고 송나라를 세운 고조高祖 유유劉裕는 363년생으로 칠지도에 나타난 왜왕기倭王奇와 같고 유유의 아명은 기노寄奴로서 역시 일치한다.

송나라 《송서 본기》에는 유유劉裕가 한나라 고조 유방劉邦의 후손이라고 줄줄이 족보를 엮어서 기록했는데, 이는 조작이거나 남의 족보를 빌린 것이다.

바로 동시대 북조北朝의 정사正史인 《위서魏書》에는 섬오랑캐島夷 유유劉裕의 근본을 모른다고 기록했다. 유유는 본래 성姓이 다른데 유劉씨로 개성改姓했다고까지 명확하게 기록하였다. 본래 유劉씨가 아니었던 것이다.

그런데 《위서魏書》에서 유유의 수식어가 섬오랑캐 도이島夷 유유劉裕다. 《위서열전도이전魏書列傳島夷傳》이 바로 송나라 고조 유유를 위한 기록이다.

도이島夷는 해외 만황의 오랑캐 종족海外蠻荒的種族을 의미한다.

당나라 초기에 편찬된 《정의괄지지正義括地志》에서는 송나라 때 도이島夷에 대해서 백제에 속한 왜인으로 설명했다.

백제국 서남의 발해 중에 큰 섬 15개소가 있는데 백제에 속했다.

왜국은 측천무후 때에 일본국으로 개명했다. 백제 남쪽에 바다를 사이에 두고 섬에 산다. 백여 소국인데 이들이 양주揚州(동진의 수도)의 동쪽으로서 도이島夷라고 한다.

《正義括地志》：「百濟國西南渤海中有大島十五所，皆邑落有人居，屬百濟。」又倭國，武皇后改曰日本國，在百濟南，隔海依島而居，凡百餘小國。此皆揚州之東島夷也。按：東南之夷草服葛越，焦竹之屬，越卽苧祁也。

북조의 정사인 《위서》에 의하면 유유는 36세까지 미투리, 즉 짚신을 만들

어 팔 정도로 가난했고, 그런데 짚신장수 격에 맞지 않게 도박을 좋아하여
무려 3만전의 빚을 지고 갚지도 못하는 신세였다.

399년 11월 동군장수 유뢰지가 손은孫恩 등의 해적들을 소탕할 병사를 모집
할 때에, 유유가 찾아가서 자원하여 참군參軍이 되었는데, 동해안의 해염海鹽
에서 손은의 군대에게 대승하여 그날로 황당하게 건무장군建武將軍으로 승진
하고, 겸하여 하비태수下邳太守가 되었다. 태수는 지방왕에 해당한다.

《북위서》에 나타난 대로 363년부터 399년 12월까지, 태어나서 무려 36년
동안 오로지 중국의 빈민가에서 태어나 짚신을 만들어 팔고, 말도 안되게 3
만전이나 빚을 진 거액 도박이나 하던 건달이었다면,

36세에 느닷없이 수십명의 정병精兵을 데리고 전장에 나타나서 일당천의 괴
력적 무용을 선보이고, 수천명의 적을 물리치고 게다가 높은 학식이 필요한
하비군 태수(왕)까지 399년 12월 전투 한번으로 곧바로 임명을 받는다는 것
은 있을 수 없다.

또한 그후로 단 5년만에 동진東晋의 최고 권력자가 될 수도 없다.

오로지 유유劉裕의 근본이 백제 침류대왕 왜기왕이라서 가능한 것이다.

남연국 선비족의 땅이 된 산동반도에 급히 왔다가 선비군에 밀려서 동진 땅
으로 피신하게 되면서, 침류대왕은 이름도 유유로 바꾸고, 방탕하다가 동진
장수 유뢰지의 진영에 투신했던 것이다.

그러나 침류대왕은 중국식 이름인 유유劉裕라는 이름으로 승승장구하여, 399
년 12월 그 이름을 처음 세상에 알린 지 단 5년 2개월 만에,

405년 1월, 동진의 수도를 강탈했던 환현桓玄의 난을 제압하였다. 유뢰지는
이미 환현에게 죽었고 도성에서 쫓겨났던 동진황제를 수도 건강建康에 복귀
시키면서 동진의 최고 권력자인 시중侍中 겸 9주제군사九州諸軍事 겸 2주자
사二州刺史 위치에 오른다.

그리고 다시 5년후, 선비족 남연국을 멸망시켜 청주를 되찾고 벽려혼의 복수
를 한다.

또한 몇년후에는 후진後秦의 장안성도 함락시키고 동진의 강역을 역사상 최
대로 넓힌다.

결국, 동진東晋 황제 공제恭帝의 딸을 부인으로 얻은 후에, 공제의 양위를 받
아서 유유劉裕는 420년에 송나라를 개국하여 고조무황제高祖武皇帝가 된다.

아쉽게도 3년만인 422년에 60세로서 붕어하였다.

송고조 유유의 뒤를 이은 18세의 소제少帝는 장부인張夫人의 소생이었다.

황태후가 된 장부인은 이름을 궐闕이라 하였지만 《송서宋書》에서 조차도 장부인의 출생 근원을 알 수 없다고 하였다. 비록 노비 출신이어도 중국 출신이면 기록에 남는데 장부인은 백제 여자라서 기록이 없는 것이다.

2대 황제인 소제少帝가 사치하여 궁궐에 호수를 만들고 배를 띄어서 그 안에서 향락을 즐길 때에, 성정이 지나치게 포악하다고 즉위 3년만인 424년에 신하들이 폐위하여 내쫓고, 동진 황제 공제의 딸이 유유에게 시집와서 낳은 문제文帝를 즉위시킨다. 외척이 전혀 없는 소제가 외척이 많은 문제에게 권력 투쟁에서 밀려난 것이다.

이때 황태후 장부인은 황제 소제를 폐하는 교서敎書를 내리고, 문제를 황제로 세운 대궐안의 권력자였지만, 스스로 궁궐을 나가버려서 동해안 오군吳郡으로 갔다가 2년후 사라진다.

백제, 혹은 왜국으로 건너가 버린 것이다. 왜냐하면 426년에 죽었다는 그녀의 나이조차 기록이 없고, 능도 만든 기록이 없기 때문이다. 죽지 않았으니 죽은 나이를 기록할 수 없고 능도 만들 수 없었고 문제는 찾지 않았다.

유유의 등장 이후로 왜국은 갑자기 중국과 끊어졌던 교류를 되살려나가니 이때 중국 역사에 왜국이 다시 상세하게 등장한다.

이때, 왜국의 왜5왕이 교류한 중국 땅은 《일본서기》에서 항상 오吳나라였다. 즉 장부인이 머물던 오군吳郡이 강좌江左의 백제 땅이었던 것이다.

전후좌우 정황은 송나라 고조가 왜기왕이고 우치천황이고 백제 침류대왕인데, 백제 장수 벽려혼이 중국 산동 청주에서 제왕이 되었어도 실패한 것이 소수민족이기 때문이라고 생각했던지, 혹은 왜구질을 싫어하는 중국인들을 이해시킬 수 없어서인지, 침류대왕은 한나라 고조 유방의 족보로 혈통을 꾸며서 중국을 통치하고, 스스로 백제왕이었다는 사실을 숨겨서 송나라를 자신의 후예들에게 전해준 것이다.

그러나 동시대에 송나라와 맞서던 북위北魏에서는 그를 성姓을 바꾼 섬오랑캐 도이島夷라고 기록하여 진실을 실마리를 전해 주니 침류대왕은 백제가 낳은 또 하나의 영웅이다.

(주) 탁순국卓淳國은 신라와 이웃에 붙어있었다. 탁순국은 임나연정에서 졸마국卒麻國으로 이름이 바뀌는데 그 위치는 진해鎭海에 있었다.

탁卓의 고대발음이 타이여서 중모음 태로 바뀌어서 진해시의 태천만, 태동만, 왜성만으로 이름이 남았고, 현지에 태첩왜성도 남아있지만 그 북쪽 자마산 자마왜성도 탁순국의 근거지로 고려된다. 임나연정 10국에서 탁순국은 졸마국으로 이름이 바뀌기 때문이다.

따라서 갑자년 탁순국에 이른 백제인은 동해안의 함흥에서 동해 연안을 타고 배로 내려온 것이 아니라 처음으로 서해안으로 일본에 가려고 했던 것이다.

안라安羅는 아나(阿那; 安)가야라고 하였던 함안咸安이다.

다라多羅는 대가야大伽倻가 있던 합천이다.

남가라南加羅는 김해金海 금관가야다.

가라加羅는 불특정한 이름인데 위에서는 가야를 대표하는 고령高靈일 것이다.

록국喙國은 구록口彔으로 파자破字하여 거제도巨濟島로 추정된다. 《위지왜인전》의 구사가야拘邪伽倻가 거제도인데 이름을 바꾼 것으로 보인다.

큐슈의 구사한국이 녹아도鹿兒島로 되었다. 그 본국인 구사가라는 구록국舊鹿國이 될 것인데, 앞의 구口와 뒤의 록彔을 합쳐서 록喙이라고 나라 이름을 만들어낸 것이다.

(주) 진사대왕의 후예가 《신찬성씨록》에 남아있다. 진사대왕의 시호는 진사陳謝, 즉 사죄의 의미를 담고 있다.

《신찬성씨록新撰姓氏錄》 岡原連; 出自百濟國辰斯王子知宗也

진사대왕 후예의 일본 계보는 가라쿠니신사辛國神社에서 다음과 같이 알려졌다.

百濟辰斯王後裔氏族の系譜

百濟貴須王→辰斯王（391년경 도래!）→太阿郎王→亥陽君→午定君より三腹に分枝

①味沙→白猪史→葛井連、宿禰→蕃良朝臣→菅野朝臣

②辰璽→船史→王後首→宮原宿禰、御船宿禰→菅野朝臣

③麻呂君→津史→津連→津宿禰、中科宿禰→菅野朝臣

이들이 모시는 신사가 하내국河內國 지기군志紀郡 후지이시藤井寺市藤井寺에 있는 가라쿠니신사辛國神社다.

(주) 왜5왕倭五王은 왜찬왕倭讚王, 왜진왕倭珍王, 왜제왕倭濟王, 왜흥왕倭興王, 왜무왕倭武王 이다.

또한 백제는 송나라 문제의 원가력元嘉曆을 받아들여 사용한다. 백제가 송나라 원가력을 받아들인 것은 송나라의 연방 국가가 되는 것이다.

(주) 《자치통감》에 의하면 "유유는 수십인을 데리고 정찰하다가 수천인의 적군을 만나 즉시로 공격하니, 따르던 부하들은 다 죽고 유유는 절벽으로 떨어졌고 적들이 절벽 위에서 죽이려고 하였지만 유유는 분투하여 장검을 휘둘러서 몇명을 죽이고 다시 기어올라와서 고함치며 추격하니 적들이 도망치기 시작했다. 유유는 쫓아가서 계속 적들을 많이 죽였는데 본부의 유경선이 유유가 돌아오지 않으니 병사들을 이끌고 찾아나서서, 유유가 수천인의 적을 홀로 추격하는 광경을 보고 감탄하여 부대로서 적들을 쳐서 대파하여 수천명의 적을 베었다. 使將數十人覘賊。遇賊數千人, 卽迎擊之, 從者皆死, 裕墜岸下。賊臨岸欲下, 裕奮長刀仰斫殺數人, 乃得登岸, 仍大呼逐之, 賊皆走, 裕所殺傷甚衆。劉敬宣怪裕久不返, 引兵尋之, 見裕獨驅數千人, 鹹共歎息。因進擊賊, 大破之, 斬獲千餘人"

(주) 도이島夷로 기록된 인물은 유유劉裕 외에 환현桓玄(369~404)과 남제南齊를 세운 소도성蕭道成 등이 있다.

《구당서/천문지》에서 남쪽으로 월越을 지나면 도이만맥인島夷蠻貊之人이 산다고 했는데 도이島夷를 남만蠻과 예맥貊인들로 기록한 것이다.

《원사/본기》에서 세조世祖 황제는 말하기를 일본은 멀리 고립된 도이島夷라고 했다. 帝以日本孤遠島夷. 그후 일본을 계속 도이島夷라고 불렀다.

침류대왕 우치천황을 모시는 우치신사

2부

고구려 왕자 윤공천황과
백제 근개루대왕

11장.
광개토호태왕의 대마도 정벌과 임나연정
廣開土好大王 對馬島 征伐 任那聯政

396년 백제를 정벌한 고구려 광개토호태왕은 400년 백제와 왜국의 신라 침공을 격파한 후 대마도를 정벌하고 대마도 임나국을 중심으로 큐슈를 포함한 임나 연방 10국을 세워 고구려에 복속시켰다.

404년 백제와 왜국이 반격하였으나 실패하고, 오히려 406년에 고구려가 일본 큐슈에 왕자 고진을 파견하여, 고구려 직할의 임나일본부를 설치하여 큐슈를 직접 통치하고, 419년에 고진왕자는 인덕천황을 살해하고 432년에 인덕천황의 아들 이중천황도 살해하고 오사카에 입성하여 윤공천황이 되었다.

서기 400년 전후의 일본 역사는 《일본서기/응신천황기》에 주로 기록되어 있다.

391년부터 438년까지 기록된 《응신천황기》에서 응신천황은 근구수대왕과 침류대왕, 그리고 왜찬왕倭讚王이다. 이 세 사람의 전기를 한 분의 응신천황으로 《일본서기》 저자는 조작 편찬하였다.

《응신천황기》 즉위전기 중에서 태중에서 삼한왕이 된 응신천황은 진짜 응신천황인 근구수대왕의 아들 우지노화기로서 침류대왕이며 중국 송나라 고조 유유가 되었다. 또한 침류대왕의 아들로서 왜찬왕倭讚王이 있는데, 중국 사서에서 송나라에 대한 왜찬왕의 외교 기록으로 나타난다.

왜찬왕은 413년, 421년, 425년, 430년에 중국과 교류하였다.

《응신천황기》 즉위전기 기록에서, 응신천황이 각록角鹿에 가서 게히대신筍飯大神, 氣比大神을 만나서 서로 이름을 바꾸어 예전천황譽田天皇이 되어 돌아온 기록이 있다. 게히대신은 미케쯔御食津, 혹은 이사사화대신(伊奢沙和, 去來紗大神)이라고도 하였다. 따라서 예전천황이 바꾸기 전 이름은 이자사去來紗 왕자가 된다. 이자사는 당시 지명으로 추정되며 후국의 이름이기도 하다.

383년 근구수대왕近仇首大王의 도일하고서 그를 귀수왕貴須王이라고도 했으므로, 이후로 일본을 귀국貴國이라 호칭하게 된 것으로 보인다.

《고사기》에서 응신천황이 갑오년 394년에 서거한 것으로 기록되었다. 그의 고분은 415m에 달하는 전방후원고분이다. 백제 땅에서 찾을 수 없는 근구수대왕릉이 일본 중심에 화려하게 자리하고 있었던 것이다.

응신천황의 뒤를 잇는 왜왕은 왜기왕이었던 침류대왕, 즉 우치천황으로 예정되어 있었다. 침류대왕은 산동반도에서 귀국하여 부왕의 3년상을 치렀을 것이다. 이때 산동반도는 백제 장수 벽려혼의 지배 아래에 무사하였다.

그후 396년에 고구려 광개토호태왕의 백제 침공을 다시 당하고서 침류대왕은 왜국을 인덕천황仁德天皇에게 맡기고 전장으로 다시 떠난 것으로 본다.

396년 광개토호태왕의 백제 침공으로 인하여 국토의 절반을 잃어버린 아신대왕은 근구수대왕의 큰아들인 인덕천황에게 백제 태자인 전지왕자腆支王子를 보내어 왜국의 군사를 얻었다.

아신대왕과 인덕천황은 부왕이 같으므로 《삼국사기》에는 인질로 보냈다고 하지만 이는 김부식이 왜곡된 《일본서기》를 잘못 참조한 것이다. 아신대왕이 형왕에게 아들을 인질로 보낸다는 것이 가당치 않은 것이다.

게다가 백제를 위한 399년 대고구려 보복전쟁을 백제와 일본의 상왕上王인 침류대왕이 직접 지휘하였을 것이기 때문이다.

《고사기》와 응신천황 고분 기록에서 근구수대왕은 394년에 서거하였다. 그러나 《일본서기 응신천황기》에는 419년의 구이신왕의 백제대왕 찬탈과 왜찬왕의 425년의 중국 교류, 그리고 427년 전지대왕이 누이 신제도원新濟都媛을 반정천황에게 시집보낸 기록이 있다. 427년은 전지대왕이 양위하고 일본으로 건너간 해이며 비유대왕의 즉위년이다.

따라서 《일본서기》는 394년 이전의 근구수대왕, 응신천황의 기록과, 396년까지의 침류대왕 우치천황의 기록, 그리고 침류대왕의 아들인 왜찬왕倭讚王, 즉 《이중천황기》의 취주왕鷲住王, 즉 반정천황反正天皇(380~438)의 치세 기록을 《응신천황기》 하나로 묶은 것이다.

《응신천황기》의 기년起年은 신공황후(336~390)가 죽었다고 조작한 389년을 기년으로 한다. 단, 응신25년의 백제 구이신왕久爾新王의 즉위 기록은

419년의 일로서 응신원년이 395년이 기준이다. 본래 우치천황, 즉 침류대왕이 아직 살아있으므로 왜찬왕은 우치천황의 즉위년인 395년을 사용했다고 보여진다.

응신3년, 391년 고구려 광개토호태왕의 백제 침공 때에 방어에 실패한 진사대왕에 대하여 근구수대왕은 왜국군을 보내어 백제를 도우면서 진사대왕을 잡아들였고, 대신에 근구수대왕의 막내아들인 아신대왕을 즉위시켰다.
《日本書紀》 是歲,百濟辰斯王立之,失禮於貴國天皇. 故遣紀角宿禰. 羽田矢代宿彌. 石川宿彌. 木菟宿彌,噴讓其無禮狀. 由是,百濟國殺辰斯王以謝之.紀角宿彌等便立阿花爲王而歸.

396년, 응신8년, 아신대왕이 침미다례枕彌多禮와 동한東韓 등을 일본으로부터 뺏고, 전지왕자를 일본에 보냈다.
《百濟記》 阿花王立, 無禮於貴國. 故奪 我 枕彌多禮 及 峴南,支侵,谷那,東韓之地. 是以遣王子 直支 于天朝,
이때 고구려 광개토호태왕은 백제를 대대적으로 공략하여, 대동강의 평양 한성 등 58성을 빼앗고 백제왕자를 인질로 끌어갔다.
396년 《광개토왕비문》에서 고구려군이 이미 백제 왕성을 함락하였으나, 백제왕은 도망하여 항복하지 않고 끝까지 싸우려 하였다.
광개토호태왕이 진노하여 아리수를 건너고, 장수를 보내어 임시 백제 왕성인 성횡악성을 핍박하니 마침내 백제왕이 항복하고 남녀 천명과 세포 천필을 태왕에게 바치고 백제왕은 이제부터 영원히 신하가 될 것을 맹세하였다.
태왕은 백제왕을 아량으로 용서하여 "앞서는 어리석었지만 차후로는 충성을 다할 것을 새기도록 하였다.
이때 백제의 오십팔 성과 칠백의 부락을 빼앗고 백제 장군인 백제왕의 동생과 백제의 대신 10인을 인질로 삼아 데리고 도읍으로 돌아왔다.
《廣開土好大王碑文》 《》《》《》其國城 殘不服氣敢出《百》戰 王威赫怒 渡阿利水 遣刺迫 城橫《岳城》 《百殘》便國城 而殘主因逼獻《上》 男女生口一千人 細布千匹 《歸》王, 自誓從 今以後永爲奴客 太王恩赦 先迷之愆 錄其後順之誠, 於是 取五十八城 村七百 將殘主弟 竝大臣十人 旋師還都
그러나 백제와 왜국은 반격을 하여 신라를 먼저 친다.
400년에 광개토호태왕은 보기병 오만병사를 보내어 왜군에 포위당한 신라를 구원하여도록 하였는데 남거성을 지나 신라도읍에 이르렀다. 왜구가 득실거렸으나 고구려군대는 왜적을 패퇴시켰다. 도망가는 왜구를 따라서 급히 추격하여 (대마도)의 임나가라국의 국성을 공략하니 임나가라는 항복하였다.....《중간 소멸》...

(이후 고구려 고주몽의 유신이었던 협보의 후예인) 안라인安羅人 사람으로
술병을 두어서 (큐슈를) 지키게 하였다.

《廣開土好大王碑文》 十年庚子 敎遣步騎五萬 往求新羅 從男居城 至新羅城, 倭滿
其中 官軍方至倭賊退 ○○○○○○○來背 急追之 任那加羅 從拔城 城卽歸服 安
羅人戍兵○(=於)新羅城 農城 倭寇○潰城○○○○○○○○○○○○○○○○○○○○○
盡○(=更)隋來安羅人戍兵○○○○○其○○○○○○○言○○○○○○○○○○
○○○○○○○辭○○○○○○○○○○潰○○○○安羅人戍兵

비문 중에 고구려 군사가 신라를 구원하고 대마도, 즉 임나가라를 친 사실
이 기록되어 있는 것이다. 여기서 임나가라는 여러 가라 중의 임나가라로서
대마도를 가리키는데 부여 의라왕 숭신천황이 명명한 것이다.

(주) 《일본서기/숭신천황기》에서 임나의 위치는 분명하게 큐슈와 신라 사이에 있
는 섬으로 기록되어 있으니 대마도다. 任那國遣蘇那曷叱知,令朝貢也. 任那者,去筑
紫國二千餘禮,北阻海以在雞林之西南.
그중에서도 대마도 남도의 계지천 주변의 미진美津이 임나부 국미성 위치다.
《신찬성씨록》에서 숭신천황 때의 임나왕은 임나의 동북쪽에 사방 300리의 섬이
있고 삼기문드리汶이 있다고 하였으니 기문도己汶島가 대마도 북도다.
《계체천황기》에서 백제가 공격한 대마도 남도를 사쓰도沙都島라고 하였다. 남도
인 사쓰도沙都島가 쓰시마對馬島의 중심인 것이다.

《한단고기/고구려본기》에서도 임나는 원래 대마도의 서북 경계였다. 북은
바다로 막히고 치소가 있었는데 국미성이라 한다. 동서에 각각 마을이 있었
다. 뒤에 대마의 두 섬은 마침내 임나任那에 통제되었다.
任那者 本對馬島 西北界 北阻海有治曰國尾城 東西各有落或貢或叛後對馬二島 遂爲
任那所制
400년에 삼가라三加羅가 모두 고구려에 복속하게 되었다. 이때부터 바다와
육지의 모든 왜인들은 모두 임나에 통제되었으니 열 나라로 나누어 통치하
면서 연정이라고 했다. 그리하여 고구려에 직속하여 고구려황제의 칙명이
아니면 스스로 마음대로 하지 못했다.
《한단고기/고구려국본기》 永樂十年 三加羅 盡歸我 自是海陸諸倭 悉統於任那分治
十國 號爲聯政 然直割於高句麗 非烈帝所命 不得自專也

(주) 삼가라三加羅는 고구려에 속한 인위가라仁位加羅, 신라에 속한 좌호가라佐護
加羅, 그리고 백제에 속했던 계지가라鷄知加羅인데 인위가라는 대마도 북도 인위
천仁位川 지역이었다. 좌호가라는 대마도 북도의 북부 좌호천佐護川 지역이었다.
계지가라는 대마도 남도의 북부 계지천鷄知川 지역이는데 임나국성 국미성이 있었

고구려 임나일본부 지도

다. 광개토호태왕은 대마도 남도의 임나국을 취하여 10개의 왜국 분국을 연정으로 다스렸다.

(큐슈의) 다파라국多婆羅國은 고구려인 협보狹父가 홀본에서 떠나와 마한에

살다가 패수(마한의 패수, 즉 요양시 태자하다.)를 따라 내려와서 해포에서 바다로 나아가서 큐슈 아소산阿蘇山까지 와서 정착한 곳이다.
협보를 다라파국多婆羅國의 시조라고 했다. 훗날 임나연정에 병합되었다. 3국은 바다에 있고 7국은 육지에 있다. 다파라국을 다라한국多羅韓國이라고도 하며, 본래 홀본忽本에서 왔었고 안라국安羅國과 이웃하며 성姓이 같다고 하였다. 웅습성熊襲城을 갖고 있는데 지금의 구마모토熊本다.

《한단고기》에 의하면 당시 일본(지금 일본이 아니라 큐슈를 가리킨다)에는 이도국伊(都)國(후쿠오카福岡)이 있었다. 이세伊勢라고도 한다. 왜국倭國(큐슈 동쪽의 일본)과 이웃하였다. 이도국은 축자筑紫에 있었으며 곧 일향국이다. 여기서부터 동쪽은 왜倭에 속하며 그 남동은 안라安羅에 속한다.
안라는 본래 홀본忽本 사람이다. 북쪽에 아소산이 있다. 안라는 뒤에 임나(연정)에 들어갔는데 고구려와 친교를 맺었다.
《한단고기/대진국본기》日本舊有伊國　亦曰伊勢與倭同隣　伊都國在筑紫亦卽日向國也　自是以東屬於倭　其南東屬於安羅　本忽本人也　北有阿蘇山　安羅後入任那　與高句麗早己定親

윗 글을 보면 큐슈에서 후쿠오카의 이도국은 왜국의 속국이었고 이도국 외의 큐슈 여러 나라는 안라국의 속국이었다. 이 안라국이 바로 임나의 일국이었다. 다음은 같은 책에 소개된 안라국의 속국들이다.
말로국末盧國(사가현佐賀縣 북부)
남쪽에 대우국大隅國(가고시마鹿兒島)이 있다.
시라군始羅郡은 본래 남옥저인이다.(야스히로시八代市 저노국姐奴國)
남만南蠻은 중국 남부에서 온 자들이고,
비자화본比自火本(비국肥國, 화국火國, 큐슈 서북부 나가사키현長崎縣)은 변진비사벌인이다.
환하晥夏는 고구려 속노屬奴다.
왜인은 큐슈의 각 지역에 산재하여 백여국이 사는데 그중 구사한국狗邪韓國(가고시마鹿兒島 남부)이 최대이고, 구사본국인狗邪本國人들이 다스렸다. (구사본국은 거제도의 구사가야를 가리킨다.)
末盧國之南曰大隅國　有始羅郡本南沃沮人　所聚　南蠻　屠彌　晥夏　比自火本之屬皆貢焉　南蠻九黎遺種自山越來者也　比自火本弁辰比斯伐人之聚落也　晥夏高句麗屬奴也　時倭人分居山島各有百有餘國　其中　狗邪韓國最大　本狗邪本國人所治也
환하국晥夏國은 신라 4대왕 석탈해의 출신지로서, 《삼국유사》에서는 완하국玩夏國이라고 하였다.
고구려에서 온 윤공천황이 큐슈에 정착하였다가 병이 들었을 때 그의 병을 치료해 준 신라 왕자 김무에게 봉해준 땅이다. 그는 아나호천황穴穗天皇 김무金武가 되었고, 봉지는 안라라국安羅羅國이라고도 하였다.

본래 신라 4대왕인 탈해왕의 출신지이니만큼 신라와 교류가 오래전부터 있었을 것이고, 고구려가 임나를 지배할 때에 이곳 신라인들은 자발적으로 협조하였을 것이니 완하국이 고구려 속노라고 한 것은 바로 신라인 거점인 것을 드러낸 것이다.

완하국 위치는 후쿠오카福岡市 서쪽 사와라구早良區 김무金武라는 마을의 도지都地 위치다. 북변에서 청동검 11자루와 철도 등 초기 철기시대 유물 고분이 다량 발굴되어 고대에 큐슈 제일의 왕도였음을 알려준다.

훗날 신라와 고구려인들이 자주 왕래하다가 거주하던 곳이며 안라국과 구별하여 안라라국安羅羅國, 혹은 신량국新良國이라고도 하였다. 지금 이름은 사와라早良區 구다. 사와라가 곧 신라 분국이다.

(주) 광개토호태왕이 설치한 임나연정 10국은 《흠명천황기》에 나라 이름이 기록되어 있다.

임나십국은 ①가라국加羅國(김해金海 금관가야金官伽倻), ②아라국安羅國(함안咸安 아나가야阿那伽倻), ③사이기국斯二岐國(일기도一岐島), ④다라국多羅國(합천陜川 대가야大伽倻), ⑤졸마국卒麻國(진해鎭海 탁순국卓淳國), ⑥고차국高嵯國(고성固城), ⑦자타국子他國(창녕昌寧 비자호국比自烌國), ⑧산반하국散半下國(진주晋州 반성班城), ⑨걸손국乞飡國(큐슈九州 웅본熊本), ⑩임라국稔禮國(임나=대마도) 등 합해서 10국이다.

《한단고기》에 의하면 바다에 3국이 있었으니 ⑩대마도의 임례국, ③일기도의 사이기국, ⑨큐슈의 걸손국 등 3국이고

①김해의 가라국, ⑤진해의 졸마국, ②함안의 아라국 ④합천의 다라국, ⑦창녕의 자타국, ⑧진주의 산반하국 ⑥고성의 고차국이 한반도의 7국이다.

(주) 《흠명천황기》는 임나국을 임례국으로 고쳤고, 큐슈의 심장이었던 안라국을 외인들에게 치욕적으로 점령당했기 때문에 걸손국이라 비하하여 바꾸었다.

졸마국은 《신공황후기》에서 진해의 탁순국인데 태첩왜성과 자마왜성이 있으며 자마왜성이 졸마국에서 비롯된 것이다.

창녕의 비자호국은 자타국으로 썼다.

고성은 본래 고차국이다. 녹국喙國이었던 거제도가 고차국에 속한 것으로 보인다.

가라는 김해의 금관가야국이고,

다라는 합천의 대가야국이고 아라는 함안의 아나가야다.

산반하국散半下國은 진주의 반성班城으로 추정된다.

백제와 일본이 광개토호태왕의 400년 대마도 침공 단한번에 굴복당할 수는 없었다. 4년 뒤, 《광개토호태왕비문》에서 404년 백제와 왜국 연합군의 고구려 대방 경계 침공이 있었다. 대방 경계는 만주 위에 있다.

영락14년 404년 갑진년에 이르러, 왜국이 반역하여 배를 타고 와서 대방 땅을 침범하여 ○○○○○, 석성 등을 공격하였다.

왜적은 백제군과 연합하였다. ○○은 수군 병사들을 이끌고 평양(대동강)에 이르러 선봉군이 고구려군과 만났다. 태왕의 군사가 격퇴시켜서 왜구는 궤멸하고 무수히 죽었다.

《廣開土好大王碑文》十四年甲辰 而倭 不軌 侵入 帶方界 ○○○,○○, 石城 《爲》 連船 《百殘》 ○○率《水軍至》平穰 《倭寇先》鋒相遇 王幢 要截 盪刺 倭寇潰敗 斬煞無數

404년 이 전쟁에서 또 고구려가 이기고 백제 아신대왕阿莘大王은 또다시 퇴위되었다. 아신대왕의 고분으로 파악된 가즈라기성葛城 야시기야마屋敷山의 전방후원고분에서 424년에 서거했다고 기록했기 때문이다.

아신대왕의 시호인 와카누케후타마왕若沼毛二股王 이름에서, 이고二股는 두갈래라는 말인데 눈물이 두 번, 두 줄기로 흘러내렸다는 뜻이다. 즉 진사왕의 반란 때에 이어서 두번이나 퇴위당한 이중고二重苦를 의미한다.

그리하여 응신16년, 404년에 일본에 있던 전지왕자가 백제로 복귀하여 전지대왕이 되었다. 이때 동한東韓(원산元山 추정)의 지배권을 전지왕자에게 주었고 왕인王仁 박사가 일본에 학문을 가르치러 왔다.

역시 응신16년 백제로부터 진한秦韓의 후예인 궁월군弓月君이 인솔했던 120현민縣民을 데리고 왔다. 진한秦韓은 만주 요하遼河 하구에 있었고, 고구려의 점령 때문에 404년에 만주에서 피난해온 백제인들이다.

뒤이어서 광개토호태왕은 일본을 완전히 제압하기 위해 406년에 왕자 고진高珍을 일본 큐슈에 보내어 큐슈에 고구려 분국을 세우고 장차 윤공천황이 된다. 큐슈 임나의 안정을 위해서 407년에 광개토왕의 백제 침공이 다시 있었다.

영락17년 407년에 태왕은 보기병 오만 병사와 수군을 보내어 백제를 징벌하였다. 갑옷 일만개와 군수물자를 헤아릴 수 없이 많이 뺏어왔다. 돌아오는 길에 사구성과 루성 나○성 등을 다시 빼앗았다.

《廣開土好大王碑文》十七年丁未 敎遣 步騎 五萬○○○○○ ○○○○師○○合戰 斬
煞蕩盡 所獲 鎧鉀 一萬餘 領軍資器械 不可稱數 還破 沙溝城, 婁城, ○佳城,○○○○
○○, 那○城,

고구려 광개토호태왕의 왕자 윤공천황

이제 고구려에서 일본에 와서 윤공천황允恭天皇(393~453)이 된 광개토호태
왕 왕자 고진高珍을 추적해 밝힌다.
우선 《신찬성씨록》에서 광개토호태왕의 아들이 일본에 존재해 있었음을
기록했다.

《신찬성씨록》 難波連 出自 高麗國 好太王也

이는 일본의 난파련難波連이라는 씨족이 일본에 온 광개토호태왕으로부터

갈라져 왔다는 것이니, 광개토호태왕의 아들의 후손이라는 뜻이고, 그 광개 토호태왕 아들이 윤공천황이다. 난파는 오사카의 항구 이름이다.

인덕12년 407년에 고구려는 인덕천황에게 사신을 보내어 철방패鐵盾와 철 과녁鐵的을 보내고, 고구려인의 전통적인 활쏨시를 자랑하며 무력 시위를 하였다. 인덕천황은 이날 고구려 사신 중에서 소백수조小泊瀨造의 선조인 숙 녜신宿禰臣을 보고 현유신賢遺臣이라고 불렀다. 이 현유를 사가노고리左舸能 苗里로 읽으라고 기록했다.
현유신賢遺臣, 사가노고리左舸能苗里 그가 바로 고구려에서 온 윤공천황이다.

사가노고리의 사가左舸는 현賢의 고대 발음이면서, 큐슈 서북 사가현佐賀縣 을 의미한다. 고리는 고구려를 의미한다. 따라서 사가의 고구려신이 된다.
고리苗里는 일본에서 현재 호로胡虜를 의미하는데 오랑캐라는 것이니 당시 고구려를 의미하기도 한다. 즉 숙녜신宿禰臣을 "사가의 고구려신"이라 부른 것이다.
본래 윤공천황의 시호 윤공允恭이라는 한자어는 본래 윤공犹恭, 즉 오랑캐犹 인 고구려犹를 섬긴恭 천황이라는 의미가 들어있다. 윤공천황의 이름 앞에 들어가는 출신지명 웅조진雄朝津과 그의 아들 웅략천황雄略天皇의 웅雄이 역 시 고구려를 상징한다.

인덕 50년(431년 추정, 인덕천황이 죽은 후다.) 왜국에 기러기雁가 알을 낳 았다는 기사가 있다. 기러기는 시베리아에서 번식하고 겨울을 나러 내려오 는 철새로서 일본에서 알을 낳지 않는다.
그런데 왜국에서 알을 낳은 기러기 안雁은 광개토호태왕의 이름 안安에서 유래된다. 광개토호태왕의 이름은 고안高安으로 396년, 398년에 중국의 《양서梁書》와 《진서晉書》에 기록되었다. 그러면 광개토호태왕을 가리키 는 기러기의 알은 마와구고숙녜間稚子宿禰, 즉 윤공천황이 된다.
기러기 안雁을 일본에서 간間으로 발음하니, 원래 그의 이름은 안치자雁稚 子, 즉 기러기 새끼였을 것이다. 그런데 안雁을 일본에서 같은 발음인 간間 으로 바꿔치기 한 것이다.
안치자雁-稚子는 고안高安 광개토호태왕의 어린 왕자라는 뜻이다.
윤공천황은 스스로 왜진왕倭珍王이라고 했으니 그 이름이 고진高珍이다.

윤공천황이 일본 땅에 상륙한 곳은 고구려 민족들이 먼저와서 살던 큐슈의 사가현 남부였다. 본래 고주몽의 신하였던 협보狹父가 유리왕 때에 떠나와 살던 큐슈의 다라국지多羅國地다. 훗날의 상치리上哆唎다.
현재 지명으로는 구루메시久留米市 고우라산高良山이다.
고우라산 신궁은 이중천황 원년에 지어졌다고 전한다. 대략 400년이다. 그러
나 이때 이미 이중천황은 이곳에서 거지부민車持部民과 함께 밀려났다.
이중천황이 다시 반격을 시도했지만 실패한 것이 이중천황 6년에 큐슈에 거
지군車持君을 보내 거지부민車持部民을 찾으려다가, 큐슈의 3신神으로부터 질
책을 받았다. 거지부는 이후에 일본 동북 후쿠이현福井縣으로 옮겨졌다.

윤공천황은 큐슈 구루메시久留米市의 다라국多羅國을 고우라국高良國으로 이
름을 바꾸어서 큐슈에 고구려를 개국하였다.
구루메시久留米市 고량대사高良大社의 비기秘記인 《고우라사대축구기발서高
良社大祝旧記抜書》에 의하면 (1702년 元祿十五年 成立)
"고량대사를 세운 옥수명玉垂命은 아홉명의 아들을 낳았고
장남 사례하지斯礼賀志命는 조정朝廷의 신이 되고
차남 조일풍성朝日豊盛命이 고우라산 고무라高良山高牟礼에서 축자筑紫, 즉
큐슈를 수호하였다. 그후 누대를 상속하였다.
長男斯礼賀志命は朝廷に臣として仕え、次男朝日豊盛命は高良山高牟礼で筑紫を守護

옥수玉垂는 왜진왕 진珍, 윤공천황 고진의 진珍의 고대 일본 발음 우스宇図
를 차자借字하여 옥수玉垂로 기록한 것이다.
즉 큐슈의 구루메시 고우라대사가 윤공천황의 첫 도성이었다.

윤공천황의 장남 사례하지斯礼賀志는 《신찬성씨록》에서 대박련大狛連의 선
조로서 고구려사람 이리사사례사伊利斯沙礼斯로 기록되어 있다. 동시에 한자
로 일사복귀왕溢士福貴王이라고도 하였다. 윤공천황의 장자長子가 되니 태자
이며 또 왕인 것이다.
《신찬성씨록》大狛連 ; 出自高麗國人 伊利斯沙礼斯也
　　　　　　大狛連 ; 出自高麗國　溢士福貴王也
여기서 대박련大狛連의 박狛이 동물 "이리"다. 그래서 "이리"가 박狛으로도
쓰이고 이리伊利, 혹은 일溢로도 기록된 것이다.

《고사기/윤공천황기》에서 고우라신사의 《구기발서》와 《신찬성씨록》을
합친 추론이 사실인 것을 다시 확인할 수 있다.
윤공천황의 장자인 목리경태자木梨輕太子는 시가詩歌에서 이려형왕伊呂兄王
이라고 지칭되었다. 이려伊呂는 이리伊利와 마찬가지로 박狛인 것이고 대박

련은 바로 목리경태자의 후예들인 것이다.

지금 오사카 백원시柏原市에 남아있는 대박신사大狛神社는 바로 윤공천황의 장자인 목리경태자의 태자궁太子宮이었다. 대박신사는 본래 구수왕의 후비이자 천손 니니기의 부인으로서 신무천황을 낳았던 고노하나노루木花之流姬의 신사였으니, 거기에다 태자궁을 짓고서는 이리사례태자에서 목리경태자로 칭호가 바뀐 것이다.

대박신사를 오오구마신사라고 부른다. 대고구려 신사라는 뜻이다.

구마모토熊本, 구마가와球磨川 등의 지명과, 훗날 성덕태자가 고구려왕들을 위해 세워준 고마신사許麻神社에 그 이름이 전해진다. 고마신사도 고구려 후예인 대박련大狛連 씨족의 신사가 되었는데 고려왕령신高麗王靈神을 제사지낸다. 즉 윤공천황이 모셔진 것이다. 성덕태자는 윤공천황의 궁터에다가 법륭사를 짓고 그 부근에 거처하여 살면서, 그 대신에 고안산 서쪽에 고구려왕 윤공천황의 신사인 고마신사를 세워줬던 것이다.

윤공천황의 둘째 아들은 구루메시의 왕이 되었고 고우라산高良山 신사에 그 차남의 것으로 추정되는 전방후원고분이 남아있다.

《고사기》에 기록된 목리경태자의 마지막 노래에 고모리구노許母理久能 하쓰세波都勢라는 지명이 반복된다. 고우라산高良山의 고모라高牟礼와 고모리許母理가 같은 말인데, 일본에서는 구마라고도 하였고 구마가와, 구마모토 등의 지명을 낳았다.

구마모토熊本 동쪽에 익성益城이 남아있는데 큐슈에 윤공천황이 있을 때 만들어진 태자성으로서 이리성溢城이었을 것이다.

그외 윤공천황에게는 일곱 아들이 있었는데, 그들중 이즈모出雲에 진출한 이리수사주伊利須使主가 후예를 많이 남겼다.

《출운풍토기》에 의하면 일치조日置造는 이즈모出雲에 뿌리내렸다.

일치조日置造; 出自高麗國人 이리수오미(오미=臣)伊利須意弥也
       ; 出自高麗國人 이리수사주伊利須使主《一名伊和須》
조정숙녜鳥井宿禰, 伊利須使主之後也
영정숙녜榮井宿禰, 伊利須使主男 麻킁臣之後也
길정숙녜吉井宿禰, 伊利須使主之後也
화조和造　　　　　伊利須使主之後也
도본島本 高麗國人伊理和須使主之後也

그외 일치창인日置倉人(伊利須使主兄許呂使主之後也)이 윤공천황의 중간 아들인 고리사주許呂使主의 후손이었다.
고우라신사 기록에 의하면 윤공천황은 인덕 78년에 죽고(=큐슈를 떠나 오사카로 가서 천황이 된 것이다.) 이후로 그의 장남은 대화大和의 수도로 따라가고 차남이 고량산 고려국의 제후가 된 것이다.

고구려 고진 왕자, 윤공천황允恭天皇(393~453)의 큐슈 도래 시기는 404년 백제 정벌 직후인 서기 406년이다. 윤공 14년에 인덕천황을 살해하는데 이때가 419년이므로 역산한 것이다.
그러나 윤공천황은 412년에 고구려로 다시 돌아가서 광개토대왕의 3년 국상國喪을 치르고 돌아왔다. 오고가고 5년이 걸렸으므로 그의 즉위기에서 전왕의 빈소를 5년간 차려두었다고 하였다.
고우라산 아래 일륜사日輪寺가 광개토호태왕의 빈소였을 것이다. 그 안에서 전장 50m의 전방후원고분이 발굴되었다. 석실에는 동심원同心圓의 문양이 있었다. 이 동심원, 일륜日輪이 곧 일본日本이라는 이름의 근원같다.

윤공천황은 416년에 다시 와서 왜찬왕倭讚王에게 교서教書를 보내서 전쟁을 선언하고, 419년에 시코쿠四國島에서 결전을 치러서 인덕천황을 죽여서 시코쿠를 점령했다.
인덕 17년 406년(추정)에 천황은 현유신賢遺臣을 통해서 신라로부터 81척의 공물을 받았다고 하는데, 고구려 왕자 현유신, 즉 윤공천황이 신라로부터 받은 것이며 인덕천황이 받은 것이 아니다. 큐슈의 고구려분국 건국 기념 사절단인 것이다. 《고사기》에 윤공천황은 신라에서 온 대사大使 파진찬 김기무金紀武에 의해서 공물도 받고 신병을 치료받았다.
此時新良國主 貢進御調八十一搜 爾御調之大使名云 金波鎭漢紀武

인덕 35년 407년(추정)에 황비 이스노히메磐之媛命(352~407)가 죽고, 그녀의 이복여동생인 야타황녀八田皇女(373~426)가 황후가 되었다.
이후 인덕천황은 숫사슴이 서리에 덮히는 불길한 꿈을 꾸었는데, 이는 사냥을 당하여 숫사슴이 소금이 발라져 통구이가 되는 꿈이라고 해석했다.
인덕 40년 411년에 근구수대왕의 딸인 자조황녀雌鳥皇女(376~411)와 준별황자隼別皇子(376~411)가 사형되었다. 두 사람이 함께 죽은 묘비에 그들이 죽은 해 간지가 기록되어 인덕천황기의 편년 해석에 확실한 기준점이 된다.
인덕 58년 416년(추정)에 고구려와 중국 동진의 사신이 왔다. 응신28년 기사와 같은 416년, 전쟁 개시 교서로 해석된다.

《윤공천황기》에서 윤공 7년에 황후가 웅략천황雄略天皇(418~479)을 낳는
데, 이는 418년이다. 이때 윤공천황은 이미 황후의 두 여동생까지 후비로
삼았다. 백제 아신대왕은 404년에 패전과 동시에 퇴위하여 424년까지 살았
는데, 이미 아신대왕의 세 딸을 윤공에게 포로로 잡힌지 오래였던 것이다.

인덕 65년 즉 인덕천황이 서거한 419년에 비탄국飛驒國의 숙난宿儺이 난을
일으켰다. 숙난宿儺은 활을 잘 쏘는 두 얼굴의 네 팔 달린 괴물이었다.
그러나 숙난宿儺은 오금이 없었다고 하는데 윤공천황의 신병身病으로 고려
된다. 윤공천황은 잘 걷지 못하는 중병에 걸렸는데 신라의 사자가 와서 고
쳐주었다. 아무튼 숙난宿儺의 난難은 비탄悲嘆스러운 숙녜宿禰 윤공천황의
난難을 의미한다.
광개토호태왕의 왕자 "사카의 고려인 현유賢遺", 윤공천황允恭天皇 마와구고
숙녜間稚子宿禰에 의해 인덕천황이 419년에 살해당한 것이다.
이를 《윤공천황기》에서는 윤공 14년에 기록하였다.
윤공천황이 담로도淡路島로 사냥가서 오호사자키男狹磯를 죽이고 진주眞珠를
얻었다. 즉 인덕천황이 가졌던 옥새玉璽를 빼앗아온 것이다. 인덕천황의 별
명인 오호사자키大雀命가 윤공천황이 죽인 오호사자키男狹磯와 동일인이다.

419년 인덕천황의 사후에 대화大和에서는 이중천황履中天皇(369~432)이 즉
위하였다. 당시 묵강중진왕墨江中津王(375~419)이 반란을 일으켰으나 반정천
황反正天皇(=왜찬왕倭讚王,380~438)에게 제압되어 토평되었다.
하지만 반정천황은 대화를 이중천황에게 다시 넘겨주고, 시코쿠四國島를 수
복하였다. 그리하여 반정천황의 후예가 남아서 찬기국讚岐國造과 아파국阿波
國脚咋別 등의 시조가 되었다.
윤공천황은 이때 전쟁중에 병을 얻었을 수도 있다. 십여년간 큐슈에서 더
나아가지 못하다가, 432년에 오사카에 진출하여 이중천황을 죽이고 왜진왕
倭珍王, 윤공천황이 되었다.

12장.
백제계 다지로대왕 반정천황 왜찬왕
百濟係 多支鹵大王 反正天皇 倭讚王

침류대왕의 양위로 즉위한 일본 인덕천황이 399년 신라를 공격하였으나 400년에 고구려, 신라의 침공을 당하여 대마도를 빼앗긴다.

인덕천황은 404년 다시 고구려 본토를 공격하지만 또 실패하고인덕천황의 아들 이중천황이 큐슈를 고구려에 탈취당하니, 410년 중국으로부터 침류대왕의 아들 반정천황이 돌아와서 북부 해안의 국진성을 중심으로 왜국 왕권을 다시 세우고 길비로 진출하여 왜찬왕으로 즉위하여 411년 다지로대왕검을 만들고413년, 421년, 425년, 430년에 중국과 교류한다.

《응신천황기》에서 응신20년 408년에 아지사주阿知使主가 일본에 왔는데, 후한後漢 영제靈帝의 4세손이라니, 중국 동진에서 사자로 건너온 것이다.
당시 침류대왕이 399년에 동진의 장군 유유劉裕로 변신하여 405년에 환현桓玄의 반란을 제압하고, 동진東晋의 시중侍中이 되어서 동진의 실권을 장악하였었으니 일본에 사신으로 보낸 것이다.

이후 응신22년, 410년에 천황이 형원兄媛을 길비의 친정에 배를 태워 보낸다. 이는 중국에 나가 있는 침류대왕이 중국에서 길비吉備로 형원과 아들 미토모와케御友別, 카무와케鴨別 형제를 원정보낸 것이다.
와케別(=和氣)는 백제식으로 아기, 즉 왕자를 의미한다.
이들은 길비국에 도착해서 천도현川島縣 등을 스스로 가졌는데 《인덕천황기》에서 천도현이 규룡虯의 반란지역으로 나온다.
이 미토모와케御友別의 여동생은 이중천황과 결혼하였다.

이 미토모와케가 바로 반정천황反正天皇(380~438)이며 왜찬왕倭讚王이다.

즉, 408년에 아지사주阿知使主 등이 중국에서 와서 고구려 세력을 보고하니 침류대왕이 아들 왜찬왕을 보내서 410년에 길비吉備를 중심으로 일본을 장악해 나가도록 한 것이다.
이후로 《응신천황기》의 세번째 응신천황은 미토모와케御友別 왜찬왕倭讚王 자신인데 《응신천황기》는 도래인인 미토모와케를 마치 천황의 신하처럼 조작하여 기록하였다. 이는 《수인천황기》에서 도래인 가야왕자 천일창이 수인천황 본인이지만 각기 다른 사람인 것처럼 조작하여 기록한 수법과 같다.

이 미모토와케御友別가 반정천황反正天皇(380~438), 왜찬왕倭讚王이다.
그 증거는 첫째, 일본 천황들의 황후를 반정천황만 황부인皇夫人으로 기록한 것이다. 부인은 《일본서기》에 드물게 나오는 백제식 칭호이다.
근구수대왕의 황비였던 신공황후는 아이부인으로 《삼국사기/백제기》에 기록되었고 백제 개로대왕비는 《청령천황기》에서 황태부인皇太夫人으로 기록되었다. 그외 개로대왕의 모니부인慕尼夫人 등의 기록이 있다.

둘째, 반정천황 황부인 이름이 《고사기/반정천황기》에서 쓰노이라쓰메노미코토都怒郎女命(394~438)였다. 이는 바로 《일본서기/응신천황기》 39년, 427년 백제에서 천황에게 시집온 전지왕의 누이 신제도원新濟都媛이다.
신제도원新濟都媛은 백제의 새수도, 즉 신제도新濟都에서 온 여자라는 뜻이다. 《응신천황기》의 도원都媛을 《고사기/반정천황기》에서 도노랑都怒郎으로 바꾼 것뿐이니 동일인이다.

셋째, 반정천황은 다치히미스하와케천황多遲比瑞齒別天皇이라고도 했다.
다지多遲, 혹은 多治는 반정천황의 출신 지명이며, 이는 광개토호태왕에게 패하여 대동강 이북을 빼앗기고 남천한 아신대왕의 새로운 수도新濟都였던 황해도 예성강변(위례성강변) 평산平山 태백산성太白山城의 옛이름이다.

황해도 평산은 고구려 대곡군이었는데 고구려 멸망 때에 대곡군에 한성이 있었다는 기록이 있다. 《삼국사기/신라본기》에서 서기 668년 고구려 평양성 함락 직전에 당나라 장수 유인원劉仁願이 충청도 부여땅으로부터 대동강으로 북진하면서 대곡口한성大谷口漢城 등 2군12성을 항복시켰다는 기록이 있다. 그리고 평양으로 갔다. 口가 군都으로 추정되는데, 따라서 대곡이 있던 평산에 한성漢城이 존재하였다는 것을 알 수 있다. 예성강의 어원도 위례성강이다. 그런데 그 대곡군의 옛이름이 또한 다지홀多知忽이었다.
《삼국사기지리지》 大谷郡 一云 多知忽

인현천황仁賢天皇과 현종천황顯宗天皇의 부친父王인 이치베노오시와市邊忍齒王(416~458)의 출신지 고향이였던 시변市邊은 황해도 평산에서 예성강 건너 서쪽 토산군兎山郡에 시변리市邊里로 그 이름이 남아있다.
토산군은 오시함달현烏斯含達이라고도 했는데 오시烏斯는 일본에서 압押에 해당하고 달達은 반磐에 해당한다. 이치베오시와市邊忍齒王를 市邊押磐王이라고도 썼는데 토산현의 옛이름 오시함달押磐의 시변리市邊와 앞 뒤로 다 일치하니 우연이 아니다.

넷째 일본 동경 북쪽 사이다마현埼玉縣 도하산稻荷山의 고분古墳에서 발굴된 대지로대왕의 철검에서 보면 반정천황은 411년 신해년에 동경도東京都를 점령하고서 백련검百練刀을 만들어 왕권을 강화하였다.
고분에서 발견된 철검의 명분은 다음과 같다. 앞면과 뒷면에 명문이 가득 적혀 있다.

앞면　　辛亥年七月中記乎獲居臣上祖名意富比垝其兒多加利足尼其兒名弖巳加利獲居
　　　　其兒名多加披次獲居其兒名多沙鬼獲居其兒名半弖比
뒷면　　其兒名加差披余其兒名乎獲居臣世世爲杖刀人首奉事來至今獲加多支鹵大王寺
　　　　在斯鬼宮時吾左治天下令作此百練利刀記吾奉根原也

위 명문의 주요 내용은 411년7월, 호카獲加-다지로多支鹵 대왕이 시키궁斯鬼宮 대왕사大王寺에 계시면서 세세에 전할 장검을 만들어서 받들어 모시라고 했다는 것이다. 여기서 시키궁斯鬼宮은 동경도東京都 신내천현神奈川縣의 대기성산大磯城山으로 추정된다. 시키斯鬼가 기성磯城이다.
410년에 시작하여 411년까지 일본의 동서를 다 복속시키고, 잠시 기성산磯城山에 자리잡았던 것이 된다.
또한 이때 왜왕도 백제처럼 대왕이라 칭한 것을 알 수 있다. 《신찬성씨록》의 속고대왕에서 보듯이 백제도 대왕을 칭했고 고구려도 대왕이라 하다가 태왕太王으로 한 급을 올렸다.
다지로대왕은 그 이름에서 나타난 것처럼 당연히 다치히미스하와케천황多遲比瑞齒別天皇이라고 했던 반정천황이다.

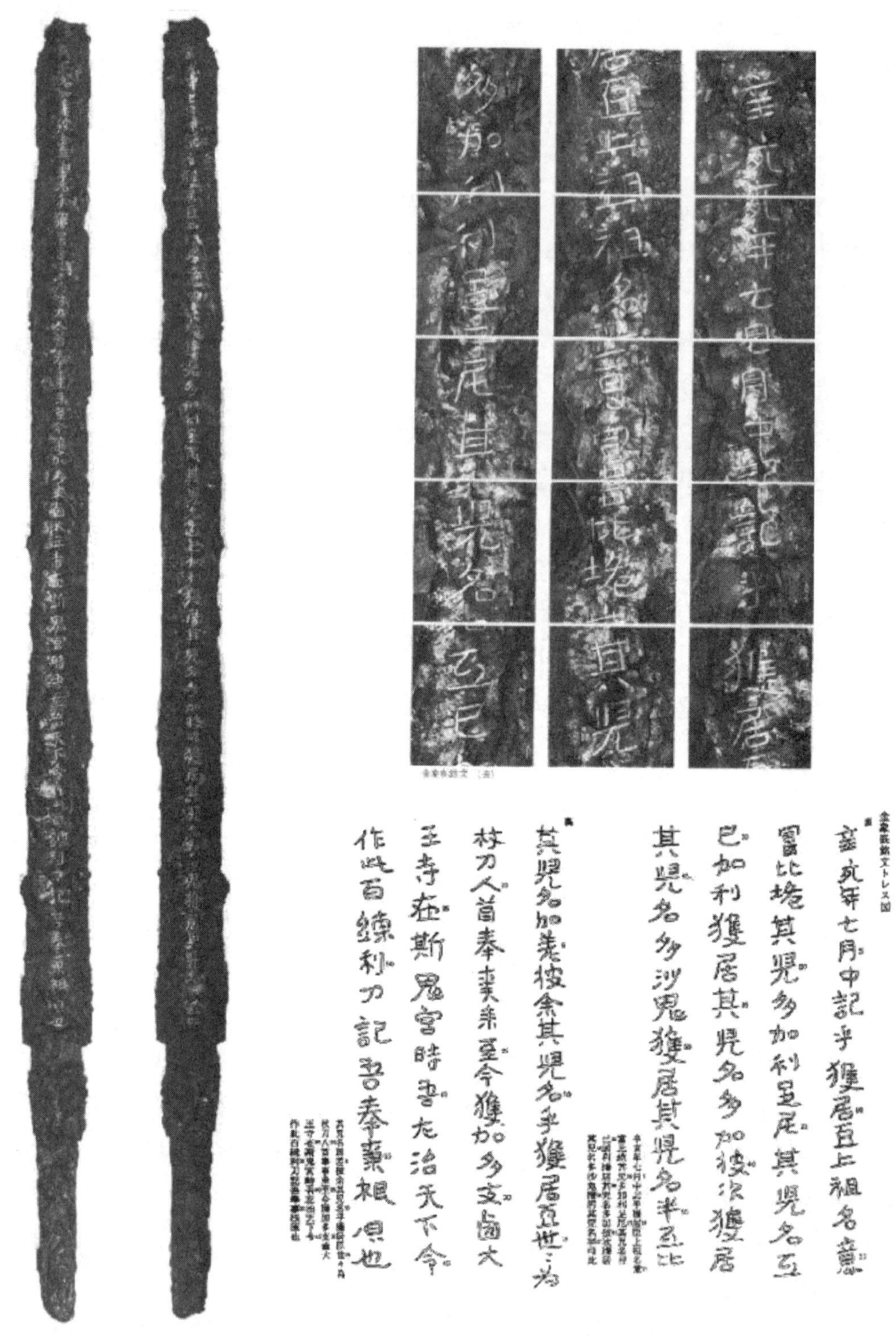

왜찬왕, 반정천황, 다지로 대왕의 장검과 명문 해석문

그리고 그가 410년에 일본에 와서 신해년 411년에 일본에서 이미 왕권을 가지고 있었으니 바로 왜찬왕倭讚王이다.

다섯째, 아름다운 이빨이라는 반정천황의 수식어 서치瑞齒는 《고사기》에서 수치水齒로 기록했는데 결국 뜻이 아니라 "수치"라는 발음만 의미가 있는 것이니, 《이중천황기》에서 이중천황 후비의 오빠이면서, 길비吉備에 거주하며 괴력을 소유했던 찬기국조讚岐國祖 취주왕鷲住王을 의미한다.

취鷲는 "수리"라는 새를 의미하는데 이 수리왕이 수치水齒, 서치瑞齒 등으로 기록된 것이다.

동경東京 가나가와현(神奈川縣)의 대기성산大磯城山의 서쪽에 응취산鷹取山이 있다. 순우리말로 "수리치"라는 산이었을 것이며 취주왕과 관련된다.

여섯째, 그가 시코쿠四國島의 찬기국조讚岐國祖 시조라 한 것은 그가 바로 왜찬왕倭讚王이었기 때문이며, 동시에 일본 혼슈와 시코쿠까지 차지한 것을 의미한다. 왜찬왕倭讚王은 찬기국讚岐國과 아파국阿波國 등의 시조가 되었다.

일곱째, 《응신천황기》 410년의 미모토와케御友別는 432년의 미즈하와케瑞齒別, 瑞齒와 발음이 비슷하다.

따라서 미모토와케御友別, 왜찬왕倭讚王, 찬기국조讚岐國祖, 취주왕鷲住王, 다지로대왕多支鹵大王, 다치히미스하와케천황多遲比瑞齒別天皇, 반정천황反正天皇(380~438)이 동일인이 되는 것이다.

그의 출생년이 380년이고 중국에서 왔으므로, 반정천황은 침류대왕의 아들로 보여진다.

410년에 일본을 장악한 반정천황은, 411년에 다지로대왕검을 만들어 일본 국인들을 복속시키고

413년에는 왜찬왕 이름으로 동진에 사자를 보내어 교류하였다.《양서梁書》

그가 하필 반정을 일으킨 반정천황인 이유는 인덕천황의 천하를 빼앗았기 때문이다.

응신28년, 416년에는, 큐슈 고구려의 윤공천황이 교서敎書를 보냈는데, 왜찬왕은 이를 찢어버렸으니 전쟁이 시작되었다.

417년에는 신라가 박제상을 파견하여 일본에 있던 인질 미사흔 왕자를 구출하였다. 이는 반정천황의 치세에 일어난 일인데, 이 기록은 엉뚱하게 《신공황후기》 5년에 들어있다. 왜국 장수는 박제상을 죽이고 신라의 구사라성草羅城을 정복하고 돌아왔다. 부산시 초량동일 것으로 고려된다.

419년 인덕천황이 시코쿠四國島에서 윤공천황의 고구려군에게 살해당하고

옥새를 빼앗겼다.

반정천황 왜찬왕은 421년에 이복형왕인 침류대왕의 송나라 건국을 축하하는 사절을 보내기도 하였다.
응신37년 425년에도 중국 송나라에 아지사주 등을 사자를 보냈다. 이는 중국의 기록과도 일치한다.

응신39년 427년에 백제 전지대왕膔支大王은 누이 신제도원新濟都媛(백제 새수도, 즉 황해도 평산 한성)을 천황에게 보냈다고 기록했다.

응신41년 마지막 기록인 429년 기록에 응신천황이 서거했다. 이는 430년 중국에 마지막으로 도착한 왜찬왕의 사자와 맞물려서 429년말이나 430년 초에 길비를 윤공천황에게 뺏기고 대화로 후퇴한 것으로 고려된다.
큐슈와 길비를 잃어버린 이후에 왜찬왕이 중국과 교류하는 것은 뱃길이 막혀서 매우 어렵게 되었다.

290m에 달하는 전방후원고분인 오사카 니산자이 고분에서 발견된 반정천황 묘비에서는 그가 438년 7월까지 살았다.
그런데 이는 현재 반정천황릉으로 알려진 148m의 반정천황릉 고분이 아니라 그동안 주인이 알려지지 않은 대형 고분이었다.

432년, 이중천황과 전지대왕이 죽을 때에 반정천황은 대화에서 밀려나 일본의 북쪽 해안인 미야쯔시宮津市로 후퇴했다.
미야쯔시는 초고대왕의 막내 왕자인 해신海神이 있던 곳이다.
미야쯔시 만의 북쪽에 있는 농신사籠神社는 해부씨海部氏의 중심인데 해부씨의 선조는 또한 취주왕鵞住王이니, 즉 반정천황이 그 시조다.
교토(京都)에 세워진 귀선신사貴船神社는 반정천황 때에 세워졌다고 전한다.
그외 몇개의 대형 전방후원분이 미야쯔시에 존재한다.

한편 응신천황이 서거한 곳이 오스미궁大隅宮과 아끼라궁明宮 두 군데가 나오는데 오스미궁은 구수대왕, 즉 진짜 응신천황이 서거한 곳이고, 아끼라궁은 반정천황이 윤공천황에게 쫓겨난 곳이 된다.
윤공천황의 궁성은 원비조궁遠飛鳥宮이라고 했는데 그와 대비되는 근비조궁近飛鳥宮이 바로 명궁明宮이며 이 곳은 훗날 윤공천황의 아들 웅략천황에게 주어졌다.

430년에 반정천황이 중국에 보낸 사신이 돌아와서는 왜찬왕을 못보고 대신에 새로운 천황을 보게 되는데 중국 사서에 왜진왕倭珍王으로 기록된 윤공천황允恭天皇이다. 중국에서 온 형원兄媛 등은 윤공천황의 포로가 되었다.

한편 404년 즉위한 백제 전지대왕腆支大王(391~432)은 일본에서 대랑자大郎子 혹은 의부부저왕意富富杵王이라고 하였다. 의부부저왕이 아신대왕의 아들이자 계체천황의 증조할아버지이기 때문에 전지대왕인 것은 틀림없는 사실이다.
전지대왕의 일본인 후예는 삼국군三國君, 파다군波多君, 식장판군息長坂君, 주인군酒人君, 산도군山道君, 축자미다군筑紫米多君, 포세군布勢君 등이 있다. 그외 《신찬성씨록》에 의하면 임련林連도 전지대왕의 후손이다.

의부부저왕意富富杵王의 이름 뜻은 앞의 의부意富가 크다는 뜻의 대大를 나타내며 뒤의 부저富杵는 우리말로 보시布施 혹은 부처다. 그는 일찍이 불교에 귀의하여 생전에 보시를 많이 하였던 것이다.
일본에서는 그를 전지대왕 대신에 직지왕直支王이라고도 불렀다. 그 이유는 그가 일본에 세운 절 이름인 치은사置恩寺와도 관련되고 직지直旨라는 불교용어도 있다.
갈성葛城의 치은사는 의왕산醫王山, 혹은 포시산布施山이라고 부르던 곳에 있으며 치은사는 포시씨布施氏(전지대왕의 후예인 포세군布勢君과 동일)에 의하여 현재까지 1600년간 관리되어 전해내려왔다.

치은사 북쪽에 있는 이총고분二塚古墳이 바로 전지대왕의 고분이다. 전장 60m의 전방후원고분이며 현지에서 별명이 전취총錢取塚이다.
전지대왕의 이름이 붙어서 전지총錢取塚으로 아직도 고분 주인 이름이 전해오고 있는데 지금 아무도 그 전지총의 유래를 모른다. 하지만 고분의 묘비문에 나타난 의부부저왕意富富杵王이 백제 전지대왕이라는 것은 더이상 의심할 바 없으며, 비유대왕의 부왕이고 개로대왕의 조부이며 계체천황의 증조부가 된다.

불교에 심취한 전지대왕은 왕비가 바람이 나서 왕권을 뺏기는 수모를 당했다. 《삼국사기》에서는 419년에 전지대왕이 물러나고, 구이신왕久爾辛王이 즉위하였는데, 《일본서기》에 의하면 419년경에 백제 장수인 목만치木滿致(木刕滿致)가 백제의 국정을 어지럽혔다.
목만치는 382년 왜국에 있던 침류대왕의 신하로서 신라를 쳤던 목라근자木

羅斤子의 아들이다. 목만치는 전지대왕의 왕비인 팔수부인八須夫人과 통정通情까지 하였다.

이에 423년경에 왜찬왕, 반정천황이 목만치를 왜국으로 소환하여 백제의 혁명적 사태를 수습하였다. 구이신왕은 도주하였는데 웅략 11년(469년)에 백제에서 도망쳐온 귀신貴信으로 나온다.

그리하여 전지대왕腆支大王은 《삼국사기》와 다르게 419년에 죽지 않고, 423년경에 백제왕위에 복위復位하였다.

《송서宋書》의 424, 425년조에 전지대왕이 아직 살아서 백제대왕으로서 중국과 친서親書를 교환하고 있으니 복위되었다는 확실한 증거다.

425년에는 침류대왕의 아들인 송나라 문제로부터 백제왕이자 진동대장군으로 승진 책명을 받았다. 같은해 왜찬왕倭讚王은 오히려 한 급 아래인 안동장군을 책명받았다.

따라서 427년에 전지대왕이 왜찬왕, 즉 반정천황에게 누이 신제도원新濟都媛을 시집보낼 수 있었다. 427년에 비유대왕毗有大王(412~465)이 15세로 즉위하였다.

윤공천황의 황후 오시카노오호나가쓰히메忍坂大中津比賣命(394~458)도 역시 전지대왕의 누이로서 반정천황의 부인이 된 신제도원과 출생년이 394년으로서 같다.

그러나 신제도원이 427년에 시집온 반면에 오시카노오호나가쓰히메는 418년에 웅략천황(418~479)을 출산하였다. 즉 417년 이전에 혼인이 이루어진 것이다. 404년 고구려가 백제를 다시 정벌하였을 때에 강화를 통해서 393년생인 윤공천황에게 오시카노오호나가쓰가 백제로부터 헌납되었을 것으로 고려된다. 윤공천황은 418년에 오시카노오호나가쓰히메의 두 여동생까지 취하여 아신대왕의 세 딸을 거느렸다.

13장.

고구려 광개토호태왕 왕자 윤공천황 왜진왕
高句麗 廣開土好大王 王子 允恭天皇 倭珍王

1. 인덕천황
仁德天皇
《記》 大雀命 / 《紀》大鷦鷯天皇

396년 침류대왕의 양위로 인덕천황이 즉위하였으나 400년 고구려 광개토호태왕의 공격으로 대마도를 빼앗겼다.

404년 인덕천황은 복수하기 위해 고구려 본토와 신라를 공격했지만 실패하고, 큐슈를 임나연정에 빼앗긴다.

406년경 고구려에서 큐슈에 도래한 광개토호태왕의 왕자 윤공천황의 대대적 정벌에 의하여 419년 인덕천황은 시코쿠에서 옥새를 받치고 전사한다.

이후 인덕천황의 아들 이중천황이 즉위하였으나 실권이 없었고, 침류대왕의 아들 왜찬왕 반정천황이 대화를 다스렸다.

반정천황은 시코쿠를 탈환하여 찬기국조도 되고 425년, 430년에 송나라에 사자를 보냈다.

396년에 즉위한 오호사자키大雀命, 인덕천황仁德天皇(337~419)은 응신천황 근구수대왕의 서장자로서 396년에 동생 침류대왕, 우치천황의 뒤를 이어 즉위하였다.

인덕천황의 모후는 나까즈히메中日賣命(320~386)로서 호무다노마와카品陀眞若王의 딸인데 호무다노마와카의 고분은 일본에서 발견되지 않았으니 대동강 평양 한산에 살다가 죽은 것이다.

백제의 중국 전쟁과 고구려 전쟁에 동원된 일본 국민들을 위해서 인덕천황은 3년간 과세를 면제하는 선정을 보였으나, 399년에는 다시 신라와의 전쟁에 참가하였다.

그러나 고구려의 참전으로 인하여 400년에는 신라에서 패퇴하고 대마도를 고구려에게 빼앗기고 그후 큐슈마저도 고구려에 항복하여 임나연정에 속하게 되니 인덕천황은 최대 위기를 맞았다.

이중천황은 432년까지 살았지만 인덕천황 사후인 419년부터 424년까지 5년간 대화를 다스렸다. 그의 업적은 일본에서 가장 큰 고분인 인덕천황릉을 만든 것이며 전장全長 480m에 달한다.

그러나 이중천황은 즉위 당시에 황태자로서 자기 아들이 아닌 반정천황을 세워서 자신이 실권이 없는 것을 나타냈다.

대신에 평군목도숙녜平群木菟宿禰와 소하만치숙녜蘇賀滿治宿禰, 물부이거불대련物部伊莒弗大連, 원대사주圓大使主 등이 조정의 국정을 맡아하였다.

424년경에 윤공천황과 전쟁을 치르다가 검도태자왕劍刀太子王에게 이중천황의 황후가 죽었다. 황후의 이름은 밝혀져 있지 않다.

검도태자왕劍刀太子王은 윤공천황의 태자인 목리경태자木梨輕太子(414~454)다. 이름자의 경輕이 카루로 읽고 이는 우리말 칼의 연음이 카루다.

이후에 윤공천황은 이중천황에게 고구려 여자를 황후로 주었다. 《이중천황기》에는 황비 흑원黑媛이라고 했는데 구로히메黑媛(400~444)는 고구려의 여인이다. 구려히메句麗媛를 비슷한 발음의 구로히메黑媛로 바꾸어놓은 것이다. 이미 인덕천황에게도 구려의 여자를 보내서 후비로 삼게 하여 역시 흑원黑媛(385~429)이라고 불렀는데 두 고구려 여인은 나이가 다르다.

424년부터는 이중천황이 은거하고 왜찬왕 반정천황이 직접 대화로 와서 시리궁柴籬宮에서 다스렸다.

425년, 왜찬왕은 송나라에 사신을 보냈는데 큐슈의 고구려가 방해하였다. (응신37년)

427년에는 전지대왕이 누이동생인 도노랑都怒郞을 보내어 왜찬왕의 황부인으로 세우게 되었다.

마침내 고구려 고진왕자의 일본 대정벌이 있었다. 430년 왜찬왕이 보낸 송나라 사자는 돌아오다가 큐슈에 붙들려서 송나라가 보낸 4여인 중에 하나를 큐슈에 남기고 나머지 세 여자는 대화에 진입한 윤공천황에게 받쳤다.

2. 광개토호태왕 왕자 윤공천황 왜진왕 현유 고진
廣開土好大王 王子 允恭天皇 倭珍王 賢遺 高珍

《記》 男淺津間若子宿禰 / 《紀》 雄朝津間稚子宿禰天皇

431년 겨울에 윤공천황이 오사카에 입성하여 왜진왕이 되어
이중천황과 백제 전지대왕을 살해한다.
윤공천황은 438년에 송나라에 왜국과 백제, 신라를 다스리
는 6국제군사겸 안동대장군을 청하였으나 송나라는 안동장
군 왜국왕으로 격하하였다.
패전한 반정천황의 백제 세력은 일본 북부 해안 미야쯔시를
중심으로 북쪽으로 퇴각하게 되니 일본은 남북 2국이 된다.

윤공천황允恭天皇(393~453)은 고구려에서 큐슈에 온지 20여년만에 마침내
대화에 입성하였다.
431년에 겨울에 오사카를 점령하여 왜찬왕을 북부 해안 지방으로 몰아내고
왜진왕倭珍王이자 윤공천황이 된 것이다.

윤공천황의 침입으로 이중천황이 나라현 갈성葛城 와카사쿠라궁若櫻宮에서
432년 1월에 죽었다.
꼭 한달 후 432년 2월에는 갈성의 치은사置恩寺에 출가해 있던 백제 전지대
왕도 살해당했다. 그는 윤공천황 황후의 오빠였다.
이중천황의 능은 360m에 달하는 전방후원고분이다. 전지대왕릉인 전지총은
60m의 전방후원고분이다.

432년, 왜찬왕의 백제 세력은 오사카 대화에서 북쪽 해안으로 퇴각하여 미
야쯔시宮津市로 후퇴하였다. 해부씨海部氏가 있던 곳이다.
이후로 일본은 고구려계와 백제계의 남북 2국 정부 시대가 된다.

윤공천황의 대화 궁성은 원비조궁遠飛鳥宮이라고 하였다.
인덕 12년에 윤공천황, 사가노고리가 소백수조小泊瀬造의 선조가 되었다고

하는데, 대백수천황大泊瀬天皇이었던 그의 아들 웅략천황雄略天皇과 대비되는 이름이다.

윤공천황의 소백수小泊瀬, 웅략천왕의 대백수大泊瀬에서 백수泊瀬의 어원은 고구려어高句麗語로서 고구려 대왕을 칭하던 백수百殊에서 유래한다.

대백수大泊瀬는 현재 백산신사白山神社 위치로서 윤공천황의 아들인 웅략천황의 궁터로서 명일촌明日村에 있다.

소백수小泊瀬 혹은 백수는 윤공천황의 궁터 원비조궁은 아직까지 일본에서 밝혀내지 못했으나 이제는 찾을 수 있다.

인덕 50년(431년 추정, 인덕천황이 죽은 후다.), 왜국에 기러기雁가 알을 낳았다는 기사가 있다. 왜국에서 알을 낳은 기러기 안雁은 광개토호태왕의 이름 안安에서 유래된다. 광개토호태왕의 이름은 고안高安으로 396년, 398년에 중국의 《양서梁書》와 《진서晉書》에 기록되었다.

《고사기》에서 기러기가 새끼를 낳은 후에 바로 이어지는 내용은 도노키兎村河의 거목이 서쪽으로 고안산高安山을 비추는 것이다. 즉 고안산 이름이 처음 생겨난 것을 의미한다.

윤공천황이 큐슈로부터 대화에 영토를 확장해 들어왔다는 것이다.

고안산高安山은 《고사기》 전체에서 오로지 이 곳에만 기록되었다.

고안산高安山은 물론 광개토호태왕의 이름 고안高安에서 비롯되어 오사카大阪와 나라현奈良縣의 경계 지역, 나라현 생구군生駒郡 서남쪽에 명명된 산이름이다.

고안산 뒤에는 생구산生駒山이 있고, 생구군生駒郡에는, 고안정高安町, 반구정斑鳩町이라는 지명도 남겼다.

바로 이 생구군生駒郡 이름에서 고구려의 구駒가 그 땅에 태어났음을 알 수 있다.

《신찬성씨록》에서 고안하촌주高安下村主는 고구려 사람 대령高麗國人大鈴의 후예라고 했다.

역시 《신찬성씨록》에는 광개토호태왕의 아들이 일본에 존재해 있었음을 기록했다.

《신찬성씨록》 難波連 出自 高麗國 好太王也

이는 일본의 난파련難波連이라는 씨족이 광개토호태왕으로부터 갈라져왔다는 것이니 광개토호태왕의 아들의 후손이라는 뜻이고, 그 광개토호태왕 아들이 윤공천황이다. 난파는 오사카의 항구 이름이다.

윤공천황의 궁성은 원-비조궁,遠-飛鳥宮이라 했는데, 어리석게도 아스까飛鳥에서 먼 곳에서 궁터를 찾으니, 아직까지 궁터를 밝혀지지 못했다.

그러나 원비조는 "먼 아스까"가 아니라 "먼 곳에서 온 새"의 궁이라는 뜻이다. 즉 멀리서 날아온 새, 기러기, 고구려를 의미한다.

반대로 근비조궁近飛鳥宮은 현종천황顯宗天皇이 세웠는데 가까운 데, 즉 백제서 날아온 새의 궁이 된다.

윤공천황의 원비조궁은 고안산高安山 동쪽이며, 생구산生駒山의 동남쪽인 생구군生駒郡 반구정斑鳩町의 법륭사法隆寺 터다.

성덕태자聖德太子가 원비조궁터에 법륭사法隆寺를 만들어서 지금 원비조궁의 궁적을 찾을 수 없는 것이다.

일본의 고구려 궁터였던 법륭사에 고구려승 담징曇徵(579~631)이 초청되어 가서 유명한 금당벽화金堂壁畵를 남겼다. 벽화는 1949년 불타고 지금은 모사품이 남아있다.

윤공천황은 대화 즉위 5년, 436년경에 왜국의 귀족들을 숙청肅淸하기 위하여 탐탕探湯하였는데, 이는 일본 대화大和의 숙청 과정에서 거행한 일이다. 탐탕을 시행한 곳은 감견좌신사甘樫坐神社다.

신사에 거석을 세워놓고 그 앞에서 끓는 물의 심판을 하였는데, 감견좌甘樫坐 거석은 우리 전래의 단군좌檀君坐가 와전된 것으로 고려된다. 단檀이 달 감甘 자로 바뀌는 일이 많다.

그후 438년에 윤공천황은 왜진왕倭珍王이라는 이름으로 중국 송나라에 사신을 보내는데, 윤공천황은 왜, 백제, 신라, 임나, 진한, 모한 등 6국제군사 안동대장군 왜국왕의 봉호를 달라고 청한다.

都督 倭 百濟 新羅 任那 秦韓 慕韓 六國 諸軍事 安東大將軍 倭國王

여기서 임나는 대마도와 큐슈, 경남 해안이고 진한秦韓은 지리산 남쪽 광주光州 부근으로 고려되고, 모한慕韓은 지리산 북쪽인 익산益山 부근으로 고려된다. 변한弁韓은 변산邊山 부근의 부안扶安이었다.

왜진왕 직함에 감히 백제가 관할로 포함되어 들어간 것은 그가 백제계가 아니라는 반증이며 고구려인이기에 배포를 부린 것이다.

그러나 백제와 혈연인 송나라는 고구려계 왜진왕에게 왜국 이외 5국에 대하여는 지배권을 인정하지 않고 왜국왕만 내려주었다.

윤공천황에게는 본비로서 아신대왕의 딸인 오시카노오나가쯔히메한테서 기나시노카루태자木梨輕太子(414~454)와 웅략천황雄略天皇(418~479) 등의 아들이 있었다.

윤공천황은 오시카노오나가쯔히메의 동생인 타이노나가즈히메田井中比賣도 부인으로 삼았고, 또 막내동생인 후지하라노코토후시노이라쯔매藤原之琴節郎女도 부인으로 삼았다. 다른 말로 소도오시노이라쓰메衣通郎姬라고 하였는데 옷밖으로 미모가 비쳐나오는 여자였다. 당나라 때에 보이던 얇은 비단 옷을 즐겨입은 모양이다.

그런데 기나시노카루태자木梨輕太子가 불륜을 저질렀다.
태자는 자신의 이모이고 윤공천황이 가장 아끼는 후궁인 소도오시노이라쓰메依通郎姬와 사통하였다. 《일본서기》에서 내란內亂이라고 기록했는데, 부왕의 첩을 건드리는 것을 중국고사에서 내란이라고 한다. 《고사기》에서 동부동모同父同母 상간相姦으로 위장했지만 그들은 동부동모가 아니었다. 그리하여 윤공천황은 목리경태자에 의해 독살되었다. 마지막 기사가 천황이 먹는 국이 굳은 것인데 독이 들어있었던 것이다.
신하들은 그가 태자이므로 어쩌지 못하였다. 수나라 양제가 부왕인 문제의 애첩 때문에 문제를 목졸라 죽이고 즉위했을 때와 같은 경우다.
소도오시노이라쓰메依通郎姬는 윤공천황의 빈소를 지키며 곡哭을 하여야 했으나 신하들은 그녀를 시코쿠四國島의 온천으로 떠나보냈다.
목리경태자는 곧 천황이 될테니 그때까지 건강하게 잘 있으라고 위로하였다. 그러나 그의 뜻대로 되지 않았다.

14장.
신라 왕자 김무 안강천황
新羅 王子 金武 安康天皇

431년, 고구려 윤공천황의 신하였던 신라 내물왕의 왕자 김무는 큐슈를 지키는 일본부 안라라국왕이 되었다.

그런데 450년 신라와 고구려가 신라 본토에서 분쟁이 일어나니 신라는 임나일본부에 군사를 청하고, 큐슈의 임나일본부왕 신라왕자 김무는 3명의 장군을 보내어 신라를 도와 고구려를 격파하여 고구려와 불편해진다.

그러자 곧바로 451년 백제 개로왕자의 장수들이 큐슈를 침공하지만 김무는 어렵게 이를 물리친다.

453년 오사카의 고구려계 윤공천황이 암살되니, 김무는 큐슈로부터 조문단을 위장한 신라군으로 오사카에 상륙하여 윤공천황의 태자였던 목리경황자를 죽이고, 김무 스스로 일본의 안강천황이 된다.

윤공천황은 431년경에 큐슈의 관문인 사가현의 환하국晥夏國을 신라왕자 김무金武에게 맡겨 안라라국安羅羅國이라고 하였다.

《고사기》에 의하면 김무는 본래 신라의 사자로서 건너왔으나 의술에 능하여 윤공천황의 지병을 고쳐주기도 했으므로 그를 양자養子로 삼았다.

환하국晥夏國은 신라 4대왕 석탈해의 출신지로서, 신라인들이 큐슈로 들어오던 통로다.

400년부터 고구려가 임나를 지배할 때에 이곳에 살고 있던 신라인들은 본국에서처럼 고구려에 자발적으로 협조하였을 것이니, 《한단고기》에서 환하국이 고구려 속노라고 한 것은 바로 신라인 거점인 것을 드러낸 것이다.

신라왕자 김무金武의 안라라국 도읍은 후쿠오카福岡市 서남방의 사와라구부

良區 김무金武라는 마을의 도지都地 위치다. 김무성金武城이라고도 한다.
김무의 현재 발음은 카나타케Kanatake다.
도지都地의 북변 길무고목유적지吉武古木遺蹟地에서는 청동검 11자루와 철도 등 초기 철기시대 유물 고분이 다량 발굴되어 환하국이 고대에 큐슈 제일의 왕도였음을 알려준다. 환하국 유물은 http://inoues.net/ruins/yoshitake.html 에 사진이 잘 나와 있다.
김무의 서쪽에서는 5세기 고분이 발굴되었고 신라 토기 등이 출토되었다.
길무고목유적지 바로 북쪽에 이이모리산(반성산飯盛山)이 있고 이이모리신사 飯盛神社가 있다. 이곳이 고대 완하국성이고, 새로운 김무성은 바로 그 남쪽 인 것이다.
《신찬성씨록》은 이 큐슈 신라를 안라라국安羅羅國이라고 하였다. 지금 이 름도 사와라早良區다. 곧 신라斯羅다.
사와라에 흐르는 물 이름은 지미가와室見川, 즉 실미천이다.

신라왕자 김무는 훗날 안강천황安康天皇(416~456)이 되었는데 그 이전에는 아나호穴穗 왕자라고 불렀다. 당시에는 환하후晥夏侯라고 하였을 것인데 소리나는 대로 아나호천황穴穗天皇이라고 하였다.
김무는 416년에 태어난 신라왕자이므로 눌지왕訥祗王의 아들로 생각된다. 16세인 431년경에 신라 군대를 이끌고 도일하여, 고구려계 윤공천황의 백제계 반정천황 격퇴와 이중천황 살해 및 대화大和 입성에 앞장섰을 것으로 추정된다. 눌지왕 당시 신라는 고구려에 복속하고 있었고, 417년에는 박제상을 파견하여 일본의 백제계 반정천황에게 잡혀 있던 인질 미사흔 왕자를 반정천황에게서 구출해왔다.

《웅략천황기》 웅략 8년의 기사는 450년의 신라 기사로서 웅략천황 때가 아니라 윤공천황 때 기록이다.
그 기사에서 《삼국사기》에서 450년에 일어난 신라와 고구려의 분쟁 기록이다. 고구려의 장수가 실직주悉直州(강원도 삼척三陟)에서 사냥을 하는데 신라인들이 습격하여 죽인 것이다.
이때 고구려인이 보복으로 신라로 쳐들어오자 《삼국사기》에서는 신라 눌지왕이 사죄하고 물러나게 하였다.
그런데 《웅략천황기》에서는 이 사건을 신라왕이 고구려의 침략을 염려하여 신라에 남아있는 고구려인을 일부러 죽인 것이라고 하였다.
이때 고구려인이 쳐들어오니 신라왕이 임나왕任那王을 통하여 일본부日本府의 장군들에게 도움을 청했고 일본부는 세 명의 장수를 보내 고구려와 싸우도록 하였다.

역사상 처음으로 등장하는 "일본부日本府"인데, 임나연정의 한 부분을 일본부라 한 것이고 이는 큐슈안라국에 해당한다. 훗날 안라일본부安羅日本府라고도 했다. 따라서 일본의 어원이 고구려의 일륜사와 관련되는 것이다.

임나일본부는 본래 대마도와 큐슈를 다스리기 위해 고구려가 만든 것으로서, 안라인, 신라인이 운영하던 것이니 일본인들의 한반도 통치기구는 될 수 없는 것이다.

즉 450년 당시에 큐슈는 고구려가 세웠던 임나 10연방국 중의 하나인 안라일본부의 지배에 있었고, 그 일본부의 왕은 아나호왕자宍穗皇子 김무金武였다.

이 안라국에 큐슈의 거의 모든 소국들, 말로국이나 저노국, 화국, 등등이 속해 있었다.

즉 신라 내물왕의 왕자인 김무가 안라일본부의 수장으로서 신라본국 부왕父王의 요청에 따라서 큐슈에 있던 일본부의 장수를 동원하여 고구려를 치고 신라를 도운 것이다.

由是任那王 勸 膳臣斑鳩、吉備臣小梨 難波吉士赤目子, 往救新羅

위 귀절에 의하면 임나왕이 세 장수를 보냈으니 김무가 임나왕도 겸직하였다. 세 장수는 고구려군을 신라 땅에서 유인 섬멸하였고 이후로 신라와 고구려가 상반相反하였다.

450년에 신라와 고구려가 등을 졌는데 안라일본부의 아나호 김무왕자는 고구려계 윤공천황을 배반한 것이니 장차 윤공천황을 계속 속이기가 어려웠을 것이다.

게다가 이듬해 451년에 왜제왕倭濟王인 개로왕자는 미야쯔시宮津市로부터 큐슈의 안라일본부를 정벌하였다.

《웅략천황기》 9년 기사인데, 고구려 윤공천황은 신라의 지원이 없으면 오사카의 고구려 왜국을 유지할 수 없으므로 배반했던 큐슈임나일본부를 차마 처벌할 수가 없었다.

《웅략천황기》 9년에 천황, 즉 왜제왕인 개로왕자가 큐슈를 친정하려고 했더니 신하들이 친정을 말리고 4인의 장수가 나섰는데, 장수 이름이 기소궁숙녜紀小弓宿禰、소아한자숙녜蘇我韓子宿禰、대반담련大伴談連、소록화숙녜小鹿火宿禰 등이었으니 모두 백제 신하들인 것이다.

천황(왜제왕)은 말하기를 "신라가 신하로서 조공을 위반하고 몸이 대마도 밖까지 나와서 쥐새끼같은 발자국을 잡라匝羅에까지 드러내고 백제의 성을 뺏었으니...천벌을 가하라!"는 것이다.

新羅自居西土,累葉稱臣,朝聘無違,貢職允濟.逮乎朕之王天下,投身對馬之外,竄跡匝羅之表,阻高麗之貢,吞百濟之城.況復朝聘旣闕,貢職莫脩.狼子野心飽飛,飢附.以汝四卿,拜爲大將.宜以王師薄伐,天罰龔行

큐슈 정벌 사유에 신라가 백제의 성을 뺏은 것이 들었으니, 이 교지를 내린 사람은 고구려계 윤공천황이니 웅략천황이 아니라 일본 북부의 왜제왕인 백제계 개로왕자인 것이 확실하다.

이때 451년에 신라 본토가 왜국에게 피침당한 기록은 《삼국사기/신라기》에 당연히 없다.

위 글에서 대마도 밖에 있던 잡라는 큐슈의 다라국多羅國, 안라국安羅國을 통칭한다. 큐슈의 구마모토 북부 구루메시久留米市에 다라국이 있었고 안라국은 그 남쪽 녹천綠川의 일성군溢城郡에 있었고, 김무의 아나호국穴穗國은 후쿠오카 서부 사와라에 있었다.

451년 왜제왕인 개로왕자의 4인의 장수들은 신라 큐슈의 여러 군을 약탈하고, 깊숙히 들어가서 녹지喙地까지 점령하였다.

녹국喙國은 본래 한반도 거제도의 구사가야狗邪伽倻지만, 이 글의 녹지喙地는 큐슈에 세운 구록口彔(=喙), 즉 구려句麗, 고구려를 의미하며, 구마모토시 남쪽 녹천綠川의 익성盆城과 관련된다. 익성은 윤공천황 아들들의 일성溢城, 즉 이리성이었고 아소산을 낀 안라국지였다.

이때 개로왕자의 정벌에서 신라왕 김무는 녹지에서 겨우 살아서 도망하였다. 안라라국왕이라고도 했던 아나호왕 김무가 패주한 것이다. 그러나 남은 큐슈의 병사들이 깊숙이 진격한 왜제왕의 4인의 장수를 다 물리쳤다. 4인의 장수 중에 두 명이 죽고 일부 땅을 뺏었다.

《웅략천황기》에서는 이때 백제왕(바로 일본에 있던 개로대왕이다.)이 패전하고, 살아남은 장수들을 불러서 장수들의 불화를 풀어주려고 장수들의 봉지를 확인해서 보여주겠으니 돌아오라고 했다.

於是, 百濟王 聞日本諸將 緣小事有隙, 欲觀國界. 請(=命의 조작)垂降臨

그러나 돌아오는 도중에 큐슈에서 전사한 기소궁숙녜紀小弓宿禰의 아들인 기대반숙녜紀大磐宿禰는 소아한자숙녜蘇我韓子宿禰를 죽였다. 결국 개로왕자, 왜제왕의 큐슈 탈환은 거의 실패하였다.

신라왕자 김무가 안라일본부의 왕으로서 입장이 모호한 이때에 마침 453년

1월 윤공천황이 독살되었다.
《윤공천황기》 24년 기록에 천황의 국물이 응어리졌다고 하였다.
御膳羹汁凝以作冰
윤공천황이 먹는 국물 속에 독이 들었던 것이다.

453년 1월 윤공천황이 죽자, 신라에서는 80척의 선단으로 조문사를 파견하였다. 신라에서 천황 조문사를 보내는 것은 전무후무한 일이었다.
이들은 대마도에서부터 곡哭을 하였고, 큐슈에서도 곡을 하였고 오사카의 난파항에 도착할 때는 상복喪服으로 갈아입었다.
그러나, 이들의 상복 작전은 철저한 위장이었다. 방심하고 있던 목리경태자를 습격한 것이다.
이때 목리경태자의 군대는 카루-화살輕括箭이라는 구리촉의 화살을 사용했고 신라인들의 조문 대표인 안강천황은 아나호화살穴穗括箭을 사용했는데 철촉이었고 이후로 일본에서는 아나호화살이 전국적으로 사용되었다.
신라의 김무 왕자는 제위 찬탈을 위해서 철저히 준비한 것이었다.

목리경태자는 김무 왕자의 조문 위장 습격을 당하여 신하의 집으로 숨었으나 김무 왕자는 추격하여 포위하였다.
《고사기》에서 당시 안강천황은 우박이 떨어질 때에 신하의 집에 도착하여 말했다.
“숙녀宿禰들아, 가나金가 바다 건너 왔다”
須久泥賀, 加那 斗加宜...하략下略
(須久泥＝宿禰) (加那＝金) (斗加宜＝渡海)

두가이斗加宜는 도해渡海의 발음과 똑같다.
그러자 목리경태자를 보호하던 신하가 나와서 손을 들고 무릎을 꿇고서 몸짓儛으로 가나詞那에게 뜻을 전했다.
擧手打膝 “儛 詞那(金) 傳”....하략下略

신하들은 다음날 안강천황에게 투항하였다. 목리경태자를 죽였는지 고구려로 보냈는지는 알수 없는데 의통랑희가 먼저 떠났던 시코쿠四國島의 아이메현愛媛縣松山市姬原에 있는 카루노신사輕之神社의 전설에는 목리경태자와 의통랑희가 함께 바다에 빠져 죽었다고 한다.

이때 신라의 조문사는 대화에 무려 10개월을 머물렀다. 일본내 고구려계 도읍지에서 신라인 안강천황의 보위 승계 임무와 호위를 마치고, 10개월 후에 80척의 신라군이 돌아가면서 우네미산畝傍山(일본 천황 고분이 많이 있는 곳)에 들려서 새 소리를 듣고 노래를 하였다.
"우니미-하야, 미미-하야 / 宇泥咩-巴椰, 彌彌-巴椰"
우는 소리가 참 좋다! 귀에(耳耳=彌彌) (듣기) 좋다!巴椰(=好也)는 뜻이다.
윤공천황 아들인 웅략천황이 이 노래를 듣고 이들 신라인을 잡아다가 황실의 우네미采女를 몰래 건드리지 않았냐고 시비하여 고문하고 돌려보냈다.

안강천황은 신라 군대의 호위 없이 왜국을 다스릴 수 있도록 준비하는데, 오오쿠사카 황자大草香皇子(408~454)를 죽이고 부인을 빼앗아 황후로 세웠다.
오오쿠사카 황자는 인덕천황의 막내아들이었고, 그의 부인은 윤공천황의 장녀로서 오사다노오이라쓰메長田大郎皇女(418~462)였다.
또 죽은 오오쿠사카 황자의 딸은 웅략천황에게 시집보냈다.
윤공천황의 장녀를 김무의 황후로 세운 것은 윤공천황의 아들인 웅략천황과 윤공천황 신하들의 지지가 김무 왕권유지에 절대적으로 필요했기 때문이다.

그러나, 안강천황은 바로 그 오오쿠사카 왕자의 어린 아들에 의해 3년만에 암살당했다.
안강천황의 후예는 공왕부수孔王部首라 하였는데 그 뒤는 알 수 없다.
《신찬성씨록》 孔王部首 穴穗天皇《謚安康》之後也
그러나 안강천황의 동생이 미에현三重縣에 남아있었다.
《신찬성시록》 竹原連 新羅國 阿羅羅國主弟 伊賀都君之後也
그리고 큐슈 사와라의 김무성金武城에 그 후손들이 전해져왔다.

윤공천황의 시노산市野山 고분은 230m의 전방후원릉이고, 안강천황의 고분은 모호한 상태이나 제사는 봉래신사蓬萊神社에 모셔져 있다. 안강천황 묘비는 최근에 사이다마현埼玉縣 관원고성菅原古城에서 나왔다.
그런데 최근에 주인을 알수 없던 330m 길이의 하내대총산河內大塚山 고분에서 윤공천황의 묘지문이 발견되었다.
따라서 하내대총산 고분이 본래 윤공천황릉이 되고, 이제까지 윤공천황릉으로 알려진 고분은 안강천황릉으로 고려된다. 현재 윤공천황릉은 시노산市野山고분이라고도 하는데 우리말로 읽으면 시야산 고분이고 신라산이 되니 이는 신라 눌지왕의 왕자 김무 안강천황 신라산 고분이 합당하다.

15장.
백제 개로대왕 왜제왕
百濟 蓋鹵大王 倭濟王

438년 윤공천황이 대화에서 왜진왕이 되어서 송나라에 국서를 보내 백제의 주인을 자처하니, 439년 백제 비유대왕의 아들 개로왕자는 일본 미야쯔시에 건너와서 왜제왕이 되었다.

일본 동북 지방 55국을 정벌하고, 일본 서부 66국을 정벌하여 일본을 백제계로 통일하고, 경상도와 전라도 등지의 해북 95국을 정벌하였다.

한편 453년 비유대왕이 양위하니, 개로대왕이 백제대왕으로 즉위했다.

백제 전지대왕膑支大王의 서자인 비유대왕毗有大王(412~465)은 427년에 15세로 즉위하였는데, 5년후 일본에서 출가했던 부왕이 432년에 오사카에서 고구려 왕자인 윤공천황에게 살해당하는 비운을 맞았다.

그러나 비유대왕은 431년 송나라에 사자를 보내어 백제왕 진동장군을 제수받았고 《송서》 450년조에는, 백제 비유왕毗有王의 신하로 서하태수西河太守 풍야부馮野夫가 사신으로 송나라에 갔던 기록이 있다.

서하태수의 서하군西河郡은 대동강 평양 서쪽 해안에 있던 군명이니 비유왕 때 백제의 국경이 최소한 청천강까지 올라간 것이며, 455년에는 한산에서 사냥을 하였는데 평양을 완전히 장악한 것이다.

한편 434년에 비유대왕은 신라에 사절을 보내어 말과 매를 선물로 보내 동맹을 시도하였다. 이는 15년 뒤에 신라가 고구려를 배반하는 초석이 된다.

또한 비유대왕은 부왕의 복수를 위해서도 왜국에도 진출을 멈추지 않았으니 《신찬성씨록》에 비유대왕의 후손으로 불파련不破連이 있고, 비조호조飛鳥

戶造가 있는데 비조호조는 비유대왕의 아들이자 개로대왕의 동생인 곤지왕의 후예이다.
윤공천황이 438년 4월에 대화에 있으면서 백제를 포함한 6국제군사를 자처하며 외교하였다.

그해 438년 7월에 백제계 반정천황反正天皇이 교토 북쪽 미야쯔宮津에서 서거하였다.
이때 백제 비유대왕의 태자 개로왕자蓋鹵王子가 일본으로 건너왔다.
그후 개로대왕은 스스로 왜제왕倭濟王이라고 칭하면서 즉위하였다.

(주) 《일본서기/웅략천황기》에서 기사년己巳年(429년) 개로대왕의 즉위 때에 미녀를 청하여 모니부인의 딸 적계여랑適稽女郎을 데려왔다고 하였다.

427년은 비유대왕이 백제대왕이 되었으니 기사년은 도무지 틀린 것이고 기묘년己卯年 439년으로 교정해서 보면 왜찬왕 반정천황의 서거 다음 해이므로 왜제왕倭濟王인 개로대왕의 즉위년이 된다. 왜제왕은 443년에 중국 송나라로 사자를 보냈다.

왜제왕이 개로대왕이라는 결정적인 증거는, 뒤에 밝혀지는 왜무왕倭武王 (462~523)이 시마왕斯麻王, 즉 백제 무령대왕武寧大王인데, 그가 일본에서 왜무왕 자격으로 478년 송나라에 보낸 국서에 증거가 들어있다.
국서 중에서 자신의 부왕이 개로대왕인데 이를 왜 제濟왕이라고 기록하였고, 동시에 475년 고구려에 참살당한 개로대왕의 죽음을 奄喪 父兄, 부왕과 형들의 죽음으로 기록하였다. 즉 왜제왕이 개로대왕과 동일한 인물이었던 것이다.
《宋書》 臣亡考 濟……奄喪 父兄……申父兄之志……
개로대왕의 업적에 대해서도 같은 국서에 나와있다.
自昔祖禰, 躬擐甲冑, 跋涉山川, 不遑寧處. 東征毛人五十五國, 西服衆夷六十六國, 渡平海北九十五國,
즉 개로대왕 때에 동정을 통해서 후쿠이현으로부터 일본 동북부의 모인국 55국을 정벌하고, 일본 중심인 서부 왜국 66국을 정벌하고, 해북, 즉 가야의 95국을 정벌하였다는 것이다.
여기서 중이衆夷 정벌은 일본 통일의 의미가 있다. 개로대왕의 업적인데 이는 훗날의 일로서 《웅략천황기》에서 다룬다.

(주) 송서에서 조녜祖禰란 부왕이 살았을 때는 부왕이라 하고, 돌아가시면 고왕이라고 하는데 사당에 모시게 되면 녜禰라고 하였다. 生稱 父, 死稱 考, 入廟稱 禰.

160

개로왕자의 왜제왕 재위시에 《삼국사기》를 보면 눌지왕 때인 444년에 신라 경주를 포위한 대대적 공격이 있었다.

개로대왕 왜제왕은 일본 동북방의 모인국 55국을 정벌할 때에 후쿠이현福井縣에 있었다. 《계체천황기》에 계체천황의 부왕이 그곳 후쿠이현 삼미국三尾國 별업別業에서 진부인振夫人의 미색을 전해 듣고 초대하여 계체천황을 낳았다. 그후 버림받은 진부인은 고향으로 돌아가서 계체천황을 길렀다.
진히메振比賣(434~485)의 고분에 쓰인 석곽은 배 모양(舟形) 석곽으로서 매우 크고 특이한데 후쿠이현의 족우산足羽山 산정고분에 남아 있다.

《삼국사기》에서 개로대왕은 여자를 많이 밝혀서 도미都彌 부인을 빼앗기 위해 신하인 도미를 괴롭혔다. 《삼국사기》에서 도미부인 이야기에서는 도미 부인이 끝까지 절개를 지켰다. 그래서 도미가 화를 입고 눈이 뽑혀서 배를 타고 떠났고, 도미 부인도 배를 타고 천성도泉城島에 갔다가 고구려로 갔는데 이 천성도에 대해서 《삼국사기》에서는 알 수 없는 지명이라고 했다. 천성도泉城島는 바로 오사카에 있는 지명이다.
웅략천황의 고분이 천성도에 있다.
《웅략천황기》 7년의 기사에서 예의 도미부인은 다사田狹라는 장수의 부인이었는데 다사의 부인 자랑으로 그 미모가 알려졌다.
천황이 듣고 다사를 대마도의 관리인 임나국사로 보내고 부인을 뺐었다.
단 임나국사 문제에 있어서, 실제 상황은 왜제왕인 개로대왕이 다사에게 오사카의 고구려를 치라는 것인데, 다사가 오사카 천성도에 가다가 개로대왕이 부인을 뺏었다는 만행 소식을 듣고 고구려에 귀순하고, 천성도의 고구려왕(웅략천황)으로부터 신라땅인 대마도의 관리로 임명된 것이다.
다사부인, 즉 백제 도미부인은 결국 개로왕자의 아들을 낳았는데, 성천황자星川皇子였다.

성천황자는 개로대왕의 동생인 곤지대왕 청령천황의 부임에 앞서서 선수치고 왜왕으로 즉위하려다가 곤지대왕에게 제거당했다. 즉 다사부인은 개로대왕의 후비였고 웅략천황의 후비가 아니었다.
다사는 이미 도미 부인에게서 두 아들이 있었는데, 천황(개로대왕)은 다사의 작은 아들 제군弟君에게 다사가 있는 신라의 대마도를 치고 백제로 가는 길을 열도록 하였다.
그러나 작은 아들은 대도大島(야마구치현山口縣 있는 대도로 고려한다.)에 머물며 신라의 대마도를 치는 것을 포기하고 왜제왕 앞으로 돌아와서 결국 암살당한다.

즉 개로대왕의 도미부인 이야기는 《웅략천황기》의 다사 부인과 같은 이야기고 결론은 《웅략천황기》에는 개로대왕의 이야기가 실려있다는 것이다.

이어지는 《웅략천황기》기사에서 451년 개로대왕의 큐슈정벌이 나온다. 이는 안강천황편에 있는데 결론은 백제의 큐슈 남부 일부 회복이었다.
이 때 왜제왕의 일본 북부 수복의 공적이 송나라에 보고되니, 송나라는 451년에 왜제왕에게 왜, 신라, 임나, 가라, 진한, 모한 등 6국 제군사 안동장군 왜국왕의 책명을 내려주었다.
《일본석기日本釋記/ 상궁기上宮記》에서 개로대왕의 어머니는 모의도국조 牟義都國造인 이사모라군왕名伊斯牟良君女의 딸인 구류히메久留比賣命라고 하였다.

모의도국은 황해도 예성강의 우잠군牛岑郡에 해당하고, 이사모라는
이천伊川에 해당하니, 지금 지명은 금천군金川郡 우봉면牛峰面이고,
이사모라는 그 동북쪽 이천군伊川郡을 말하는데 토산군도 포함된다. 고구려
이진매현伊珍買縣이었고 토산군에 속했었다. 토산군의 서쪽에 예성강이
흐르고, 동쪽으로는 임진강臨津江이 흐른다. 임진강이 고대 이천伊川이었다.

개로대왕이 고구려 장수대왕의 군대에게 비명횡사하였는데, 일본에서
개로대왕릉을 만들었다. 인릉忍陵이라고 하는데, 오사카大阪府
사조철시四條畷市에서 발굴되었다. 전장 87m의 전방후원고분이다.
묘비에 429년에 태어난 것으로 되어 있고 백제로 돌아간 것은 458년인데
이 해가 웅략천황을 굴복시킨 해이다.

일본에서는 백제 비유대왕을 우비왕宇斐王(412~465)으로 기록하였다. 비유왕을 뒤집은 것이다.
우비왕의 비문은 석절신사石切神社에서 발견되었으므로, 그곳에서 비유대왕 위패를 모시고 제사지낸 것을 알 수 있다.
그러나 비유대왕의 능을 일본에 만들지는 않았으니, 개로대왕이 평양 지방에 거대한 비유왕릉을 만든 것으로 기록되어 있다.
《삼국사기》에서 욱리하, 즉 위례하에서 큰 돌을 가져다가 석곽石槨을 만들었는데 일본에서는 당시에 석곽이 흔한 일이었다. 욱리하는 비류강이라고도 부르는 대동강 상류다.

비유왕은 453년에 개로대왕에게 양위하였는데 그후 비유대왕은 교토京都에
건너와서 몇 년간 살다가 돌아간 흔적으로서 교토 동북에 비예산比叡山이라
는 산 이름이 남아있다.
즉, 개로대왕은 백제로 복귀하기 전에 동북 지방을 정벌했고 교토京都를 차
지하였다.
다만 대화大和인 오사카는 아직도 신라인과 고구려인의 세상이었다.

457년, 개로대왕 때에 중국 송나라에 보내졌던 백제 좌현왕左賢王
여곤餘昆이 있다. 청령천황이 된 개로대왕의 동생 곤지왕자와 동일인물로
고려된다. 453년, 개로대왕의 백제대왕 즉위 직후에 좌현왕, 우현왕 등이
이미 존재하는데 여기서 좌현왕은 일본을, 우현왕은 중국을 정벌하고
지배하는 대백제 연합체제로 추정된다.

개로대왕은 엄청난 정력가였던 것 같고, 변강쇠라고도 일컬어지는
가루지기전은 개로대왕의 이름자가 오늘날까지 전해진 것으로 고려된다.
가루지기전의 상대인 옹녀도 개로대왕의 백제 수도였던 평양 출생이다.
개로나 가루는 칼의 고어 발음이다.

16장

고구려계 웅략천황의 몰락과
백제 개로대왕의 일본통일
高句麗係 雄略天皇 沒落
百濟 蓋鹵大王 日本統一

456년, 신라왕자 안강천황이 암살되어 고구려 웅략왕자가 대화의 천황으로 즉위했다.

438년, 국진성에서 반정천황이 죽자 백제에서 건너온 개로왕자는 왜제왕이 되는데 동북 지방을 정벌하고 큐슈를 정벌하는 등의 맹활약을 하다가 453년 백제로 돌아와 개로대왕이 되었다.

458년, 웅략천황이 개로대왕의 딸을 불태워 죽이니 개로대왕이 다시 일본에 친정을 나와서 웅략천황을 사로잡고 일본을 다시 통일하여 왜국의 국호를 아기쓰시마로 바꾼다.

그리고 중국 산동반도에 진출하여 세 장군이 송나라에서 태수를 받았다. 중국 강좌에 백제 거점을 만든 것이다.

윤공천황의 아들이자 광개토호태왕의 손자인 목리경태자로부터 신라 내물왕의 왕자 안강천황安康天皇(416~456)이 일본 대화(오사카)의 천황을 빼앗았으나, 인덕천황의 아들 오호쿠사카황자를 죽인 것이 화근이 되어서 오호쿠사카의 아들 미륜왕眉輪王에게 3년만에 암살당했다.

그러자 윤공천황의 아들이자 광개토호태왕의 손자인

웅략천황雄略天皇(418~479)이 456년에 즉위하였다. 웅략천황은 잔인하여
다른 형들을 다 죽이고 즉위하였다.

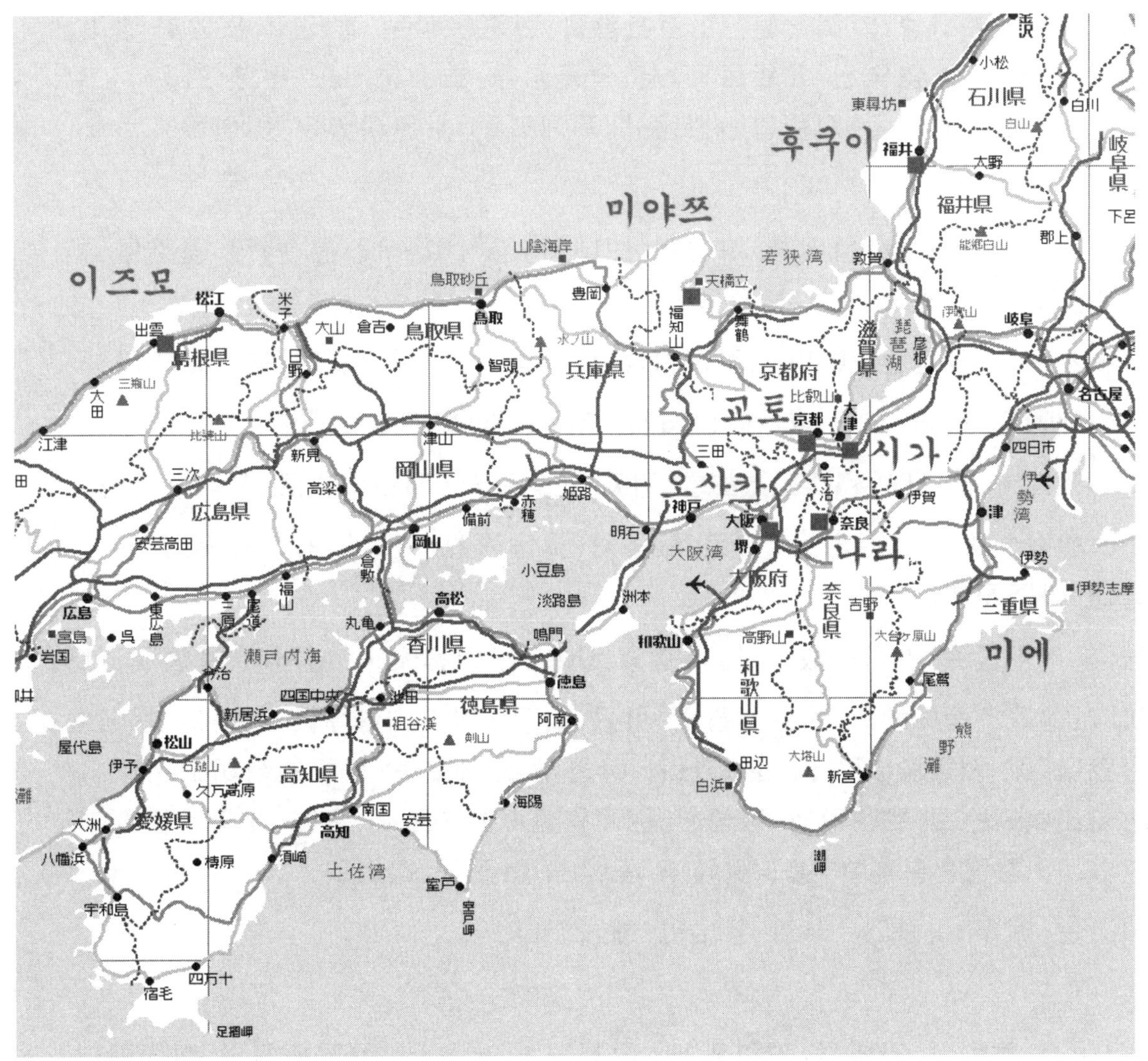

개로대왕과 웅략천황 시대

이때 454년 왜제왕 개로대왕은 백제로 돌아가고, 비유대왕이 교토京都에
들어와 있을 때, 인덕천황의 손자로서 이중천황의 아들인
이치베노오시와왕市邊忍鹵王이 근강近江의 시베궁市邊宮에 있었는데 북쪽
백제계와 남쪽 고구려계 사이에서 줄타기를 하고 있었다.

웅략천황은 즉위 직후 458년 3월에, 시가현滋賀縣의 근강近江으로
이치베노오시와왕市邊忍鹵王을 찾아갔다. 목적은 사냥이라고 하였다.

아침 운동 삼아 사냥을 권하여 함께 말을 타고 나가서 웅략천황은
이치베노오시와왕을 쏘아 죽였다. 그때 생긴 임시 고분이 시가현滋賀縣
팔일시 八日市 시시베정市市辺町에 남아있다.

그리고 이치베노오시와왕의 동생인 어마왕御馬王도 8월에 잡아 죽였다.

교토의 동부를 웅략천황이 계략으로 탈취한 것이다.

이치베노오시와왕의 아들들, 인현천황과 현종천황은 놀라서 도망하였다.

그러나 백제계 영역인 교토로 가서 억울함을 호소하지도 못했으니,

이중천황과 그 아들 시변압반왕은 백제계와도 소원하였던 것이다.

이어서 백제 개로대왕에게 사신을 보내서 청하여 시집온 백제 공주를

457년에 나무에 달아서 불태웠다.

458년, 개로대왕은 딸이 웅략천황에게 극형으로 죽었으니 분노하였다.

개로대왕은 즉시 친정親征에 나서서 백제에서 달려왔다.

미야쯔宮津 해안에서 교토京都를 거쳐 순식간에 대화大和로 진격하였다.

나라현奈良縣 갈성산葛城山으로 도망치던 웅략천황을 협곡에서 포위하여 끝내 마주하였다.

웅략이 화살로 반격하였으나 15살의 어린 곤지왕자가 나서서 토벌하였다.

이 사실을 "등에虻가 개로천황의 팔을 물고, 잠자리蜻蛉가 날아와 등에를 잡았다"고 시가詩歌로 표현하였다. 여기서 등에虻는 웅략천황이고 잠자리蜻蛉는 개로대왕의 동생인 곤지왕昆支王으로서 뒤에 왜흥왕倭興王이 되었고, 청령천황淸寧天皇(=蜻蛉)(444~484)이라고 하였다.

시가는 매우 어렵다. 끝의 일부만 해석한다.

"고구려 웅략의 깃발을 쫓아와서, 마침내 만났는데 곤지왕자가 빨랐구나

은국隱國 일본 위에 나의 어검이 거침없이 아름답다.

왜국이라는 말이 오래되었으니 아기쯔시마로 국호를 바꾸노라."

(원문) 다고모량이多古牟郎爾(=다카무라高牟良=雄川=許母理=koma) ; 고구려

아모가기도기阿牟加岐都岐(阿牟=幼武=雄略) ; 유무(웅략)의 깃발(牙旗)을 쫓아와서

회노아모원 會能阿牟袁 ; 유무를 마침내 만나니

아기두파야구비 阿岐豆(=昆支=蜻蛉)波夜具(=速)比 ; 곤지가 빨랐구나.

가구노기도加具能碁登 ; 숨은(隱) 나라터(碁=은국隱國=일본) 위에

나이오가모도那爾淤波牟登 ; 나의 어검御矛도

소라미도蘇良美都 ; 거침없이 아름답다.

야마도노구이표夜麻登能久爾表 ; 왜라는 이름이 오래되었으니
아기두지마도포阿岐豆志麻登布 ; 아기쯔시마(청령도)로 국호를 바꾸노라.
웅략천황은 개로대왕 앞에 무릎꿇고 빌었다. "누구이신지?"
"현인신現人神이다. 네 이름을 먼저 말하라."
여기서 현인신은 현신現神을 의미하고 현신은 아기쓰카미로 발음한다.
이 아기쓰는 잠자리의 한자인 청령蜻蛉과 같은 발음이니 고대로부터 일본
열도 모습을 형상한 말이다. 일본 열도가 잠자리처럼 생겼기에 왜국을
아기쓰시마蜻蛉島라고 불렀었다.
즉, 청령도의 신이라고 한 것이니 개로대왕은 스스로 일본 열도의 왕이라고
대답한 것이다.
이에 웅략천황은 "저는 와카무幼武라고 합니다."하고 공손하게 대답하였다.
웅략천황의 이름은 고무高武인데 반대말인 유무幼武로 낮춘 것이다.
"나는 히토코노누시一言主神다." 개로대왕 일언주신一言主神은
일사주신一事主神이라고도 하였는데 말과 행동이 일치한다는 뜻이다.
히토코노누시는 계체천황의 부왕인 히코누시彦主人과 동일인이다.
《일본석기日本釋記/ 상궁기上宮記》에서는 한사왕汗斯王 이라고도 하였다.
한왕漢王, 또는 한성왕漢城王이라는 뜻이다. 개로대왕의 도읍은 대동강의
한성이었다.

《고사기》에서 웅략천황과 그의 백관은 이때 천황 복식과 관복을 벗기우고
무기를 받쳤다고 하였다. 확실하게 항복한 것이다. 즉, 왜국이 개로대왕을
섬긴다는 뜻이고 웅략천황이 왜국을 받쳤다는 뜻이다.
그래서 일본을 완전히 발 아래에 둔 개로대왕은 그 존호를 높여서
근개루대왕近蓋婁大王이라고도 한 것이다.

한편 고구려계 마지막 왕이었던 웅략雄略이라는 시호의 의미는 웅조雄朝,
고구려 왕계가 이제 끝略이 났다는 뜻이다.
웅략 4년 이후에 《웅략천황기》의 천황은 더이상 웅략천황이 아니니
백제계 천황이다. 《웅략천황기》의 일부인 7년, 8년, 9년 기사는
개로대왕의 기록이고, 그후로는 개로대왕의 동생 곤지왕자
청령천황(444~484)의 기록이다.

개로대왕의 《인릉忍陵 비문》에 의하면 458년에 일본을 떠난 것이 된다.

이때 개로대왕은 곤지왕자를 데리고 귀국하였고, 이중천황의 딸인
반풍황녀飯豊皇女(~483)도 평양으로 데려갔던 것으로 추정된다.

461년에 곤지왕자를 일본 왜흥왕으로 내보냈는데, 이때 개로대왕의 아들인
무령대왕을 임신한 부인이 일본으로 따라왔다. 바로 반풍황녀다.

그녀는 딱 한 번 남자와 교합하여 여자의 도를 알았고, 그 한번에 임신하여
이상했지만, 이후로 평생 남자와 교합을 원치 않았다.

17장.
백제 근개루대왕의 중국 경영
百濟 近蓋婁大王 中國 經營

백제 침류대왕이 진나라 말에 중국에 진출하여 송나라를 건국하고 황제가 된 이후에도 중국에 백제의 땅이 있었다.
양자강 북쪽에 백제땅을 다시 한번 건설한 근개루대왕의 중국 영토는 무령대왕까지 이어졌다.

왜제왕倭濟王(443~458), 개로대왕蓋盧大王(456~475)은
근개루대왕近蓋婁大王이라고도 했는데 중국에도 백제 영역을 넓혀나갔다.

458년 일본에 친정해서 웅략천황을 치기 전에, 개로대왕은 이미 중국에도 열한명의 장군을 파견하여 중국 땅을 경영하였다.
458년에 개로대왕이 중국에 보낸 백제 장군은
관군장군우현왕 여기餘紀,
정로장군좌현왕 여곤餘昆(일본 청령천황이 되었다)
정로장군 여훈餘暈
보국장군 여도餘都(백제 모도대왕이 되었다.)
보국장군 여예餘乂
용양장군 목금沐衿
용양장군 여작餘爵
영삭장군 여류餘流
영삭장군 미귀麋貴
건무장군 우서于西
건무장군 여루餘婁 등 11명이다.
이들 11명의 장군이 중국 땅 어디에 있었는지 알고 싶지만 기록이 없다.

다만 464년 경부터 송나라가 말기적 증세를 보였고, 각 지방에서 송나라 장수들의 반란으로 인하여 회수淮水 북쪽 땅을 잃고서 찾지 못했으며, 그 땅은 북위北魏에 흡수되었다.

그런데 산동반도의 뿌리 부분인 청주靑州와 산동반도 남쪽 경계 동양성東陽城에서 주로 전투가 이루어지며 그로부터 동쪽인 청도시靑島市 동쪽은 역사에 등장하지 않는다. 즉 문등군, 동래군, 성양군 등 해안과 도서島嶼지역에서 위에 적힌 11명의 백제 장수들이 나와서 경영하였을 것으로 고려된다.,

또한 490년 모대대왕이 남제에 보낸 국서 내용에는 465년에서 471년 사이에 백제의 3장군을 추가로 중국에 내보냈다. 송나라가 위나라에 잃은 회북淮北을 공격하러 간 것이다.

건위장군、광양태수、겸 장사신 고달高達,

건위장군、조선태수、겸 사마신 양무楊茂

선위장군、겸 참군신 회매會邁 등이 태시(465~471년) 중에 이미 송나라에 있었다.

개로대왕은 471년에 관군장군 불사후 여례餘禮와 용양장군 대방태수 장무張茂를 북위국에 사자로 보내서 고구려 공격을 제안하였다.

황해도 봉산鳳山에 묻힌 대방태수 장무이張撫夷 고분은 468년에 만들어졌는데, 위에 나온 대방태수 장무의 부형父兄일 것이다.

이들이 중국에서 차지했던 지명은 488년과 495년에 중국 제나라南齊國에 보낸 백제 모대대왕牟大大王의 국서에서 일부 확인할 수 있다.

《자치통감》에 의하면 백제 모대대왕牟大大王 때인 488년 겨울에 북위국北魏國이 산동반도의 백제를 쳤다. 산동반도의 백제군은 북위국의 수십만 대병의 침략에 맞서 싸워 이겨서 산동반도를 수호하였다.

모대대왕은 북위군北魏軍을 격파하고 나서 승전한 백제 장수들을 승진시켰다. 《삼국사기》에는 동성대왕 10년 488년에 위魏나라가 백제를 치러오다가 패하였다고 짧게 기록하였다.

《제서齊書》에도 이 부분의 백제 기록이 파훼되었는데 남아있는 부분은 모대왕이 남제국南齊國에 올린 국서 내용이다.

"노고에 보상하여 이름을 길이남긴다. 영삭장군신 저근姐瑾 등 4인이 충효를 다하여 국난을 막았다.... 이 4인의 장수에 대하여 임시책명을 정식으로 황명을 내려 책명해 주기를 바랍니다.
영삭장군、면중왕 저근姐瑾을 관군장군、도장군、도한왕으로.
건위장군 팔중후 여고餘古를,,,영삭장군、아착왕으로.
건위장군 여력餘歷을,,,용양장군、매로왕으로.
광무장군 여고餘固를...건위장군、불사후로 책명을 바랍니다.
이들 4명은 488년에,,,산동반도에 있다가 서북에서 쳐들어오는 북위의 침략을 물리친 백제 장수들이었다.

490년에 모대대왕은 여기에 더하여 3장군을 산동반도에 보냈다.
"행건위장군, 광양태수 겸 장사신 고달高達,
행건위장군, 조선태수 겸 사마신 양무楊茂
행선위장군, 겸 참군신 회매會邁 등이 태시(465~471년) 중에
송나라에서 봉사하였고 지금은 나의 신하로 봉사중이다.
比使宋朝,　今任臣使
그러한 선례에 따라서 이 장군들에게 새로 제나라의 책명을 바란다.
광양태수 고달高達은 용양장군、대방태수로,
조선태수 양무楊茂는 건위장군、광릉태수로,
참군 회매會邁는 광무장군、청하태수로.

남제 무황제武皇帝는 모대왕이 열거하고 원하는대로 백제의 세 장군들에게 군호를 내리고 중국의 태수로 임명하고, 모대대왕을 지절, 도독백제제군사 진동대장군으로 봉하였다.
詔可,　並賜軍號,　除太守.　爲使持節、都督百濟諸軍事、鎭東大將軍.
그리고 사자를 백제에 파견하여 모대대왕에게 조부 모도대왕을 세습하여 백제왕이라는 책명을 주고 인장과 인수, 옥부, 동부, 호부, 죽부 등 여러가지 선물을 하였다. (여기서 모도대왕은 망亡자가 없으니 죽지 않은 것으로 보인다. 실제는 일본에 가서 인현천황이 되었다.)

한편 《남제서》에는 이때 490년에 다시 북위 수십만이 2차로 백제를 공략했으나 모대왕이 보낸 사법명沙法名, 찬수류贊首流, 해례곤解禮昆, 목우나木干那 등 장군이 부대를 이끌고 북위군을 습격하여 대파하였다고 기록했다.
是歲,　魏虜又發騎數十萬攻百濟,　入其界,　牟大遣將沙法名、贊首流、解禮昆、木干那率衆　襲擊虜軍,　大破之.

495년에 모대대왕이 다시 보낸 국서에서는
"490년, 경오년에 북위 선비 오랑캐가 뉘우치지 못하고 다시 병사를 일으켜 쳐들어오니 사법명沙法名 등에게 반격하게 하였다. 해일처럼 쓸어버리고 달려 추격하여 베어버리니 시체가 들판을 붉게 만들었다. 마땅히 상을 주어야 한다.
사법명沙法名은 정로장군, 매라왕
찬수류贊首流는 안국장군, 벽중왕
해례곤解禮昆은 무위장군, 불중후
목우나木干那는 광위장군, 면중후

그리고 다시 파견한 장군은
용양장군, 낙랑태수 겸 장사신 모유慕遺
건무장군, 성양태수 겸 사마신 왕무王茂
진무장군, 조선태수 겸 참군신 장색張塞
양무장군, 진명陳明
등 4명인데 이들을 정식으로 책명해 달라는 모대대왕의 주청을 남제 명황제 明皇帝는 다 들어주었다.

선비족 척발씨拓跋氏의 위나라北魏는 386년부터 534년까지 존재하였고, 439년 북조北朝를 통일하였는데 당시 척발씨 북위北魏와 양자강을 사이에 두고 대치하던 남제국南齊國의 《남제서南濟書》 기록을 그대로 옮긴 것이 위와 같다.

백제가 중국에 진출했을 때 최초로 중국에 생겨나고 최후에 사라진 백제 진평군晉平郡은 하북성 형수지구衡水地區와 보정지구保定地區의 경계인 안평현 安平縣이다. 서남쪽에 진현晉縣도 남아 있다.
백제 요서군은遼西郡은 하북성 진황도시 무령현撫寧縣 영지성令支城에 있었다. 백제 구이대왕(234~238)의 직함이 위영지령魏令支領으로서 오래전부터 백제와 관련이 있었는데 385년에 백제 건절장군 여암餘巖이 취하였으나 그해 말에 후연後燕의 모용농에게 빼앗겼다.
그런데 개로대왕 때에 다시 찾은 것이다.
광릉태수廣陵太守의 광릉군은 산동성 아래 회하淮河 남쪽 회계산淮稽山 유역이다.
청하태수淸河太守의 청하군은 제나라가 있던 곳으로 하북성 형수시 남쪽 황하 주변의 청하성이다.

광양태수廣陽太守는 북경시였다. 유주幽州에 속했다. 385년에 북경을 취하여 13군 태수를 두었었으나 389년에 후연에 빼앗겼었다. (유주자사 진묘)

성양태수城陽太守의 성양은 산동성 산동반도 남동해안 청도시靑島市에 있었다. 동청주東靑州라고도 했는데 백제 위덕대왕을 동청주자사東靑州刺史라고 했으니 백제가 오래도록 보전하였던 것이다.

조선태수朝鮮太守는 하북성 진황도시 비여현肥如縣에 있었다. 하북성 노룡현의 30리 북쪽이다.

수나라 때 대방태수帶方太守는 하북성 청룡현靑龍縣에 있었다.

위에 적힌 9군, 진평군晉平郡, 요서군遼西郡, 광릉군廣陵郡, 광양군廣陽郡, 청하군淸河郡, 낙랑군樂浪郡, 성양군城陽郡, 조선군朝鮮郡, 대방군帶方郡 태수의 의미를 타당하게 고려하건대 시간적인 부침이 있었을 것이다.

이 8명의 백제 태수가 가장 최전선이라고 보면 북청주北靑州 7현, 제남군齊南郡 5현, 낙안군樂安郡 3현, 고밀군高密郡 6현, 평창군平昌郡 5현, 북해군北海郡 6현, 동래군東萊郡 7현, 동모군東牟郡 1현, 장광군長廣郡 4현 등 산동의 44현이 역시 백제 소유라고 할 수 있다.

즉 모대대왕 때의 중국내 백제 자치군은 최소 15개군 이상이다.

대체로 회하淮河에서 제하齊河까지 태산泰山 이동의 산동반도를 소유한 것으로 고려된다.

이 많은 백제자치군이 중국 사서에 올바로 기록되지 않은 것은 북연왕 풍홍처럼 중국에 황제로서 자립하여 존재하지 않고, 백제로부터 통치를 받는 자치군이었기 때문으로 풀이된다.

전체적으로 25개군 정도의 규모인데 이는 송나라가 망하고 남제가 서는 변혁기에, 개로대왕이 11명의 장수를 서쪽으로 보낸 458년 이후로부터 백제 장수들이 활발한 대륙 경영 활동이 있었을 것으로 해석된다.

정말 위대한 개로대왕이다. 근개루대왕이라고도 불렀다. 또한 백제가 488년과 490년에 산동반도에서 북위군을 연파한 것은 고구려의 살수 대첩 이상의 대첩이다. 특히 이는 내지에서가 아니라 점령지에서 싸움이기 때문이다.

454년, 고구려는 신라의 북변을 침공하였는데, 이후 신라는 백제와 동맹을 하였다. 455년, 고구려가 백제를 침범하자 신라 눌지왕訥祗王은 응원군을 보내어 백제를 구원하였다.

468년, 백제 개로대왕은 거꾸로 고구려 남변을 침범하였는데 상당한 전과를 거둔 것으로 추정된다. 즉 예성강의 평산 한성에서 나라를 정비한 백제가 대동강 동북부까지 일부 수복한 것이다.

이후 백제는 쌍현성雙峴城을 수리하고 청목령에 큰 책을 설치하여 북한산성의 병력을 나누어 지키게 하였다. 북한산성은 두번째 위례성이었던 평성시 청룡산성일 것이다.

쌍현성은 두노성荳奴城으로 보면 비성인 숙천군의 전방이며 문덕군文德郡 마두산馬頭山이다.

구천성仇天城으로 추정되는 순천군順川郡 은산殷山은 숭산崇山에 있는데 숭산의 북쪽까지 개로대왕이 방죽을 쌓았다. 개로대왕의 청목책은 이제까지의 희천군 읍성 아래 대추령大楸嶺으로 추정된다.

쌍현성은 무령대왕武寧大王 때에도 한북漢北 사람을 동원하여 다시 쌓았다.

이무렵 개로대왕은 부왕인 비유왕의 묘를 호사하게 꾸미기 위해 욱리하郁里河(=비류강, 대동강 중류)에서 대석을 날라오고, 강을 따라 나무를 심어 방죽緣河樹堰을 쌓았는데 사성蛇城의 동쪽에서부터 숭산崇山의 북쪽까지로 되어 있다.

사성蛇城은 사천蛇川의 성으로 추정되는데, 지금의 평양성으로 고려된다.

숭산崇山으로는 평안남도 은산군 숭화산崇化山이며 그 북쪽은 수덕현樹德縣이 있었다고 전하는 수덕修德이다. 방죽을 쌓은 것이 수덕樹德을 쌓는 일이었다.

즉, 대동강변을 따라서 개로대왕은 비유왕릉을 성역화하여 강둑에 대규모로 나무를 심는 사업을 펼친 것으로서 국민들을 혹사하였던 것이다. 사성蛇城은 책계왕 때에 고구려를 막기 위해서 수리한 기록이 있었다.

현재 비류강으로 알려진 대동강 중지中支가 본래 비류강으로 의심되며, 성천군 홀골산성 부근에 비유왕의 능이 있었을 것으로 추정된다.

468년, 고구려가 신라의 실직성悉直城을 공격하였다. 이후에 신라는 하슬라주 사람으로 니하泥河에 성을 쌓았다. 실직은 강원도 삼척 땅이고, 하슬라는 강릉 땅 명주군이며 니하는 오대산의 진고개에서 흘러 내리는 연곡천連谷川이라고 추정된다. 따라서 신라는 연곡천 유역에 산성을 쌓은 것으로 추정되고, 고구려의 공격은 실패한 것으로 고려된다. 이는 동해안에서도 고구려가 패퇴하여 북쪽으로 올라간 것이 된다.

18장.
곤지왕자 왜흥왕 청령천황과 개로대왕 참살
昆支王子 倭興王 淸寧天皇 蓋鹵大王 慘殺

《記》 白髮大倭根子命 / 《紀》 白髮武廣國押稚日本根子天皇

1. 왜흥왕 청령천황의 즉위
　倭興王 淸寧天皇의 卽位

461년, 백제 개로대왕은 동생 곤지왕자를 보내어 왜흥왕으로 세웠다.

개로대왕과 도미부인의 아들인 성천황자가 곤지대왕의 입성을 거부하자 불태워 죽이고 청령천황이 된다.

곤지왕자는 임신한 개로대왕비와 함께 일본에 가서 개로대왕비를 황태부인으로 올렸고, 개로대왕비가 무령대왕을 출산하니 일본 각자궁에서 기르게 하였다.

458년, 15세에 웅략천황을 사로잡은 곤지왕자는 백제로 돌아갔다가 461년에 다시 일본으로 왔는데 18세에 왜흥왕이라고 하였다.

458년부터 일본의 수도에 남아 왜왕의 지위를 누려온 도미 부인의 아들 성천황자星川皇子가 성문을 걸어 잠그고 곤지대왕의 입성을 거부하였다.

곤지대왕은 성을 태워버리고 성천황자를 죽였다.

이때 곤지왕자는 개로대왕비와 동행하였는데, 그녀는 이중천황의 딸인 반풍황녀飯豊皇女로서 임신중이었고, 무령대왕을 일본에서 출산하였다.

반풍황녀의 궁은 갈성葛城의 아름다운 각자궁角刺宮이었다.

지금 각자신사角刺神社로 남아 있는데 그 아름다움은 당시에도 각자궁을 한번 구경하는 것이 백성들의 소원이었다.

다만 각자궁角刺宮은 부라궁夫羅宮으로 읽어야 할 것이다.

곤지대왕은 청령천황이 되어서 나라현 사쿠라이시櫻井市에 미카쿠리甕栗宮을
지었다.
왜제왕 즉, 개로대왕의 부인이었던 반풍황녀를 백제식으로 황태부인皇太夫人
으로 봉하였다. 《일본서기》에서 웅략천황의 비인 갈성한원을 황태부인으로
봉하였다는 것은 반풍황녀를 황태부인으로 봉한 것의 오기이다. 갈성한원은
황태부인으로 봉하지 않아도 황후이다.

청령천황은 부하장수를 시켜서 웅략천황을 다시 잡아오도록 하였다. 웅략 7
년의 기사에서 미모로신三諸岳神을 잡아들인 것이다. 그리고 이름을 고무高武
에서 고뢰高雷로 바꾸도록 하였다.
뢰雷의 발음에 "이가스시"가 있는데
《신찬성씨록》에서 다케하라竹原連는 신라국아라라국왕의 동생 이가쓰왕의
후예라고 하였다.
竹原連 新羅國 阿羅羅國主弟 伊賀都君之後也
아라라국주는 안강천황을 가리키는데 신라왕자지만, 윤공천황의 양자였는지
웅략을 그 동생이라고 기록한 것이다.
현재 이가伊賀는 미에현三重縣에 있고 그 중심성은 우에노성上城이다.
웅략천황(418~479)이 대화에서 쫓겨나서 여생을 마친 곳으로 고려된다.

청령천황은 웅략천황이 죽자 안강천황을 따라왔던, 신라의 또다른 왕자로 추
정되는 조일랑朝日郎을 공격하였다. 웅략이 이름을 바꾸어 은거했던 이가伊賀
의 청묘靑墓에서 싸워 죽였다.
조일랑의 후예가 《신찬성씨록》에서 낭자왕의 후예로 고려된다.
대가랑, 가랑성 등은 신라국 낭자왕의 후손이라고 하였다.
《신찬성씨록》 大賀良 新羅國郎子王之後也
《신찬성씨록》 賀良姓 新羅國郎子王之後也

2. 개로대왕 참살과 백제 재건

蓋鹵大王 慘殺 百濟 再建

> 475년, 고구려 장수대왕의 백제 침략으로 개로대왕이 참살
> 당하고 백제는 혼란에 빠져든다.
> 개로대왕의 동생 문주대왕이 즉위했으나 3년만에 암살당하
> 고, 문주대왕의 아들 삼근왕이 즉위했으나 폐위되었다.
> 개로대왕의 동생 청령천황은 개로대왕의 아들 무령대왕을
> 왜무왕으로 봉하고, 시변인로왕의 손자 억계왕자를 백제왕
> 으로 봉하니 곧 백제 모도대왕이다.
> 청령천황과 무령대왕은 바다 건너 고구려 공격에 나섰는데
> 이때 모도대왕의 동생 홍계가 무령대왕이 자리를 비운 사이
> 에 왜왕위를 찬탈하여 현종천황이 된다.

475년 9월, 고구려 장수대왕長壽大王은 3만의 병력으로 남하하여 476년 정월에는 백제의 수도인 개로대왕의 대산한성과 한산성을 함락시키고,
개로대왕을 아차성阿且城에 끌고가서 참살하였다. 이 아차성은 서울의 아차산성峨嵯山城으로 알려져 왔으나 평안북도 선천군宣川郡의 읍성이던 아단성阿旦城으로 추정한다.

《삼국사기/백제본기》에서는 고구려가 백제 북성을 쳐서 7일만에 함락시키고, 이어 개로대왕이 있던 남성을 공격하여 서쪽으로 도망치던 개로대왕을 죽였다고 하였다.
《일본서기》에서 웅략천황 20년조에 《백제기百濟記》를 인용한 기록이 남아 있다. 백제 개로대왕의 을묘년475년에 맥貊, 즉 고구려의 대군이 와서 대성大城(=평성平城 청룡산성靑龍山城=대산한성大山漢城)을 치고,
칠일만에 왕성王城(=평양平壤 대성산성, 안학궁安鶴宮)을 함락시키고, 마침내 위례성까지 잃었다고 하였다.
또한 백제의 국왕과 왕비, 왕자들이 고구려적에게 떼죽음을 당하였다고 기록하였다.

여기서 북성, 즉 대성은 평성 청룡산성이다. 북한산성北漢山城, 대산한성大山漢城이라고도 하였다.

개로대왕의 사후에 그의 동생인 문주대왕文周大王(~477)이 충청남도 공주땅의 금강 웅진성에 도읍하였다. 문주대왕이 개로대왕의 아들이라는 《삼국사기》와 달리 《일본서기》에는 개로대왕의 동생이라고 하였다. 문주대왕은 고구려 침략 때에 함경남도 문천文川에 있던 문주(文州)에서 수비하고 있다가 신라로 가서 구원병을 얻어와서 공주에서 백제를 재건하였다.

477년, 문주대왕이 공주에서 백제를 재건하는데 청령천황이 일본으로부터 찾아갔다. 문주대왕은 청령천황을 내신좌평으로 임명했으나 받지 않고 석달만에 다시 일본으로 떠나버렸다.
478년 9월, 문주대왕은 병관좌평 해구解仇에게 암살당했다.
뒤이어 문주대왕의 13살 짜리 아들 삼근대왕三斤大王이 즉위하였다.

477년, 청령천황이 백제로 떠날 때에 개로대왕의 아들인 무령대왕을 왜무왕倭武王으로 즉위시켰다.
《고사기 하권》에는 천황 숫자를 19명이라고 하고 18명만 적었으니 한 명을 기록하지 않았는데, 대개 반풍황녀로 추정해왔다.
그러나 빠진 것은 무령대왕武寧大王(462~523)이며 왜무왕倭武王인데 《고사기》를 전사傳寫하는 과정에서 일부러 없애버린 것이다.

왜무왕倭武王은 시마왕島王인 백제 무령대왕이다.
《일본서기》에서 일본에서 태어난 개로대왕의 아들인 무령대왕은 도군島君, 즉 도도왕자라고 하였다. 도도는 일본말로 시마斯麻라고 발음하는데 무령대왕릉 지석에 기록된 이름이 역시 시마斯麻다.
왜무왕은 당시 478년 송나라에 보낸 국서에서 475년에 있었던 개로대왕과 왕자들의 죽음을 부형父兄의 죽음으로 기록하였다.
그 국서에서 왜제왕을 부왕이라 하면서 동시에, 참살당한 개로대왕을 부왕이라고 부른 그 국서에 의해서 왜무왕이 시마왕, 즉 백제 무령대왕인 것이 증명된다.
《宋書》 臣亡考 濟 , 奄喪 父兄 , 申父兄之志..

왜무왕은 이 국서로서 자신의 왜왕 즉위를 알리면서 동시에 왜왕과 백제왕의 겸왕을 선언하였다. 《宋書》 自稱使持節 都督 倭百濟新羅任那加羅秦韓慕韓

七國諸軍事 安東大將軍 倭國王
무령대왕은 개로대왕의 아들로서 삼촌인 문주대왕을 인정 안한 것이다. 하지만 송나라는 무령대왕에게 백제를 제외한 6국제군사경 안동대장군 왜국왕으로 책봉하였다.

무령대왕武寧大王(462~523)은 고구려계 윤공천황의 증손녀인 난파소야왕難波小野王(461~498)과 사랑에 빠졌다.
《고사기/웅략천황기》에 나오는 천어가天語歌 등의 시가詩歌 6편이 무령대왕의 이야기이다. 시 한 편에서는 오도히메(袁杵比賣=小姬=웅략천황의 손녀)와 술래잡기를 하였고, 또 한 편에서는 미에三重(웅략천황이 은거한 곳)의 공녀가 무령대왕을 축수하는 시가였고, 또 한 편은 황후가 그녀에게 무령대왕을 위해서 술을 올리라는 것이고, 또 무령대왕이 그녀에게 술병을 꼭 잡으라는 시가도 있다. 마지막 한 편은 그녀가 무령대왕을 위해 헌신한다는 축사였다.

479년, 청령천황은 고구려에 복수하기 위해 왜무왕의 왜군을 동원하였다.
백제대왕으로는 인현천황仁賢天皇(447~498) 억계왕億計王을 임명하였다.
《청령천황기》에서 청령천황은 억계왕을 태자로 세웠다고 하였다.

《책부원구冊府元龜》에서 건원 2년, 480년에 백제왕으로 모도왕牟都王을 책명하였고, 또한 영명8년, 490년에 그 손자 모대왕牟大王을 백제왕으로 책명하였다.
즉, 백제 모도왕牟都王이 동성대왕東城大王이며 억계왕 인현천황仁賢天皇이다.

《일본서기/웅략천황기》 23년, 즉 479년경에 말다왕末多王을 백제왕으로 봉하여 축자국군筑紫國軍(큐슈의 군대) 500명으로 호송하고, 또 축자의 안치신安致臣, 마사신馬飼神들이 배를 거느리고 고구려를 쳤다고 하였다.
이때 부형을 잃은 왜무왕, 무령대왕과 청령천황이 함흥 방면 고구려 공략의 선봉에 선 것이다.
청령천황과 무령대왕이 고구려로 떠나던, 479년에 미에三重縣에 은거했던 웅략천황雄略天皇(418~479)이 죽었다. 위험인물이라서 죽였는지도 알 수 없다.
그의 고분은 75m의 원분으로 되어 있다.

동성대왕東城大王(=모도대왕牟都大王=인현천황仁賢天皇)은 이중천황履中天皇의 아들인 이치베노오시와왕市邊忍齒王(416~458)의 큰 아들이다.
인현천황은 동생인 현종천황과 함께 몸을 피했다가 고모인 반풍황녀가 개로대왕비가 되니 고모를 찾아와서 각자궁角刺宮에 살고 있었다.
청령천황은 그중 인품이 있는 첫째 인현천황으로 백제왕을 삼고, 반풍황녀의
아들인 무령대왕으로 왜무왕을 삼았던 것이다.

그런데 청령천황과 왜무왕의 고구려 정벌은 역사에 잘 알려지지 않았다.
청령천황과 무령대왕은 함경북도 청진淸津에 상륙하여 점거하고 그곳에 이름
을 남겼다. 청진의 어원이 청령천황이었던 것이다.
청령천황은 일본에서 죽지 않았으므로 《고사기》에 그 서거 기록이 없다.
그러나 청령천황이 된 백제 곤지대왕을 모시는 일본의 신사가 남아있는데
아스카베신사飛鳥部神社이다.

飛鳥部神社
所在地　羽曳野市飛鳥（河內國安宿郡）
祭神　百濟王弟こん伎王，古代のこの地は安宿郡賀美鄉で
飛鳥部造一族の居住地で現在もその祖神を祀っている
現在の社地は小さな杜に過ぎないが
当時は氏の勢力も強勢であったことから
相当な有力神社であった
この地の有力渡來系氏族としては
飛鳥部造氏と上曰佐氏の二氏がある

《신찬썽씨록》에서는 이들의 후예를 백제 동성대왕의 후손이라고 기록했다.
《新撰姓氏錄》飛鳥部造、百濟末多王の後也

청령천황 곤지왕자와 백제 동성대왕을 모시는 아스카
베飛鳥部 신사

(주) 《일본서기/웅략천황기》에 도입된 백제 기록은 《백제신찬百濟新撰》의 429년 기사년부터 461년 곤지군의 기록과, 《백제기百濟記》의 475년 기록이 있다. 《백제기》는 근초고대왕부터 개로대왕(346~475년)까지 소개되어 있는데, 그 이전의 역사를 포함할 수도 있다. 백제의 박사 고흥高興에 의해 《백제서기百濟書記》가 편찬된 것이 근초고대왕 때이므로, 근초고대왕 이전을 《백제서기》에 기록하고 근초고대왕 이후부터 《백제기》를 만들었을 수도 있다.

《백제신찬》은 비유대왕부터 무령대왕(429~501)까지 인용되었으며, 《백제본기百濟本記》는 무령대왕부터 위덕대왕(501~557)초기까지 기록이 인용되었다.

19장.
백제 동성대왕 모도 인현천황의 중국 경영
百濟 東城大王 牟都 仁賢天皇 中國 經營

《記》袁祁之石巢別命 / 《紀》弘計天皇

> 484년, 청령천황이 죽은 뒤에 487년, 일본의 현종천황이 가야와 고구려와 내통하고 대마도를 통한 중국 진출 군사들의 보급을 방해하였다.
> 488년, 백제 모도대왕은 고구려와 내통한 대마도를 토벌하고 일본으로 가서 현종천황을 죽이고, 스스로 일본의 인현천황이 되었다. 백제에서는 동성대왕이라고 하였다.
> 이때 백제에는 모도대왕의 손자인 모대대왕이 즉위하였다.
> 한편 465년부터 시작된 중국 산동반도 경략은 송나라가 망하여 남제국이 서는 혼란기에 더욱 활성화되고, 489년, 모대대왕은 수십만의 북위 군대의 두 차례 대공략을 막아내서 산동반도를 지켜냈다는 국서를 제나라에 보낸다.

개로대왕비 반풍황녀는 해외 원정중인 왜무왕, 무령대왕을 대리하여 일본의 조정을 맡았고, 평군지비平群志毗에게 정사를 위탁하였다.
이때 평군시비의 부친인 평군진조숙녜平群眞鳥宿禰는 백제에서 모도대왕을 수행하였고 평군지비平群志毗는 무령대왕이 사랑하던 오도히메인 난파소야왕難波小野王을 자기 집에 데리고 있었다.

한편 각자궁에 기탁해 있던 이치베오시와市邊忍齒王의 작은 아들이자, 백제 모도대왕의 동생인 홍계弘計가 무령대왕이 사랑하는 오도히메를 가로채려고 생각하고 있었다.
그래서 평군지비를 습격하여 죽이고, 오도히메小野王를 차지하였다.
이는 왜왕위의 찬탈이나 같다.

반풍천황(~483)이 483년 11월에 죽고, 이듬해인 484년에 홍계가 현종천황顯宗天皇(451~488)으로 즉위하였다.
그리고 무령대왕의 비였던 오도히메, 난파소야왕을 황후로 세웠다.
현종천황은 난파소야왕에게서 추촌麤寸, 즉 무열천황을 낳았다. 게다가, 무령대왕과 난파소야왕이 낳은 어린 곡녀哭女를 범하여 포전녀飽田女를 낳았다.
훗날 추촌은 포전녀를 범하고 고구려로 갔다. 난파소야왕이 고구려계 윤공천황의 증손녀이자 웅략천황의 손녀였기 때문이다.

현종천황은 즉위 3년 486년에, 가야신인 고황산령高皇山靈에게 제사드렸는데, 그가 왜왕으로 즉위하는 데에는 왜국에 뿌리박았던 가야인들이 협조한 것을 알 수 있다. 조왕祖王인 이중천황의 영향인 것으로 추정된다.

487년에 현종천황은 고구려와 내통하였다.
임나의 기대반숙녜紀大磐宿禰는 451년 개로대왕의 큐슈 정벌 때에 아버지가 죽자 그 뒤를 이엇지만, 큐슈임나에서 제멋대로 하였고, 그가 큐슈임나에서 스스로 신성神聖이라 칭하고 독립을 꿈꾸면서 고구려와 통했다.
또 임나 대마도의 좌로佐魯 등을 이용해서 백제 장수 적막이해適莫爾解를 고구려 땅에 유인하여 이림爾林에서 죽였다. 이림爾林은 대마도 북섬의 서북부 인전만仁田灣 인전천仁田川 부근으로 추정된다.
좌로佐魯는 대마도 북도의 좌호천佐護川에 있었을 것으로 고려된다.

기대반숙녜紀大磐宿禰는 큐슈 동쪽 좌백항佐伯港에 대산성帶山城을 쌓고 길을 막았다.
그래서 식량을 운반하는 항구가 끊겨 원정나간 군사들을 기아에 빠지게 하였다. 이 시기에 백제 군사는 중국 산동반도를 공략중이었다.
백제대왕인 모도대왕이 대노하여 고이해古爾解와 막고해莫古解를 보내어 토벌하였다.
기대반숙녜는 임나에서 일본으로 도주하였다.
백제국은 대마도 임나의 좌로佐魯 등 300명을 죽였다.

488년 모도대왕은 백제왕위를 손자인 모대왕牟大王에게 물려주고, 일본으로 달려가서 현종천황顯宗天皇을 죽였다.
현종천황 고분은 고작 21m x 21m의 네모난 고분이고, 그 안에 석실이 있다. 평야총혈산고분平野塚穴山古墳이라고 한다.
당시 죄악으로 인하여 여느 천황처럼 크게 묘를 만들어주지 않은 것이다.

인현천황은 일본에 건너가 있으면서도 실제적인 백제대왕이었기 때문에 백제에서는 동성대왕東城大王이라 칭한 것으로 보인다. 백제의 동성東城은 일본인 것이다.

인현천황이 일본 천황으로 즉위하니 현종천황의 황후인 난파소야왕도 궁에서 축출되었다.
《일본서기/인현천황기》에 무령대왕의 신하인 평군지비와 현종천황의 난파왕 다툼으로 인하여 기구하게 살다가 한탄에 빠진 여자의 노래 가사로 난파소야왕의 운명이 기록되었다.

제목이 어머니모세於慕尼慕是 아레니모세阿例尼慕是라는 한탄의 노래다.
그 뜻은 어머니의 남편이 내 남편인데 떠났다는 슬픈 노래였다.
그 사연은 한백수랑한韓白水郎暵(=무령대왕)이라는 남자가 난파 즉어녀鯽魚女(=난파소야왕)와 살다가 곡녀哭女를 낳고 떠났고,
산저山杵(현종천왕)라는 남자가 즉어녀(난파소야왕)와 살며 추촌麁寸을 낳았다.
이후에 산저는 곡녀哭女(무령대왕의 딸)마저도 통하여 포전녀飽田女를 낳았다.
이후 산저의 아들 추촌麁寸(무열천황)은 포전녀와 살았다.
그후 추촌은 고구려로 가는 사자 편에 고구려로 떠나버렸다. 난파왕이 고구려계 윤공천황의 증손녀이고, 추촌은 그 아들이기 때문에 고구려로 간 것이다.

488년, 현종천황이 고구려와 내통하여 형인 인현천황에게 제거당하자, 현종의 황비인 난파소야왕(461~498)은 자살을 했다고 했는데, 그때 죽지 않았어도 죽은 것이나 다름없었다. 무령대왕의 딸인 곡녀 입장에서 산저(현종천황)가 어머니에게도 남편, 나에게도 남편이었다. 포전녀 입장에서는 아버지가 같은 추촌이 남편이었는데, 그녀를 버리고 떠났다고 한탄한 것이다.

498년까지 동성대왕 인현천황은 일본에서 고구려계를 제거하고 옛 충신인 좌백부佐伯部를 찾아서 큐슈 오오이타현大分縣 좌백항佐伯港에 보내어 큐슈도 안정시켰다.

모도대왕牟都大王은 483년에 한산성을 순무했는데, 대동강 평양에 있던 한산성이다. 479년에 《일본서기》의 고구려 공략 기록에 따른 성과로 보인다.
그리고 황하 하구 유역과 산동반도, 양자강 북쪽 회대 지방에 상당한 연합

세력을 가지고 있었기 때문에, 개로대왕이 빼앗겨 고구려가 차지했던 평양성, 즉 한산성에 대한 무력 탈환이 충분히 가능하였다.
중국 동부 지역을 다스리려면 무엇보다도 강력한 해군력이 필요했는데 동성대왕은 그 해군력을 가지고 있었다.

488년, 모도대왕을 세습했던 손자 모대대왕은 거듭되는 폭정暴政으로 인하여 501년에 신하에게 시해를 당하였다.
함경북도 청진에 있던 무령대왕이 들어와 역신逆臣을 죽이고 백제대왕으로 즉위하였다.

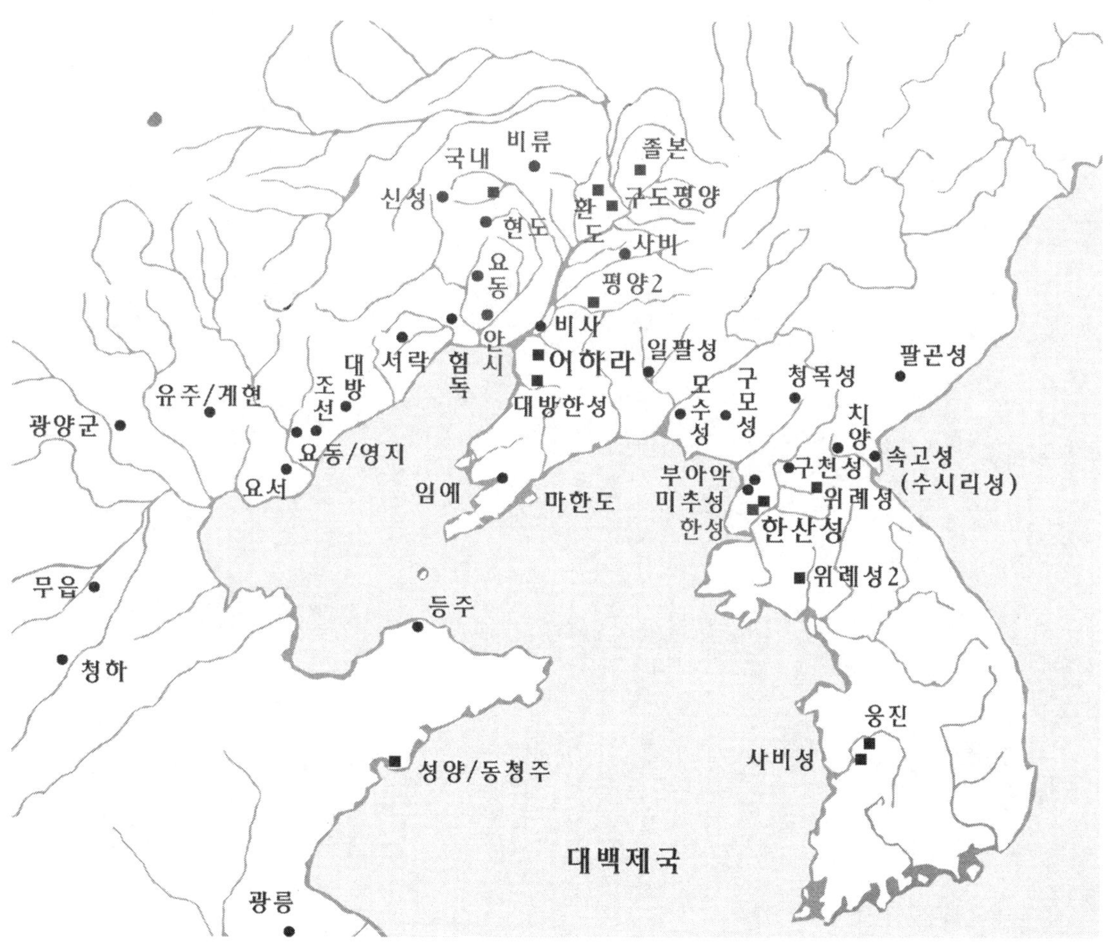

백제의 중국 15군 44현 진출도 / 단 460년대 요동반도는 고구려 소유였다.

3부

구주백제의 성립과
의자대왕 부부천황

20장.
백제 무령대왕 왜무왕 사마왕의 규슈 병합
百濟 武寧大王 倭武王 斯麻王 九州 倂合
《記》意祁王 / 《紀》億計天皇

498년, 백제 동성대왕이었던 일본의 인현천황이 암살당하고 현종천황의 아들인 무열천황이 즉위한다.

501년, 백제에서는 동성대왕의 손자인 모대대왕이 시해를 당하니 함흥으로부터 무령대왕이 돌아와 백제대왕이 된다. 무령대왕은 506년에 동생인 사아왕을 규슈의 구다라로 보내어 규슈에 백제 직할지를 만들었다.

506년, 이후로 백제는 망국 때까지, 규슈 구다라를 소유하였고, 규슈가 곧 백제였으므로, 이후로 오늘까지 일본은 백제를 구다라라고 불러오게 되었다.

무령대왕武寧大王(462~523)이 478년 왜무왕倭武王으로 즉위했으나 고구려 정벌을 위해 함경북도 청진에 나가서 지켰다. 이때 왜국에서는 조정을 맡났던 모후 반풍황녀가 서거하니, 현종천황이 484년에 왜왕위를 빼앗았다.

무령대왕의 479년, 고구려 공격과 함경북도 청진 지배는 현재 지명과 《삼국사기지리지》로 알 수 있다. 485년 모도대왕 때에 백제는 함흥에 우두성牛頭城을 쌓은 기록이 있다.

함경북도 도청 소재지인 경성鏡城 도호부에는 길주吉州, 명천군明川郡 부령군富寧郡 등이 속해 있었다.

경성鏡城의 옛이름은 목랑고성木郞古城, 또는 우롱미于籠耳라고 했는데, 왜무왕倭武王이었던 무령대왕과 관련되어서 원래는 무왕고성武王古城, 왜룡미倭龍彌였을 것이다.

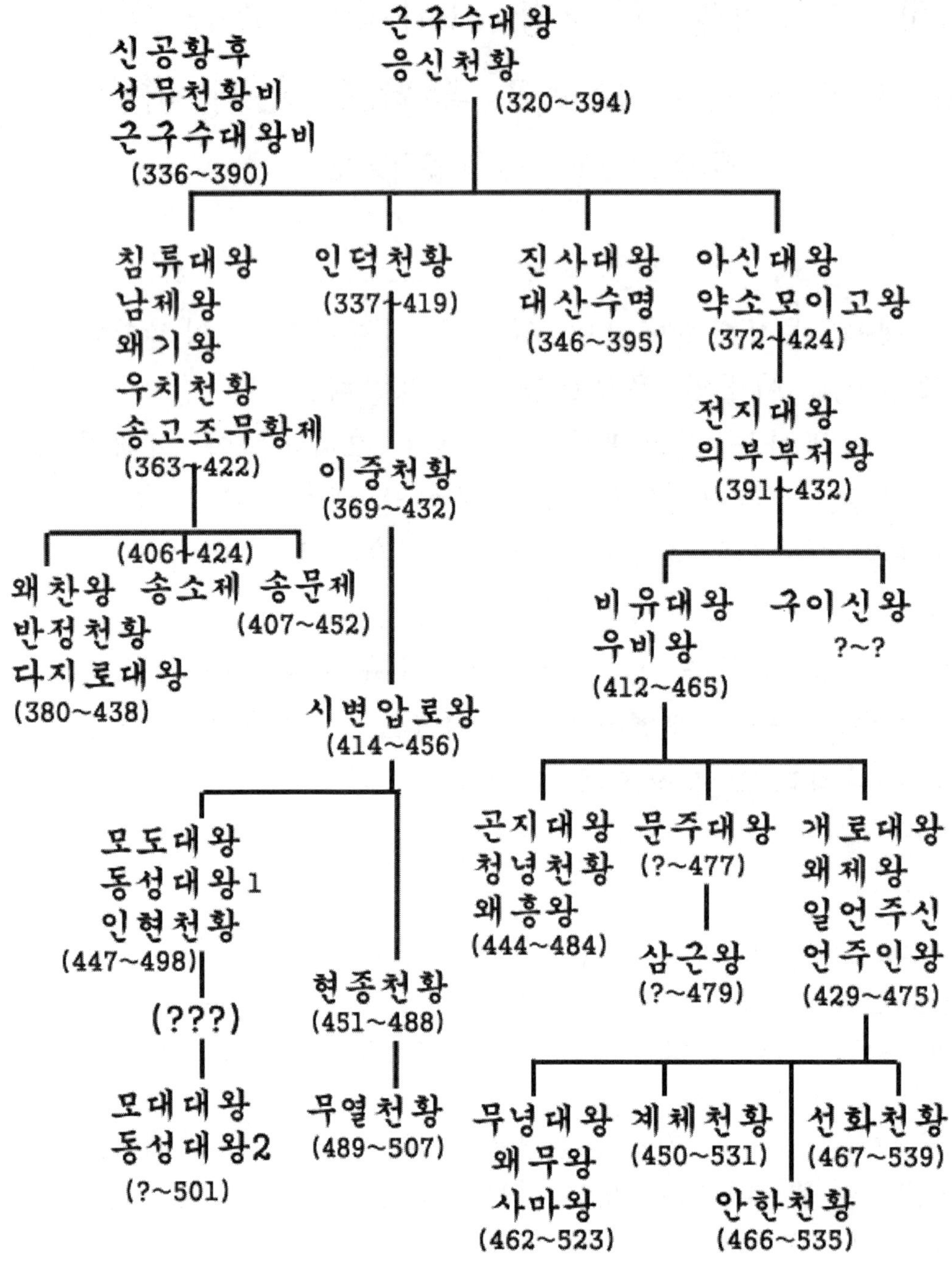

근구수대왕 후손 혈통도

경성 남쪽 45리에 제왕산諸王山이 있었는데 제왕산濟王山이 옳은 것이다.

청진 북쪽 부령군富寧郡은 무령군武寧郡이 어원으로 무령대왕武寧大王과 관련된다. 그 증거로 《삼국사기/지리지》에서는 이 곳이 무령대왕의 본 이름이 들어간 고-사마현古斯麻縣이다.

부령군 무릉산은 무령산이 어원이다.

자금 수성천輸城川이 무령산에서 흘러내리는데 본래 용성천龍城川이었다.

즉 무령대왕이 479년 고구려를 공략하러 들어와 있던 곳이다. 용성천의
하구인 청진시淸津市에 청령대왕과 무령대왕의 궁성이 있었을 것이다.

명천군 성명봉聖明峰은 무령대왕의 아들 성명대왕聖明大王을 의미한다.
성명봉에서 내려오는 명간천明澗川은 본래 명왕천明王川이었을 것이다.
성명대왕이 태어나서 자란 곳으로 고려된다. (백제 성왕은 성명대왕이라고도
한다.)

길주吉州의 고선화진古宣化津은 무령대왕 동생인 선화천황宣化天皇이 있던
곳으로 고려된다. 길주 서쪽 안반덕산安班德山(1830m)이 역시 무령대왕
동생인 안한천황安閑天皇의 이름일 수도 있다. 길주에는 다신고성, 태신고성
등 오래된 고성이 많이 있다.

《삼국사기지리지》에서 고구려, 백제의 우수주牛首州 지리 이름을 보면 우
수주가 초고왕이 처음 개척한 함경남도 함흥이다.

(주) 《삼국사기지리지》에서 지리4에 나오는 고구려 백제의 우수주牛首州가
함경남도 함흥咸興이다.

우수주牛首州는 다른말로 오근내烏根乃라고도 했다는데 함흥 성천강城川江의
이름에 흑말천이 있다. 우수주 벌력천현伐力川縣은 함흥의 성천강城川江 유역이다.
횡천현橫川縣은 함흥 동쪽 호련천瑚漣川부근으로 고려되고 자현磁縣은 함흥 서북쪽
자고성慈古城에 해당한다.

우수주 호원군乎原郡은 北原이라고도 했는데, 함흥 북쪽 홍원군洪原郡이다.

나토군奈土郡은 대제大提라고도 했는데 함흥 남쪽 정평군定平郡이다. 서호西湖
광호廣湖, 동호東湖 등 큰 호수가 많다. 적산현赤山縣은 주이천朱伊川이 흐르는
지금의 함주군청咸州郡廳 자리이다. 사열이현沙熱伊縣은 사수산泗水山을 지나
흐르는 금진강金津江으로 추정되니 함흥 남쪽 정평군 定平郡 위치다. 광산이 많고
고대로부터 쇠를 다스리던 곳이다. 초고대왕의 딸이 살던 수시리 고성이 있다.

근평군斤平郡은 심천현深川縣만 있었는데, 함흥 북쪽 신흥군新興郡으로 고려된다.

양구군陽口郡은 북청군이다. 양구군 저족현猪足縣은 오사회烏斯廻라고 했는데,
이는 일본말로 풀어서 한자로 옮기면 압하천鴨坡河이 된다. 북청군의 북쪽 물
이름이며 그곳의 성대리星垈里 고성은 고대의 철산지이다.

왕기현王岐縣은 진흥왕순수비가 있는 이원군利原郡으로 생각되고, 삼현현三峴縣은
삼봉三峰 남쪽 숙신고도肅愼古都로 추정된다.

성천군狌川郡은 창덕성倉德城이 있던 단천군端川郡으로 고려된다.

대양관군大楊管郡은 마근압馬斤押이라고도 했다. 매곡현買谷縣과
고사마현古斯麻縣이 있었는데, 고사마현은 무령대왕 이름이고, 청진 북쪽
수성천輸城川의 근원이 되는 부령군富寧郡이 본래 무령군에서 비롯되므로
고사마현이 된다.

매곡현은 청진시淸津市가 되는데 고말산高抹山이 있다.

급벌산군及伐山郡은 이벌지현 伊伐支縣과 수성천현藪狘川縣이 있었는데, 함경북도
경성鏡城시 북쪽 수성천輸城川을 의미한다. 이벌지현은 경성시가 되고,
수성천현藪狘川縣은 청진시 수성천 남쪽이 되고, 문현현文峴縣은 주을朱乙이 된다.

모성군母城郡은 경성 남쪽 어랑천漁郎川, 어랑군漁郎郡이다.

객련군客連郡은 학성鶴城, 길주吉州 명천明川이다.

천성군淺城郡 비열홀比烈忽은 영흥永興이다. 박평博平이라고도 했으니 그 뜻이
천성과 같고, 영흥을 지나는 용흥강龍興江이 고대에 비류수 沸流水였으니 당연히
비열홀 이름이 유래되는 것이다. 살한현薩寒縣은 전탄강箭灘江이다.

이제까지 비열홀은 안변군安邊郡이라고 알려졌는데 잘못이다. 현재 안변은
천성군淺城郡의 남쪽인 천정군泉井郡의 남쪽에 위치해 있기 때문이다. 이는 신라의
국경군인 안변군이 발해의 공격으로 후퇴했기 때문이다.

천정군泉井郡은 원산시元山市에 있던 덕원군德源郡이다.

김부식의 《삼국사기지리지》 지리 2의 해설은 당시 신라 지명만 맞고, 그 내력이
되는 고구려 이름은 거의 틀렸다. 김부식은 통일신라 때에 고구려 유민들이 옮겨온
고구려 지명을 본래 고구려의 지명으로 잘못 해석한 것으로 보인다.

모도대왕이 웅진의 백제왕이 되고, 청령천황과 왜무왕인 무령천황이 고구려
청진에 공략중인 때에,
모도대왕의 동생인 현종천황은 왜왕위를 찬탈하더니 고구려와 내통하여, 그
처벌로서 488년에 형왕인 모도대왕 인현천황이 일본에 복귀하여 제거당했
는데, 이때 왜국 신하들의 반목이 있었다.

484년, 평군진조平群眞鳥가 모도대왕 인현천황을 수행하여 백제에 있는 동
안에, 난파소야왕을 보호하던 평군진조의 아들 평군지비平郡志毗가 난파소야
왕을 뺏으려는 현종천황과 대반금촌련大伴金寸連에 의해 살해당했었다.
그후 인현천황이 돌아와 현종천황과 난파소야왕을 제거하고 평군진조를 재
상으로 하니, 그 아들을 죽인 대반금촌련大伴金寸連은 숨어지내야 했다.
현종천황의 아들 추촌麤寸은 고구려로 피신하였다가 다시 돌아왔는데, 이때
대반금촌련이 평군진조를 죽였다. 그리고 10살의 어린 추촌麤寸을 천황으로
세우니 무열천황武烈天皇(489~506)이다.

이때 인현천황은 연금되었거나 중병에 들었다. 무열 3년 500년 11월에 백제의 의다랑意多郎이 죽으므로 고전高田에 묘를 만들었다고 하였다.

의다랑은 바로 인현천황의 이름인 의기명意祁命과 관련되며 그의 자字가 도랑島郎이었다. 즉 의다랑意多郎은 모도대왕이었던 인현천황이다. 그의 손자는 의다意多의 반대말인 말다末多이다.

모도대왕의 손자인 백제 모대대왕은 이듬해 501년 12월에 죽었다.

무열천황은 오토하스세와카사자키천황小泊瀨稚鷦鷯天皇이라고도 하였는데 하스세泊瀨가 윤공, 웅략의 전유물로서 그 역시 고구려 피가 섞인 것을 나타낸다.

그의 다른 이름인 추촌麤寸은 "우에끼"로 읽어서, 상성上城을 의미하고 이는 웅략천황이 은퇴하여 죽은 미에현三重縣의 성 이름이다. 또, 무열천황이 수파읍水派邑에 쌓은 상성上城도 같은 곳으로 추정된다. 미에현에 쌓은 것이다.

《고사기》에서는 현종천황 즉위 전에 현종천황이 죽이는 평군지비平群志毗 이야기가 나오는데 《일본서기》에서는 무열천황 즉위 전에 나온다. 이는 현종천황과 무열천황이 난파즉어녀설화(=난파소야왕)에 나오는 못된 부자父子라는 확실한 증거다.

무령대왕은 고구려 피가 섞인 무열천황의 폐위를 요구하고 마나麻那 왕자를 일본에 보냈는데 그는 모대대왕牟大大王(재위 488~501)의 동생으로 고려된다. 《삼국사기》에서 모대를 마모摩牟라고도 기록했다.

그러나 대반금촌련大伴金寸連은 마나를 몇년 동안 억류하였다.

504년 무령대왕은 동생인 사아왕斯我王(466~535)과 백제 군대를 함께 보내어 일본 큐슈九州 정벌을 시작하였다. 사아왕이 바로 안한천황安閑天皇이 되었다. 그는 백제 군대로서 큐슈 임나에 상륙하였던 것이다.

사아왕은 법사군法師君을 낳았고 그가 훗날 왜군倭君의 선조가 되었다고 하는데, 왜군은 곧 왜왕倭王을 왜곡한 것이다. 큐슈의 왜국을 가리킨다.

대반금촌대련大伴金寸大連은 백제 침공을 당하여 일단 고구려 피가 섞인 무열천황을 죽였다.

그리고 계체천황繼體天皇을 새 천황으로 끌어들였다. 계체천황은 개로대왕이 미야쯔성宮津城으로부터 후쿠이현福井縣 동북의 모인국毛人國 55국을 정벌할 때에 진부인을 취해 낳았던 아들이라서 무령대왕에게는 서형庶兄이었다.

대반금촌대련은 백제 모도대왕이었던 인현천황의 딸인 수백향황녀手白香皇

女(488~526)를 짝지어서 계체천황의 황후로 세웠다. 그리고 각 지방에서 여덟 명의 비妃를 들여서 팔도八島 결혼동맹으로 백제에 맞섰다.

백제 무령대왕은 피붙이인 계체천황을 향한 공격을 멈출 수밖에 없었다. 대신에 일찍이 고구려 윤공천황이 점령했다가 그 세력이 많이 남아있는 큐슈 임나를 평정하기 시작하였다.

509년, 백제 사아왕은 일본 큐슈 진출의 첫 사업으로 큐슈 임나의 현읍縣邑에 있는 백제인 후손을 찾아서 호적 정리를 하였다. 큐슈 임나의 백성이 백제의 백성으로 소속을 바꾸는 것이다.

512년, 백제는 큐슈 임나의 상치리上哆唎, 하치리下哆唎, 사타娑陀, 모루牟婁 4현을 차지하였다.

상치리上哆唎는 파자破字하면 상구다리上口多唎니 구마모토熊本市 동북방 구루메시久留米市 일대다.

하치리는 역시 하구다리로서 옛 안라국이 있던 곳으로서 구마모토다.

하치리가 구마모토인 것은 《일본서기/웅략천황기》에서 구마나리熊川를 임나국 하치호리현下哆呼唎縣의 별읍別邑이라고 한데서 알 수 있다. 이 구마나리熊川는 구마모토熊本이며 동시에 하치호리현下哆呼唎縣, 즉 하구다라였다.

본래 다라국 중심인 구루메시久留米市가 고구려 고우라산高良山 고모라高牟禮가 되었는데 다시 고구려 이름을 빼고 옛이름 다라국으로 돌아와서 구다라가 된 것이다. 그런데 구다라를 감추기 위해서 구다口多를 합자하여 치哆로 위장한 것이다. 지금도 일본은 백제를 구다라라고 부르는데 바로 이 큐슈의 백제 땅이름 구다라에서 유래한 것이다.

사타娑陀는 가고시마鹿兒島 남단의 사다佐多곶과 관련하여 가고시마로 추정된다.

모루현은 지금의 모로군諸縣郡의 위치다. 미야자와현宮岐縣이다. 제諸를 모로로 읽는데 우리말 "모두"의 고어다.

즉, 백제 무령대왕 때에 동생인 사아왕자는 규수 중부와 남부를 점령한 것이다.

이때 백제의 구다리국수哆唎國守로 임명된 수적신압산穗積臣押山은 계체천황이 있는 대화에 사자로 가서 백제랑 싸워 지킬 수 없으니 그냥 주어서 백제와 큐슈를 합병하도록 하는 것이 마땅하다고 했고, 대화의 대반대련금촌은 큐슈에 사신을 보내려했지만 죽을까봐 아무도 가지 못했다.

513년, 백제는 대마도 남도의 반파국伴跛國이 점령한 대마도 북도인 기문리汶을 내놓으라고 대화조정에 요구하였다. 반파국은 옛 불합국不合國, 즉 불이합도不二合島인 대마도다. 하나지만 둘로 갈려져 합치지 못한 섬이 대마도인데 그 남쪽을 당시 반파국이라 한 것이다.

계체천황은 백제 큐슈왕인 사아왕斯我王에게 인현천황의 딸 춘일황녀를 보내서 달랬다. 사아왕은 시를 지어서 일본 팔도八島를 얻지못하고 고작 여자를 받았다고 한탄하였다.

513년 12월, 계체천황은 사아왕斯我王을 황태자로 삼았다. 이는 다음대 천황으로 선언한 것이다. 당시 계체천황은 사아왕을 마로고麻呂古라고 불렀는데, 마로麻呂는 환丸이니, 안한천황의 "한"을 의미한 것이고, 마로고麻呂古는 큰 왕이라는 뜻이다. 안한천황을 한왕漢王이라고 부른 것으로 추정된다.

514년, 계체천황은 백제장수 저미문귀姐彌文貴와 사라斯羅의 문득지, 안라安羅의 신기계, 반파의 기전계 등의 성주를 대화조정에 불러서 북대마도의 기문己汶과 체사滯沙를 백제에 내주도록 하였다.
사라斯羅는 지금의 사와라인 큐슈 후쿠오카시福岡市 사와라구早良區 김무성金武城이다. 안라安羅는 이미 백제 사아왕이 점령한 구마모토다.

기문己汶은 임나의 동북에 있고 삼기문三己汶이 있다고 숭신천황 때에 대마도주인 임나도주가 말했다.
《신찬성씨록》任那國奏曰。臣國 東北 有 三己汶地。上己汶。中己汶。下己汶。地方三百里。土地人民亦富饒
지방 300리 크기의 기문은 대마도 북도를 말한다. 좌호천, 인전천, 인위천이 흐르는 3마을이 3기문으로 고려된다. 체사성은 대마도 남도의 성이다.

기문 섬을 백제가 가지니, 반파국은 다시 기문을 돌려달라고 대화조정에 요구한다. 그러다가 반파국伴跛國은 대마도 남도에서 대사성帶沙城(=滯沙) 등을 정비하고, 신라를 약탈한다.
이 신라는 큐슈 서북의 신라인 신량新良 사와라 땅에 해당한다.
이때 본토 신라는 512년에 울릉도를 점령하고 514년에 아나가야阿那伽倻에 소경小京을 설치하는 등, 강군으로서 국경을 확대 중이라서, 대마도 반쪽 반파국에 본토를 공격당할 수준이 아니다.

515년, 구주백제의 사아왕이 보낸 장수 물부련物部連이 사쓰도沙都島를 쳤는데 사쓰천佐須川이 중심에 흐르는 대마도 남도 반파국을 의미한다.

그러나 반파국의 반격으로 실패하고 문모라汶慕羅로 물러나왔다. 문모라는 미마나, 즉 예전의 대마도 임나다. 지금 대마도 미진美津의 계지천 부근이다. 구주백제왕은 물부련을 기문(대마도 북도)에서 위로하고 귀국시켰다.
이후 523년에 무령대왕이 서거하고 성명대왕聖明大王(~554)이 즉위했다.

503년, 무령대왕 즉위 3년에 산동반도 백제땅을 잃었다.
《한단고기/고구려본기》에 고구려 문자명왕 12년, 503년에 백제의 진평군 晉平郡을 없앴다고 하였다. 문자명왕은 백제의 식민지를 거의 다 빼앗아서 제齊, 노魯, 오吳, 월越이 이제 고구려에 속했다고 하였다. 이때가 고구려의 최전성기다.
무령대왕은 고구려에 보복하여 506년에 대동강 건너 평양성을 공략하였으니, 당시 평양성을 쌓던 고구려인들이 도주하였다.
이는 평양성벽 각서에 기록되어 있다. 당시는 평양성을 고구려인들도 한성漢城이라 하였고 이때 한성이 (백제에) 떨어졌다고 기록했다.
그후 무령대왕은 백제가 다시 강국이 되었다고 중국에 전하였다.
520년 큐슈를 거의 병합한 백제 무령대왕은 고구려를 여러번 무찔러서 비로소 양나라와 길을 통했으므로 다시 강국이 되었다고 하였고, 양나라 무제는 백제제군사 영동대장군에 봉하였다.
《梁書》 普通二年, 王余隆始復遣使奉表, 稱 累破句驪, 今始與通好, 而百濟更爲强國 其年, 高祖詔曰...可使持節、都督百濟諸軍事、寧東大將軍、百濟王

무령대왕릉은 현재 공주에서 발굴되어 있다. 그러나 일본에도 무령대왕의 고분이 있을 것이다. 흠명천황이 바로 그의 아들이기 때문이다.
아직 주인이 밝혀지지 않은 대형 전방후원고분들이 일본에 많이 남아있다.

(주) 489년, 고구려는 다시 신라를 침범하여 과현戈峴을 지나 호산성狐山城을 함락시켰다. 호산성은 호명산과 같은 곳, 제천으로 추정하나 과현을 알 수 없다.
평안도, 황해도가 백제의 땅이지만, 고구려는 태백산맥을 이용하여 영서嶺西 지방을 장악했던 것으로 추정된다. 고구려 동천왕이 신라를 쳤던 것도 태백산맥 동쪽으로 내려왔던 것이었다.
492년, 동성대왕東城大王은 백제 북부에 사현성沙峴城과 이산성耳山城을 쌓았다. 당시 이산성은 청천강변인 오늘날의 영변군寧邊郡 이산耳山으로 추정된다. 사현성은 그 북쪽 운산군雲山郡의 사천沙川과 관련되는 것이다. 사천은 현재의 운산읍을 지나는데 직동토성直洞土城이 있다.
494년, 고구려군에게 신라가 살수薩水에서 패퇴하여 견아성犬牙城에서 고전하니 동성왕東城王은 백제군을 보내 고구려군을 쫓았다. 신라의 살수薩水는 강원도 영흥군의 전탄강이다.

살수에서 패하고 쫓겨간 신라군이 보전한 견아성犬牙城은 영흥군 진성봉에 있던 진술성鎭戌城이다. 술戌은 견犬을 바꾼 것이다. 북쪽에 이어지는 천앙봉天仰峰, 또 북쪽의 왕장리旺場里도 개짖는 모습을 의미한다.

495년에 고구려군이 백제 치양雉壤에 쳐들어왔을 때에는, 백제가 신라군의 도움으로 고구려군을 물리쳤는데 수곡성은 빼앗겼다.

치양稚壤은 영흥군永興郡 서쪽 70리에 있었다는 평주진平州鎭으로서 현재 요덕군耀德郡 선흥면宜興面의 고성古城이 된다.

고구려는 백제가 신라의 견아성을 구원하자 백제의 치양성을 쳤는데, 서로 가까운 곳이다. 이때 백제를 구원한 신라장수의 이름은 덕지德智인데 그의 이름을 붙인 덕지강德池江이 고원군高原郡을 가로지른다. 즉 덕지강과 금야강 하구까지가 5세기말의 백제와 신라, 고구려의 경계가 되는 것이다.

고구려가 다시 차지한 수곡성水谷城은 고구려 장곡현이 되었던 정평군定平郡 금진강 서남쪽 세류고성細柳古城이다. 이곳에 고구려는 석성을 쌓았다.

따라서 동해안에서는 금진강에서 고구려, 백제, 신라의 삼국 국경이 형성되었다. 금진강은 고구려, 덕지강은 신라, 백제는 요덕군까지이다.

그리고 무령대왕은 청령천황 이래로 청진, 함흥에 있었다.

(주) 문자명왕 비문

고추대가 조다가 병신년(456)에…(문자왕 출생 기록) 비를 세운다. 비문에…

하늘을 움직였다. 왕은 사지절도독요해제군사정동대장군 영호동이교위중랑장 요동군개국공에 배하였다.신라인과 패수에서 싸워 견아성을 함락하여 보전하고, 의풍성을 세워 (고구려) 국민은 영원히 감사하고 (고구려) 식민도 잊을 수 없다. 나라를 아끼고 안정시키고 선전하였다. 비에 새겨 묘앞에 세운다.

古鄒大加 助多時 在丙申年 [][][][][][]造立碑 玄者 文曰 天動 王恩排僞 使持節都督 遼海諸軍事 征東大將軍 領護東夷中郎將 遼東郡 開國公 與羅人 戰於浿水 陷保犬牙城 [][]宜豊役 (個)恩國民永恩 奴客不忘 生世愛(授)國安 生善戰 碑銘於墓前

(주) 동성왕東城王 말기에 압록강 북쪽까지 백제의 진출이 이루어졌다. 즉 한반도의 서해안은 압록강까지 백제에게 수복되었다. 496년, 고구려는 다시 신라의 우산성牛山城을 공격하였으나 역시 이하泥河에서 패퇴하였다. 여기서 이하는 평주진에서 내려오는 물이다. [문자명왕비문]에서 패수(浿水) 견아성(犬牙城)이라고도 하였다. 동해안의 살수와 패수의 하구가 견술성 아래로서 이웃한 것이다.

그러나 497년에 고구려는 다시 우산성을 빼앗았다. 신라 우산성이나 백제 우곡성은 견술성의 서남쪽에 있었다.

502년, 백제 무령대왕武寧大王은 고구려를 침범하였다. 503년에도 백제 무령대왕武寧大王은 금진강 서남의 수곡성水谷城을 다시 회복하려고 군사를 일으켰지만 실패하였다.

506년, 고구려는 백제를 치려다가 실패하였고, 507년에 고구려 문자명왕은 다시 한성漢城을 치려고 횡악橫岳에 주둔하였는데 백제 무령대왕은 횡악에서 고구려군을 물리쳤다. 여기서 백제의 한성은 평산 한성이고, 횡악橫岳은 신평군 달보산성으로 추정된다.

이때 백제와 고구려의 싸움이 기록된 것이 <평양성벽 각서>이다. 평양성벽 각서는 일부 남아 있고 일부는 기록만 전하고 있다. 평양성벽 각서중 4석의 기록은 다음과 같다.
"병술년 12월 중에 한성漢城이 함락되어 후부지명 소형관직 문달이름은 여기서 공사를 중단하고 서북쪽으로 물을 건너갔다."
丙戌十二月中　漢城下　後部　小兄　文達　節　自此　西北行　涉之

여기서 중요한 것은 고구려 남평양성이 고구려 한성이었다는 것을 확인할 수 있는 것이다. 평양성벽 각서는 제1석부터 5석까지 있는데 제4석은 내성의 대동강 강가 성벽 장경문長慶門에서 발견되었다. 이곳에서 성벽은 대동강을 따라서 동북과 서남 방향으로 이어졌고 서북쪽으로는 성벽을 쌓지 않았다.
한성은 바로 비문이 발견된 오늘날의 평양성에 대한 당시의 고구려 이름이고 백제 한산성이기도 한 것이다.
다른 네 개의 각서와 마찬가지로, 공사의 시작이나 끝은 정확한 날자가 기록되어야 하지만, 병술년 12월에 한성이 함락되어 공사를 중단하고 황급히 서북으로 도망가다 보니, 그 뒷날에 공사가 중단된 날을 알 수도 없고 기록하지 못한 것이다.
더욱이 비석이 발견된 곳에서 서북으로는 성벽을 쌓지 않았기 때문에 서북으로 도망간 것이다. 즉 이 기록은 공사를 시작하거나 마친 기사가 아니라 일단 내성을 쌓다가 중단하였던 사실에 대한 뒷날의 기록이다.

백제가 평양의 한산성을 되찾은 것은 5회로 추정된다.
1. 아신대왕阿莘王이 광개토왕에게 빼앗기고, 일본과 연합하여 고구려를 공격하여 회복하였으나 광개토왕이 다시 뺏았다.
2. 비유왕毗有王이 말년, 454년 이전에 수복하였으나 475년에 개로대왕이 장수왕에게 다시 빼앗겼다.
3. 동성왕이 484년에 왜국의 지원으로 되찾았으나 502,3년경에 잃었다.
4. 무령대왕武寧大王이 회복하여 동이강국東夷强國이 되었으나 529년, 성명대왕聖明大王 7년에 빼앗겼다.
5. 《일본서기》에서 성명대왕聖明大王이 550년경에 평양平壤=南平壤과 한성漢城=平山 漢城을 되찾았으나 한성은 신라에게 내주었다고 하였다. 평양은 고구려에게 내주었을 것이다. 《삼국사기》 거칠부전에도 같은 내용이 있다.

이러한 여건에서 <평양성벽각서>를 만족시킬 수 있는 병술년은 506년이다.
즉, 506년에 무령대왕은 평양 한산성을 수복하였고 다음해 문자명왕의 반격이 있

었으나 무령대왕이 이를 물리친 다음에는 무령대왕이 압록강 이북까지 다시 백제
영토로 확보하였다.

512년 고구려군은 가불성加弗城과 원산성圓山城을 쳐서 약탈하였는데, 무령대왕武
寧大王은 고구려군을 위천葦川에서 무찔렀다. 위천葦川은 평안북도 선천군宣川郡
남쪽 가물천可勿川(=동로강東路江)으로 추정한다. 가불성이 변하여 가물성, 가물천
이 된 것으로 추정한다.

원산성圓山城은 선천군 대원산大圓山의 고성으로 추정한다. 이곳은 본래 아단성이
있던 곳인데 개로대왕이 끌려가 죽은 곳이라 원산성이 더 커진 것으로 추정한다.

《삼국사기백제본기》에서 무령대왕武寧大王은 고구려를 여러번 물리쳐서 다시 백
제가 동이강국東夷强國이 되었다고 대내외적으로 호언하였고 중국에서는 진동대장
군鎭東大將軍, 영동대장군嶺東大將軍 등으로 승진시켜 책봉하였다.

무령대왕이 고구려에 여러번 이겨냈으므로 백제 국경은 압록강 북쪽까지 확장되었
다. 이러한 사실은 《삼국사기》에서 무령대왕武寧大王 다음 대인 성명대왕聖明大
王 때의 기사에서 밝혀진다.

523년, 성명대왕聖明大王 원년에 고구려 군사가 다시 패수에 쳐내려왔으나 백제
장군 지충志忠이 나가서 막아 싸웠다. 패수는 동해안 금야강이다.

529년에 다시 고구려의 안장왕安臧王이 백제의 혈성穴城을 함락시키고 내려왔다.
안장왕은 백제 장군 연모燕謨가 보기병 3만으로 지키던 오곡五谷(황해도 서흥군
瑞興郡)을 마저 함락시켰다.

그런데 이 혈성穴城은 《삼국사기지리지》에 실린 당나라 장군 이세적李世勣이 당
나라 고종에게 올린 표문表文에서 압록강 이북의 성으로 명시되어 있다. 혈성은
요동반도 수암성岫巖城으로 추정된다. 무령대왕武寧大王은 압록강 북쪽 성까지도
일부 수복한 것이다.

오곡五谷은 《삼국사기》에 의하면 황해도 서흥군이다. 서흥군이 함락되면 백제의
황해도 땅은 멸악산맥 서쪽이 모두 고구려에게 넘어간 것으로 추정할 수 있다.

신라가 당나라와 합세하여 고구려를 칠 때에 신라군이 거쳐간 곳도 오곡군이다.

여기서 백제의 혈성穴城을 훗날 혈구穴口라고 부르던 강화도로 생각하면 고구려군
이 강화도에서 황해도 오곡군으로 북진하여 쳐들어온 것으로 되기 때문에 어불성
설이다. 북한에서는 실제로 그렇게 해석하여 한강 남쪽의 백제군을 일부러 황해도
중심까지 유인하여 격멸했다고 해석한다. 아무튼 이것도 백제군의 수비가 아니라
공격으로 해석되는 것인데 《삼국사기》는 오로지 백제가 수비를 한 것이고 고구
려가 공격해 내려온 것이다. 따라서 혈성은 요동반도 수암岫巖으로 보아야 한다.

따라서 백제 성명대왕聖明大王 때에 고구려는, 한번은 패수 동해안에 내려와서 싸
우고, 또 한번은 압록강 이북에서 혈성을 부수고 내려온 황해도 중간에서 전투가

있었던 것이다. 이를 제대로 해석하면 성명대왕聖明大王 이전에, 백제 무령대왕武寧大王은 과연 백제가 다시 강국이라 불릴 수 있도록 한반도 서쪽 평야의 대부분을 수복하여 차지하고 다시 중국과 교류하고 있었던 것이 사실이다.

그것도 압록강 이북의 혈성穴城; 今 岫巖까지 차지하고 있었던 것이다. 그러다가 무령대왕의 죽음과 때맞추어 기회를 잡고 고구려는 다시 남진했던 것이다.

21장.
무령대왕 동생 안한천황과 선화천황
武寧大王 王弟 安閑天皇 宣化天皇

安閑天皇　　《記》廣國押建金日命 /《紀》廣國押武金天皇
宣化天皇　　《記》建小廣國押楯命 /《紀》武小廣國押盾天皇

무령대왕이 서거하자 계체천황은 반기를 들어서 먼저 가야의 거제도를 치고 다시 큐슈를 쳤다.
계체 천황의 백제 큐슈 공격에 실패하니 백제는 거제도를 내놓으라고 했고, 백제군은 거제도를 직접 공격을 하다가 공략에 실패하자 일본 대화로 큐슈의 군대를 보내 점령한다.
구주백제왕이던 무령대왕의 동생 사아왕이 대화의 안한천황이 되고, 그 동생 사비왕이 구주백제왕으로 임명되어온다.
안한천황이 535년에 서거하니 사비왕이 대화로 가서 선화천황이 되고무령대왕의 아들인 사귀왕이 큐슈로 가서 축자 광정성에서 구주백제왕이 된다. 사귀왕은 후일의 흠명천황이다.

527년, 계체천황 21년에 백제 무령대왕이 서거한 것을 이용하여 계체천황은 대화大和의 군력을 모아서 백제에 맞서기 시작했다.

계체천황은 먼저 근강모야신近江毛野臣에게 6만의 군대를 주어 남가라南加羅(=김해金海)와 녹기탄喙己呑(거제도巨濟島)을 쳐서 일본 임나에 합병할 생각을 하였다.
근강모야신은 거제도로 건너갔다.

그러나 큐슈 북부의 축자국筑紫國(후쿠오카福岡)의 수장인 반정磐井이 근강모야신을 돕지 않고 중간에서 훼방을 하였다.

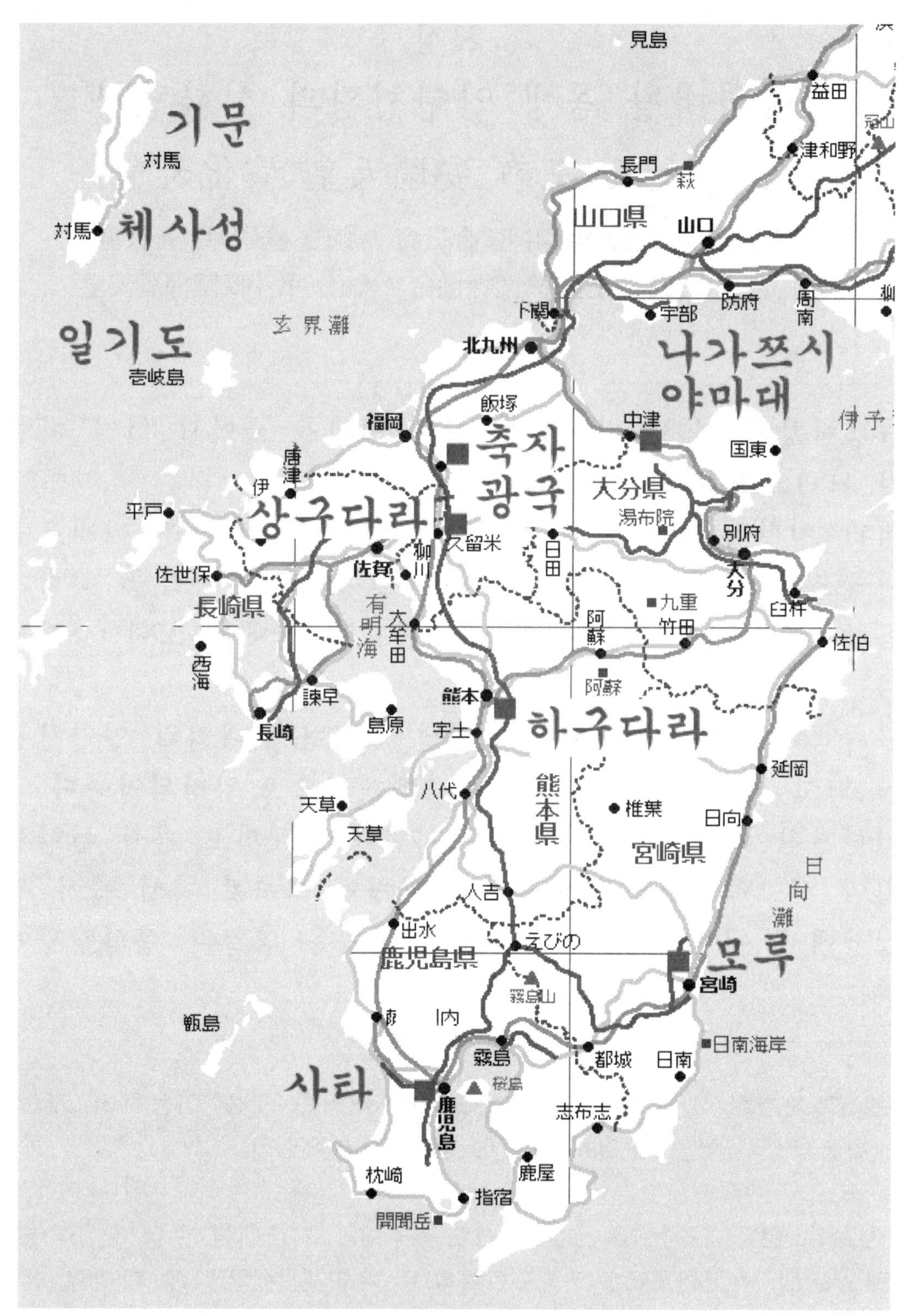

무령대왕이 점령한 4현과 흠명천황이 통일한 구주백제

화국火國(나가사키長埼縣), 풍국豊國(오오이타현大分縣)이 축자와 연합하였으니
큐슈 북부는 계체천황과 다 반대편에 선 것이다.
위의 세 나라는 백제가 지배하는 큐슈 중남부 안라安羅의 이웃으로서, 백제의 눈치를 본 것이다.

계체천황은 축자의 반정磐井을 치도록 물부추록화대련物部麁鹿火大連에게 부
월斧鉞을 잡아주며 명령하였다. 축자국을 이기면 축자이서筑紫以西, 즉 큐슈
를 그에게 다 주겠다고 약속하였다. 즉 축자 아래의 구주백제까지 없애주기
를 바란 것이다.
축자의 반정磐井(475~528)은 528년에 가까스로 토벌당한 것으로 기록되었
다. 그러나 물부추록화대련物部麁鹿火大連이 축자를 지배한 기록이 없으니,
반정은 죽었어도 그 땅이 왜국 땅이 되지는 않았고 다음 기록으로 보면 백
제 땅이 되었다.
오히려 529년 구주백제의 안한천황은 계체천황에게 근강모야신이 이미 건
너가 차지하고 있는 가라加羅의 다사진多沙鎭을 요구하였다.
이는 거제도巨濟島 남단 구조라 남쪽의 다대포多大浦로 고려된다. 그 이전까
지 백제는 남해도南海島의 미조면彌助面(=美佐岐)을 주요 교통로로 사용하였
다.
계체천황은 굴복하여 다사진多沙鎭을 구주백제에 내준다고 약속하였다. 큐
슈에서 대화조정의 원정군이 구주백제군에게 패전했던 것이다.

이때 안한천황은 큐슈의 축자에서 물부추록화대련을 물리치고, 큐슈에 광국
廣國을 만들었다. 광국廣國은 축자국筑紫國(=복강현福岡縣)과 풍국豊國(=대분현
大分縣), 화국火國(=장기현長崎縣)을 합친 것이다.
백제 큐슈 광국의 수도는 지금 후쿠오카福岡縣의 춘일시春日市 춘일신사春日
神社 위치다. 훗날, 흠명천황의 광정궁廣庭宮과 황극천황의 미경궁味經宮이
있었던 곳으로 고려된다. 천지천황天智天皇은 장진궁長津宮으로 고쳤다.
안한천황은 이 광국廣國으로부터 다시 대외조정을 향해 역으로 진격하였다.

그동안 신라에게 압박을 받아오던 금관가야는 거제도의 근강모야신에 의지
하였고 다사진을 백제에 준다는 것에 반발하였다.
근강모야신은 거제도 구사모라久斯牟羅(=구조라)에 성을 쌓고 2년 동안 머무
르면서 백제에 다사진을 넘기지 않았다.
대신 신라는 대마도 임나를 공격하였다.
근강모야신은 웅천熊川(=마산馬山)에 건너가서 신라를 탓하였다.
그러자 신라 진흥왕은 장군 이사부와 군사 3000을 웅천(마산)에 보냈고, 놀
란 모야신은 급히 거제도로 후퇴하였다.
금관가야는 2년 동안 거제도를 점거 당하고 도움되는 것이 없으니, 근강모

야신에게 실망하여 대화조정에 근강모야신의 소환을 요구하였고, 여의치 않
으니 백제와 신라의 군사를 요청하였다.
백제군이 와서 근강모야신을 공격하였다. 그러나 근강모야신이 거제도의 성
을 잘 지켜서 버티어냈다.

《일본서기》에 인용된 《백제본기》에 의하면 531년 3월 백제군이 안라安
羅로 나아가 걸둔성乞屯城에 주둔하였다.
取百濟本記爲文.太歲辛亥三月, 進至于安羅, 營乞屯城.
《일본서기》는 乞屯을 脚下宅로 읽으라고 하였다. 각하타脚下宅는 다리하라,
혹은 아시카라로 읽어지는데 다라국의 아스카라朝倉가 된다. 큐슈 조창군朝
倉郡에는 귤광정궁橘廣庭宮이 있었다. 즉, 구려橘, 고구려의 광정궁인 귤광정
궁이 있었던 것이다.
안라는 큐슈안라, 즉 구주백제의 중심이며 윤공천황의 성장 중심이었다.
이제 백제군은 거제도 공격을 멈추고 대화조정을 치기 위해 바다를 건너 구
마모토로 상륙하여 귤광정궁에 있었던 것이다.
함안의 아나가야에는 신라의 소경이 설치되어 있었고, 위 기록은 한반도 안
라가 아니니, 걸둔성이 조창군朝倉郡이기 때문이다.

백제 군대가 건너왔다는 소문만으로, 이때 531년 2월 계체천황은 자신의
태자와 황자 모두가 한꺼번에 살해당했다.
이는 《일본서기》에 숨어있는 아래의 한 줄의 기록이다.
"또 듣기에 일본 천황과 태자, 황자 등이 모두 죽었다고 한다. 훗날 깊이
따져 보는 자는 알게 되리라."
又聞, 日本天皇及太子、皇子,俱崩薨. 後勘校子 知之也"

이는 구주백제의 안한천황이 531년, 새로 큐슈에 온 백제군을 이끌고 대화
조정을 공격하려고 하니, 대화조정이 먼저 선수를 쳐서 계체천황을 죽이고
환영한 것이고 안한천황의 군대는 저항없이 대화조정에 입성하였다.
이후에 대반금촌대련大伴金寸大連이 살아남는다. 계체천황 일가를 살해한 것
은 대화의 성 안에서 그에 의해 이루어진 것이 된다.
근강모야신은 구주백제 안한천황의 공격을 받는 계체천황을 구출하러 거제
도에서 철수하였는데, 도중에 임나에서 죽었다.
개로대왕의 서장자인 계체천황繼體天皇(450~531)은 백제에 대항하여 옹립되
고, 백제에 대항하기 위해 근강모야신을 출병시켜서 도전하였으나 끝내 비
극적인 최후를 맞았다. 계체천황의 능은 오사카에 있고 226m의 전방후원고

분이다.

계체천황의 뒤를 이어서 즉위한 왜왕은 안한천황安閑天皇(466~532)이니 백제 무령대왕의 동생인 사아왕斯我王이다.
그의 시호는 광국압건금천황廣國押建金日命이다. 그의 시호에 들어간 건금建金은 금金을 건설했다는 것인데, 바로 지금의 큐슈 구마모토성熊本城을 되찾은 것이다. 이곳은 고구려 윤공천황 이래로 안라일본부가 있던 곳이다.
당시 백제 수도 금강의 웅진성熊津城에 금강이 흐르는데 금강이 본래 공강이 변한 말이다. 즉 금金은 곰의 차자이다.
사아왕은 큐슈 중심부의 안라국을 되찾아서 곰한성熊本城을 세우고 백제 분국으로 만든 것이다. 웅본 쿠마모토의 배경이 바로 금봉산金峰山, 곰산이다.
안한천황安閑天皇이라는 시호도 안라왕, 아나왕이라는 뜻이다. 마침내 일본 천황까지 되었다.
그러나 안한천황은 자식이 없었고, 이미 노쇠하였다.

사아왕 안한천황이 대화의 천황이 되니, 구주백제의 왕으로는 백제로부터 선화천황宣化天皇(467~539)이 옮겨갔다. 그도 역시 무령대왕의 동생이었다.
그의 시호는 무소광국압순천황武小廣國押盾天皇, 혹은 건소광국압순천황建小廣國押盾天皇이라 했는데 순순盾은 다데라고 읽으니 다라국의 왕이었던 것이다.
소광국小廣國은 귤광정궁橘廣庭宮으로 고려된다. 따라서 531년에 백제군을 끌고서 큐슈로 온 장수가 선화천황이다.
즉 대화조정에는 안한천황이 서고, 큐슈 다라국 귤광정궁에 있던 선화천황은 구주백제왕으로 있었다.
5세기부터 백제 지도는 구주백제 영토를 포함하여 다시 그려져야만 한다.

《신찬성씨록》에서 고시촌주는 백제국 호왕의 후예라고 하였다.
古市村主 村主 出自百濟國虎王也
고시촌에 안한천황 고분이 있었다고 전하여 왔으니 안한천황이 백제 호왕虎王이었을 것으로 고려된다.

선화천황宣化天皇(467~539)은 동성대왕이었던 인현천황의 딸을 정비로 내세웠다.
그는 일본의 각 항구에 창고를 지어서 곡식을 저장하였다.

532년에 신라가 임나의 금관가야를 멸망시켰으므로, 임나를 재건하기 위한 시도로서 축자에 거점을 마련했다. 바로 후쿠오카의 춘일시春日市다.
무령대왕의 아들 사귀왕斯貴王이 535년 선화천황이 대화의 천황으로 떠나간 뒤에 구주백제왕이 되었다.
그는 후쿠오카福岡縣의 춘일시春日市의 춘기광정궁春岐廣庭宮에서 큐슈를 다스리다가 선화천황의 서거 후에 대화로 가서 흠명천황欽明天皇으로 즉위했다. 그가 후쿠오카 춘기광정궁에 있었던 사실 때문에 그의 시호가 아마노쿠니오시하루키비리이하天國排-春岐廣庭命이 되었다. 춘기광정국은 나중에 춘일신사春日神社가 된다.

무령대왕 때에 큐슈 임나 중남부가 백제로 병합되고, 성명대왕 때에 안한천황으로 인하여 큐슈 임나 전체가 백제 땅이 되고, 일본도 백제계로 다시 통일된 것이다.나라현奈良縣 회외사檜隈寺에 선화천황의 궁터와 사당이 있다.
선화천황의 후예인 화수왕火穗王은 시히라군志比陀郡의 선조였다.
선화천황의 이름이 우리말로 사비왕斯比王이었다는 근거가 된다.

사아왕斯我王은 자손이 없어서 이름을 남기기 위해 교토 동북방의 사가현滋賀縣을 사아현斯我縣으로 불렀는지 시가현滋賀縣의 옛이름 중에 사아현斯我縣이 들어있다.

22장.
무령대왕 왕자 흠명천황
武寧大王 王子 欽明天皇

《記》 天國押波流岐廣庭命 / 《紀》 天國排開廣庭天皇

백제에서 무령대왕의 아들인 사귀왕이 535년, 큐슈의 축자 광국에서 구주백제왕이 되고 539년에 혼슈의 대화조정 천황인 흠명천황이 되었다.

흠명천황은 신라에 복속당한 가야를 다시 백제에 속하도록 하기 위해 노력하였다.

그러나 죽은 계체천황의 구신들이 가야에서 훼방하였다.

백제 성명대왕은 신라와 동맹하여 신라군과 왜군으로 함께 고구려를 공략하여 평양성을 탈취하기도 했다.

그러나 신라에게 배신을 당하고 신라를 공격하다가 전사하였다

무열천황 때에 백제 무령대왕이 보낸 사아왕斯我君이 왔는데 그의 아들이 법사왕法師君이며 왜왕倭君의 선조라고 하였다.

법사군은 법사왕, 왜군은 왜왕의 낮춤말이다.

여기서 왜倭는 구마모토熊本에서 강을 따라올라가서 큐슈를 횡단하여 산맥을 넘어서가면 교토군京都郡이 된다. 교토군 남쪽은 야마구니가와山國川를 따라내려간 나가쯔시中津市가 된다.

600년에, 일본이 수나라와 외교할 때에는, 이 나가쯔시中津市 구주백제왕의 수도 야마타이野馬臺에서 수나라 사자와 접견이 이루어졌다.

즉, 의자대왕이 구주백제에 있을 때의 수도였고 왜국이라고도 한 것이다.

뒤에 한자로는 산국山國으로 바뀐 것인데, 읽기는 야마山로서 야마대국이나 같다. 야마천의 계곡 이름도 야마계耶馬谿다.

나가쯔시에서는 바로 위에 금천今川(곰천)을 따라서 행교시行橋市가 있고, 그

중 어소정御所町이 전방후원분이 세워졌던 주요한 고대 고분 도시다.
나가쯔시 남쪽은 중진평야다.
그 아래에 우좌시宇佐市는 구주백제의 왕으로서 민달천황이 있던 곳이다.
큐슈 동북부인 오오이타현大分縣 우좌시宇佐市 팔번신궁八幡神宮의 기록에
흠명천황 때에 처음으로 광번廣幡이 나타났다고 하였다.
흠명천황이 큐슈 축자현의 광국에서 이곳 오오이타현에도 백제국 광번기를
꽂은 것이다. 그리하여 흠명천황의 후예가 이곳 왜군의 선조가 된 것이다.
이웃한 교토군京都郡 행교시行橋市 부근의 몇 곳에 전방후원고분과 성터, 사
원의 유적들이 많고, 이곳에서 일본 천황으로 옮겨간 천황들의 이름자에 그
지명이 인용되어 있기도 하다. 일본에서는 현재 왜여왕 비미호 시대의 유적
으로 잘못 판단하고 있다.

여기서 일본 본토인 대화조정의 천황과, 백제 영토인 구주백제 광국왕廣國
王의 역학관계를 추정해보면, 구주백제가 일본의 거의 모든 병력과 병마를
가지고 있었고,
이 구주백제의 왕이자 군사령관은 백제의 태자거나 왕자였다.
구주백제 광국왕은 장차 백제 대왕이 되던지 일본 천황이 된다.
구주백제의 왕과 일본천황의 임명권을 백제가 가지고 있었다.
따라서 6세기와 7세기 일본 대화조정은 천황직이 종신직이기는 하지만, 스
스로 세습권이 없고, 독자 외교권도 없고, 오로지 백제에 조세만 거두어 받
치는 백제의 위성국가였다.
단적인 예가 서기 600년 수나라와 일본의 외교문서인데, 이 당시 일본에는
추고천황과 성덕태자가 존재하고 있었지만, 수나라와 직접 외교한 일본 왜
왕 이름은 백제 의자왕자로서 훗날의 서명천황이었으니, 그는 바로 당시 구
주백제왕이었으면서 대외적으로 왜왕이라고 칭한 것이다.

구주백제 성립 이후로 일본 대화조정은 구주백제로부터 독립하고 싶었고,
일본 천황의 독립운동은 6세기초부터 7세기까지 근 200년간 계속된다.
또한 백제가 660년에 본토에서 망한 뒤에도, 구주백제왕으로 선광善廣이라
는 의자대왕의 아들이 차례로 이어받았다.

안한천황의 아들로 조작된 무령대왕의 아들 백제 법사왕의 법사法師가 바로
계체천황의 아들로 조작된 흠명천황欽明天皇(510~571)의 이름인 하루끼波流
岐다. 본래 춘기春岐에서 유래하여 춘일시春日市가 되었기도 하지만,
天國押-波流岐-廣庭命

208

이는 《고사기》에서 그렇고 《상궁성덕법왕제설上宮聖德法王帝說》에서는 하류기波留岐, 《원흥사연기元興寺緣記》에서는 하라끼波羅岐였으니 대동소이 하다. 현재 한자로는 개開 또는 춘기春岐로 해석해왔으나. 가운데 "류"나 "라"는 어조사였고 앞과 뒤만 의미있다. 일본 최초 사찰이라는 《원흥사연 기》에는 춘기광정天國案-春岐-廣庭-天皇으로 기록되어 있다.

그런데 불법을 뜻하는 법法이 하波에 대응하고, 사師가 기岐에 대응한다. 즉 하류기春岐는 법사法師에 해당하고, 광정廣庭은 광법廣法일 수도 있다. 법사와 광법은 불교용어이다.

흠명천황을 가외천황加畏天皇이라고 《일본서기》에 기록하기도 했는데 이는 가사袈裟를 입은 천황, 즉 가의加衣 천황을 조잡하게 바꾸어 놓은 것이다.
동시대에 양나라 무제武帝(재위 502~549)가 가사袈裟를 입고 나라를 다스린 기록이 있는데 이런 유행을 따른 것이다.

일본에 불법이 최초로 전래된 것은, 큰 부처, 혹은 큰 보시意富富杵(=大布施) 라고 이름했던 의부부저왕意富富杵王, 즉 전지대왕腆支大王이 도래한 때이다. 큰 보시富杵를 한 것인지, 큰 부처意富-富杵라고 불린 것인지 불명하다. 이때 만들어진 치은사置恩寺가 일본 최초 사찰이다. 이때 만들어진 사찰인 것은 전지대왕의 후예의 성씨가 포시씨布施氏인 것으로도 알 수 있다. 그래서 그들의 씨족사氏族寺로서 전승되었지만 포시산布施山 치은사置恩寺가 일본 최초 사찰이다. 포시씨布施氏가 부지富杵에서 유래한 것이다. 포시는 재물을 받친다는 의미의 불교 용어다. 전지대왕의 아들 이름에 사용된 불교 용어가 불교의 전래를 의미하는 것이다.

흠명천황 때에 일본에 처음으로 불교와 불상이 전래되었다는 것은 큐슈와 무관하다. 큐슈에는 백제군이 진주하면서 이미 불교가 들어갔고 일본 본토 에는 흠명천황 때에 전해졌다는 것이다.
또한 흠명천황은 이미 백제에서 불교를 접하고 큐슈로 건너갔고 다시 대화로 들어간 것이다.
이름에 오시(押 혹은 忍)가 들어간 천황은 도래인이다.
오시호미忍穗耳, 효안천황倭帶日子國押人命과 그의 형인

오시타라시히코押帶日子命, 그의 부인 오시히메押媛, 그의 아들
히코후쯔오시노마코토比古布都押之信命, 이치베노오시와市邊忍齒王,
윤공황후이자 아신대왕의 딸인 오시카노오호나가쓰히메忍坂大中津比賣命가
있었다.

흠명천황은 그 이름에서 천국天國에서 배배하였으니, 백제에서 왜왕으로 온
것을 알 수 있다. 그래서 천국압天國押, 혹은 천국배天國排이다.

흠명천황이 백제에서 일본에 올 때 본이름은 사귀왕斯貴王이었다. 그의 대
화조정 궁이름이 사귀시마斯貴嶋(법왕제설), 사귀시마斯歸嶋(원흥사연기), 시키
師木宮(고사기), 磯城嶋(일본서기)로 각각 기록되었은데 이는 그가 백제 사귀
왕斯貴王이었다는 것을 알려준다. 무령대왕 사마왕斯麻王, 안한천황 사아왕
斯我王, 선화천황 사비왕斯比王 흠명천황 사귀왕斯貴王, 이렇게 이어진 것이
다.

흠명천황은 선화천황의 서거 후에 일본 천황이 되어서 사귀시마斯貴島에 고
마궁金刺宮이라는 대궁을 지었다. 金刺宮은 가나사시로 읽지 말고 백제 도성 이
름인 고마성으로 읽어야 한다.

사아왕은 안한천황인데 그는 자식을 못낳았다.

따라서 흠명천황은 사아왕의 아들이 아니라 무령대왕의 아들이고, 성명대왕
의 동생인 것이다.

《일본서기》에서는 곤지대왕인 청령천황도 자식을 못낳았는데 말다왕, 즉
모도대왕이나 무령대왕을 그의 자식이라고 기록한 적이 있었다.

따라서 흠명천황을 굳이 사아왕의 아들이 아니라 무령대왕의 아들로 보는
것이 타당하다.

흠명천황은 선화천황의 딸 이시히메石姬를 황후로 세우고 그 동생을 또한
후비로 세웠다.

540년 흠명천황 2년, 아라安羅의 차한지次旱岐 이탄해夷呑奚, 대불손大不孫,
구취유리久取柔利 등과 가라加羅의 상수위上首位, 고전해古殿奚과 졸마卒麻의
한지旱岐과 산반해散半奚의 한지旱岐의 아들과 다라多羅의 하한지下旱岐 이타
夷他와, 사이기斯二岐의 한지旱岐의 아들, 자타子他의 한지旱岐 등이 임나의
일본부 길비신日本府吉備臣과 백제에 함께 가서 성명대왕聖明大王(~554)의
칙서를 들었다.

백제의 성명대왕이 임나의 한지旱岐들에게 말했다.

"옛적에 우리 선조 초고대왕肖古大王, 귀수대왕貴首大王의 치세에 아라安羅,

가라加羅, 탁순卓淳의 한지旱岐 등이 처음 사신을 보내고 상통하여 친밀하게 친교를 맺었다. 자제子弟의 나라가 되어 더불어 융성하기를 바랐다..(중략).. 록기탄喙己呑(거제도巨濟島)은 가라加羅와 신라의 경계선에 있어 해마다의 침공으로 패배하였다. 임나任那(구주백제)도 구원해줄 수가 없었다. 이 때문에 망한 것이다.

남가라南加羅(금관가야金官伽倻)는 땅이 협소하여 졸지에 방비할 길이 없고 의탁할 곳이 없었다. 이로 인하여 망하였다. 탁순卓淳(=창원昌原)은 상하 둘로 갈라져 있었다. 군주는 스스로 복종하려는 생각이 있어 신라에 내응하였다. 이 때문에 망한 것이다. 이제 힘을 합하여 임나를 반드시 일으키자."고 하였다.

흠명천황이 성명천황으로부터 교지를 받은 것이니 성명천황의 동생인 것이 확연하다.

그런데 함안咸安의 안라安羅가 이미 신라와 통하였다. 안라는 528년 지증왕 때에 신라가 소경을 두었다.

성명대왕은 세 사람의 사자를 보내 백제로 귀화하라고 말을 하였다.

이때 안라에는 일본부집사日本府執事와 임나부집사任那府執事가 있었는데 이 둘은 백제에 반격한 계체천황의 유신遺神으로 고려되며 신라와 통하였고 백제나 일본의 말을 듣지 않았다. 뒤에 위가가군爲哥可君(=현종천황顯宗天皇)이 그들 때문에 쫓겨났다고도 언급하였다.

또한 근강모야신이 임나(=대마도)에서 죽었는데, 이때 임나는 현종천황의 잔류 세력인 좌로마도佐魯麻都 등이 좌지우지하였고, 그는 신라의 관복을 입고 있었다.

우리 역사에서 난데없는 한반도의 임나일본부는 바로 백제에 반기를 들다가 일본 천황 자리에서 쫓겨난 현종천황과 계체천황의 유신들이 가야에 건너와서 웅크리고 발악한 기록이다.

542년, 흠명천황은 전라도의 백제군 수령들에게 임나를 빨리 도모하도록 청하였는데, 백제 성명대왕은 일본의 군사 삼천으로 낙동강 서쪽을 치고 6성을 쌓으라고 권하였다.

이해 성명대왕은 고구려와 힘겹게 전투 중이었다.

523년 백제 무령대왕武寧大王이 죽자마자 고구려가 침략해왔다.

성명대왕 원년에 고구려 군사가 다시 패수에 쳐내려왔으나 백제 장군 지충志忠이 나가서 막아 싸웠다. 패수는 동해안의 패수로서 금야강이다.

529년에 다시 고구려의 안장대왕安臧大王이 백제의 혈성穴城(=단동시丹東市 수암현성岫巖縣城)을 함락시키고 내려왔다.
안장왕은 백제 장군 연모燕謨가 보기병 3만으로 지키던 오곡五谷(=황해도 서흥군瑞興郡)을 마저 함락시켰다.
따라서 성명대왕은 즉위 7년만에 무령대왕이 회복한 평안도, 황해도, 함경북도 강토를 다시 잃어버렸다.

압록강은 물론이고 황해도 오곡군五谷郡을 돌파당하여 다시 대동강을 고구려에 빼앗기고 나서, 성명대왕은 충청남도 부여의 사비성泗沘城으로 천도하고 국호를 남부여南夫餘라고 칭하였는데 538년의 일이었다.
예성강 북쪽의 부여면夫餘面은 중기 한성 백제가 스스로 부여라고 칭하였음을 의미한다.
고구려 사비성도 본래 만주의 백제가 요양시에 건설한 사비성이었다.

성명대왕과 흠명천황이 서로 미루다가 가야 정벌의 기회를 놓치고, 백제와 신라는 불안한 동맹이 되었다.
549년, 백제는 신라의 거칠부居柒夫가 죽령 이북의 고구려를 공격할 때에 백제는 한성을 되찾고 대동강의 평양을 뺏어서 백제고지를 되찾았다.
같은 해에 백제 성명대왕이 일시적으로 한성漢城과 평양平壤을 친 기록이 《일본서기》에 남아있다.
당시 성명대왕은 6군郡을 수복하였는데 평안남도를 포함한다. 여기서 평양은 고구려의 남평양성南平壤城으로서 고구려가 짓다가 무령대왕武寧大王에게 함락당했던 오늘날의 평양성이고 한성은 황해도의 평산 한성이다.
그러나 백제는 다시 고구려에 쫓겨 한성과 평양을 버렸다고 되어 있다.

고구려군은 다시 백제의 평산 한성을 차지하였다. 550년, 백제가 고구려 도살성道薩城(평산한성 平山 漢城, 예성강 서쪽) 등을 쳐서 빼앗았지만, 고구려는 백제 금현성金峴城(금천군衿川郡, 예성강 동쪽)을 함락시켜 반격하였다.
도살성은 장수왕이 백제 왕자, 왕후 등을 도살하였던 평산 한성인 것이다.
이때 두 나라 군사가 지친 틈을 타서, 어부지리를 노린 신라 진흥왕眞興王의 이사부異斯夫 장군이 기습 공격으로 두 성을 모두 빼앗아 신라가 차지하였다.
《일본서기》에서는 신라가 백제의 한성을 쳐서 뺏으니 신라의 우두방이 되었는데 우잠군이라 하였고 이는 예성강의 우봉면牛峰面이다. 신라 진흥왕의 돌연한 배반은 신라의 급속한 성장과 백제의 몰락을 촉발하였다.

이해 백제는 금동불상을 일본에 보내고 구원병을 청하였다. 일본은 배 두 척에 무기를 실어서 보내고 병사들도 보냈다.

백제 성명대왕은 둘째왕자 민달천황을 552년에 일본에 보내어서 구주백제의 왕으로 삼았다. 흠명천황이 황태자를 세운 기록 시점이다.

553년 백제는 가야와 신라를 동시에 공격하였다.
554년에 성명대왕聖明大王의 태자 창왕昌王(=위덕대왕威德大王)이 신라와 전투 중에 고립무원의 위기에 빠져서 성명대왕이 직접 구원을 나갔다가 성명대왕이 신라군에게 포위되어 화를 입어서 이만육천의 병사와 함께 화를 입어 참수당하였다.

신라 기록에는 관산성管山城의 싸움에서 신라가 위험에 처하였는데 신라 북쪽의 신주군新州軍이 구원하였고 삼년산군三年山郡의 장수가 백제왕을 죽였다고 하였다.
관산성管山城은 충청북도 옥천沃川의 고지명이고 삼년산군三年山郡은 보은報恩의 고지명이다. 삼년산성은 보은읍의 동쪽에 있고 관산성은 옥천 서북쪽 환산 부근에 있었을 것으로 추정한다.

562년에 가야가 다시 일어나려고 하니 신라 진흥왕은 이사부와 사다함을 보내서 멸망시켰다. 이때 일본에서 건너갔던 현종천황과 계체천황 구신들의 일본부도 함께 정리되었다.
흠명천황은 군대를 보내어 가야를 되찾으려 하였지만 실패하였다.
이때 임나십국은 ①가라국加羅國(김해金海 금관가야金官伽倻), ②아라국安羅國(함안咸安 아나가야阿那伽倻), ③사이기국斯二岐國(일기도一岐島), ④다라국多羅國(합천陜川 대가야大伽倻), ⑤졸마국卒麻國(진해鎭海 탁순국卓淳國), ⑥고차국高嵯國(고성固城), ⑦자타국子他國(창녕昌寧 비자호국比自㶱國), ⑧산반하국散半下國(진주晉州 반성班城), ⑨걸손국乞飡國(큐슈九州 웅본熊本), ⑩임라국稔禮國(임나=대마도) 등 합해서 10국이라고 기록되었다.
여기서 대마도와 일기도, 큐슈에 있던 3국을 제외한 7국을 잃은 것이다.

흠명천황은 회외합판릉檜隈坂合陵에 묻혔는데 138m에 이르는 전방후원고분으로 되어있다.

23장.

성명대왕 왕자 민달천황
聖明大王 王子 敏達天皇

552년, 백제는 큐슈 영토의 지배를 공고히 하여, 성명대왕의 왕자인 민달천황을 구주백제왕으로 내보낸다.

571년, 일본을 다스리던 성명대왕의 동생인 흠명천황이 서거하자, 민달천황이 큐슈로부터 건너가서 왜국 천황이 되었다.

민달천황은 이복동생인 추고천황과 결혼하여 일본의 황후로 세웠다.

민달천황은 오사카에 백제라는 지명을 붙였다. 큐슈에 이어서 대화까지도 백제와 병합하려는 것이었다.

1. 민달천황 敏達天皇

《記》 沼名倉太玉敷命 / 《紀》 渟中倉太珠敷天皇

《신찬성씨록》에서 민달천황敏達天皇(538~585)이 백제왕 선광善廣(=光)의 조부라고 기록했다. 역시 《신찬성씨록》에서 백제왕 선광善廣은 백제 의자대왕의 아들이다. 즉, 《신찬성씨록》만 보면 민달천황은 의자대왕의 아버지가 된다. 이는 민달천황이 백제왕가 혈통이라는 분명한 기록이다.

그러나 실제 밝혀지는 족보에는 의자대왕의 작은 할아버지가 민달천황이다.

민달천황은 누나카라후토타마시키渟中倉太珠敷天皇라고도 하는데 백제 성명대왕의 차자다. 성명대왕의 이름이 명농明穠이다.

당시 큐슈에는 백제 대왕과 왕자들을 위한 둔창屯倉이 있었으니 농왕穠王의 둔창이 농창穠倉이 되는 것이고 이것이 일본말로 누나쿠라渟中倉인 것이다.

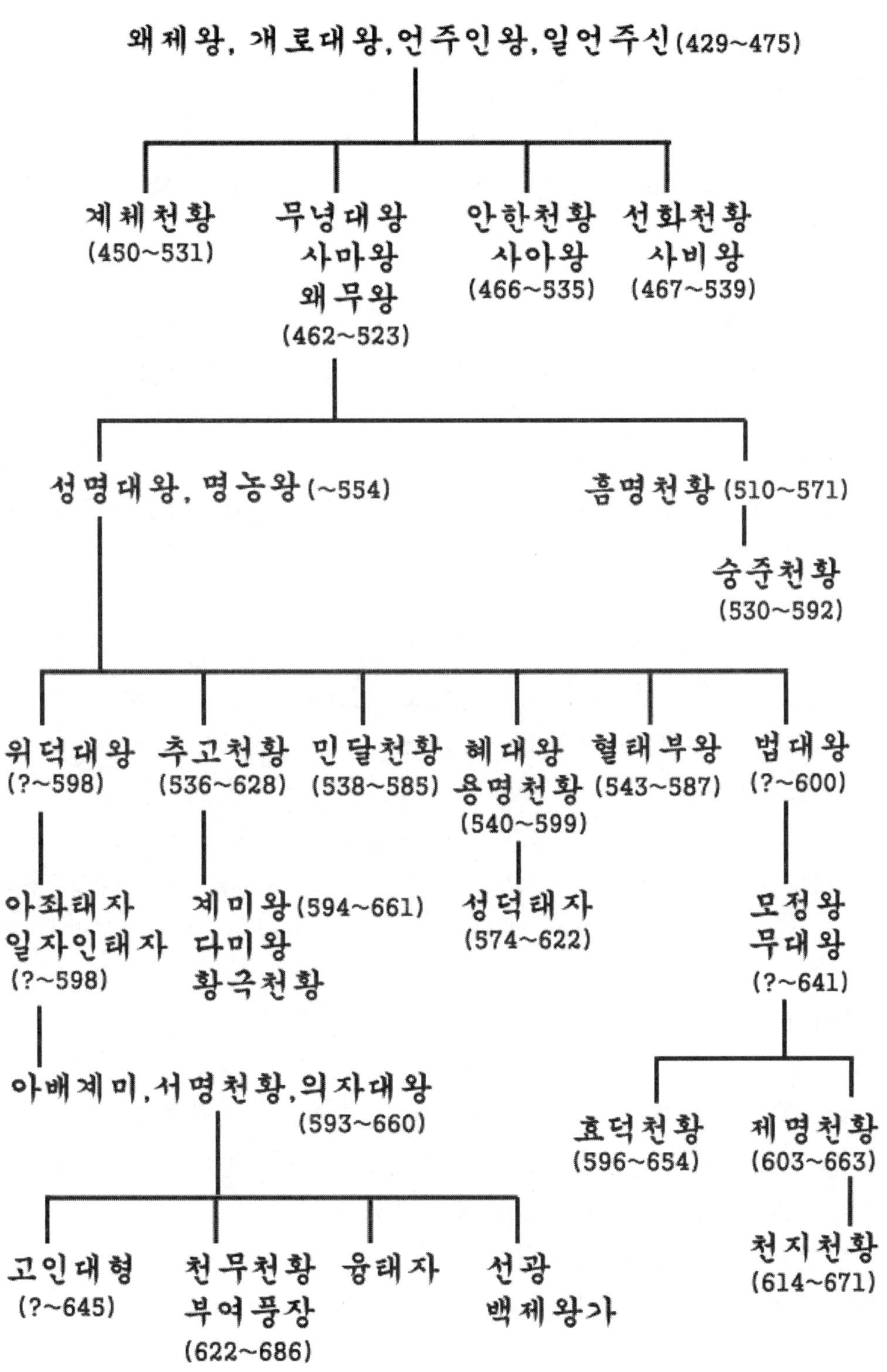

백제 의자대왕 혈통도

즉, 민달왕자는 구주백제왕 시절에 농창穢倉에 있었으니, 성명대왕의 왕자인 것을 시호로서 나타내는 것이다.

그의 시호에 역어전譯語田이라는 지명을 앞세운 것도 있다. 뒷날 대화에서 오사카의 궁을 역어전궁譯語田宮, 혹은 오사다궁他田宮이라고 하였다.

이는 그가 대화조정에서 세운 궁이름이지만, 큐슈에서의 궁이름과 같은 것이다. 큐슈에서 역어전譯語田 누나카라渟中倉는 오오이타현大分縣 역관천변譯館川邊의 우사궁宇佐宮이다.

민달천황은 《흠명천황기》에서 552년에 황태자가 되었고, 《민달천황기》에서는 568년에 황태자가 되어 서로 기록이 다르다. 앞에 552년 기록은 민달천황의 구주백제왕으로서 즉위를 의미하는 것이고, 뒤에 568년 기록은 일본 본토 천황 황태자로 보면 맞다.

그렇다면 568년에 흠명천황은 실제 천황에서 물러난 것이 되고, 그때부터 민달천황이 오사카를 통치하였다고 추정할 수 있다.

민달천황은 오사카의 백제百濟 대정大井에 궁宮을 지었다. 이름자에 들어간 태주太珠, 태옥太玉을 보면 환丸의 의미이므로 한성漢城이라 불렀을 것으로 고려된다. 오사카 땅에 백제 한성이라는 지명을 최초로 붙인 것이다.

대정大井의 의미는 마을을 만들 때 먼저 하는 기초 공사이다. 우물을 중심으로 마을이 생겨났기 때문이고 정읍井邑을 우물 정井자로 만들기도 했다.

위덕대왕의 사후에 그의 동생인 민달천황이 백제 대왕이 되어서 백제 도읍을 오사카로 옮겨오려는 구상인지, 백제와 일본의 병합을 꿈꾼 것인지 알 수 없다.

그의 능은 오사카에 있고, 전장 113m의 전방후원고분이다.

554년, 백제에는 위덕대왕이 즉위하고 568년 일본에 온 민달천황은 구주백제의 왕으로 있다가, 흠명천황이 571년에 죽으니 민달천황(535~585)으로 즉위한다. 민달천황은 불교를 믿지 않았고, 즉위후 15년에 역병이 돌자 불교를 탓하고 불상을 강에 던져 버렸다.

그러나 역병이 더욱 창궐하여 그도 결국 역병으로 죽었다.

민달천황 대에도 큐슈에는 백제에서 새로 온 성명대왕의 아들이 있었으니 용명천황, 다치바나도요히橘豊日다. 그도 흠명천황의 아들로 조작되었지만, 성명대왕의 아들이며 훗날의 백제 혜대왕惠大王이다.

그는 큐슈 다라국이 있던 아시카라朝倉에 와서 다치바나비리이하궁橘廣庭宮에 있었다. 구려의 광정궁이다.

성명대왕의 아들 용명천황이 구주백제왕이 되고 누이인 추고천황推古天皇(536~628)도 함께 일본에 건너와서 민달천황의 황후가 된다.

용명천황과 추고천황의 모후는 견람원堅藍媛(512~558)이라고 하였는데, 당시에 기다시岐多斯라고 읽었다. 중요한 사실은 추고천황 때에 견람원의 능을 새로 일본에 만들면서 황태부인皇太夫人으로 호칭한 것이다. 이는 당시 일본에 온 백제왕 후비에 대한 호칭이다. 즉 용명천황과 추고천황의 모후는 백제 왕비였다는 것이다.

(주) 민달천황은 그 이름에서 전라남도全羅南道 광주光州 무등산無等山 출신으로 보인다. 광주의 옛이름이 무진주武珍州인데 무등산無等山이 광주에 있다. 민달敏達이라는 이름은 바로 이 무등산, 무진주에서 비롯된 것으로 고려된다. 《삼국사기》에서 무진주를 일명 노지奴只라고 부르기도 했다.

또 민달은 일본에서 비다쓰라고 읽는다. 우리말 뜻으로 빛땅이 되는데, 무진주는 뒤에 빛산인 광산현光山縣으로 발전하여 빛고을 광주가 되었다.

법대왕이 백제에서 한왕漢王(=안한천황으로 고려된다.)의 딸인 대고왕大股王과 결혼하여, 지노왕知奴王(~618)을 낳았다. 무진주의 옛이름 노지奴只는 이 지노知奴를 뒤집은 것이다.

582년, 민달천황은 즉위한지 12년에 자신의 일본 왕권을 강화하려고, 구주백제에 있던 신하 일라日羅를 불러서 독립할 방책을 도모하였다. 그러나 당시 구주백제왕이었던 용명천황의 신하가 미리 알고서 일라를 죽여버렸다.

그 후에도 민달천황은 포기하지 않고 신라와 임나가야에 사자를 보냈다.

또한 백제에서 전해주는 불교와 달리, 전통적인 신사 신앙으로 일본을 결집하려고, 불상을 강에 던져 버리게 하였다. 그리고 여승들의 승복을 강제로 벗기고 가두어두었다. 물론 일본 열도에 천연두 전염병이 돌아서 백성들의 인심이 매우 흉흉한 상황이었다.

(주) 《일본서기》에서는 민달천황이 역병에 걸린지 5개월만에 죽은 것으로 기록되었다. 그러나 역병이란 일단 노출되면 한달 후에 30%가 죽고, 70%는 완쾌되어서 곰보 자국을 남긴다. 즉, 민달천황의 사후에 4개월 가량은 그의 죽음을 고의로 숨겼던 것이다.

대신에 구주백제왕인 용명천황에게 사신을 보내어 임나, 즉 큐슈를 잘 지키라고 전한다.

민달천황의 부인인 추고천황은 백제에서 오는 자신의 형제들보다 자신의 아들들에게 전위하고 싶어서 상을 감춘 것이다. 이때 추고천황의 아들인 죽전황자竹田皇子(562~596)가 23세였으므로 왕위를 이을 만한 나이였다. 그러나 백제에서 볼 때는 죽전황자보다 성명대왕의 아들들이 우선이었다.

24장.
혜대왕 용명천황과 숭준천황
惠大王 用明天皇 崇峻天皇

성명대왕의 아들인 혜왕자가 구주백제왕을 지낸 뒤에 용명천황이 되어 일본으로 옮겨간다.

그러나 용명천황이 역병으로 불교에 귀의하여 출가하고 나서, 후임 구주백제왕인 아나호 왕자가 천황이 되지 못하고 암살당한다.

대신에 일본에 오래 있던 흠명대왕의 아들 숭준왕자가 천황으로 즉위한다.

숭준천황은 구주백제왕을 억누르고 일본 독립을 꿈꾸어 전쟁을 벌이지만 패전하여 암살당하고 만다.

결국 성명대왕의 딸인 추고천황이 천황으로 즉위하고 혜대왕의 아들인 성덕태자가 일본 황태자가 된다.

1. 혜대왕 용명천황
惠大王 用明天皇

《記》 橘豐日命 / 《紀》 橘豐日天皇

성명대왕의 왕자 혜대왕은 용명천황用明天皇(540~587)으로서 다치바나토요히橘豐日命라고 하였다. 그는 큐슈의 귤광정성橘廣庭城에서 대화로 건너간 것이다.

그의 모후는 소아도목숙녜蘇我稻目宿禰의 딸인 황태부인皇太夫人 기다시堅藍媛였고, 민달천황의 황후였던 추고천황의 동생이 된다.

그의 궁은 이케노베노나미츠키池辺双槻宮이였다.

혜대왕이 큐슈의 구주백제왕으로 부임했다가 민달천황의 죽음을 4개월만에 뒤늦게 듣고서, 큐슈에서 대화에 진군해 들어왔을 때에 아나호베왕자穴穂部皇子(543~587)가 같이 왔다.
아나호베황자를 황제황자皇弟皇子라고 했으니, 다음 즉위는 아나호베 왕자로 예정되었고, 그의 다른 이름인 스매이로네須賣伊呂杵(=聖明伊呂杵)는 성명천황과 관련되는 것으로 고려된다. 이로伊呂는 마로麻呂의 반대말로 보인다. 마로麻呂는 대형이니, 이로伊呂는 막내일 것으로 보인다.

아나호베穴穂部는 큐슈 안라국을 의미하니, 아나호베황자가 용명천황이 되는 혜왕자의 뒤를 이은 구주백제의 새로운 왕이었다.
아나호베황자는 대화의 새로운 정복자로서 대화에 오자마자 민달천황의 황후인 추고천황을 강제로 범하려고 하였다.
추고천황에 대한 이러한 무례는 형사취수兄死取嫂하여 용명천황보다 앞서서 일본 천황이 되려는 기도였을 수도 있다.
그러나 추고천황은 그를 싫어하여 몸을 피해 빈소에 숨었고, 민달천황의 충신인 역군逆君이 막아섰다.
아나호베황자는 추고천황이 용명천황의 동부동모 친동생이므로 더이상 무례하지는 못하고, 대신 그를 훼방한 역군逆君을 무고하게 참소하고 직접 쫓아가서 쏘아죽였다.

용명천황은 즉위 이 년도 안되어서 천연두에 걸렸다.
용명천황은 죽어가면서 불교에 귀의하고저 하였다.
민달천황의 죽음이 4개월이나 숨겨진 것과 달리 아나호베 왕자는 미리 알고 달려와서 천황 즉위를 서둘렀고 불상을 가져다 주었다.
흠명천황 때부터 불교를 모시던 소아마자숙녜蘇我馬子宿禰는 불교 도입을 찬성했다.
그러나 민달천황의 유신들이 반대하였고, 그중에서도 물부수옥대련物部守屋大連이 크게 반대하였다. 그러다가, 그의 수하인 승해련勝海連이 기습적으로 살해되었다. 물부수옥대련物部守屋大連은 재빨리 몸을 피하여 요새를 구축하고 방어하였다.
바햐흐로 대화조정에 내란 상황이 벌어진 것이다.

387년 4월에 용명천황은 황위를 버리고 출가出家하였다.

성명천황의 3째아들 임성태자琳聖太子의 전설이 야마구치현山口縣에 전해오는데 바로 이 용명천황과 관련이 있어 보인다. 현재 전해오는 그의 후예들이 본래 임나任那(큐슈九州)에서 야마구치현으로 건너와서 본래 다다라씨多多羅氏를 사용하다가 대내씨大內氏로 바꾸었는데, 용명천황의 출신인 귤광정성이 본래 다라국지였던 것이다.

용명천황 다음으로는 황태제인 아나호베황자가 들어와 천황이 되는 것이 상례였다.
불교를 반대했던 물부수옥대련은 아나호베황자의 즉위를 돕는 척하다가 암살을 시도하였는데 음모가 누설되었다.
이때 추고천황의 지시로 소아마자숙녜가 아나호베왕자를 주살하였다.
아나호베황자가 추고천황을 범하려고 했던 죄가 있고 추고천황의 경호였던 역군을 죽인 죄가 있었다.

그후 흠명천황의 아들인 숭준천황崇峻天皇이 스스로 천황이 되었다.
7월에 숭준천황을 중심으로 소아마자숙녜등은 물부수옥대련을 토벌하였다.
이때 토벌군 후미에 혜대왕의 아들인 성덕태자聖德太子(574~622)가 따라나섰다. 성덕태자가 어린 나이인 14살에 이마에 속발하고 물부수옥대련의 정벌군에 따라나섰다.

성덕태자는 《일본서기》에 용명천황의 둘째 왕자로 기록되었다. 그러나 부왕의 상중인데 빈소도 지키지 않고 정벌을 나가는 것은 전혀 성덕태자와 맞지 않는 것이다.
즉, 용명천황은 죽지 않았고, 불교에 귀의하기 위하여 스스로 양위하고 아나호베황자를 일부러 불러들인 것이며, 용명천황의 아들 성덕태자는 반란을 평정하러 나선 것이다.
이 용명천황이 뒷날 백제대왕으로 복귀한 혜대왕惠大王(540~599)으로 추정된다.

2. 숭준천황 崇峻天皇

《記》 長谷部若雀天皇 / 《紀》 泊瀨部天皇

숭준천황崇峻天皇(530~592), 하쓰베노천황泊瀨部天皇 혹은 하쓰베와카사자키 長谷部若雀天皇는 구라하시노시바카키궁倉椅柴垣宮에서 다스렸다.

587년, 백제 위덕대왕이 보낸 용명천황이 물러나고 아나호베황자가 죽고서, 일본 안에서 흠명천황의 아들인 숭준천황이 즉위하였다.

숭준천황은 민달천황(538~585), 용명천황(540~599)보다 나이가 훨씬 더 많다. 따라서 용명천황의 막내동생이라는 《고사기》 《일본서기》 기록은 모두 허위다.

그가 일본에 최초라는 법흥사法興寺라는 절을 세웠는데, 이는 법사군法師君이자 가의천황袈衣天皇이었던 흠명천황欽明天皇의 명복을 빌기 위한 것이니 그는 흠명천황의 아들로 추정되는 것이다.

《고사기/ 흠명천황기》에서 누카고노이라쓰메糠小郎女가 낳은 삼남매로서 가스가노야마다노이사쓰메春日山田郎女와 마려고왕麻呂古王, 소가노쿠라왕宗賀之倉王이 있다. 《일본서기/흠명천황기》에서는 이 소가노쿠라왕宗賀之倉王의 기록이 아예 누락되어 있다.

소가노쿠라왕宗賀之倉王은 소하씨宗賀(=蘇我)에게 장가간 왕으로서, 흠명대왕의 아들인 숭준천황으로 추정된다.

《숭준천황기》 말미에 숭준천황의 부인으로 소아빈하상랑蘇我賓河上郎이 존재한다. 그가 소가노쿠라왕宗賀之倉王(宗賀=蘇我)이 될 수 있는 조건을 만족한다. 창기倉椅에 궁을 짓고 살았다는 사실도 소가의 창왕倉王(宗賀之倉王)에 어울리는 방증이 된다. 숭준崇峻의 숭崇도 소가宗賀에서 따온 것이 된다.

백제 위덕대왕은 이때 법대왕(~600)을 구주백제왕으로 보냈을 것으로 추정된다. 백제 무대왕의 모후, 즉 법대왕의 왕비가 일본 큐슈에 살다가 643년에 서거한 오오타마히메왕大俣姬王(562~643)이기 때문이다.

숭준천황 때에 다시 백제에서 들어온 불교가 번성하게 되었다.

그러나 어느새 숭준천황은 백제에 반기를 들려고 하였다.

일본에서 독주하는 가문인 소아씨 세력을 등에 업고서 대화를 충분히 장악하여 백제에 맞설 수 있다고 생각한 것이다.

590년, 숭준 4년에 그는 신라를 치고 임나를 다시 세우겠다고 선언하였다.
여기서 신라 공격은 허위 사실이고 실제는 그 중간의 임나, 그 중에서도 큐
슈 임나에 있는 이는 구주백제를 치겠다는 것이었다.
2만 병사를 출병시켜서 큐슈 북부 축자국筑紫國에 정벌군을 보냈다.
그러나 구주백제왕 법대왕은 이들을 물리치고 일본 장군들을 포로로 잡았
다.
숭준천황의 구주백제에 대한 도전은 실패한 것이다.
《일본서기》는 대화조정을 다스린 구주백제를 삭제하였으므로 구주백제와
일본의 전쟁을 기록할 수가 없었다.

패전하고서 일년 후 숭준천황은 궁중에 진상된 산돼지山猪의 목을 자를 때
에, 언젠가 생각하는 사람의 목을 치겠다고 하였다.
그의 배후였던 소아마자숙녜는 숭준천황의 본심을 의심하고 숭준천황을 암
살했다. 4년이 흘렀고 패전을 겪으면서 서로의 인심이 틀어진 것이다.

소아마자숙녜는 아나호베 왕자와 숭준천황을 암살했지만 구주백제왕인 법대
왕의 지시였는지 처벌받지 않았다.
백제 위덕대왕은 대화에 성명대왕의 딸인 추고천황을 세우고, 용명천황의
아들인 성덕태자가 일본의 상궁上宮에 거주하며 일본 황태자가 되어서 실제
적으로 성덕태자가 대화를 지배하도록 하였다.
대신 구주백제왕은 법대왕에서 위덕대왕의 적자인 아좌태자阿佐太子로 교체
하였다.

25장.

의자대왕의 일본 성덕태자 정벌
義慈大王 日本 聖德太子 征伐

백제 위덕대왕의 적자인 아좌태자가 구주백제에서 죽고, 그 아들 의자왕자가 구주백제왕이 되는데, 백제 대왕으로 법대왕 부자가 차례로 즉위하자, 의자대왕은 백제로부터 독립을 선언하고, 12품 관제를 시행하고 수나라와 외교하며 백제의 상국을 자처한다.

일본 대화조정의 성덕태자가 구주백제를 치기 위해 전쟁을 벌였으나 패전하여 대화조정은 구주백제에 복속된다.

대화조정은 구주백제의 12품관제를 도입하고 성덕태자는 의자왕자 앞에 굴복한다.

1. 성명대왕 왕녀 추고천황과 손자 성덕태자
聖明大王 王女 推古天皇과 孫子 聖德太子

《記》豐御食炊屋姬命 /《紀》豐御食炊屋姬天皇

592년에 즉위한 추고천황推古天皇(536~628)은 토요미키카시키야히메豐御食炊屋姬라고 불렀다. 그녀는 성명대왕의 딸이며 이복 오빠인 민달천황의 황후였고, 용명천황의 윗누이였다.

추고천황의 모후는 성명대왕의 황태부인皇太夫人이었던 기다시堅藍媛로서 소아도목숙녜蘇我稻目宿禰의 딸이다.

《원흥사연기》에서는 토요미키카시키야等與彌氣賀斯岐夜라고 했고 613년에 원흥사를 지었다고 적고 있다.

추고천황 즉위 당시에 우헤노미야노우마야도노도요도미미上宮廐戶豐聰耳태자를 황태자로 하였는데, 백제 혜대왕이 되었던 용명천황의 아들이다.
추고천황을 세운 때부터 성덕태자는 대화의 조정을 모두 섭정하였고, 만기
를 위임받아 실제적인 왕권을 가졌다고 기록되었다.

성덕태자는 불교를 장려하여 신하들이 다투어 절을 지었다.
이때 위덕천황은 구주백제왕이던 법대왕을 대신하여 자신의 큰 아들인 아좌
태자阿佐太子를 구주백제왕으로 보냈다.

2. 위덕대왕의 적장자 아좌태자
威德大王 嫡長子 阿佐太子

《신찬성씨록》에서 민달천황이 백제왕 선광善廣(=光)의 조부라고 기록했다.
역시 《신찬성씨록》에서 백제왕 선광善廣은 의자대왕의 아들이다.
즉, 《신찬성씨록》만 보면 민달천황은 의자대왕의 아버지가 된다. 백제 의
자대왕의 아버지가 민달천황일까?

그런데 《고사기》에서는 민달천황이 광희廣姬와 결혼하여 히코히토태자日
子人太子(572~598)를 낳았고 이를 《일본서기》에서는 오시카사히코히토오
호에押阪彦人大兄皇子라고 하였는데, 그가 서명천황舒明天皇을 낳았다고 전한
다.
일본 34대 서명천황舒明天皇(재위629~641)이 백제 의자대왕(재위641~660)
이 되었다. 이는 재위기간이 옮겨간 것으로 맞아 떨어진다. 따라서 백제 의
자대왕이 일본의 서명천황인 것은 여러 가지 기록상 틀림없다. 자세한 것은
뒤에 적는다.
그렇다면 민달천황은 선광왕의 증조부가 되고 의자대왕의 할아버지가 된다.
《신찬성씨록》과 조금 다른 것이다.

그러나 여기에 중대한 역사 조작이 있다. 일본의 34대 천황인 서명천황이
백제 왕계가 아니라, 일본 천황계인 것으로 위장하기 위해서 서명천황의 부
왕을 백제 위덕대왕에서 떼어내서 그 동생인 민달천황에게로 옮겨붙인 것이
다. 물론 민달천황도 백제 성명대왕의 아들이지만 일단은 일본 천황이다.

《고사기》에 기록된 서명천황의 부왕인 히코히토태자日子人太子는 실제로 백제 위덕대왕 때에 구주백제왕으로 임명된 백제 아좌태자阿佐太子였다.
즉 위덕대왕의 적장자嫡長子였다.
백제 아좌태자는 구주백제왕으로서 큐슈 동북부 오오이타현大分縣 우좌시宇佐市의 우좌팔번신사宇佐八幡神社 터의 우좌궁에 있었다.
이 지역의 성씨가 우좌씨宇佐氏와 일자씨日子氏인데, 히코히토태자日子人太子에서 비롯된 것이 우좌시의 일자씨日子氏이고, 민달천황에서 비롯된 것이 우좌씨宇佐氏였다.
본래 민달천황의 구주백제왕 시절 도읍은 오사다譯語田, 즉 큐슈 오오이타현의 우사시宇佐市였고 우사씨宇佐氏를 남겼다. 그러나 이 우사시에 또 일자씨日子氏를 남긴 히코히토태자日子人太子는 백제 아좌태자阿佐太子였던 것이다.

히코히토태자日子人太子의 아들인 서명천황舒明天皇(593~660)에 대해 좀더 밝히면 그의 시호는 능비에서 오기나가-대광액息長帶廣額이었고 《일본서기》에서는 오기나가-족일광액명息長足日廣額命이다.
대帶는 타라시라고 읽으라고 《고사기》 서문에서 저자 야스마로가 말했는데 이 대帶가 《일본서기》에서는 모두 족足으로 바뀌었다. 둘 다 우리말 다리와 관련된다.

그런데 《수서》에 기록된 서기 600년의 왜왕의 호號가 아배阿輩雞彌이면서, 자字는 다라시북고多羅斯北孤라고 했으니 서명천황의 시호 족일광액足日廣額과 똑같다.
또한 액額은 고대의 우리말 발음이 "아이"이고, 이는 아배阿輩의 당시 발음인 아히와 비슷하다. 계미雞彌는 우리말로 닭미인데 이를 일본에서는 서명천황을 다무라田村 황자라고 하였다.
즉 서기 600년에, 구주백제왕이었던 아배계미가 629년에는 일본 서명천황이 되고 641년에는 백제 의자대왕이 된 것이다.
보충 증거로는 600년의 《수서》 기록에 나타난 왜왕의 부인에 대한 기록이다. 《수서》에서 600년의 왜국왕비 이름은 계미雞彌라고 하였다. 우리말로 닭미인데 추고천황의 딸로서 서명천황에게 시집간 다미왕多米王이었던 것이다.
즉, 우리말로 닭(鷄)미왕이 다미왕多未王도 되고 계미雞彌왕도 되고 다무라왕田村王도 되고, 그리고 다카라왕寶王((=닭라)도 되는 것이다.
그런데, 이때 수나라에 간 사자가 백제, 신라가 왜국을 상국으로 섬긴다고 하였다. 이는 백제 무대왕武大王의 존재를 완전히 무시한 것으로서 아배계미는 백제 무대왕의 아들일 수 없는 것이다.

의자대왕이 《삼국사기》에서 백제의 원자元子라고 했는데, 이는 위덕대왕의 적장자인 아좌태자의 적장자로서 원자元子라고 주장한 것이 된다.
대신에, 의자대왕의 후비인 제명천황齊明天皇이 모정왕茅淳王의 딸이라고 했는데 바로 백제 무대왕武大王의 딸이었던 것이다.

의자대왕이 백제의 원자라는 사실은 또한 그가 위덕대왕의 동생인 민달천황의 손자가 아니라 위덕대왕의 적손자라는 것이니, 의자대왕의 부왕인 아좌태자, 즉 히코히토태자는 민달천황이 아니라 위덕대왕의 아들인 것이다.

아좌태자는 후손으로 일자씨日子氏를 남긴 우좌시에서 구주백제왕을 지냈다. 우좌시에는 흠명천황 때에 처음 광번廣幡이 나타났다. 성명대왕의 동생인 흠명천황이 백제로부터 광번廣幡을 들고 왔던 것이고 큐슈 춘일시의 광정궁廣庭宮國에서 광번이 유래된다.

아좌태자는 추고천황의 딸인 다카라왕寶王(~618)과 결혼하였다. 이때 다카라왕을 다무라왕田村王이라고도 했으며, 그래서 그녀의 아들인 서명천황을 다무라황자田村皇子라고도 불렀다. 다카라왕의 또다른 이름은 누카데히메糠代比賣인데 누가데는 액전額田이라고도 기록할 수 있다.

그런데 불행하게도 아좌태자(572~598)는 부왕인 위덕대왕(~598)보다 며칠 먼저 죽었다.
아좌태자의 고분인 히코히토 태자 고분은 나라현의 법륭사 서쪽에 만들어졌는데, 후지노키고분藤木古墳이라고 부르며 원분인데 지름이 48m다.
도굴당하지 않아서 매우 많은 귀중한 장식품들이 나왔다. 금동제 마구류와 코끼리 장식, 봉황장식, 귀면 장식 등으로 되어 있다. 그리고 수많은 옥구슬과 옥전대도玉纏大刀가 나왔고, 유체는 20세 전후의 남자였다.
능비에서 598년 11월 27일에 죽은 것은 확인되었는데 나이가 정확히 해독되지 않았다. 27세로 추정하고 있다.
위덕대왕은 12월에 서거하였다고 《삼국사기》에 기록되었으니 그보다 며칠 앞서 태자가 죽은 것이다.
아좌태자의 부인인 보왕寶王의 고분도 역시 618년에 서거한 것만 밝혀지고, 출생년을 알 수가 없다. 오사카 태자정 관음총고분觀音塚古墳이라고 한다.
위덕대왕의 태자인 아좌태자를 민달천황의 태자라고 《일본서기》나 《고사기》가 조작한 이유는, 서명천황을 백제 왕자가 아닌 것으로 조작하기 위한 것뿐이다. 그런 조작이 아니면 일본 서명천황의 뿌리를 만세일계로 주장할 길이 없었던 것이다.

592년 숭준천황이 죽고 추고천황이 즉위하니 구주백제왕으로서는 법대왕이 있고, 일본 대화조정의 황태자로는 혜대왕의 아들인 성덕태자가 있었다.

법대왕은 594년에 포로로 잡고 있던 대화의 장군 5명을 돌려보냈다.

그들은 591년 숭준천황의 큐슈 침공 때에 잡힌 장군들이다.

596년 위덕대왕은 자신의 아들인 적장자 아좌태자阿佐太子를 구주백제왕으로 보내어 법대왕과 교체하였다.

아좌태자는 큐슈에 가서 우좌시 팔번신궁宇佐八幡神宮에서 다스리면서 일본의 추고천황을 만나러 갔다. 이때 성덕태자의 그림을 일본에 남겼다고 전하는데 현재 일본 국보로 되어 있다.

598년 11월말에 아좌태자가 20대 초반의 나이에 죽었다.

위덕대왕은 아좌태자를 대신하여 법대왕의 아들인 무대왕武大王을 구주백제왕으로 보냈다.

무대왕이 구주백제왕으로 간 것도 추정이지만 확실하다. 무대왕의 아들이 큐슈에 남아 있다가 구주백제왕을 하고, 또 대화의 효덕천황孝德天皇 (596~654)이 되기 때문이다. 이는 무대왕이 큐슈에 가서 세력을 심어놓지 않았다면, 그의 아들에게 기회가 생길 수 없는 일들이다.

또한 무대왕의 모후인 오오타마왕大俣姬王이 길비황조모명吉備皇祖母命인데, 643년 9월에 일본에서 죽어서 나라현의 암옥산岩屋山에 묻힌 것도 고려해야 한다. 고분은 한변 40m의 방분方墳이다. 물론 이는 백제 법대왕도 일본에 살았다는 사실을 뒷받침한다.

무대왕의 다른 이름이 무광왕武廣王이다. 따라서 그가 구주백제왕으로 있던 곳은 후쿠오카현福岡縣 춘일시春日市 광정궁廣廷宮일 가능성이 높다.

아좌태자가 죽은 다음 달 598년 12월에 위덕대왕이 서거하여, 동생인 혜대왕慧大王(=용명천황)이 백제대왕으로 즉위하였다.

그러나 혜대왕도 단 1년만에 서거하고, 위덕대왕의 막내 아들인 법대왕法大王이 즉위하였다.

백제 법대왕은 전국에 살생을 금하였다. 독실한 불자佛子였던 것이다.

599년, 일본 대화조정의 성덕태자가 반란의 기미를 보였다. 구주백제인 임나를 위한다면서 신라를 쳤다. 이때 대화조정이 대마도를 차지하게 된 것으로 고려된다.

《일본서기》 기록만으로 보면 백제 무대왕인 모정왕과 아좌태자는 둘 다 민달천황의 아들이지만, 각기 법대왕의 아들과 위덕대왕의 아들로 보는 것이 현실적으로 타당하다.

서기 600년 법대왕이 역시 1년만에 서거하고, 법대왕의 아들인 무대왕이 백제대왕으로 즉위했다.
이때 무대왕이 구주백제왕에서 백제대왕으로 옮겨가면서, 아좌태자阿佐太子의 아들인 8살의 아배阿輩 왕자가 새로운 구주백제왕으로 즉위하였다. 뒷날 서명천황이 되고 또 의자대왕이 되었다.
백제 무대왕은 아배阿輩 왕자에게 후비로서 딸을 주었는데 제명천황齊明天皇이라고 하였다.
《일본서기》는 백제 무대왕을 제명천황과 효덕천황의 부왕으로서 모정왕茅淳王으로 기록했다. 서동요薯童謠의 주인공이 백제 무대왕인데 서동을 마동이라고 하며, 이 마동과 모정왕의 발음이 관련된다.

3. 의자대왕 서명천황의 일본 성덕태자 정벌
義慈大王 舒明天皇 日本 聖德太子 征伐
《陵碑》息長帶廣額命 / 《紀》息長足日廣額天皇

8살의 아배阿輩 구주백제왕이 수나라에 사자를 보냈다.
《수서隋書》에서 서기 600년의 왜왕에 대하여 성은 천天(=阿每)이고, 이름(字)은 다리시북고多利思北孤라고 했는데, 이 왜왕은 바로 서명천황舒明天皇(구주백제왕 재위600~629, 일본천황 재위629~641, 백제대왕 재위641~660) 이름이다. 서명천황의 능비는 오기나가타라시히로누카명息長帶廣額命이고 《일본서기》에서는 오기나가타라시히히로누카명息長足日廣額命이다.
오기나가息長는 시가현滋賀縣의 지명이고, 어머니 다가라왕寶王(~618)이 태어난 고향일 것이다.
《수서》의 다리시多利思는 대帶의 일본 발음이다. 《고사기》에 대帶를 다라시로 읽으라고 했다. 이를 《일본서기》에 옮길 때는 족足으로 바꾸어왔다.
북고北孤는 비고比古, 즉 일자日子다. 따라서 다리시북고는 대일帶日, 또는 족일足日이다. 광액廣額의 광廣은 당시 구주백제 광국廣國을 가리키는 말이다.
액額은 우리말 발음 "아이"가 의자대왕의 호인 아히阿輩에 해당한다.

228

또 그의 호는 아히-계미阿輩雞彌라고 했는데, 계미雞彌는 우리말로 "닭미"로서 서명대왕의 호칭이었던 다무라황자田村皇子와 같은 말이다.
아히阿輩은 액額인 것이다. 액전촌額田寸은 누카다무라라고 할 수도 있다.
이때 그의 왕비도 계미雞彌라고 하였다. 이것도 역시 닭미로 읽으면 추고천황의 딸로 기록된 다미왕多米王이 된다. 《일본서기》에서는 다메田眼로 기록했는데 똑같은 말이고 서명천황에게 시집간 기록이 있다.
단, 추고천황이 536년생이고 다미왕이었던 다카라황녀寶皇女 즉, 황극천황皇極天皇은 594년생이므로 추고천황이 58세에 낳은 것이 되고, 추고천황의 남편인 민달천황은 585년에 죽었기 때문에 의자대왕비인 다미왕의 부친이 누구인지는 알 수 없다.

즉, 서명천황은 이미 600년에 수나라와 교섭하여 스스로 왜왕이라고 자처하였다. 또한 당시 왜왕의 후궁이 6~700명이라고 하였다. 의자대왕이 종국에 사비성에서 삼천 궁녀를 거느릴 전조가 보였다.
즉, 수나라와 교류한 600년의 왜왕은 겨우 여덟살의 구주백제 의자대왕이었다. 추고천황과 성덕태자가 아니었다.
그는 600년의 국서에서 하늘을 형이라 하고 태양을 동생이라 부르는데 "해 뜨기 전에 정사를 보고 해가 뜨면 일을 마치고 동생(즉 태양)에게 맡긴다."고 하여 수나라 문제를 왜왕의 동생격인 태양에 비유하였다.
倭王以天爲兄, 以日爲弟, 天未明時出聽政, 跏趺坐, 日出便停理務, 云委我弟

《수서》의 기록에 이때 600년에 이미 의자대왕은 구주백제에 12관제를 시행하였다. 덕德과 인의예지신仁義禮智信을 이용하여 대덕大德, 소덕小德, 대인大仁, 소인小仁, 대의大義, 소의小義, 대예大禮, 소예小禮, 대지大智, 소지小智, 대신大信, 소신小信 등으로 12관제를 만들었다.

구주백제가 백제의 관위를 버리고, 스스로 관제를 만든 것은 본토백제에 대한 독립선언이다. 그리고 신라와 백제가 그를 섬긴다고 국서에 기록했는데, 스스로 위덕대왕 이후의 적손으로서 본토백제 무대왕을 완전히 무시하였다. 이는 그가 무대왕의 아들이 아니라는 방증이기도 하다.

607년의 국서에서는 더욱 광오한 표현으로, 수양제를 화나게 하였다. 해 뜨는 곳의 천자가 해 지는 곳의 천자에게 국서를 보낸다고 하였다.
日出處天子致書日沒處天子無恙
국서에서 신칭臣稱을 하지 않고, 편지를 올린다고 하지도 않았고 동등한 입

장에서, 뜨는 태양이, 지는 태양에게 보내는 편지였고 게다가 수나라 양제를
지는 태양으로 놀렸으니 수양제가 화를 낸 것이다.

608년 수양제는 배청裵淸을 사자로 왜국에 보냈다.

수나라 사자 배청은 백제를 거쳐서 죽도竹島(=진도珍島), 남망라국南望羅國(=
남해도南海島), 쓰시마都斯麻國(대마도對馬島), 일기도一支國를 지나 큐슈 북부
의 축자竹斯國에 상륙하였다. 그 동쪽에 중국인들이 사는 진왕국秦王國이 있
었으니, 침류대왕 때부터 건너온 사람들이었다. 다시 10여국을 지나 해안(큐
슈 동해안)에 달하니, 왜왕倭王이 소덕小德이라는 벼슬을 가진 아배이阿輩台를
마중시켰다. 이는 의자대왕과 같은 아배阿輩를 사용하니 왕자였을 것이다.
이 큐슈 동해안에서 수나라 사자 배청은 왜왕을 만나고 돌아갔다. 일본 본토
인 대화조정에는 수나라 사자가 가지 않은 것이다.

600년 기록의 왜국 수도는 야먀퇴邪靡堆, 야마대耶馬臺였다. 지금의 오오이타
현大分縣 나가쯔中津市 야마쿠니가와山國川로 보아서 나가쯔시中津市가 당시 의
자대왕의 구주백제 수도 위치이다.

한편 600년에 의자대왕의 태자로 이가미다불리利歌彌多弗利가 기록되었다.
리리가 이름이고, 가미다(=神田)-불리(佛)는 다리시-북고와 같은 경칭일 것이
다. 가미다神田는 큐슈九州 교토군京都郡 가미다정神田町의 지명이다.
이곳 주변에 전방후원분을 비롯하여 많은 고분이 남아있다.
《고사기》에서 의자대왕의 동생으로 중진왕中津王과 다량왕多良王이 있다.
중진왕中津王은 구주백제의 중진시中津市를 다스리고, 다량왕多良王은 큐슈
다라국多羅國, 구마모토熊本城를 통치했을 것이다.

《일본서기/추고천황기》에서 서기 600년, 대마도에서 신라 간첩 가마다迦摩
多를 잡아서 유배하였다고 기록했다. 이는 성덕태자가 신라와 전쟁을 개시하
는 명분이었다.
그러나 가마다는 규슈의 쿄토군에 있단 가마다(神田)로 고려되니 신라가 아
니라 규슈와의 전쟁이다.
《일본서기》는 구주백제를 삭제하였으므로 구주백제와 일본의 전쟁을 기록
할 수가 없어서 신라를 들먹이고 있다.
실제 성덕태자가 공략한 곳은 구주백제의 의자대왕이었다.
601년 2월 성덕태자의 이복형인 래목황자來目皇子가 장수가 되어서 25000명
의 병사를 이끌고, 구주백제에 상륙하여 축자筑紫(후쿠오카福岡市)와 지마군島
郡(후쿠오카 서쪽 경계군 지마군志馬郡)을 공격하였다.

그러나 4개월 뒤인 6월에 장수들이 쫓겨왔고, 래목황자來目皇子는 이듬해 2월에 시체로 돌아왔다.

그로부터 4개월 후인 602년 6월에 구주백제가 왜국으로 쳐들어왔다.
《일본서기》에서는 래목황자의 형인 당마황자當摩皇子를 장군으로 다시 오사카難波에서 출병하여 신라를 치려고 했다고 하였다.
그런데 효고현兵庫縣에 있던 옛 파마국播磨國 서쪽에서 당마황자의 부인이 죽었다고 장수들이 돌아온다.
올바로 말하면 구주백제의 의자대왕이 쳐들어왔고, 효고현의 전투에서 구주백제 의자대왕이 또다시 승리하여 당마황자의 부인을 빼앗긴 것이다.

추고천황은 나라현奈良縣 고시군高市郡 풍포궁豊浦宮에서 즉위했었는데, 이때 백제군의 침입으로 오하리다궁小治田宮으로 옮겨야 했다. 풍포궁이 불탔는지, 혹은 구주백제에서 온 점령자들에게 뺏겼는지도 알 수 없다.

그날로 성덕태자는 공손하게 의자대왕의 교화敎化를 받들어야 했다.
그래서 600년에 구주백제에 만들어진 12품의 관위제도를 일본에서도 강제로 도입하여 602년에 시행하였다.
602년에 성덕태자의 왜국은 구주백제의 신하국이 된 것이다.

《일본서기》 저자는 이 대목에서 의자대왕이 만든 12품의 덕인의예지신德仁義禮智信을 덕인예신의지德仁禮信義智로 그 순서를 성의없이 옮겨 적었다.

그리고 603년 초에 헌법 17조가 공표되었다. 모두 좋은 말씀이었다.
의자대왕을 중국에서 해동증자海東曾子라고 칭송하였다. 어려서부터 광오할 정도로 유식했던 것이다.
헌법 17조를 성덕태자가 만들었다는 것도 진실이 아니고 의자대왕의 공포일 뿐이다.
의자대왕은 그해 여름에 불상을 만들도록 하면서 성덕태자 등으로부터 충성서약을 받았다.
성덕태자는 추고천황 즉위시부터 상궁上宮의 왕으로서, 일본 천황의 보좌역에 있었던 것인데, 이제 나이어린 조카 의자대왕의 아래가 되었다.

성덕태자는 600년 2월, 이가루가斑鳩에 궁을 지었다. 반구 법륭사터는 윤공천황의 원비조 궁터였다.

592년 추고천황 즉위 때에는 그가 상궁上宮 태자였으니 우에노미야노도요도미미上宮豊聰耳 태자였다.

그러나 602년 의자대왕에게 도전하여 전쟁을 일으켜 철저히 패배한 이후에는 상궁태자가 아니라 마굿간 태자가 되니 마야도요도미미廐戸豊聰耳가 된다. 廐戸를 고대에는 마야馬屋라고 기록하였다.

즉, 그의 처지가 격하된 것이다. 그리고 정치에서 손을 떼고 오로지 불교에 귀의하여 출가하는 식으로 화를 모면했을 것이다.

이후 일본이, 당나라의 외교 답서를 백제에게 강탈당했다는 《일본서기》의 기록이 있다. 당나라는 수나라의 오기인데다가 《일본서기》 저자가 가공해서 만들어놓은 기사다. 대화조정은 구주백제에 예속되어 외교권이 없으니 국서를 받을 자격이 애초에 없다.

형식적으로 국서를 강탈당한 왜국 사자는 죄를 논하지만, 강탈한 구주백제왕에게는 항의도 못한다. 또한 수나라 사자는 큐슈에서 돌아간 것이 《수서》에 명백한데 《일본서기》는 대화조정에까지 왔던 것으로 조작했다.

추고천황은 모후인 황태부인 견람원의 능을 화려하게 새로 만들었다.

그리고 천황기天皇記와 국기國記를 만들었는데, 뒤에 소아씨蘇我氏의 난으로 불타버렸다. 소아씨는 의자대왕의 수족이 되어 전횡하였으므로 주요한 역사 기록이었을 것이다.

622년에 비운의 성덕태자(574~622)가 49세로 죽었다.

성덕태자가 죽고 그의 아들인 산배대형山背大兄이 준동할 것을 염려했는지, 구주백제왕인 의자대왕이 아예 산배대형의 수족을 죽여서 경고하였다.

628년에는 추고천황도 93세로 죽었다. 그러나 능을 따로 만들 형편이 아니라서 596년에 죽은 죽전황자竹田皇子의 능에 합장하였다.

추고천황이 죽자 629년에 구주백제의 의자대왕은 대화조정에서 서명천황舒明天皇(593~641)으로 즉위하였다.

위덕대왕의 적장자인 아좌태자(~598)의 적장자였고, 모후는 성명대왕의 왕자인 민달천황의 딸인 누대희糠代姬였는데, 훗날 다카라왕寶王으로 추증되었다.

아좌태자의 구주백제 왕궁을 큐슈의 우좌시宇佐市로 밝혔는데, 의자대왕의 구주백제궁도 《수서》에 의하면 중진시中津市이거나 우좌시宇佐市가 된다.

서명천황은 큐슈에서 추고천황의 딸인 황극황녀皇極皇女, 즉 다미왕인 보황녀寶皇女(594~663)를 통하여서는 아들을 얻지 못했다.

서명천황은 무대왕의 딸인 제명천황齊明天皇(601~661)을 통하여 중대형황자中大兄皇子(=天智天皇614~671)와 진인황자眞人皇子(=天武天皇622~686)와 간인황녀間人皇女(~657), 그리고 선광왕善光王을 낳았다.

그런데, 서명천황에게 시집오기 전에 제명천황은 백제에서 고향왕高向王의 아들을 낳았었으니, 이는 중대형황자中大兄皇子이며 아직 아들이 없던 의자대왕의 양아들이 된 것으로 보인다. 서명천황에게서는 선광왕까지 2남 1녀를 낳은 것이 된다.

서명천황이 죽을 때에 동궁이 16세라고 하였는데, 이는 429년 의자대왕이 큐슈의 구주백제에서 대화조정으로 떠날 때에 중대형황자의 나이다. 이후 구주백제왕은 제명천황이 되었던 것으로 고려된다.

제명천황의 아들인 부여풍장은 대화조정으로 들어가고 중대형황자가 남아서 동궁이라고 하였다.

서명천황은 또 소아도대신蘇我島大臣의 딸 법제랑원法提郎媛(588~636)을 통하여 고인대형황자古人大兄皇子(~645)를 낳았다. 서명천황은 다시 본토백제에서 은고恩古 황후를 통하여 백제 태자 융隆을 낳았다.

서명천황은 630년 대화에 오카모도궁岡本宮을 지었다.

631년에 왜국의 인질이 되었다는 의자대왕의 아들 부여풍장夫餘豊璋은 의자대왕과 제명천황의 적자이며, 구주백제에서 모후인 제명천황과 떨어져 대화조정으로 옮겨온 것을 의미한다.

631년, 당나라 사자 고표인高表仁이 왔는데, 왜국 왕자와 서로 예법을 다투다가 당나라 사자가 그냥 쫓겨갔다. 이 당시도 당나라 사자는 큐슈九州까지 왔을 것이고, 왜국왕의 왕자가 큐슈 책임자로 있었으니, 바로 중대형황자中大兄皇子였을 것이다.

서명천황 의자대왕은 본토백제를 통합하려는 목적이 있었는지, 대화의 백제천百濟川에 백제궁百濟宮과 백제대사百濟大寺를 지었다. 의자대왕은 640년 백제궁을 지어 옮겨갔다.

본토백제에서는 639년에 무대왕이 익산益山 미륵사지로 천도를 시도하였다.

《육조고일관세음응험기六朝古逸觀世音應驗記》에서 백제 무광왕武廣王이

지모밀지地慕蜜地(=익산益山)로 천도하여 새로 사찰을 지었다. 그러나, 639년 겨울 11월에 크게 번개치면서 비가 왔는데, 제석정사帝釋精舍, 법당法堂, 부도浮圖들이 다 화재로 불타버렸다고 하였다,

지모밀지地慕蜜地는 금마저金馬渚 지반현支半縣(당나라 도독부시대때 금마의 칭호)의 다른 표기니 익산益山이다. 무대왕의 능이 제석사 터에 있는 쌍릉이다. 모밀지慕蜜地에서 《일본서기》의 모정왕茅淳王이 유래한다. 무광왕武廣王, 무강왕武康王과 같고, 시호는 무대왕武大王인 것이다.

《일본서기》에서는 모정왕도 민달천황의 아들이라고 기록했다.《삼국사기》에서는 무대왕이 법대왕의 아들로 기록되었다. 《일본서기》에서 민달천황의 아들들이라고 기록되었던 많은 형제들이 사실은 위덕대왕과 법대왕의 아들들로 마구 섞여 있다. 민달천황도 흠명천황의 아들이라고 기록되었어도 실제는 그 형인 성명대왕의 아들이었다.

641년, 백제 무대왕이 서거하자 의자대왕은 백제왕위를 받기 위해서 본토백제로 향했다. 이때 일본 대화조정에는 의자대왕의 황후였던 황극천황이 즉위하였다.

의자대왕 세부부가 각기 본토백제와 구주백제, 일본을 나누어 다스린 것이다.

일본에 만들어진 의자대왕 서명천황릉은 오시카 단총고분忍阪段ノ塚古墳이라고 하는데 하방상원분下方上圓墳이다.

아래는 삼단의 방형 제단이고 위는 2단의 원분으로서 직경 42m이다.

삼단의 방형제단은 백제와 구주백제, 그리고 대화조정을 상징하는 것일까?

26장.
의자대왕비 황극천황과 무대왕의 왕자 효덕천황
義慈大王妃 皇極天皇 武大王 王子 孝德天皇

641년, 의자대왕이 백제 대왕으로 옮겨가니 의자대왕 첫째
부인인 황극천황이 즉위하였다.
구주백제왕은 의자대왕 둘째부인인 제명천황이 즉위하였다.
641년, 큐슈에서 반란이 일어나 백제 무대왕의 아들인 효덕
천황이 제명천황을 밀어내고 구주백제왕으로 즉위하였다.
중대형황자는 645년에 대화에서 변란을 일으켜 황극천황을
퇴위시키고 효덕천황을 천황으로 세웠다.

1. 의자대왕비 황극천황
義慈大王妃 皇極天皇

《陵碑》 寶王天皇 《紀》 天豊財重日足姬天皇

황극천황皇極天皇(594~661, 68세)과 제명천황齊明天皇(601~663, 63세)은
《일본서기》에서 동일인으로 조작되었지만, 죽은 날도 다르고 고분도
각각이다.

현재 일본에는 두 개의 황극천황릉이 있는데 하나는 나라현
다카시(奈良縣高市郡高取町)에 있는데 월지강상릉越智崗上陵이라 여기에서
제명천황과 함께 묻힌 간인황녀의 비문이 나왔다. 따라서 제명천황릉은
월지강상릉이다.

또 하나는 나라현 가시하라시橿原市에 있는 고타니고분(小谷古墳)인데,

에도시대까지 황극천황릉이라고 전해왔으며 높이 8m, 직경 30m의 봉분을 가진 석실고분이다. 이것이 황극천황릉이 된다.

황극천황은 641년에 천황이 되었으나 친자식이 없었으므로, 즉위 때에는 의자왕과 소아씨 법제랑원法提郞媛사이에서 낳은 고인대형古人大兄(~645)을 태자로 세웠다. 거기다가 큐슈의 제명천황에게서 데려온 부여풍장(622~686)을 어려서부터 길러서 친해졌다.

그런데 641년 큐슈에서 변란이 일어났다. 백제 무대왕의 아들인 경황자輕皇子가 변란을 일으켜서 구주백제왕이 되고 제명천황과 중대형황자가 함께 대화로 쫓겨났다. 이때 백제의 대좌평 지적智積과 제왕자弟王子(=의자대왕)의 아들 교기翹岐 왕자 등 40인이 큐슈에서 쫓겨났다고 하였는데, 교기翹岐가 천지천황의 이름이고 그의 모후인 구주백제왕 제명천황과 여동생 간인황녀가 다 쫓겨났던 것이다.

이때 또 백제국주百濟國主(=구주백제왕九州百濟王)의 모후가 서거했다고 기록했는데, 이는 경황자와 제명천황의 모후로서 길비희吉備姬였다.

의자대왕의 모후인 누대공주糠代姬는 618년에 이미 죽었고, 구주백제왕인 제명천황은 663년에 서거했으므로, 기록대로 641년에 서거한 백제국주의 모후는 오로지 백제 무대왕의 부인이다. 그래서 그 아들인 경황자가 변란을 일으켜 구주백제왕, 《일본서기》가 말하는 백제국주가 된 것이 확인된다.

새로 구주백제왕이 된 경황자(596~654)는 제명천황(601~661)의 오빠로서 무대왕의 아들이었다.

643년 9월에 무대왕의 모후인 길비희吉備姬 오오타마왕大俣王(562~643)이 죽었는데, 당시 천황이 극진히 간호했다고 한다. 이는 친딸인 제명천황이 그랬다는 것이며 당시 천황인 황극천황과는 아무 상관없다.

한편 대화조정의 고인대형古人大兄의 외숙부인 소아대신하이蘇我大臣蝦夷는 일본의 최고 권세가였고 백성들이나 왕족들의 원성이 자자했다.

그의 아들 소아신입록蘇我臣入鹿은 자기들 부자의 쌍묘雙墓를 미리 생전에 크게 만들었다. 이때 성덕태자의 묘소지기를 빼앗아서 성덕태자 부인의 원성을 받았다. 그러자 1년 후 소아신입록은 성덕태자의 아들인 산배대형山背大兄 일가를 몰살시킨다.

이때 부여풍장夫餘豊璋은 조용히 삼륜산에서 벌을 키우고 있었다. 부여풍장은 때를 기다리며 조심하고 있었다는 것이 된다.

그러나 교기황자翹岐皇子(=중대형황자中大兄皇子)는 칼을 빼어들었다.

교기황자는 그를 큐슈에서 쫓아낸 구주백제왕과 손을 잡아서 큐슈의 장수를
빌렸다. 그리고 큐슈의 사신이 천황에게 표를 올리는 날에 소아신입록을
나오도록 하여 대전에서 황극천황이 보는 앞에서 소아신입록을 살해하였다.
이때 고인대형태자도 목격하고 나와서 한인韓人들이 소아신입록을 죽였다고
말하였는데, 이는 가라인韓人, 즉 큐슈인九州人이 살해했다고 발설한 것이다.
소아신입록의 아비인 소아신하이도 운이 다한 것을 알고 집에 불을 질러
스스로 죽었다. 이때 일본의 중요한 역사책들이 불타버렸다.

2. 무대왕 왕자 효덕천황
   武大王 王子 孝德天皇

《陵碑》 輕王命 《紀》 天萬豊日天皇

645년 6월, 교기황자翹岐皇子(=중대형황자中大兄皇子)는 소아씨를 제거한 뒤에
직접 황제 즉위를 하지 않고 실권만 잡았다.

외삼촌인 구주백제왕 효덕천황이 큐슈로부터 들어와서 천황으로 즉위하였다.

이때 효덕천황은 구주백제를 백제에서 떼어내어 일본에 붙이고 천황이 된
것이다.

그것이 교기황자의 제안이었으니, 효덕천황은 통일 일본의 천황이 되는 것을
꿈꾸고 대화로 온 것이다.

대신에, 효덕천황은 다음 천황이 되는 황태자에 중대형황자를 세워주는
것까지 서로 결맹한 조건이었다.

중대형황자가 천황으로 즉위하지 않은 이유는 첫째, 그 자신이 의자대왕의
적자가 아니고 제명천황이 백제에서 시집오기 전에 낳아서 데려온
아들이었기에, 본인이 직접 천황으로 즉위하는데 심한 저항을 받을 수
있었다.

따라서 황극천황이 양위해 줄 가능성이 무대왕의 아들인 효덕천황에 비해서
훨씬 적었던 것이다. 교기翹岐라는 그의 이름에서 제명천황의 꼬리에 묻어온
아들이라는 뜻이 숨어있는 것이다.

또, 혹시 백제에서 군대를 파병하여 구주백제를 수복하기 위해 대화조정을
치고 들어오면, 그 책임을 효덕천황에게 씌우고 자신은 살아남으려는 계산도

있었을 것이다.

효덕천황이 645년에 즉위하고 대화개신大化改新을 통해서 구주백제를 일본 조정에서 관할하였다.

그래서 처음으로 일본이 큐슈를 포함하여 만국萬國을 다스린다고 선포하였고, 처음으로 연호를 세워 대화大化라고 하였다. 일본이 대국화大國化가 되었다고 연호를 대화大化로 지은 것이다.

그러나 실제 대화개신의 개혁정치는 중대형황자가 이루어나갔다.

중대형황자는 천황에게 할 말이 있으면, 꼭 사람을 보내서 효덕천황에게 말했으니 혹시라도 마음 변한 효덕천황에게 암살당할 우려를 없앴다.

중대형황자는 효덕천황에게 여동생인 간인황녀間人皇女를 시집보냈는데, 그녀는 오래도록 중대형황자와 밀통하였다. 이는 효덕천황을 꼭두각시로 만드는 공작이었다.

이때 의자대왕의 아들이자 황극천황의 태자였던 고인대형태자는 머리를 깎고, 중이 되기로 약속하여 살해 위기를 잠시 모면하였다. 그러나 결국 석달 후에 살해되었다.

효덕천황이 말하기를 백제, 임나, 일본은 세 가닥의 동아줄과 같다고 하였다. 백제는 본토백제, 임나는 구주백제를 의미하는데 구주백제가 사라지고 일본의 임나로 환원된 것이다.

이후로 구주백제에는 구주백제왕이 없어지고 대신에 축자대재수筑紫大宰帥와 여러 국사國司를 두어서 다스렸다.

효덕천황은 오사카 해안인 난파難波로 도읍을 옮겼다. 궁성 이름은 나니와나가지노도요사키궁難波長柄豊碕宮이라고 한다.

이때, 의자대왕은 백제본토에서 왕자 융隆을 태자로 세우고, 신라 김유신의 침략으로 7성을 빼앗겼다. 645년 다시 백제가 신라 성 7개를 빼앗았다. 그러면서 구주백제를 되찾을 군대를 동원할 여력이 없었다.

효덕천황은 계속해서 개혁정치와 공포정치를 하였다. 또한 사치와 낭비를 줄여서 장묘제를 검소하게 치르도록 하였다.

관위제도도 개정하여 19계의 관위를 만들었다.

중대형황자는 자신에게 위험이 될 세력을 제거하기 위하여 자신의 장인까지 희생하는 피바람을 또 일으켰으니 그 딸이 스스로 굶어죽었다.

27장

의자대왕비 제명천황과 부여풍장 천무천황 1
義慈大王妃 齊明天皇 扶餘豊璋 天武天皇

《陵碑》大海人天皇 / 《紀》天渟中原瀛眞人天皇

중대형황자는 황태자의 위치를 지키기 위해서 황극천황과 부여풍장을 시코쿠로 유배 보냈다.

그러나 이들은 큐슈로 탈출하여 다시 구주에서 나라를 세우고 황극천황은 구주백제의 여황이 된다.

이에 큐슈를 빼앗긴 효덕천황이 간인황후와 중대형황자로부터 버림받아 죽고, 중대형황자는 모후인 제명천황을 대화의 천황으로 세우고 계속 황태자로 남는다.

중대형황자는 간인황후와 밀통하다가 그녀의 아들마저 모반죄로 죽여 버린다.

천무천황의 능비에는 대해인천황大海人天皇이라고 하였고 《일본서기》에서는 아메노누나카하라오키노마히도天渟中原瀛眞人天皇라고 하였다.

아메天는 성이고 이름은 무武다. 대해인大海人은 존경해서 높인 말이다.

누나카하라渟中原는 모정왕茅渟王이라고 했던 무대왕이 도성으로 삼으려던 익산益山 지방의 옛이름 지모밀지地慕蜜地(=익산益山)와 관련되는데, 백제가 망한 뒤에 그는 백제 부흥을 위하여 김제金堤의 벽성避城(=碧城)에 도읍했다가 주류성으로 옮겼던 적이 있다.

오키노마히도瀛眞人는 영瀛이 대해를 의미하고 특히 일본을 가리키는 말인 동영東瀛을 의미한다. 마히도眞人는 마히도間人 황녀처럼 어릴 때 왕자로서 붙인 이름이 된다.

소아대신을 죽이고 황극천황을 폐위시키며 효덕천황을 세우고 스스로 황태자가 된 중대형황자는 자신의 모후였던 제명천황을 받들어 일본

천황으로 모시고, 이전의 황극천황은 시코쿠四國島 고지시高知市로
유배하였다.

시코쿠 고지시高知市의 조창신사朝倉神社에 황극천황이 지금도 모셔지는
이유가 이 때문이다. 물론 의자대왕의 적자인 부여풍장도 함께 보내버렸다.
황극천황이 중대형황자의 살해 위협으로부터 부여풍장을 살리기 위해서
데려갔을 수도 있다. 그러나 황극천황과 부여풍장, 그의 부인
누카다히메額田姬가 어느새 시코쿠에서 큐슈九州로 탈출하였다. 이때
누카다히메額田姬는 흥겨워서 노래하였으니 《만엽집萬葉集》에 시코쿠의
북쪽 항구 숙전포熟田浦에서 큐슈로 희망차게 떠나는 노래가 남아 있다.

황극천황은 큐슈의 축자筑紫에 옮겨가서 구주에서 새로운 나라를 세웠고
부여풍장을 태자로 세웠다. 황극천황은 활발하게 외교를 하였고, 의자대왕의
백제는 잃었던 구주백제 대신에 새로운 구주국과 다시 우호적이 되어서
물질적인 지원을 아끼지 않았다.

어느날, 구마모토熊本市의 아나국사血戶國司가 하얀 꿩白雉을 잡아받치니,
황극천황은 상서로운 조짐이라 하여 650년에 연호를 세워서 백치白雉로
개원하였다. 큐슈를 일본과 백제로부터 독립국으로 선언한 것이다. 당시
나라 이름은, 큐슈의 아스쿠라군朝倉郡이나 시코쿠의 아스쿠라신사 등으로
유추하건데 아스카라朝韓였을 것으로 추정되고, 이 책에서는 구주국이라고
부른다.

650년, 황극천황은 새 나라의 신년하례를 미경궁味經宮에서 하였는데,
황극천황의 도읍인 후쿠오카福岡縣의 축자태재부筑慈太宰府의 궁이었다.
2100명의 승려를 초청하여 법회를 열고 2700개의 등을 밝혔다. 당시 고승인
민법사旻法師는 후쿠오카의 아담향阿曇鄕 아담사阿曇寺에서 설법하였다.

후쿠오카 축자태재부筑紫太宰府 위치에 관세음사觀世音寺를 지었고, 백제는
개국 선물로서 금동불상을 만들어 보내주었다.

부여풍장을 따라서 아우인 새성塞城, 충승忠勝 등이 오사카로부터
따라왔었고 큐슈의 황극천황은 이들을 환영했다.

이때에 오사카 대화조정에서는 지금 신라를 치자고 의논하였으니, 사실은
새나라 구주국을 치자는 논의였다.

(주)《일본서기》에서 효덕천황의 백치白雉 원년은 황극천황이 큐슈에서 다시

등극한 백치 원년을 왜곡해서 기록한 것이다. 효덕천황이 두 번 개원한 것이
아니라 큐슈의 황극천황이 구주국을 만들어서 새로 개원한 것이다.

중대형황자는 큐슈라는 큰 배경을 잃어버린 효덕천황을 구박하고서,
효덕천황의 황후이자 자신의 정부인 여동생 간인황녀와 제명천황, 그리고
모든 신료들을 데리고 나라현으로 옮겨갔다. 혼자 남은 효덕천황은 쓸쓸히
죽었다. 효덕천황 고분은 왕능 수준에 미치지 못하는 능이다.

중대형황자는 아직도 천황이 되기에는 출신이 미약했으므로, 모후인
제명천황을 대화의 새로운 천황으로 새로 세우고 계속 황태자를 하였다.
백치 5년인 654년에 태국인(승려?)들이 큐슈에 왔는데, 《제명천황기》에는
3년에 온다. 또 《제명천황기》 7년에 이세왕伊勢王이 죽는데《천지천황기》
7년에 똑같은 기사가 있다. 즉 《제명천황기》와 《천지천황기》의 중복을
의미한다. 실제는 새로운 구주국의 《황극천황기》와 대화의
《제명천황기》가 뒤죽박죽으로 기록된 것이다. 이는 구주백제와 구주국의
기록을 없애려고 했기 때문이다. 물론 일본고대사에서 백제의 흔적을
지우려는 노력이었다.

제명천황 원년 655년에 공중空中에 용龍을 탄 자가 있다고 하였는데, 공중은
본래 가라伽羅, 韓를 말하고, 이는 당시 큐슈九州를 의미하는 것이니,
부여풍장이 큐슈에서 등극하여 아스카라朝韓國, 즉 구주국의 용이 되었음을
의미한다. 황극천황과 부여풍장은 큐슈에 들어와서, 처음에는 황극천황이
즉위하였지만, 655년에 부여풍장이 양위받아 즉위하였던 것이다.

제명천황은 오사카 대화조정에서 천황으로 즉위한 뒤에, 다무봉多武峰 위에
관궁觀宮, 혹은 천궁天宮을 세웠는데 부왕인 백제 무대왕武大王을 기린
것으로 고려된다. 누가 세웠는지 알 수 없는 나라현 수마사須磨寺의
오륜탑五輪塔도 무대왕을 축원하는 것이었다.
제명천황 4년에 중대형황자는 애인이자 여동생인 간인황녀의 아들을
모반죄로 몰아 죽여버린다. 간인황녀의 애통함이 시가로 《만엽집》에
남아있다. 중대형황자는 간인황녀가 죽었을 때는 승려를 330명이나 만들어
출가시켰을 정도로 사랑하기도 했다. 그러나 권력에 대한 잠재적 위협은
참지 못했다.

28장.
백제 멸망과 천지천황
百濟 滅亡 天智天皇

《陵碑》中大兄皇子 /《紀》天命開別尊

660년 백제가 멸망하니 구주국에서는 부여풍장을 백제대왕
으로 즉위시켜서 백제 부흥을 위해 백제로 보내고, 천지천
황은 그 틈에 큐슈를 빼앗아서 황극천황을 죽인다.
부여풍장의 백제 부흥군은 천지천황으로부터 충분한 지원을
받지 못하고 복신은 부여풍장의 암살을 기도한다.
부여풍장은 복신을 죽여야 했으나, 이로 인해 각 곳의 백제
성주들이 부여풍장을 불신하고 당나라 장수로 다시 돌아온
백제 태자 부여융을 보고 투항하게 된다.
부여풍장은 일만의 왜병과 함께 백강촌에서 당나라 수군과
결전을 하는데 허무하게 패전하고 백제를 포기하니 백제 부
흥의 불길이 꺼져 버린다.

천지천황天智天皇(614~671)은 제명천황이 서명천황에게 시집오기 전에 낳은
아들이며 어려서는 교기翹岐라고 불렀다.

중대형中大兄이라고도 했는데 이는 중황中皇이라고도 했던 제명천황이 낳은
소생 중에서 장남이라는 뜻이다.

그의 시호인 아메미코토하루키와케天命開別는 하루키와케開別에서 구주백제
왕이었다는 기록이 된다. 즉 흠명천황처럼 춘일시春日市의 장진궁長津宮에 구
주백제왕으로 두 번이나 있었던 것이다.

655년 백제 의자대왕이 타락한 조짐을 보인다. 천재로 태어나 모든 권력을
가졌는데, 늙어가면서 주지육림의 탐욕에 사로잡힌 것이다. 656년 환락을
제어하려는 충신 성충成忠 등을 감옥에 보낸다.

그리고 660년에는 너무나 쉽게 나당연합군에 패전하여 당나라 소정방에게 사로잡힌다. 소정방의 수군이 사비성에 이른지 3일만인 7월 13일에 왕성을 함락당한다.

의자대왕은 당나라 수도에 끌려가더니 곧바로 병을 얻어죽고 낙양에 묻힌다.

성주풀이라는 노래를 들으면 낙양성 십리밖 북망산의 의자왕의 생각난다.

"낙양성 십리하에 높고 낮은 저 무덤은 영웅호걸이 몇몇이며 절세가인이 그 누구냐? 우리네 인생 한번 가면 저 모양이 될 터이니"

무대왕의 조카인 복신福信이 임존성任存城(=예산禮山)에서 당나라 군대와 맞서서 버티고, 달솔 여자진餘自進은 도도기류산都都岐流山(부안扶安)에서 농성하였다.

바로 그때도 《일본서기》에는 백제가 신라를 친 기록이 《일본서기》에 있으니, 이는 본토백제가 아니라 구주백제의 부여풍장이 별도로 신라를 공격한 것이다.

660년 9월, 복신福信이 구주백제의 부여풍장에게 본토백제의 참상을 전하고서 백제본토로 들어와서 부흥군의 구심점으로서 백제대왕이 되어달라고 부탁하고, 또 태후인 황극천황에게 부탁하니, 황극천황은 즉시 부여풍장을 백제대왕으로 즉위시키고 왜국 군대로 호위하여 백제로 보냈다.

복신의 사자는 대화조정에도 이르러서 역시 의자대왕비였던 제명천황과 중대형황자(천지천황)에게도 참상을 알리고 구원병을 요청하였다.

그런데 천지천황은 이때가 절호의 기회로 생각하고 부여풍장이 백제로 출전하여 자리를 비운 큐슈에 군대를 이끌고 가서 점령하였다.

당시 동요에 파리떼가 서쪽으로 갔다고도 하고, 말꼬리에 쥐가 새끼를 낳았다고도 하였으니, 천지천황의 비열함을 노래한 것이었다.

천지천황은 큐슈의 축자로 건너가서 춘일시의 장진궁長津宮에 행궁을 마련하여 군대를 통솔하였다.

이때 황극천황은 축자에서 남쪽으로 산을 넘어서 조창군朝倉郡의 귤광정궁橘廣庭宮에 있었다.

천지천황은 추격하여 조창궁에 불을 지르니, 황극천황이 서거한다. 조창궁에서 관을 만들어서 장례를 시작할 때에 귀신이 큰 갓을 쓰고 장례 행사를 바라보았다고 하는데 당시 민심이 무도한 천지천황을 겁주는 것이었다. 천지천황은 황극천황의 관을 배에 실어서 대화로 보냈다.

백제땅의 전장에서 이 소식을 들은 부여풍장은 애도의 시를 지었다.

"모천황께서는 늙어 쇠하셔도 보물(枳舸羅=다카라=寶皇)이셨다. 어른(姑)이
자꾸 늙어가니 위력도 약해져서 이런가?(舸矩野) 돌아가셨다는 비보가
무모(武謀=천무천황)를 슬프게 하는구나. 모천황의 은혜를 갚으리라.

枳瀰我梅能 姑衰之枳舸羅儞 婆底底威底 舸矩野 姑悲武謀 枳瀰我梅弘報梨"

(주) 애도시의 마지막 귀절 지미아마홍보리枳瀰我梅弘報梨로 보아서
지미아마枳瀰我梅는 경칭이다. 《수서》에서 왜왕호는 아바이계미阿輩雞彌, 왕비는
계미雞彌라고 불렀다. 왜왕은 수나라에 보낸 국서에서 이미 스스로 해뜨는 곳의
천자라고 적었다. 따라서 계미는 황皇이고, 아배계미阿輩雞彌는 부황父皇 혹은
어버이천황天皇이라는 뜻이다. 싯귀의 지미아매枳瀰我梅는 아바이계미阿輩雞彌를
뒤집었다. 지미(皇) 다음에 아바이我梅를 붙였는데, 역시 어버이의 의미가 된다.
욕시 어버이천황이나, 이 때는 어머니천황, 즉 모황母皇으로 고려된다.

그러나 황극천황이 천무천황의 친어머니는 아니었다. 그래서 집안의 여자 어른을
의미하는 고姑자가 사용되었다. 즉. 큐슈에서는 백성들이 천황을 부황 또는
모황이라 높여 부른 것이며 천무천황도 역시 그렇게 불렸지만, 개인적으로는 친척
여자 어른을 뜻하는 고姑라고 기록한 것이다.

황극천황은 《능비陵碑》에서 다카라천황寶王天皇이라 하였으므로 枳舸羅는
다카라(寶)로 본다. 계미왕을 다미왕이라고도 했고 다카라왕이라고도 했었다.
가구야舸矩野는 이럴까? 하는 감탄사로 본다. 무모武謀는 천무천황을 가리킨다.
홍보리弘報梨는 큰 은혜를 주셨으니 결국 은혜를 갚겠다는 것으로 해석된다.

또한 복수를 하겠다는 것으로도 해석된다.

현재 《일본서기》에서는 이 싯귀를 천지천황이 자기 어머니 제명천황의 죽음을
애도하며 붙인 시로 소개하고 있는데 고姑자로서 부정된다. 친아들이 자기
어머니를 고姑라고 하지 않는다.

천지천황은 스스로 큐슈의 왕을 칭하고서, 백제왕 풍장에게 물품과 군사들을
보내었다. 그래서 쥐가 말꼬리에서 출산을 하게됐다는 소문이 돌았다.

백제 본토로 건너온 부여풍장이 백제를 부흥시키는 일은 쉽지 않았다.
복신이 장수인 도침을 죽이고, 도침의 병사들을 빼앗아 전권을 휘두르고
부여풍장에게는 제사만 강요하였다. 그러다가 복신이 부여풍장의 암살
계획을 세우니 부여풍장이 먼저 복신을 잡아 죽였다. 이때 복신은
천지천황의 밀지를 받았었는지 복신의 후예에게 천지천황이 후대하였다.

한편, 의자대왕의 태자였던 부여융이 당나라에 압송되었다가 살아돌아와서 당나라 병참을 책임지는 당나라 장수가 되었는데, 부여풍장이 장수를 죽인 일을 악용하여 백제 각 곳의 다른 의병들에게 복신처럼 억울하게 죽지말고 부여풍장을 배반하여 자기처럼 잘 살라고 선무하였다.

662년 가을에 부여풍장은 군산 앞바다에서 당나라와 일전을 겨루기로 하였다. 왜국에서 일만의 병사가 오기로 되었는데, 배로 400척이었다.

그런데 왜군은 전투를 급하게 서두르다가, 170척의 당나라 수군에게 백촌강의 양쪽에서 협공을 받고, 왜군이 거의 전멸하였다. 왜군은 보급품이 너무 적어서 전투를 서둘렀을 수도 있다.

결국 부여풍장의 백제 부흥은 실패하였다. 부여풍장은 조용히 배를 타고 전장을 떠났고 뒤에 남아있던 주류성은 항복을 하게 되었다.

부여풍장이 패전 후에 고구려로 갔다는 기록이 《일본서기》에 한 줄 첨가되어 기록되었고 이를 《삼국사기》도 기록하였다. 그러나 부여풍장의 패배가 훨씬 더 자세하게 기록된 《중국기록》에는 원래 이런 대목이 없다. 그가 일본에 돌아가 다시 천황이 되었다는 사실을 일본의 사가가 기록할 수 없었던 것이다.

<h1 align="center">29장.
의자대왕 왕자 부여풍장 천무천황 2
義慈大王 王子 扶餘豊璋 天武天皇</h1>

《陵碑》 大海人天皇 / 《紀》 天渟中原瀛眞人天皇

> 부여풍장은 홀로 쓸쓸히 큐슈로 귀환하지만 이미 그의 큐슈 국왕 자리는 천지천황이 가로채서 오로지 고행길만이 기다리고 있었다.
> 그러나 10년 후 천지천황이 죽으니 천무천황은 위기를 모면하고 옛 장수들을 모아서 천지천황이 정한 새 천황 대우황자와 전투를 벌였다.
> 천무천황이 이겨서 마침내 일본천황에 즉위하였다.
> 그는 본래 의자대왕과 제명천황의 적장자였다.

부여풍장은 패장이 되어 전장을 떠나서 쓸쓸하게 큐슈로 다시 돌아왔다.

그의 구주백제왕 자리는 이미 천지천황이 차지한 뒤였다.

부여풍장이 고구려로 도망갔다는 기록은 《일본서기》의 왜곡된 기록이고 이를 《삼국사기》가 그대로 옮긴 것이며 중국의 당시 기록에는 없다.

이때 많은 백제인들이 배를 타고 일본으로 건너왔다.

부여풍장은 다시 일본에 돌아와 백제 유민들을 선무하였고, 천지천황은 그 유민들을 전국에 분산 배치하였다.

663년에 천지천황은 눈에가시인 천무천황을 제쳐놓고, 백제왕이라는 칭호를 동생인 선광善光에게 주었으며, 큐슈가 아닌 오사카에 살도록 하였다.

663년 6월에 제명천황이 죽고, 다음해 간인황녀도 죽으니, 천지천황은 두 사람을 합장하였다. 나라현 다카시奈良縣高市郡에 있는데 월지강상릉越智崗上陵이며 45m 직경을 가진 원구이다.

667년 천지천황은 교토京都로 천도하고 대진궁大津宮을 쌓았으며 제명천황
서거후에 미루어 두었던 천황의 즉위식을 가졌다.

그리고 자신이 죽인 고인대형태자의 딸 왜희왕倭姬王(629~698)을 황후로
세웠다. 통합을 내세워 반란을 막기 위한 방편이었다.

또한 자신의 서자인 대우황자大友皇子(648~672)를 총애하여 천무천황의 딸인
십시황녀와 결혼시켜서 대우황자를 황태자급으로 만들어갔다.

그리고 부여풍장은 배반하지 못하도록 항상 가까이 두고 일을 부렸다.

천지천황은 일본 요지에 방어를 위한 축성을 하여 당나라의 침략에
대비하였다. 교토로 천도한 것도 당나라 침략에 대비한 것이었다.

671년, 천지천황은 병이 깊어 죽게 되었는데, 마지막으로 부여풍장을
시험하여 왕위를 이으라고 하였다. 왕위를 잇겠다는 욕심을 보이면 죽이려는
계산이었다. 부여풍장은 천지천황의 황후인 왜희왕을 천황으로 세우고,
천지천황의 총명한 아들인 대우황자를 황태자로 세우라고 말하여 위기를
모면하고, 그리고도 모자라서 당장 출가하여 중이 되어 천지천황의
극락왕생을 빌어주겠다면서 사지를 빠져나왔다. 그날로 부여풍장은 법복으로
갈아입고 절이 많은 나라현으로 떠났다.

천지천황이 교토에서 죽었다. 고분은 교토京都에 있는데 서명천황과 같이
하방상원분이다. 상원의 변경은 45m 하방의 변의 길이는 76m

천지천황이 죽자, 대우황자가 즉위하고, 반년만에 부여풍장을 죽이려고
조여왔다. 부여풍장은 급히 산을 넘어 동쪽으로 피하였다가 점차 사방에서
모여드는 지원 군대를 모아서 거꾸로 도성으로 진격하였는데, 대우황자를
일거에 무찌르고 일본천황이 되었다. 유명한 임신란壬申亂이다.

이때 그를 직접 도운 장수들은 구주백제 출신들이 많았고, 또 당시 큐슈의
성주들은 대우황자의 동원령을 거부하고, 전장에 달려오지 않았는데
결과적으로 부여풍장을 도왔다. 대우황자는 궁지에 몰려서 자살하였다.

천무천황이 된 부여풍장은 다시 나라현으로 천도하였다.

그의 능비에는 대해인황자大海人天皇라 하였고, 《일본서기》에서는

아메노누나카하라오키노마히도天淳中原瀛眞人天皇라고 하였다.

아메天는 성이고 이름은 무武다.

대해인大海人은 바다를 주름잡았다는 뜻이다.

누나카하라淳中原는 모정왕茅渟王이라고 했던 무대왕이 도성으로 삼으려던
익산益山 지방과 관련되는데, 백제에서 그는 김제의 벽성避城(=碧城)에
도읍했다가 주류성으로 옮겼다. 누나淳中를 누나農難으로 발음하라고
720년에 기록한 것은 백제의 흔적을 지우기 위한 고육지책이었다.

오키노마히도瀛眞人는 영瀛이 대해를 의미하고 특히 일본을 가리키는 말인
동영東瀛을 의미한다. 마히도眞人는 마히도間人황녀처럼 어릴 때 왕자로서
붙인 이름이 된다.

천무천황의 황후는 천지천황의 딸인 지통천황持統天皇(645~703)이다. 당나라
측천무후와 동시대 인물인데 천무천황의 후사로서 유력했던
오오쓰황자大津皇子를 죽이고, 자신의 아들을 황태자로 묶어두고서 스스로
천황이 되었다.

천무천황은 교토로부터 다시 나라현으로 천도하여 기요미하라궁淨御原宮에
살았다.

고분은 아스카明日香村에 있다. 동서 58m, 남북 45m의 원형 고분이다.

그의 사후에 천지천황의 딸이자 천무천황의 비였던 지통천황이 통치하였다.

백제는 이렇게 초고대왕 이래 160년부터 의자대왕의 660년까지 500년간
일본을 통치하였다.

천무천황의 아들 사인친왕舍人親王이 720년에 《일본서기》를 편찬하여
남겼다. 이때 역사를 조작하여 뿌리인 백제로부터 일본의 호적을
파내버렸다. 그리고 나라 이름도 왜에서 일본으로 바꾸었다.

조작이 너무도 치밀하여 일본인과 세계인을 1300년이나 속여왔다.

그러나 진실이 무엇보다 소중하고, 때로는 더 재밌기도 한 것이니 이제 일본
고대사는 중국의 삼국지보다 재미가 생겨났다.

진정한 민족의 자존심은 진실의 토양에서만 자라나며

거짓 위에는 열등감만 고이고 소아병小兒病이 자란다.

부록 1.

《광개토대왕비문》의 백제 지명 위치도

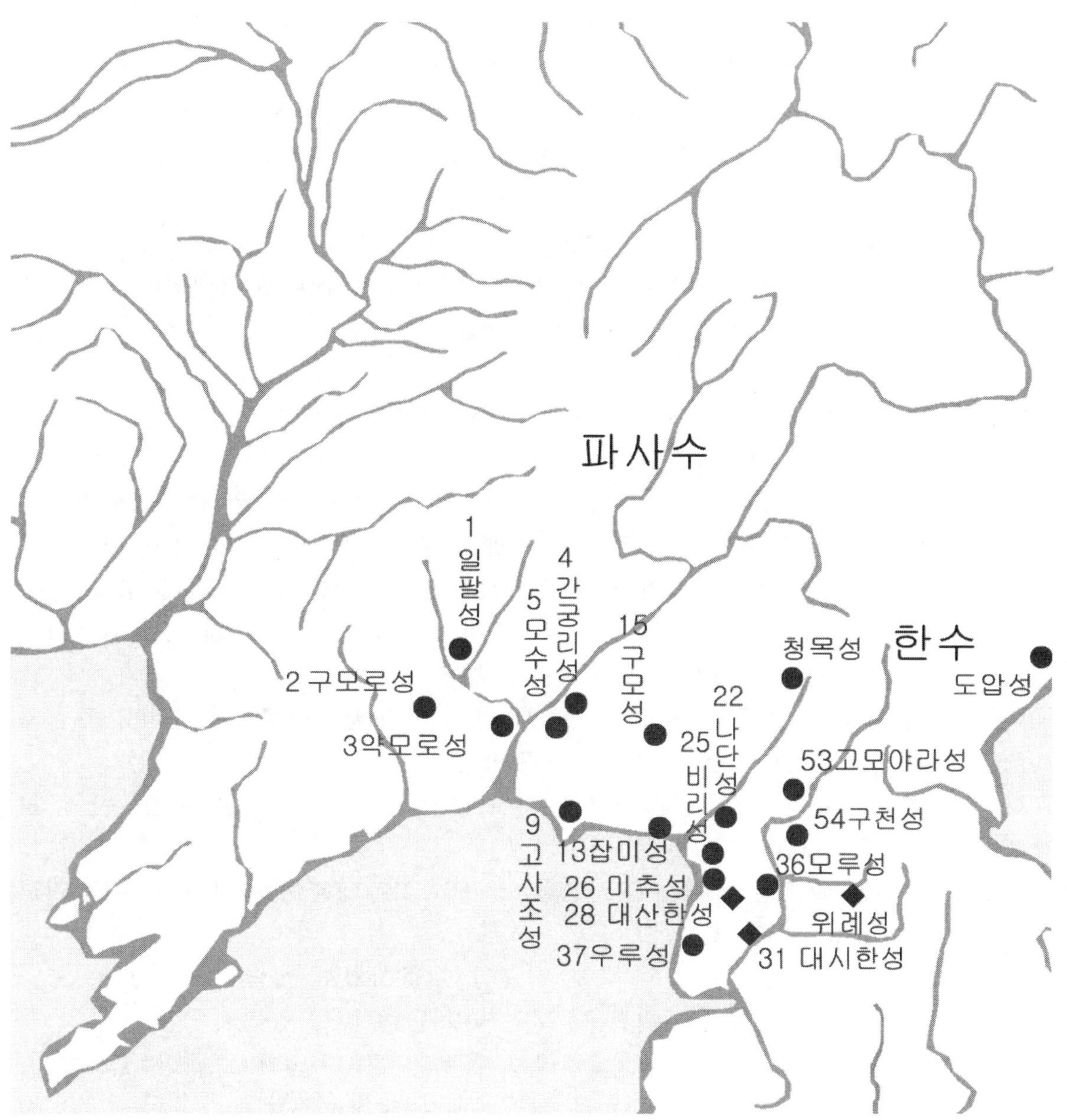

광개토대왕이 백제로부터 빼앗은 주요 성 위치

광개토호태왕 비문에 나타나는 백제의 성들은 아래와 같다.

영락6년 396년에, 태왕은 친히 백제를 토벌하여 먼저 1)일팔성, 2)구모로성, 3)약모로성, 4)간궁리성, 5)(모수성) 6)각미성, 7)모로성, 8)미사성, 9)고사조성, 10)아단성, 11)고리성, 12)(어)리성 13)잡미성, 14)오리성, 15)구모성, 16)고수야라성

17)(수추성) 18)(농매성) 19)분이야라성, 20)탕성, 21)(파노성) 22)(나단성), 23)두노성, 24)비성 25)비리성 26)미추성, 27)야리성, 28) 대산한성, 29)소가성, 30)돈발성, 31)(대시한성) 32)루매성, 33)산나성, 34)()루성, 35)세성, 36)모루성, 37)우루성, 38)소적성, 39)연루성, 40)석지리성, 41)암문지성, 42)임성, 43)(사조성) 44)(잡진성) 45)(객두성) 46)취추성, 47)(취자)성 48)고모루성, 49)윤노성, 50)관노성, 51)삼양성, 52)(미성) 53)(고모야라성) 54)구천성 등을 쳐서 빼앗았다.

()()以六年丙申 王躬 率水軍 討利 殘國軍 ()()首攻取 壹八城, 臼模盧城, 若模盧城, 幹弓利城, (牟水)城, 閣彌城, 牟盧城, 彌沙城, 古舍蔦城, 阿旦城, 古利城, (於)利城, 雜彌城, 奧利城, 勾牟城, 古須耶羅城, (須鄒城), (農賣城), 分而耶羅城, 湯城, (巴奴城), (那旦城), 豆奴城, 沸(城), (比)利城, 彌鄒城, 也利城, 大山韓城, 掃加城, 敦拔城, (大始韓城), 婁賣城, 散那城, (州)婁城, 細城, 牟婁城, 亏婁城, 蘇赤城, 燕婁城, 析支利城, 巖門至城, 林城, (舍蔦城), (雜珍城), (客頭城), 就鄒城, (就咨城), 古牟婁城, 閏奴城, 貫奴城, 彡穰城, (味城), (古模耶)羅城, 仇天城,

중국 단동시 봉성현 봉황산성의 전설에 봉황성은 영락태왕의 백팔성의 하나라는 이야기가 전하는 것을 참고하여야 한다. 《만주지리풍속지》에서 봉황산성은 "영락대왕의 백팔성의 하나"라는 기록이 있다. 영락대왕永樂大王은 영락永樂이라는 연호를 세웠던 광개토대왕이다. 비문의 기록에서 광개토대왕은 백제의 오십팔성을 공취하였다. 반면에 백팔성은 비문에서 광개토대왕이 처음 공격한 일팔성과 매우 유사한 것이다. 즉 고대의 일팔성이 백팔성으로, 다시 백팔성의 하나로 와전되어 전해진 것이다. 현재는 일면성一面城이라고도 부른다.

따라서 광개토대왕이 정벌한 58성에 단동시 봉성현 봉황산성을 첫 번째로 포함시켜야 한다. 마지막 58번째 성은 대동강 부근이 된다.

왜냐하면, 그후 백제가 한수 남쪽에서 열병하는데 이 백제 한수는 근초고왕의 한산성이 있는 대동강 남안이기 때문이다.

391년에 고구려에 패전한 백제는 진사왕을 바꾸어 아신대왕으로 다시 세우고 왜군의 지원까지 받아서 고구려를 쳤다.

《삼국사기》 광개토대왕 4년의 기록에 백제가 쳐들어와서 철령시의 동천왕 평양성 아래 패수浿水에서 싸워 고구려가 이기고 8000명을 사로잡았다.

백제는 백제-왜 연합군이 패수에서 실패하자 일본에 전지왕자를 보내어 군사를 다시 빌리고 그 다음해에 한수, 즉 대동강 남쪽에서 열병하는데

바로 이때 396년에 광개토대왕이 백제를 다시 쳐서 초토화하고 한수, 즉 대동강 북쪽 58성을 빼앗았다.

1번; 일팔성壹八城은 단동시 봉성현 봉황산성鳳凰山城으로 추정한다. 현재는 일면성一面城이라고도 한다. 성 둘레는 30여리에 이르는 대성이다.

백제 진사왕辰斯王이 쌓은 관방의 최북단인 팔곤성八坤城과 관련하여 그 서쪽의 봉황산성을 역시 관방성의 하나로서 일팔성으로 추정한다.

팔곤성은 팔하천八河川이라고도 부른 요동반도 단동시 애양현靉陽縣 관수진灌水鎭의 고대보산성高臺堡山城으로 추정된다.

곤은 관과 고대모음 아래"ᆞ"로서 같은 것이 될 수 있다. 백제 팔곤성을 고구려에서는 곤팔성이라고 고쳐불렀는데 역시 백제 관방인 팔일성도 일팔성으로 고쳐 부른 것으로 추정된다.

하지만 백제 관방이나 국경에 팔八자가 들어가는 일이 많다. 따라서 일팔성은 봉성을 가리키는 것으로 추정한다. 봉황성은 고구려 연개소문의 고향이라고도 전하는데 연개소문에 이르러 현재 규모로 커졌을 것이다.

2번; 구모로성臼模盧城은 수암현 동북쪽 황화전岫巖縣 黃花甸의 노성구산성老城溝山城이다. 성 둘레는 약 3리이다. 대양수大洋水의 동쪽 가지에 있는데, 동쪽 가지 계곡을 구곡九谷이라 하며 이는 구곡舊谷의 변형이다. 부근의 송수구산성松樹溝山城은 성 둘레가 5리인데 고구려 때 쌓은 것으로 고려된다.

3번; 약모로성若模盧城은 애하靉河 변의 구련성九連城으로 추정한다.
여기까지 3성은 압록강 북쪽에 있고 이후 성들은 압록강 남쪽에 있다.

4번; 간궁리성幹弓利城은 의주시 동남쪽 20리에 있었던 전문령箭門嶺 고성古城으로 추정한다.

간궁리성의 간궁幹弓을 뒤집으면 궁간弓幹이 되는데 평안북도 의주 동쪽 삼림森林에서는 활의 재료가 되는 궁간목弓幹木을 생산하였다. 궁간은 활대를 말하며 전문령의 전箭은 화살을 말하여 서로 유사점이 있다.

이 전문령고성은 의주 동남 20십리에 있던 토성으로서 백제 초기 토성이라고 할 수 있는데, 그 성 둘레는 11600척(4000m)이고, 62개의 우물이 있었다고 전한다. 전문령고성의 현재 위치는 의주시 송산동松山洞, 대문리大門里 부근이 된다.

송산동은 금강산과 횡금산 사이에 위치하여 있는데 금강산金剛山(524m)은 조선시대 송산松山이었다. 간궁산, 궁간산弓幹山으로부터 금강산金剛山이 비롯된 것으로 추정된다. 한편 궁간목은 청천강 이북에서 주로 생산된다. 간궁리성은 의주를 통할하던 백제 대성이었던 것으로 추정된다.

5번; 무명성()()()은 모수성牟水城으로 추정하며 의주 서남쪽 백마산성白馬山城이다. 현재는 고구려성으로 분류되는데 백제가 먼저 쌓은 것이다. 백마산성은 토성土城으로서 내성 둘레가 2590m이고, 외성 둘레는 2430m인데 외성은 조선시대에 세웠다.

다음은 두비압령한豆比鴨嶺韓으로서 피현군枇縣郡 용골산성의 위치인데 고구려군은 모수牟水(=三橋川)를 건너지 않고 동쪽으로 갔다.

6번; 각미성閣彌城은 천마군天馬郡 각구봉角拘峰 남쪽 고영삭진古寧朔鎭으로 추정한다. 토성 유지土城 遺地가 있었다.

7번; 모로성牟盧城은 천마군 식송진植松鎭 고성古城으로 추정한다. 문곡산門谷山 아래인데 모로를 문곡으로 바꾼 것이 된다.

8번; 미사성彌沙城은 천마군 서고성西古城터로 추정한다. 서고성은 승암산 아래인데 미사彌沙가 사미로 뒤바뀌었다. 사미沙彌는 20세 이하의 어린 남자 승僧을 의미하므로, 다시 현재의 승암산僧巖山으로 바뀌었다.

9번; 고사조성古舍蔦城은 선천군 동림성東林城으로 추정된다. 석축과 토축이 함께 있으며 그 둘레는 17560척이다. 고선주성古宣州城이었다. 사조가 축약되어 선주宣州로 되었다. 수묘인을 바친 사조성舍蔦城은 철산군鐵山郡으로 추정한다.

10번; 아단성阿旦城은 선천군宣川郡 고읍성古邑城으로 추정한다. 선천군 고읍성은 1856척의 석성이다. 아래에 대원산大圓山이 있다.
《삼국사기/백제본기》에는 아단성은 없고 아차성阿且城만 두 번 나온다. 책계대왕이 고구려를 막기 위해 위례성(평안남도 평성시)을 수리하고, 사성(평양성) 등과 함께 쌓았고, 개로왕이 고구려군에게 끌려가서 죽은 곳이다. 고구려의 기록이 아단성이지만 본래가 백제 아차성의 오기誤記로 추정한다. 아단성과 함께 수묘인을 공출한 잡진성雜珍城은 선천군 검산성劍山城으로 추정된다.

11번; 고리성古利城은 곽산군郭山郡 읍성이다. 곽산성, 또는 능한산성凌漢山城이라고도 하였다. 석성으로서 성 둘레는 6913척이다. 곽산군郭山郡은 고려시대 장리현長利縣이었던 기록이 있다.

12번; 무명성()利城은 어리성於利城으로 추정한다. 능한산성이 당어령堂於嶺에 있으므로 그 아래는 어리성으로 추정하였다. 정주군定州郡 서주리西州里에 위치한 성 동산성城洞山城으로서 성 둘레는 30000척에 달하는 토석성土石城이다.

13번; 잡미성雜彌城은 정주군 남쪽 제석산帝釋山에 위치한 성 둘레 7000척의 육지고성育地古城이다. 정주군 오산리五山里에 있으며 현재는 익주성益州城이라고 한다.
육지성이 익주성으로 변한 것이다. 이 산성은 고구려 때 산성으로 추정하고 있는데 백제 고성도 되는 것이다. 그 다음 동쪽은 운전군雲田郡 봉두산성鳳頭山城, 즉 구모객두성句牟客頭성인데 고구려군은 이를 지나지 않고 북쪽으로 올라갔다.

14번; 오리성奧利城은 구성군 오봉면 조양리 고성지古城池로 추정한다.

태천군을 흐르는 오지천천烏知遷川과 관련하여 해석한다. 즉 대장군 탁이 번한에서, 중국인 기자 번한을 피해 바다를 건너 이주하여 월지국을 세워 마한의 왕이 되었던 기록이 있으므로 오리성은 월지국과 관련되는 것이다.

구성군 남쪽 30리에 고성지古城池가 있었다고 하는데, 이곳이 본래의 월지국 오리성일 것으로 추정하는데 그 위치는 오봉면 조양리이다.

구성군 기룡리氣龍里에 니성泥城이 있다. 그 부근 지명에 "어미 역驛"과 "엄교嚴橋" 등이 있는데 어머니성이라고 불렀던 것이다. 이는 수묘인을 바친 오리성의 후신으로 추정한다. 즉 구성군 오봉면의 오리성이 기룡리에 옮겨져 새로 지어진 것으로 추정된다. 어머니의 방언이 오마니이다.

15번; 구모성勾牟城은 구성군龜城郡 서부 리구산犁邱山 리구리犁邱里와 연관되어 현재의 구성읍 서쪽 3리에 있었다는 구성군 고성古城으로 추정한다. 현재의 읍성은 12335척이며 조선시대에 지어진 것이다.

구성군, 태천군, 정주군, 운전군, 운산군 일대는 마한馬韓이 성립하기 이전부터 환12국의 하나인 구모객두한국句牟客頭韓國이 있었던 것으로 추정된다.

구모는 일본말, 백제어로 구름이고 한자로 운雲이다. 따라서 오늘날에는 운전군雲田郡, 운산군, 구성군이 된 것이다. 운전군내의 서쪽 목우산牧牛山(416m)은 구모산을 뒤집은 이름이다. 또한 수묘인을 공출한 구모객두성句牟客頭城은 운전군 가산리 봉두산성鳳頭山城으로 추정한다. 봉두산성은 석성이며 성 둘레는 9067척이다.

구모객두는 환12국의 하나인 구모액국句牟額國의 후신으로 추정된다. 혹은 구모객두의 기록이 옳고 《단군세기》가 환12국의 이름을 옮겨적으면서 구모액국으로 기록하였을 수도 있다.

16번; 고수야라성古須耶羅城은 대관군大舘郡의 읍성 위치에 있던 대삭주성大朔州城으로 추정된다. 성 둘레는 4615척의 석성이었다. 초기 해석자들은 고수야라성이 많았고, 후기 해석자들은 고모야라성古模耶羅城을 많이 주장하는데 수묘인 공출성에 고모야라성이 있기 때문에 그러한 것이다. 그러나 서로 다른 성이다.

17번; 무명성頁()()은 수추성須鄒城으로 추정하며 대관군 수동면水洞面 용성리龍城里 위치로 추정된다. 첫 글자에 분명 혈頁자가 보이며, 수須자일 개연성이 높으므로 공출 기록이 있는 수추성으로 추정한다.

18번; 무명성()()()은 수묘인을 바친 농매성農賣城으로 추정한다. 태천군 서쪽에 농오리산성籠吾里山城은 석축으로서 성 둘레는 4369척이다.

19번; 분이야라성分而耶羅城은 두 강역을 나누는 성으로 추정한다.

태천泰川의 동쪽, 퇴라산 고성退羅山 古城으로 추정한다. 성 둘레는 6674척이다. 퇴라산은 지령산地靈山;300m로 바뀌었다.

20번; 무명성()성은 탕성湯城으로 추정하며 창성군昌城郡 당아산성當莪山城으로 추정한다. 현재 우변만 보인다.

21번; 무명성()()城은 박천군博川郡 박릉성博陵城 위치로 추정된다. 두노성豆奴城과 상대되는 팔노성巴奴城으로 추정한다.
수묘인을 바친 삼양성彡壤城은 영변군寧邊郡 고성면古城面 고성古城인 고무성古撫城으로 추정되는데, 고구려군은, 구룡강을 건너 삼양성, 윤노성, 관노성 등을 치지 않고, 청천강을 건너서 남행하였다.

22번; 무명성()()()은 우운봉 등이 나단성那旦城으로 해독하였다. 나단성은 나라의 끝 경계에 부쳐지는 이름이다. 기준의 금마마한의 북쪽 경계였을 것으로 추정된다. 안주읍 고성은 석성으로서 6050척이었다.

23번; 두노성豆奴城은 문덕군 대니면 마두산馬豆山,536m의 서쪽 일대로 고려한다. 당나라가 고구려를 칠 때에 주둔한 마읍산馬邑山도 이곳이다. 고려 때에 안술진安戌鎭, 혹은 安仁鎭이라고 쌓은 해변토성海邊土城의 위치로 보며, 당시에 성 둘레가 2490척이다.

24번; 비성沸城은 숙천군肅川郡 고읍성으로 추정한다. 성 둘레는 4050척의 토성이다.

25번; 무명성()利城은 비리성比利城으로 추정한다. 숙천군肅川郡의 접무봉蝶舞峰 340m 남쪽, 호전성虎田城이다. 숙천읍 동쪽 20리라고 하였다. 《신증동국여지승람》에서 호전성은 토성으로서 성 둘레는 9710척이다.
비리는 피리로 읽어서 한자어로 호적胡笛으로 바뀌어 다시 호전성虎田城으로 바뀌었다. 호전성의 산봉우리는 역시 피리봉을 바꾼 호적봉에서 호접봉胡蝶峰이라고 바뀌어서 다시 오늘날의 접무봉蝶舞峰으로 변한 것으로 추정된다. 즉 현재의 접무봉과 접무봉 기슭 아래 호전성은 둘 다 한자어 호적胡笛, 즉 우리말 피리에서 유래한 것이다.

26번; 미추성彌鄒城은 평원군 영유현 위치의 태조산 남쪽 미두산성米豆山城으로 추정하였다. 미두산성은 토성으로서 둘레는 4380척이다.
둘레가 1820척이 되는 고소토성古小土城이 영유현 자리에 있었는데 온조溫祚 도래 당시의 미추홀이고, 미추산성은 비류의 후예들이 도래하여 지어진 산성일 것으로 추정된다.

254

27번; 야리성也利城은 자모산성慈母山城으로 추정한다. 평성시 어중리御重里에 있다. 성 둘레는 5Km이며 99개의 우물이 있었다고 하는 대성이다.
내성이 북쪽으로 치우쳐 있는데 내성이 백제 성으로 추정된다. 아리, 또는 야리는 다 알을 어원으로 하며 어머니를 의미한다.
미추성이 바라보이는 자모산성은 《삼국사기백제본기》의 부아악負兒岳으로 추정하는데, 부아악의 뜻은 아이를 업은 자애로운 어머니 산이다.

28번; 대산한성大山韓城은 첫번째 한산성漢山城으로 고려된다.
평성시 서쪽 청룡산靑龍山(559m) 산성으로 추정한다. 청룡산성靑龍山城은 성 둘레가 약 5000m의 석성이다.
청룡산성靑龍山城이 위치한 지명은 평성군 상차리上次里로서 상차리는 즉 윗 차례의 의미가 있는데 바로 온조溫祚의 하북 위례성河北慰禮城 위치로 추정된다. 상차리의 또다른 이름은 오리동오리洞으로서 역시 위례의 흔적으로 추정할 수 있다.

《한단고기》에 의하면 소서노가 세우고 비류가 물려받은 어하라於瑕羅로부터 독립하여 배를 타고 떠나온 온조가 미추성도 쌓고 뒤에 위례성慰禮城을 쌓았다. 즉 미추성, 자모성, 위례성, 하남위례성 등은 모두 온조의 성이다.
청룡산성靑龍山城 남쪽 은좌봉殷座峰(377m)은 백제시조 온조봉溫祚峰이 본래의 어원으로 추정된다.
그런데 《비문》에서 하북 위례성을 대산한성이라고 하였으므로 위례성, 즉 오늘날의 청룡산성靑龍山城은 대산한성이라는 별명이 있었던 것으로 추정된다. 반면에 평양 대성산성은 대시한성大始漢城이었을 것으로 추정되며, 황해도 평산의 백제 후기 위례성은 대곡한성이라는 이름이 있었다.

29번; 소가성掃加城은 평성시 소사산蘇射山(354m)과 관련된 성으로 추정하는데 그 북쪽에 니성泥城이라는 성 둘레 1250척의 작은 토성이 있었다.

30번; 돈발성敦拔城은 한자를 풀어서 발이 족足으로 바뀌었다고 보면, 대성산성 북쪽의 대동군 자족면紫足面이 된다. 돈敦이 돈豚, 시豕, 시柴, 자紫로 바뀌는 과정을 추정할 수 있다.
《신증동국여지승람》에서 대성산성 동북쪽 산사면에 대성산성과는 다른 토성이 남아 있었다고 기록되어 있으며 토성 둘레는 5160척이라고 하였다.
이 토성의 위치가 바로 자족면紫足面이며, 백제가 쌓은 토성으로서 돈발성으로 추정된다. 즉 대성산성의 전신이다.

31번; <비문>의 기록은 4자성으로서 대시한성大始韓城으로 기록되었을 것으로 추정된다. 대성산성은 석축으로서 둘레는 9.2Km에 이른다. 평양성을 제외하면 가장 크다. 고구려 말기 한성 시대에 세워졌거나 혹은 700년대 고덕무의 후고구려 시대에 세워졌을 가능성도 높다.
대성산(264m) 아래에는 이미 단군시대에 대시전大始殿을 건설하였다.

32번; 루매성婁賣城은 청암동 토성이다. 노성魯城이라고도 하였다.
33번; 산나성散那城은 고방산 산성高坊山 山城으로 추정한다. 성 둘레는 4Km이다.
34번; ()婁城은 청호동 산성淸湖洞山城으로 추정한다. 1981년에 안학궁 남쪽의 청
호동 산성에서 대동강을 남쪽으로 건너는 목교木橋가 발굴되었는데 그 너비는 9m,
길이는 375m에 이른다. 북한은 《삼국사기》에서 신라인들이 쌓았다고도 전하는
평양(남평양)의 다리가 이 것이라고 비정하였다.

35번; 세성細城은 평양시 삼석구역 손자산孫子山(356m) 남쪽 삼성리三成里로 추
정한다. 고성은 알 수 없다.

36번; 모루성牟婁城은 평성시平城市 한왕리漢王里 고성古城으로 추정한다.

37번; 우루성亏婁城은 첫자가 희미하지만 대개 우루성으로 해석한다.
우륵지亏勒池가 있던 평원군 노지면 대주리大州里로 추정한다. 우륵지는 거문고를
타는 가야인 우륵이 왔던 곳이 아니라 우루지亏婁池의 와전으로 추정된다. 우루지
에 고성이 있었는지는 확인되지 않는다.

38번; 소적성蘇赤城은 증산군甑山郡 함종면咸從面 고읍성으로 추정한다. 석성이며
성 둘레는 4334척이다. 산성도 있는데 역시 석축이며 2246척이다. 함종咸從은 비
류의 백성들이 비류가 죽고 온조 땅에 건너올 때 낙종樂從했다는 백제 건국기의 기
록과 관련될 것으로 본다.

39번; 연루성燕婁城은 평안남도 용강군 황룡산성黃龍山城이나 어을동토성으로 추
정한다. 황룡산성은 오석산烏石山(566m)을 중심으로 쌓은 성 둘레 6620m의 대성
이다. 황룡산성은 고구려성일 수도 있는데 그 서쪽의 어을동토성於乙洞土城은 성
둘레 1212척의 토성으로서 평산군 신사비가 발견된 곳이다.

40번; 석지리성析支利城은 용강군龍岡郡 삼화읍 고성三和邑 古城으로 추정한다.
토축이며 성 둘레는 4630척이다.

41번; 암문지성巖門至城은 평안남도 용강군 암성면巖城面이다. 암성리巖城里가 남
아 있다. 고성은 알 수 없다.

42번; 임성林城은 평안북도 염주군鹽州郡 성림성城林城으로 추정한다. 이하 여러
성은 고구려군이 대동강을 장악한 뒤에 항복한 성으로 고려된다.

43번; 무명성()()()은 수묘인을 공출한 사조성舍蔦城으로 추정한다. 철산군鐵山郡이다. 철산군 고읍성이 아닌 고철주성古鐵州城은 철산봉 북쪽 35리에 있었으며 성 둘레는 10500척이고 토축과 석축이 혼합되어 있다.

44번; 무명성()()()은 잡진성雜珍城으로 추정되며 그 위치는 선천군宣川郡 검산성劍山城이다.

45번; 무명성()()()은 객두성客頭城으로 추정되며 그 위치는 운전군雲田郡 봉두산성이다. 봉두산성鳳頭山城은 석성이며 성 둘레는 9067척인데 신도현성이라고도 하였다.
환웅시대 환12국의 하나인 구모액국句牟額國의 후신으로 추정된다. 혹은 구모객두의 기록이 옳고 《단군세기》가 환12국의 이름을 옮겨적으면서 구모액국으로 기록하였을 수도 있다.

46번; 취추성就鄒城은 무학산舞鶴山 남쪽 강서군 고읍성으로 추정한다.

47번; 무명성()()城은 취자성就呰城으로 추정한다. 추정되는 위치는 대동군大同郡 은적리隱跡里이다. 은적은 취자, 자취를 바꾼 흔적을 갈음하는 말이다. 취자성은 대보산大寶山에 있었을 것으로 추정된다.

48번; 고모루성古牟婁城은 모루성의 전신으로 추정하며 평양시 만경대구역 궁골동으로 추정한다.

49번; 윤노성閏奴城은 윤閏이 운雲을 거쳐 영변군 북쪽 운산雲山으로 되었다. 운산의 백벽산성白碧山城으로 추정한다. 석성이며 1569척이다.

50번; 관노성貫奴城은 현재의 운산읍에 있던 직동토성直洞土城으로 추정한다. 성 둘레는 6099척이었다.

51번; 삼양성彡穰城은 영변군 고성면고성古城面古城으로 추정되는데 고무성古撫城이라고도 하였다. 토성土城으로 성 둘레는 5947척이었다.
고무성은 모성慕城에서 비롯되며 서쪽 남산南山까지도 모한慕韓 즉 마한馬韓의 성지이다. 남산南山에 삼일신고三一神誥의 비석이 있었다고 한다.

52번; 무명성()()은 미성味城으로 추정한다. 영변군 약산성藥山城으로 추정한다. 영변읍 고성은 철옹성으로서 4성으로 나누어지는데 그 중 가장 오래된 성 둘레 1Km의 약산성藥山城 고성으로 추정한다. 영변은 밀운密雲성이라고도 하였었다.
53번; 무명성()()()羅城은 고모야라성古模耶羅城으로 추정한다. 개천읍 남쪽 고사산

산성姑射山山城으로 추정되며 성 둘레는 36761척이다.

54번; 구천성仇天城은 순천시 은산殷山이다. 북쪽 천성산天聖山이 구천성仇天城이
된 것이다. 구천성은 은산의 고읍성으로 추정되는데 토성이며 성 둘레는 5168척이
고 우물 9개와 연못 3개가 있었다.
천성산 꼭대기에 고구려, 백제 시조 동명왕의 마적馬跡이 있다고 하는데 이는 온
조대왕의 마적과 관련되는 것으로 추정된다.

그런데 이 396년 정벌전에서 광개토대왕廣開土王은 58성을 먼저 취했다고 하였는
데, 위에 소개된 것은 54성에 그치고 있다. 즉 4성이 기록되지 않았다. 이 4성은
대동강 남쪽이었는데 아신대왕이 곧 수복하여, 장수왕 3년에는 고구려성이 아니었
으므로 기록되지 않은 것으로 추정된다.

한편 수묘인 공출은 다음 36성에서 있었다.
1)한예 사수성韓穢沙水城 2)모루성牟婁城 3)두비압령한豆比鴨嶺韓 4)구모객두句牟
客頭 5)구저한求底韓 6)사조성한예舍蔦城韓穢 7)고모야라성古模耶羅城 8)막고성莫
古城 9)객현한客賢韓 10)아단성阿旦城 11)잡진성雜珍城 12)파노성한巴奴城韓 13)
구모로성臼模盧城 14)약모로성若模盧城 15)모수성牟水城 16)간궁리성幹弓利城 17)
미추성彌鄒城 18)야리성也利城 19)두노성豆奴城 20)오리성奧利城 21)수추성須鄒城
22)백잔남거한百殘南居韓 23)대산한성大山韓城 24)농매성農賣城 25)윤노성閏奴城
26)고모루성古牟婁城 27)탕성湯城 28)미성味城 29)취자성就咨城 30)삼양성彡穰城
31)산나성散那城 32)나단성那旦城 33)구모성勾牟城 34)어리성於利城 35)비리성比
利城 36)세성細城

수묘인은 고구려 내지 이외의 곳에서 많이 추렸는데 이는 백제만을 의미하지 않는
다. 처음에 소개된 한예는 백제의 북쪽이며, 당시에 백제에 속했어도 본래 백제가
아니라고 고구려가 구별한 것이 된다.
따라서 수묘인 공출은 만주 요동반도와 396년 정벌전에서 제외된 함흥 지방, 그리
고 숙신, 북부여 등에서도 있었을 것이다.

이제까지 살펴본 바에 의하면 396년 고구려군은 중국 환인(桓仁) 부근에서 출정하
여, 봉성현을 치고 수암현을 친 다음에 압록강을 건너 평안북도와 평안남도를 쳐
내려가서 대동강을 경계로 진격을 멈추었다. 이 광개토대왕廣開土王의 정복 전쟁
의 결과로 백제는 대동강 이북땅을 고구려에 내주었다.
아신대왕은 396년 7월 대동강 한수 남쪽에서 열병하였는데 광개토대왕의 정벌 이
후로 추정된다. 또한 고토를 수복하기 위해 아신대왕은 397년 한산의 북책까지 올
라가다가 돌아왔는데 이는 대동강을 따라서 한산의 동북쪽에 있는 순천시 은산殷
山까지 올라갔었던 것으로 추정된다.

258

한편 개로왕이 백제를 다시 일으키려고 사성을 수리하고 사성의 북쪽 숭산崇山까지 방죽을 쌓았는데 이 숭산도 순천시 은산의 숭화산이다.
즉 당시 고구려 백제의 경계가 남쪽으로 대동강이며 동북쪽으로도 대동강의 가지인 영원군 성룡강成龍江에 이르렀을 것으로 추정된다.
개로왕은 말기에 동북의 말갈국과 함께 고구려를 같이 치기로 협상한 사실이 《위서 물길전》에 나온다.
장수왕長壽王은 바로 평양까지 와서 사냥을 즐겼던 것으로 추정되는데, 장수왕 2년 사천(蛇川 대동강)의 나들이 기록이다.

396년 고구려군이 이미 백제 왕성을 함락하였으나, 백제왕은 도망하여 항복하지 않고 끝까지 싸우려 하였다.
태왕이 진노하여 아리수를 건너고, 장수를 보내어 임시 백제 왕성인 성횡악성을 핍박하니 마침내 백제왕이 항복하고 남녀 천명과 세포 천필을 태왕에게 바치고 백제왕은 이제부터 영원히 신하가 될 것을 맹세하였다.
태왕은 백제왕을 아량으로 용서하여 "앞서는 어리석었지만 차후로는 충성을 다할 것을 새기도록 하였다. 이때 백제의 58성과 7백의 부락을 빼앗고 백제 장군인 백제왕의 동생과 백제의 대신 10인을 인질로 삼아 데리고 도읍으로 돌아왔다.
(王旣破)其國城 殘不服氣敢出 (百)戰 王威赫怒 渡阿利水 遣刺迫 城橫(岳城)
(百殘)便國城 而殘主因逼獻 (上)男女生口一千人 細布千匹 (歸)王, 自誓從 今以後永爲奴客 太王恩赦 先迷之愆 錄其後順之誠, 於是 取五十八城 村七百 將殘主弟 幷大臣十人 旋師還都
태왕이 백제 수도 한성을 이미 깨트렸으므로 다시 태왕이 건너간 아리수는 대동강으로 고려된다. 비문에서 횡악성이 백제의 임시 수도이고, 아신왕이 횡악에서 제를 올렸던 기록도 있다. 이는 황해도 평산 태백산성이 된다.
또 507년 고구려군이 백제 한성을 공격하기 위한 주둔지도 횡악인데 이는 태백산성의 성남쪽 둥근 야산으로서 성황산성이 있었다고 전한다.
평산 태백산성을 흐르는 물이름이 지금 예성강인데 본래는 위례성강인 것이다. 그 북쪽에 부여면 위라천이 흘러와 예성강이 된다. 평산은 다지홀이라고도 했는데 일본의 반정천황, 즉 다지로천황이 태어난 곳이 된다. 또 평산에서 동쪽으로 강을 건너면 토산군 시변리市邊里가 있는데 일본 현종천황의 아버지인 시변압반왕의 고향이 된다. 평산 태백산성, 즉 백제의 횡악한성은 부여의 부소산성처럼 강을 끼고 만들어졌고 3,4개의 성으로 이루어졌는데 주성은 4각으로 한변이 2km 내외다.

부록 2.   백제대왕과 일본천황의 혈통도 및 연대표

	대왕명	생몰연대	재위연대	일본칭호	일본치년/비고
1세	동명성왕			도모왕	
6세	초고대왕	~214	164~214	속좌지남	160~166
	↳ 자			대년신	
	↳ 손	222~270		안녕천황	니기하야히
	↳ 자	161~		오시호미	비미호-자
	↳ 손	174~		니니기	
	↳ 증손	194~256		신무천황	247~256
		243~292		↳수정천황	
	↳ 자			해신	/농신사
	↳ 후예씨족	금부련, 삼선숙녜, 진야조 등			/출운대사
7세	구수대왕	~234	214~234	대국주신	166~214
	↳ 자	190~244		의덕천황	압신/고압신사
	↳ 후예씨족	관야조신 안고숙녜 미장련, 하무조신 등			/대국주신사
9세	사반대왕	202 ~268	238~239	효소천황	사대주신
	↳ 녀	219~273		신무천황비	이수기여리
	↳ 자	222~298		효안천황	대물주신
	↳ 자	228~273		효원천황	사본왕
	↳ 손녀	244~283	왜여왕 일여	개화천황	256~283
	↳ 후예씨족	대춘일조신, 길전련, 소야조신 등			/하압신사
13세	비류대왕		304~343		
	↳ 후예씨족	춘야련, 면씨, 기문씨 강옥공 모의공 등			
14세	걸대왕	273~358	343~346	경행천황	318~343
	↳ 자	326~370		성무천황	343~355
	↳ 후예씨족	어사조신, 고소련, 좌백직, 자전승 등			/백자신사?
15세	근초고대왕	295~375	346~375	일본무존	318~333
	↳ 자	328~379		중애천황	355~362
	↳ 후예씨족	견상조신 건부공, 별공, 어립사 등			/평야신사
16세	근구수대왕	320~394	375~383	응신천황	383~394
	↳ 자	337~419		인덕천황	396~419
	↳ 손	369~432		이중천황	419~432
	↳ 후예씨족	광진련, 선씨, 진씨, /국분신사 /대진신사 /구도신사 /팔번신사			
17세	침류대왕	363~422	383~384	왜기왕	367~383
				우치천황	394~396
				송 고조무황제	/우치신사
	↳ 자 왜찬왕			반정천황	412~438
18세	진사대왕	346~395	384~391	대산수명	
	↳ 후예씨족	갈정씨 일치조신, 진원공 등			/신국신사
19세	아신대왕	372~424		약소모이고왕	/옥부산고분
	↳ 후예씨족	식장진인, 산도진인, 팔다진인, 판전숙녜 등			
20세	전지대왕	391~432		의부부저왕	/전취총고분
	↳ 후예씨족	포시신, 삼국군, 파다군, 식장판군, 주인군 등			/치은사

	대왕명	생몰연대	재위연대	일본칭호	일본치년/비고
21세	비유대왕	412~465	427~453	우비왕	/석절신사
	↳ 자 왜흥왕	444~484		청령천황	461~477
	↳ 후예씨족	불파련			/비조부신사
23세	개로대왕	429~475	454~475	왜제왕,언주인왕	439~458
					/인릉
	↳ 자 남대적	450~531		계체천황	507~531
					/삼도람야릉
	↳ 자 사마왕	462~503		왜무왕 무령대왕	477~478
					/무령왕릉
	↳ 자 사아왕	466~535		안한천황	531~535
					/고시고옥구릉
	↳ 자 사비왕	467~539		선화천황	535~539
	↳ 후예씨족	화수왕　지비타군			/신협도화조판상릉
26세	동성대왕 모도	447~498	479~488	인현천황	488~598
*****	↳ 손자 모대	?~501	489~501		/식생판본릉
27세	무령대왕	462~523	501~523	왜무왕	477~478
					/무령왕릉
	↳ 자 사귀왕	510~571		흠명천황	539~571
					/회외판합릉
	↳ 손	530~592		숭준천황	587~592
	↳ 후예씨족	화조신			/창제강릉
28세	성명대왕	~554	523~554		
	↳ 자	538~585		민달천황	571~585
					/기장중미릉
	↳ 녀	536~628		추고천황	592~628
	↳ 후예씨족	시왕공			/기장산전릉
29세	위덕대왕	~598	554~598		
	↳ 子	572~598		아좌태자/큐슈왕	592~598
	↳ 손	593~660	의자대왕	아배계미/큐슈왕	600~629
	↳ 후예씨족	일자씨			
30세	혜대왕	540~599	598~599	용명천황	585~587
	↳ 자	574~622		성덕태자	
	↳ 후예씨족	백제조신			/기장원릉
31세	법대왕	~600	599~600		
32세	무대왕	~641	600~641	모정왕/큐슈왕	598~600
	↳ 자	596~654		효덕천황	645~655
					/대판기장릉
	↳ 녀	594~663		제명천황	655~661
					/월지강상릉
	↳ 외손	614~671		천지천황	661~671
					/산과릉
33세	의자대왕	593~660	641~660	서명천황	629~641
					/압판내릉
	↳ 자	622~686	661~663	천무천황	672~686
				부여풍장	/ 회 외 대 내 릉
	↳ 후예씨족	백제왕씨			/백제왕신사

百濟大王 日本統治 年代表와 後孫

	大王名	生沒年代	在位年代	日本稱號	日本治年/備考
1世	東明聖王			都牟王	
6世	肖古大王	~214	164~214	速佐之男	160~166
	↳ 子			大年神	
	↳ 孫	222~270		安寧天皇	饒速日命
	↳ 子	161~		天忍穗耳	卑彌呼－子
	↳ 孫 174~			邇邇藝	
	↳ 曾孫	194~256		神武天皇	247~256
		243~292		↳綏靖天皇	
	↳ 子			海神	/籠神社
	↳ 後裔氏族	錦部連, 三善宿禰, 眞野造 等			/出雲大社
7世	仇首大王	~234	214~234	大國主神	166~214
	↳ 子	190~244		懿德天皇	鴨神/高鴨神社
	↳ 後裔氏族	菅野朝臣 鴈高宿禰 尾張連, 賀茂朝臣 等			/大國主神社
9世	沙伴大王	202 ~268	238~239	孝昭天皇	事代主神
	↳ 女	219~273		神武天皇妃	伊須氣余理
	↳ 子	222~298		孝安天皇	大物主神
	↳ 子	228~273		孝元天皇	沙本王
	↳ 孫女	244~283	倭女王 壹與	開化天皇	256~283
	↳ 後裔氏族	大春日朝臣, 吉田連, 小野朝臣 等			
13世	比流大王		304~343		
	↳ 後裔氏族	春野連, 面氏, 己汶氏 岡屋公 牟義公 等			
14世	契大王	273~358	343~346	景行天皇	318~343
	↳ 子	326~370		成務天皇	343~355
	↳ 後裔氏族	御使朝臣, 高篠連, 佐伯直, 茨田勝 等			/百髭神社?
15世	近肖古大王	295~375	346~375	日本武尊	318~333
	↳ 子	328~379		仲哀天皇	355~362
	↳ 後裔氏族	犬上朝臣 建部公, 別公, 御立史 等			/平野神社
16世	近仇首大王	320~394	375~383	應神天皇	383~394
	↳ 子	337~419		仁德天皇	396~419
	↳ 孫	369~432		履中天皇	419~432
	↳ 後裔氏族	廣津連, 船氏, 津氏, /國分神社 /大津神社 /久度神社 /八幡神社			
17世	枕流大王	363~422	383~384	倭奇王	367~383
				宇治天皇	394~396
				宋 高祖武皇帝	/宇治神社
	↳ 子 倭讚王			反正天皇	412~438
18世	辰斯大王	346~395	384~391	大山守命	
	↳ 後裔氏族	葛井氏 日置朝臣, 榛原公 等			/辛國神社
19世	阿莘大王	372~424		若沼毛二股王	/屋敷山古墳
	↳ 後裔氏族	息長眞人, 山道眞人, 八多眞人, 坂田宿禰 等			
20世	腆支大王	391~432		意富富杵王	/錢取塚古墳
	↳ 後裔氏族	布勢臣 三國君, 波多君, 息長坂君, 酒人君 等			/置恩寺

大王名		生沒年代	在位年代	日本稱號	日本治年/備考
21世	毗有大王	412~465	427~453	宇斐王	/石切神社
	↳ 子 倭興王	444~484		淸寧天皇	461~477
	↳ 後裔氏族	不破連			/飛鳥部神社
23世	蓋鹵大王	429~475	454~475	倭濟王,言主人王	439~458
					/忍陵
	↳ 子 男大迹	450~531		繼體天皇	507~531
					/三嶋藍野陵
	↳ 子 斯麻王	462~503		倭武王=武寧大王	477~478
					/武寧王陵
	↳ 子 斯我王	466~535		安閑天皇	531~535
					/古市高屋丘陵
	↳ 子 斯比王	467~539		宣化天皇	535~539
	↳ 後裔氏族	火穗王 志比拖君			/身狹桃花鳥坂上陵
26世	東城大王 牟都	447~498	479~488	仁賢天皇	488~598
*****	↳ 孫子 牟大	?~501	489~501		/埴生坂本陵
27世	武寧大王	462~523	501~523	倭武王	477~478
					/武寧王陵
	↳ 子 斯貴王	510~571		欽明天皇	539~571
					/檜隈坂合陵
	↳ 孫	530~592		崇峻天皇	587~592
	↳ 後裔氏族	和朝臣			/倉梯岡陵
28世	聖明大王	~554	523~554		
	↳ 子	538~585		敏達天皇	571~585
					/磯長中尾陵
	↳ 女	536~628		推古天皇	592~628
	↳ 後裔氏族	市往公			/磯長山田陵
29世	威德大王	~598	554~598		
	↳ 子	572~598		阿佐太子/九州王	592~598
	↳ 孫	593~660	義慈大王	阿輩雞彌/九州王	600~629
	↳ 後裔氏族	日子氏			
30世	惠大王	540~599	598~599	用明天皇	585~587
	↳ 子	574~622		聖德太子	
	↳ 後裔氏族	百濟朝臣			/磯長原陵
31世	法大王	~600	599~600		
32世	武大王	~641	600~641	茅淳王/九州王	598~600
	↳ 子	596~654		孝德天皇	645~655
					/大坂磯長陵
	↳ 女	594~663		齊明天皇	655~661
					/越智崗上陵
	↳ 外孫	614~671		天智天皇	661~671
					/山科陵
33世	義慈大王	593~660	641~660	舒明天皇	629~641
					/押坂內陵
	↳ 子	622~686		天武天皇 扶餘豊璋	672~686
					/檜隈大內陵
	↳ 後裔氏族	百濟王氏			/百濟王神社

백제 무령대왕 설치 구주백제왕 연표

	왕명	생몰연대	재위연대	출신	구주 추정치소
1세	안한천황	466~535	507~531	개로대왕 왕자	/웅본현 웅본궁
2세	선화천황	467~539	532~535	개로대왕 왕자	/복강현 조창궁
3세	흠명천황	510~571	536~539	무녕대왕 왕자	/복강현 춘일궁
4세	민달천황	538~585	540~571	성명대왕 왕자	/대분현 우좌궁
5세	혜대왕	540~587	571~585	성명대왕 왕자	/복강현 조창궁
6세	혈태부왕	543~587	585~587	성명대왕 왕자	/웅본현 웅본궁
7세	법대왕	~600	588~592	성명대왕 왕자	/대분현 우좌궁?
8세	아좌태자	~598	593~598	위덕대왕 왕자	/대분현 우좌궁
9세	무대왕 모정왕	~641	598~600	법대왕 왕자	/대분현 우좌궁
10세	의자왕 서명천황	593~660	600~629	아좌태자 왕자	/대분현 중진궁
11세	제명천황	~645	629~640	의자비 무왕녀	/복강현 춘일궁
12세	효덕천황	596~654	641~645	무대왕 왕자	/복강현 춘일궁
독립1세	황극천황	594~661	649~655	의자비 추고녀	/복강현 미경궁
독립2세	천무,부여풍장	622~686	655~661	의자대왕 왕자	/복강현 미경궁

百濟 武寧大王 設置 九州百濟王 年表

	王名	生沒年代	在位年代	出身	九州 推定治所
1世	安閑天皇	466~535	507~531	蓋鹵大王 王子	/熊本縣 熊本宮
2世	宣化天皇	467~539	532~535	蓋鹵大王 王子	/福岡縣 朝倉宮
3世	欽明天皇	510~571	536~539	武寧大王 王子	/福岡縣 春日宮
4世	敏達天皇	538~585	540~571	聖明大王 王子	/大分縣 宇佐宮
5世	惠大王	540~587	571~585	聖明大王 王子	/福岡縣 朝倉宮
6世	穴太部王	543~587	585~587	聖明大王 王子	/熊本縣 熊本宮
7世	法大王	~600	588~592	聖明大王 王子	/大分縣 宇佐宮?
8世	阿佐太子	~598	593~598	威德大王 王子	/大分縣 宇佐宮
9世	武大王,茅淳王	~641	598~600	法大王 王子	/大分縣 宇佐宮
10世	義慈, 舒明天皇	593~660	600~629	阿佐太子 王子	/大分縣 中津宮
11世	齊明天皇	~645	629~640	義慈妃,武王女	/福岡縣 春日宮
12世	孝德天皇	596~654	641~645	武大王 王子	/福岡縣 春日宮
獨立1世	皇極天皇	594~661	649~655	義慈妃,推古女	/福岡縣 味經宮
獨立2世	天武,夫餘豊璋	622~686	655~661	義慈大王 王子	/福岡縣 味經宮

만세일계 조작 고대 일본천황 연대 교정 연대표

	천황명	조작연대	수명	고분비문연대	수명	비고
	스사노오			ad?140~214	84?세	초고대왕
	대국주신			ad?~234		구수대왕
	아마테라스			ad?140~160		가야 연오랑
	아마테라스오미			ad?140~247,	100?	가야 세오녀
	왜여왕 비미호					세오리츠
	아메노오시호미			ad?161~		초고대왕 왕자
	니니기			ad?174~		초고대왕 손자
1세	신무천황	bc660~585,	127세	ad194~256	63세	난승미 칠뜨기
	호호데미					불합존
*****	신무천황비			ad219~273	55	사반대왕 왕녀
2세	수정천황	bc584~549,	84	ad243~292	50	신무천황 왕자
3세	안녕천황	bc548~511	70	ad222~270	49	초고대왕 손자
4세	의덕천황	bc510~476	69	ad180~244	65	구수대왕 왕자
						카무신,형사목
5세	효소천황	bc475~393	113	ad202~268	67	사 반 대 왕
						사대주신
6세	효안천황	bc392~291	92	ad222~298	77	사반대왕 왕자
						대물주신
7세	효령천황	bc290~215	78	ad262~316	55	부여 의려왕
8세	효원천황	bc214~159	57	ad228~273	46	사반대왕 왕자
9세	개화천황	bc 58~98	60	ad244~283	40	사반대왕 손녀
	왜여왕 일여					
10세	숭신천황	bc 97~30	68	ad277~318	42	부여 의라왕
11세	수인천황	bc 29~ad70	99	ad240~310	71	가야 선견왕자
						천일창
12세	경행천황	ad 71~130	60	ad273~358	86	계대왕
*****	일본무존			ad295~374	80	근초고대왕
13세	성무천황	ad131~191	107	ad326~370	45	계대왕 왕자
14세	중애천황	ad192~200	52	ad328~379	52	근초고왕 왕자
*****	신공황후	ad201~269	100	ad336~390	55	궁주시하지
15세	응신천황	ad270~312	110	ad320~394	75	근구수대왕
*****	우치천황			ad363~422	60	침 류 대 왕
	왜기왕					송고조무황제
16세	인덕천황	ad315~399	83	ad337~419	83	근구수왕 왕자
17세	이중천황	ad342~405	64	ad369~432	64	인덕천황 왕자
18세	반정천황	ad342~437	60	ad380~438	59	침류대왕 왕자
	왜찬왕					다지로대왕
19세	윤공천황	ad412~454	63	ad393~453	61	광개토왕 왕자
	왜진왕					
20세	안강천황			ad416~456	41	신라왕자 김무
21세	웅략천황			ad418~479	62	윤공천황 왕자

*****	왜제왕 일언주신		ad429~475	47	개 로 대 왕 언주인왕
22세	청령천황 왜흥왕		ad444~484	41	곤지왕자
*****	왜무왕		ad462~503	63	무령대왕
*****	반풍황녀		ad　~483	?	개로대왕 후비
23세	현종천황		ad451~488	38	이중천황 손자
24세	인현천황		ad447~498	52	이중천황 손자 모도대왕
25세	무열천황		ad489~506	18	현종천황 왕자
26세	계체천황		ad450~531	82	개로대왕 왕자
27세	안한천황		ad466~535	70	개로대왕 왕자
28세	선화천황		ad467~539	73	개로대왕 왕자
29세	흠명천황		ad510~571	62	무령대왕 왕자
30세	민달천황		ad538~585	48	성명대왕 왕자
31세	용명천황		ad540~587	48	혜대왕
32세	숭준천황		ad530~592	63	흠명천황 왕자
33세	추고천황		ad536~628	93	성명대왕 왕녀
*****	성덕태자		ad574~622	49	혜대왕 왕자
34세	서명천황		ad593~660	68	의자대왕
35세	황극천황	의자대왕비1	ad594~661	68	추고천황 왕녀
36세	효덕천황		ad596~654	59	무대왕 왕자
37세	제명천황	의자대왕비2	ad603~663	70	무대왕 왕녀
38세	천지천황		ad614~671	58	제명천황 왕자
39세	천무천황		ad622~686	65?	부여풍장
40세	지통천황		ad645~703	59	천지천황 왕녀

萬歲一系 造作 古代 日本天皇 年代 矯正 年代表

	天皇名	造作年代	壽命	古墳碑文年代	壽命	備考
	速佐之男			ad?140~214	84?歲	肖古大王
	大國主神			ad?~234		仇首大王
	天照大神			ad?140~160		伽倻 延烏郞
	天照大御神			ad?140~247,	100?	伽倻 細烏女
	倭女王 卑彌呼					瀨織津姬
	天忍穗耳			ad?161~		肖古大王 王子
	邇邇藝			ad?174~		肖古大王 孫子
1世	神武天皇	bc660~585,	127歲	ad194~256	63歲	難升米
	火火出見					不合尊
*****	伊須氣余理			ad219~273	55	沙伴大王 王女
2世	綏靖天皇	bc584~549,	84	ad243~292	50	神武天皇 王子
3世	安寧天皇	bc548~511	70	ad222~270	49	肖古大王 孫子
4世	懿德天皇	bc510~476	69	ad180~244	65	仇首大王 王子
						鴨神,兄師木
5世	孝昭天皇	bc475~393	113	ad202~268	67	沙伴 大 王
						事代主神
6世	孝安天皇	bc392~291	92	ad222~298	77	沙伴大王 王子
						大物主神
7世	孝靈天皇	bc290~215	78	ad262~316	55	夫餘 依慮王
8世	孝元天皇	bc214~159	57	ad228~273	46	沙伴大王 王子
9世	開化天皇	bc 58~98	60	ad244~283	40	沙伴大王 孫女
	倭女王 壹與					
10世	崇神天皇	bc 97~30	68	ad277~318	42	夫餘 依羅王
11世	垂仁天皇	bc 29~ad70	99	ad240~310	71	伽倻 先見王子
						天日槍
12世	景行天皇	ad 71~130	60	ad273~358	86	契大王
*****	日本武尊			ad295~374	80	近肖古大王
13世	成務天皇	ad131~191	107	ad326~370	45	契大王 王子
14世	仲哀天皇	ad192~200	52	ad328~379	52	近肖古王 王子
*****	神功皇后	ad201~269	100	ad336~390	55	宮主矢河枝
15世	應神天皇	ad270~312	110	ad320~394	75	近仇首大王
*****	宇治天皇			ad363~422	60	枕 流 大 王
	倭奇王					宋高祖武皇帝
16世	仁德天皇	ad315~399	83	ad337~419	83	近仇首王 王子
17世	履中天皇	ad342~405	64	ad369~432	64	仁德天皇 王子
18世	反正天皇	ad342~437	60	ad380~438	59	枕流大王 王子
	倭讚王					多支鹵大王
19世	允恭天皇	ad412~454	63	ad393~453	61	廣開土王 王子
	倭珍王					
20世	安康天皇			ad416~456	41	新羅王子 金武
21世	雄略天皇			ad418~479	62	允恭天皇 王子

世	天皇	妃	年代	壽	출자
*****	倭濟王 一言主神		ad429~475	47	蓋鹵大王 言主人王
22世	淸寧天皇 倭興王		ad444~484	41	昆支王子
*****	倭武王		ad462~503	63	武寧大王
*****	飯豊皇女		ad　~483	?	蓋鹵大王 后妃
23世	顯宗天皇		ad451~488	38	履中天皇 孫子
24世	仁賢天皇		ad447~498	52	履中天皇 孫子 牟都大王
25世	武烈天皇		ad489~506	18	顯宗天皇 王子
26世	繼體天皇		ad450~531	82	蓋鹵大王 王子
27世	安閑天皇		ad466~535	70	蓋鹵大王 王子
28世	宣化天皇		ad467~539	73	蓋鹵大王 王子
29世	欽明天皇		ad510~571	62	武寧大王 王子
30世	敏達天皇		ad538~585	48	聖明大王 王子
31世	用明天皇		ad540~587	48	惠大王
32世	崇峻天皇		ad530~592	63	欽明天皇 王子
33世	推古天皇		ad536~628	93	聖明大王 王女
*****	聖德太子		ad574~622	49	惠大王 王子
34世	舒明天皇		ad593~660	68	義慈大王
35世	皇極天皇	義慈大王妃1	ad594~661	70	推古天皇 王女
36世	孝德天皇		ad596~654	59	武大王 王子
37世	齊明天皇	義慈大王妃2	ad603~663	70	武大王 王女
38世	天智天皇		ad614~671	58	齊明天皇 王子
39世	天武天皇		ad622~686	65?	扶餘豊璋
40世	持統天皇		ad645~703	59	天智天皇 王女

백제 초고대왕 후손 일본천황표

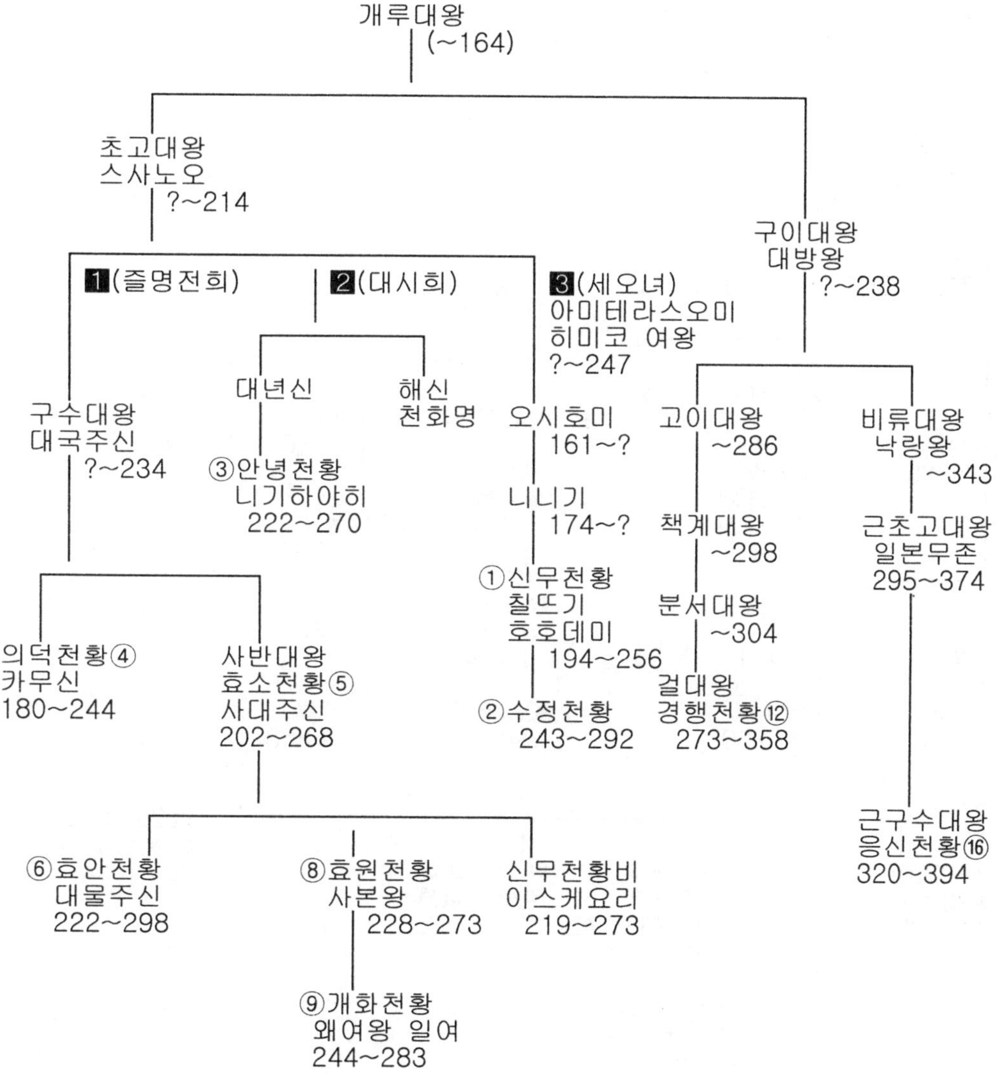

①②③④⑤⑥⑧⑨는 조작된 일본 천황 즉위 순서이나 모두 초고대왕 후손이다

百濟 肖古大王 後孫 日本天皇表

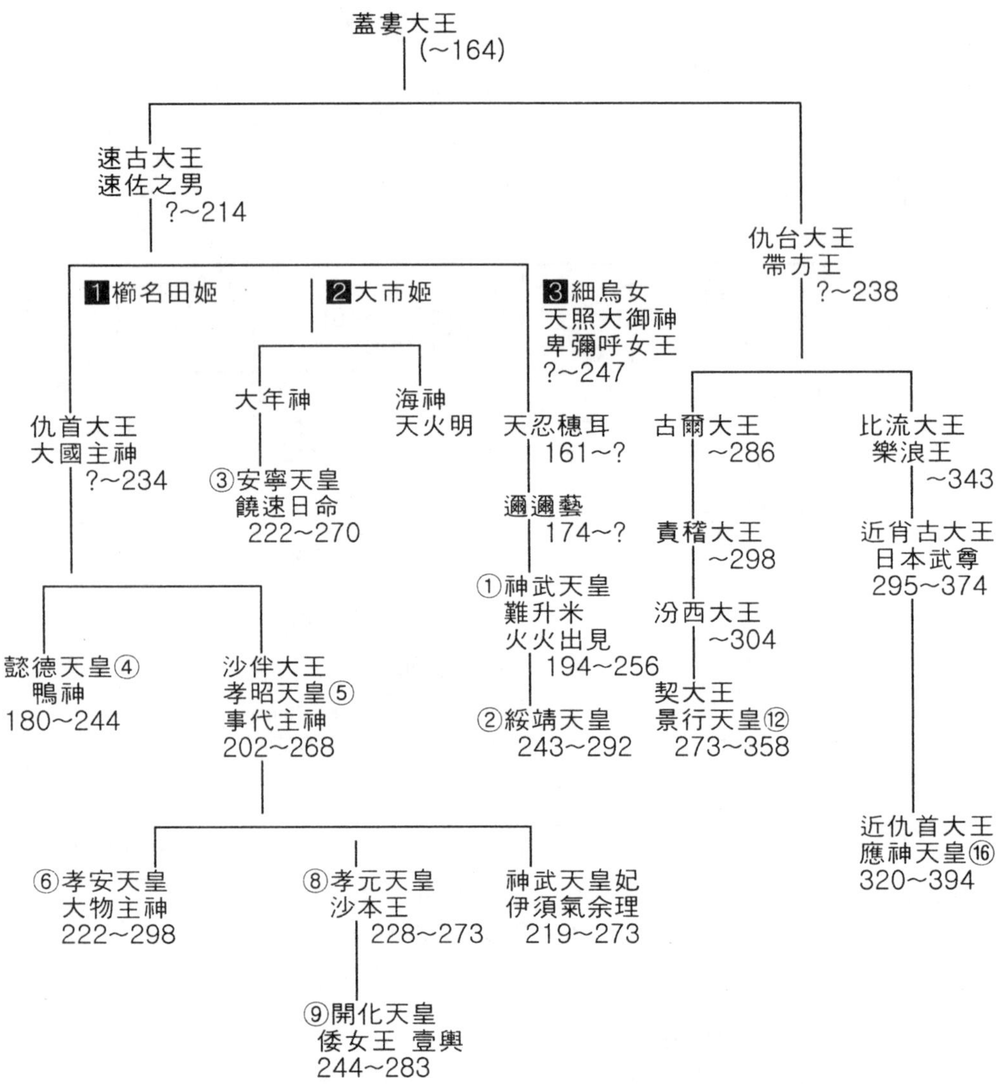

①②③④⑤⑥⑧⑨는 造作된 日本 天皇 卽位 順序이나 皆 速古大王 後孫이다

백제 근초고대왕 후손 일본천황표

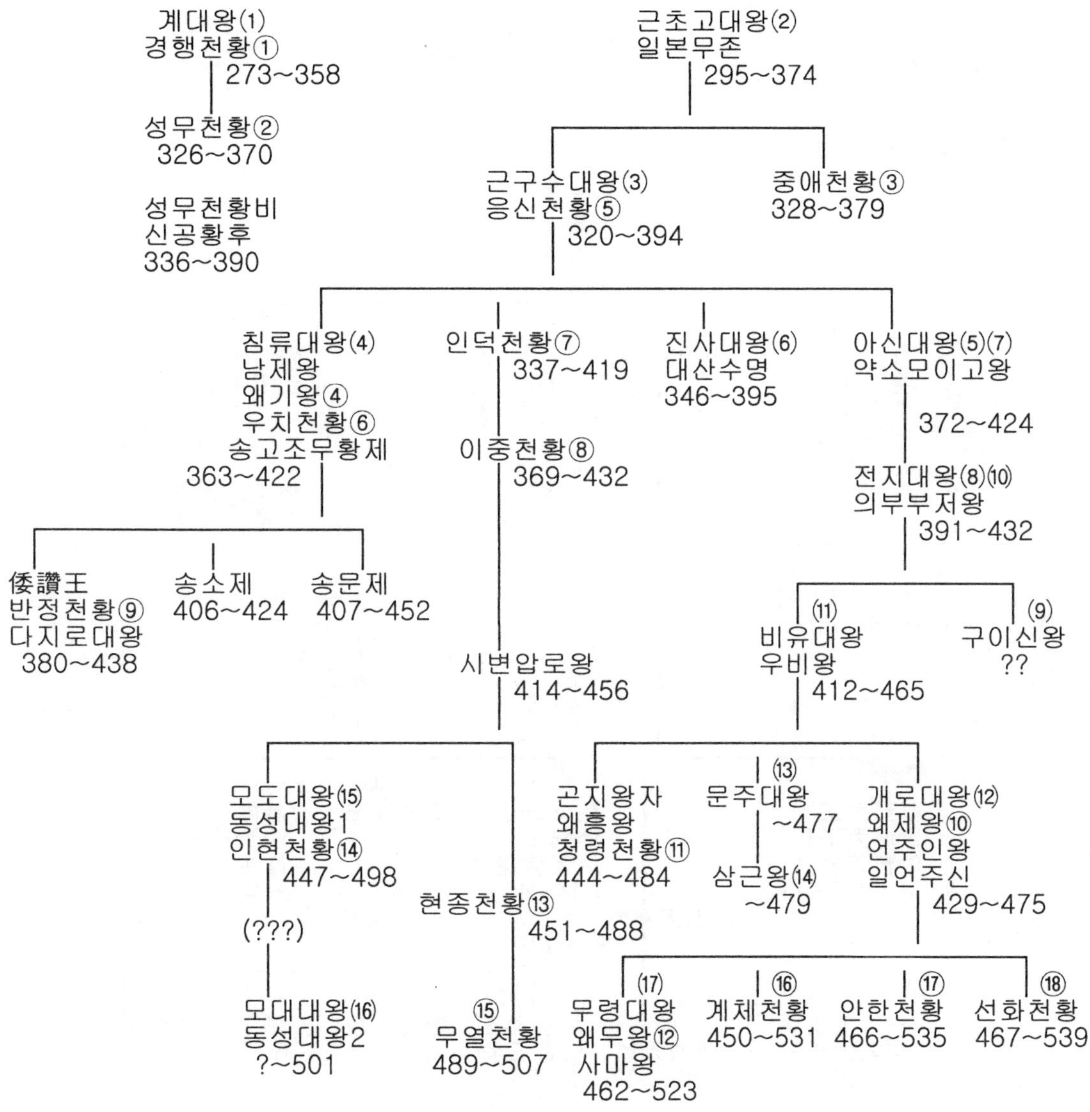

(1)(2)(3)(4)(5)(6)(7)(8)(9)(10)(11)(12)(13)(14)(15)(16)(17)(18)(19)(20)은 백제대왕 즉위 순서

①②③④⑤⑥⑦⑧⑨⑩⑪⑫⑬⑭⑮⑯⑰⑱은 일본천황 즉위 순서

⑨ 다음의 윤공(왜진왕), 안강, 웅략은 고구려 광개토호태왕 왕자 고진과 후예

百濟 近肖古大王 後孫 日本天皇表

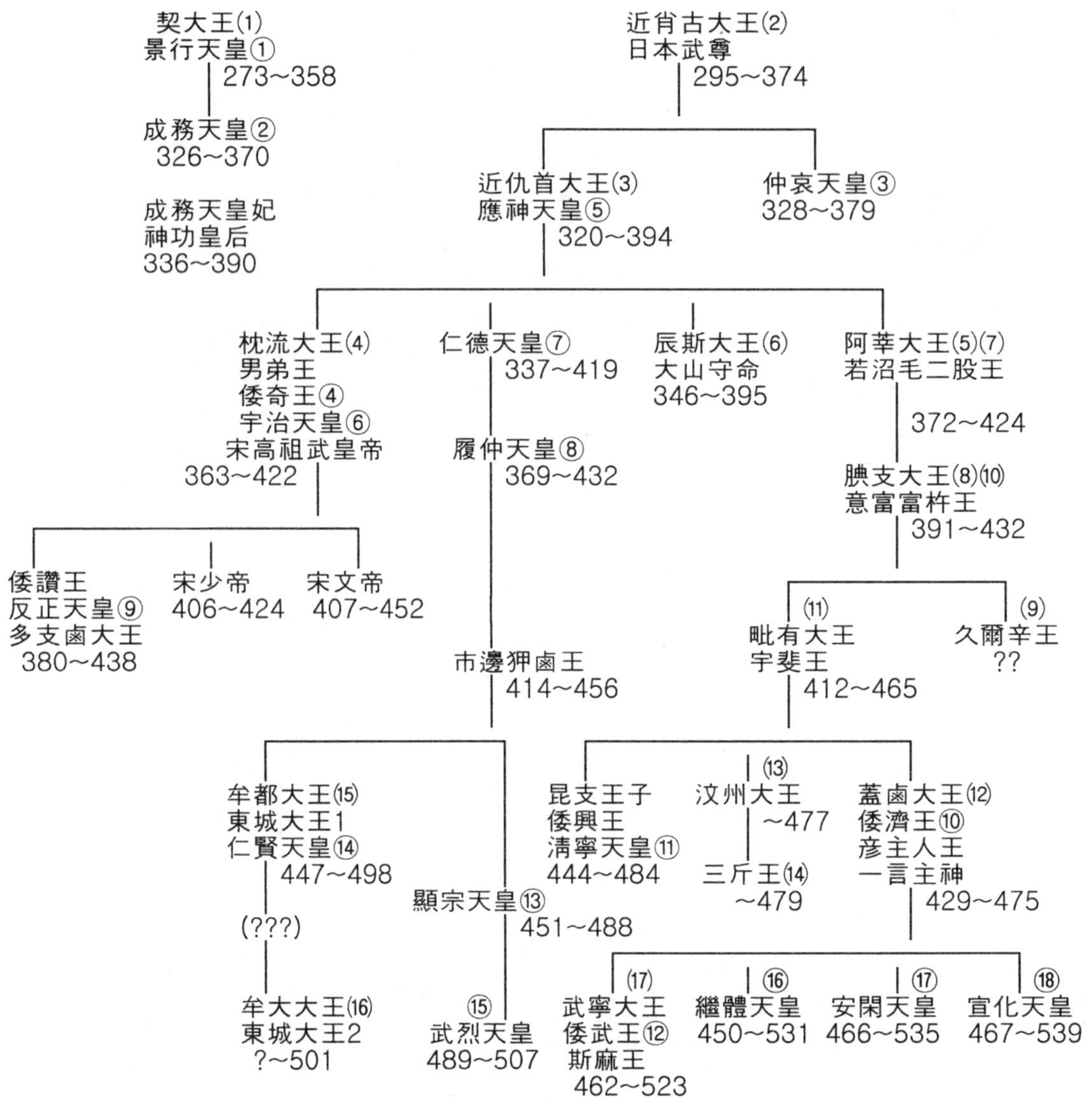

(1)(2)(3)(4)(5)(6)(7)(8)(9)(10)(11)(12)(13)(14)(15)(16)(17)(18)(19)(20)은 百濟大王 卽位 順序
①②③④⑤⑥⑦⑧⑨⑩⑪⑫⑬⑭⑮⑯⑰⑱은 日本天皇 卽位 順序
⑨ 다음의 允恭(倭眞王), 安康, 雄略은 高句麗 廣開土好太王 王子 高眞과 後裔

272

백제 개로대왕 후손 일본천황표

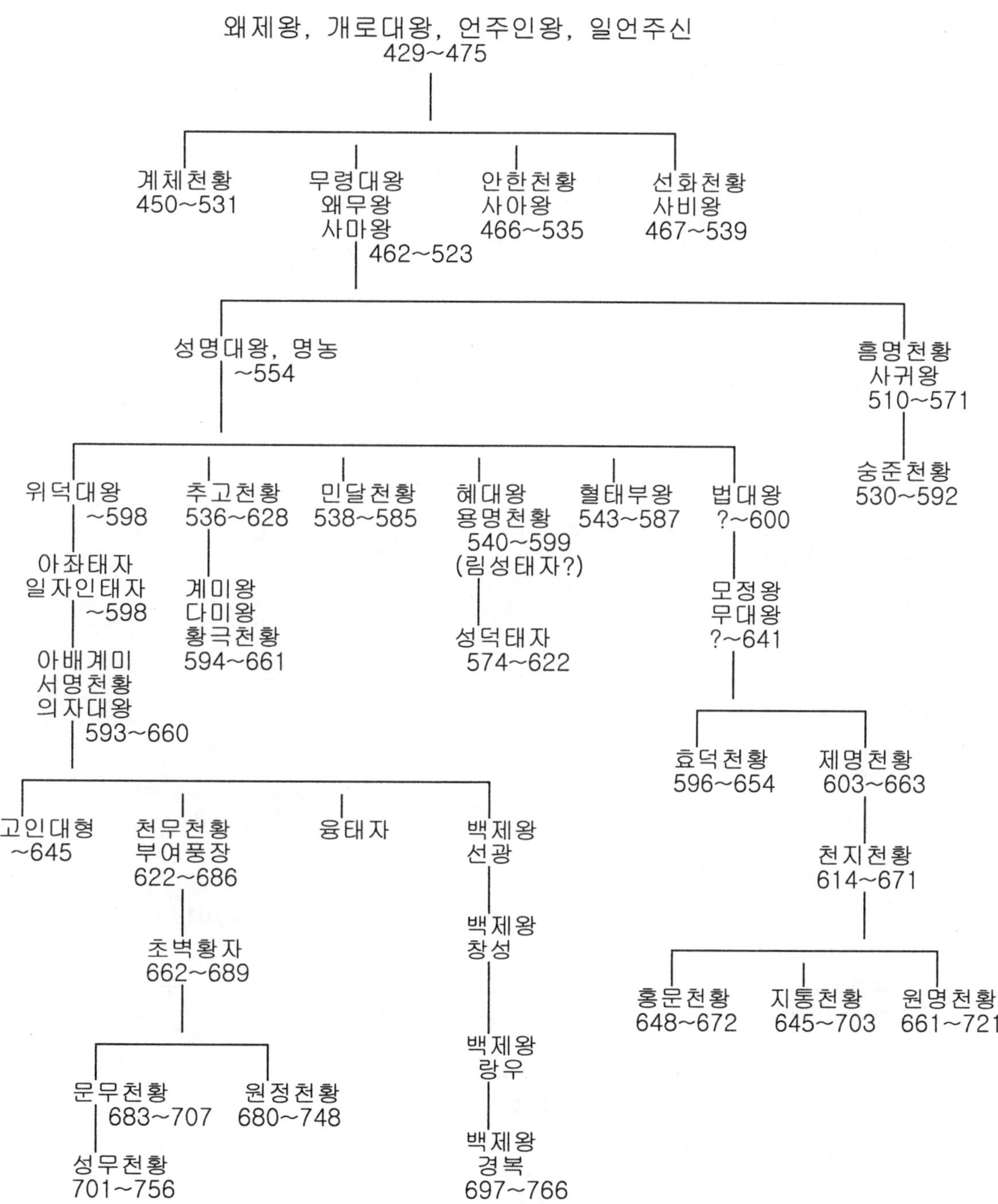

百濟 蓋鹵大王 後孫 日本天皇表

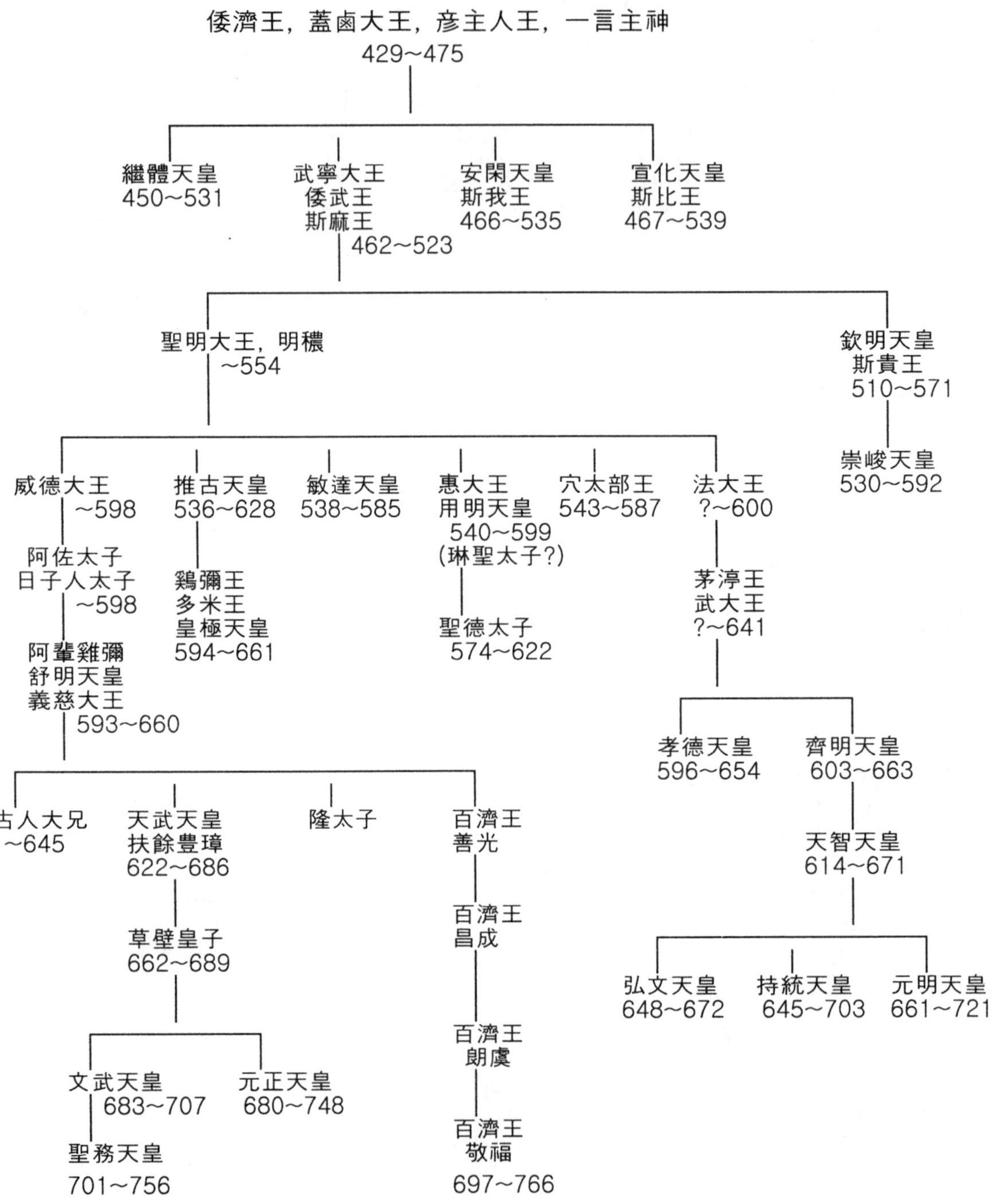

저자 소개

1961년 서울 출생
서울대학교 의과대학 졸업
신경정신과전문의

<주요 저서>
시집 《나를 닮아 미운개구리 그리고 나》 1992
《소설 대발해》 1993
《한국고대역사지리연구》 1997
《구자일의 꿈이야기》 1999
《한국고대역사지리》 2005

백제속국일본사

초판 1쇄 인쇄 | 2006년 10월 5일
초판 1쇄 발행 | 2006년 10월 10일

지은이 | 구자일
펴낸이 | 오응근
펴낸곳 | 지문사
삽화 | 연종열 화백

주소 | 서울시 마포구 신수동 448-6
전화 | (02)715-8304, 2305
팩스 | (02)718-9387
등록 | 제2-201호(1980. 1. 9)

값 25,000원
ISBN 89-7211-377-8